GRAÇA FATAL

O Arqueiro

GERALDO JORDÃO PEREIRA (1938-2008) começou sua carreira aos 17 anos, quando foi trabalhar com seu pai, o célebre editor José Olympio, publicando obras marcantes como O menino do dedo verde, de Maurice Druon, e Minha vida, de Charles Chaplin.

Em 1976, fundou a Editora Salamandra com o propósito de formar uma nova geração de leitores e acabou criando um dos catálogos infantis mais premiados do Brasil. Em 1992, fugindo de sua linha editorial, lançou Muitas vidas, muitos mestres, de Brian Weiss, livro que deu origem à Editora Sextante.

Fã de histórias de suspense, Geraldo descobriu O Código Da Vinci antes mesmo de ele ser lançado nos Estados Unidos. A aposta em ficção, que não era o foco da Sextante, foi certeira: o título se transformou em um dos maiores fenômenos editoriais de todos os tempos.

Mas não foi só aos livros que se dedicou. Com seu desejo de ajudar o próximo, Geraldo desenvolveu diversos projetos sociais que se tornaram sua grande paixão.

Com a missão de publicar histórias empolgantes, tornar os livros cada vez mais acessíveis e despertar o amor pela leitura, a Editora Arqueiro é uma homenagem a esta figura extraordinária, capaz de enxergar mais além, mirar nas coisas verdadeiramente importantes e não perder o idealismo e a esperança diante dos desafios e contratempos da vida.

LOUISE PENNY

GRAÇA FATAL

— UM CASO DO INSPETOR GAMACHE —

ARQUEIRO

Título original: *A Fatal Grace*
Copyright © 2006 por Louise Penny
Trecho de *The Cruellest Month* © 2007 por Louise Penny
Copyright da tradução © 2022 por Editora Arqueiro Ltda.

Todos os direitos reservados. Nenhuma parte deste livro pode ser utilizada ou reproduzida sob quaisquer meios existentes sem autorização por escrito dos editores.

Trechos de "Anthem" por Leonard Cohen usados com permissão do autor. Trechos dos poemas "A Sad Child", "Waiting", "Up" e "Half-Hanged Mary" de *Morning in the Burned House* por Margaret Atwood usados com permissão de McClelland & Stewart Ltd. Outros trechos de *Morning in the Burned House* © 1995 por Margaret Atwood, reeditados com permissão de Houghton Mifflin Company, ou reproduzidos com permissão de Curtis Brown Ltd., Londres. Todos os direitos reservados. Trechos de *Vapour Trails* © 2000 por Marylyn Plessner, usados com permissão de Stephen Jarislowsky. Trecho de "A Cradle Song" por W. B. Yeats usado com permissão de A. P. Watt Ltd. em nome de Michael B. Yeats.

tradução: Natalia Sahlit

preparo de originais: Sheila Louzada

revisão: Camila Figueiredo e Rafaella Lemos

projeto gráfico e diagramação: Natali Nabekura

capa: David Baldeosingh Rotstein

imagem de capa: Rob Wood

adaptação de capa: Gustavo Cardozo

impressão e acabamento: Lis Gráfica e Editora Ltda.

CIP-BRASIL. CATALOGAÇÃO NA PUBLICAÇÃO
SINDICATO NACIONAL DOS EDITORES DE LIVROS, RJ

P465g

    Penny, Louise, 1958-
       Graça fatal / Louise Penny ; tradução Natalia Sahlit. - 1. ed. - São Paulo : Arqueiro, 2022.
       352 p. ; 23 cm. (Inspetor Gamache ; 2)

       Tradução de: A fatal grace
       Sequência de: Natureza-morta
       Continua com: O mais cruel dos meses
       ISBN 978-65-5565-290-1

       1. Ficção canadense. I. Sahlit, Natalia. II. Título. III. Série.

22-76608

                                CDD: 819.13
                                CDU: 82-3(71)

Gabriela Faray Ferreira Lopes - Bibliotecária - CRB-7/6643

Todos os direitos reservados, no Brasil, por
Editora Arqueiro Ltda.
Rua Funchal, 538 – conjuntos 52 e 54 – Vila Olímpia
04551-060 – São Paulo – SP
Tel.: (11) 3868-4492 – Fax: (11) 3862-5818
E-mail: atendimento@editoraarqueiro.com.br
www.editoraarqueiro.com.br

Para meu irmão Doug e sua família,
Mary, Brian, Roslyn e Charles, que me mostraram
o que é coragem de verdade. Namastê.

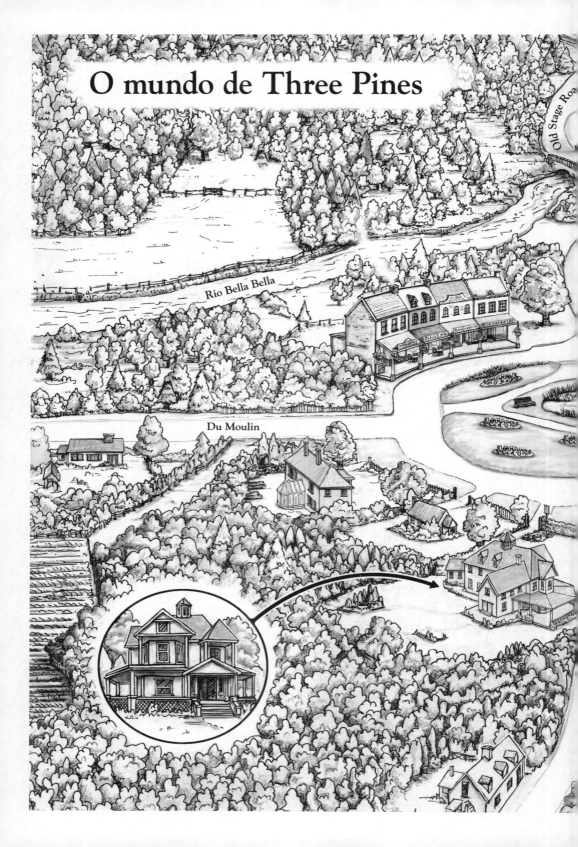

UM

Se CC de Poitiers soubesse que seria assassinada, talvez tivesse comprado um presente de Natal para o marido, Richard. Talvez até tivesse ido à festa de fim de ano da filha na Escola para Garotas da Srta. Edward. Se soubesse que seu fim estava próximo, talvez estivesse no trabalho, e não no quarto mais barato que o hotel Ritz oferecia. Mas o único fim que sabia estar próximo era o de seu relacionamento com um homem chamado Saul.

– E então, o que achou? Gostou? – perguntou ela, equilibrando o livro na barriga muito branca.

Saul o olhou, não pela primeira vez. Nos últimos dias, ela vinha retirando o livro da enorme bolsa a cada cinco minutos. Em reuniões de trabalho, jantares e corridas de táxi pelas ruas nevadas de Montreal, CC de Poitiers de repente se curvava e emergia triunfante, segurando sua criação como se fosse um milagre divino.

– Gostei da foto – respondeu Saul, ciente de que aquilo era um insulto.

Ele é que havia tirado a foto. Sabia que ela estava pedindo, implorando algo mais, mas sabia também que já não se importava em oferecer isso. E se perguntava quanto tempo ainda poderia passar com CC de Poitiers antes de se tornar uma versão dela. Não fisicamente, é claro. CC tinha quatro anos a menos que ele. Era magra, com os músculos definidos, dentes incrivelmente brancos e cabelos incrivelmente louros. Tocá-la era como acariciar uma camada de gelo. Havia uma beleza naquilo, certa fragilidade que ele achava atraente. Mas havia também perigo. Se algum dia ela se quebrasse, se ela se estilhaçasse, acabaria por rasgá-lo em pedaços.

Mas o exterior dela não era o problema. Ao observá-la acariciar o livro com mais ternura do que jamais o acariciara, Saul teve medo de que a água gélida que a preenchia houvesse de alguma forma se infiltrado nele, talvez durante o sexo, e agora o estivesse congelando pouco a pouco. Já não sentia mais o tórax.

Aos 52 anos, Saul Petrov vinha notando que os amigos não eram mais tão brilhantes, tão inteligentes nem tão magros. Na verdade, já começava a se cansar da maioria deles. E tinha flagrado um ou dois deles bocejando também. Os amigos estavam ficando gordos, carecas e entediantes, e suspeitava que o mesmo estivesse acontecendo com ele próprio. O problema não era que agora as mulheres raramente olhassem para Saul, que ele estivesse pensando em trocar o esqui *downhill* pelos *cross-country* ou que o médico tivesse solicitado o primeiro exame de próstata. Isso tudo ele podia aceitar. O que acordava Saul Petrov às duas da manhã e sussurrava em seus ouvidos com a mesma voz que durante a infância o avisava dos monstros debaixo da cama era a certeza de que as pessoas agora o achavam um chato. Em jantares, ele inspirava fundo o ar escuro da noite, tentando se convencer de que o bocejo prontamente abafado do seu companheiro de mesa tinha sido causado pelo vinho, pelo *magret de canard* ou pelo interior abafado do restaurante, já que os dois estavam embrulhados em seus suéteres.

Mas a voz continuava a rosnar, alertando-o dos perigos à frente. Do desastre iminente. De contar histórias repetidas, de receber atenção por cada vez menos tempo, de estar se acostumando a perceber expressões de enfado. De olhares discretos para o relógio – que horas seria razoável ir embora? De rostos observando ao redor, desesperados por uma companhia mais interessante.

Então ele permitira que CC o seduzisse. Seduzisse e devorasse, de modo que o monstro debaixo da cama se tornasse um monstro em cima da cama. Estava começando a suspeitar que aquela mulher egocêntrica havia finalmente terminado de sugar tudo que podia do marido, até mesmo do desastre que era sua filha, e agora fazia o mesmo com ele.

Já havia se tornado cruel na companhia dela. E começara a desprezar a si mesmo. Mas não tanto quanto desprezava CC.

– É um livro brilhante – disse ela, ignorando Saul. – Sério. Quem não vai querer ler? – Ela sacudiu o volume perto do rosto dele. – Vão devorá-lo.

Tem tantas pessoas problemáticas por aí. – CC se virou e olhou pela janela do hotel para o prédio em frente, como se estivesse contemplando essas pessoas. – Eu escrevi por elas.

E, ao dizer isso, CC se voltou para ele com os olhos muito abertos e sinceros.

Ela realmente acredita nisso?, perguntou-se Saul.

Ele havia lido o livro, é claro. O título era *Mantenha a calma*, o mesmo nome da empresa fundada por CC alguns anos antes – uma piada, considerando-se a pilha de nervos que era aquela mulher. As mãos tensas e nervosas, sempre arrumando e endireitando as coisas. As respostas cortantes, a impaciência que resvalava em raiva.

Calma não era uma palavra aplicável a CC de Poitiers, apesar de seu exterior plácido e frio.

Ela havia oferecido o livro a todas as editoras, começando pelas mais proeminentes de Nova York e terminando na Publications Réjean et Maison des Cartes, em St. Polycarpe, um vilarejo do tamanho de um alfinete localizado às margens da via expressa que ligava Montreal a Toronto.

Todas recusaram, imediatamente reconhecendo o manuscrito como uma mistureba de filosofias ridículas de autoajuda embaladas em supostos ensinamentos budistas e hindus cuspidas por uma mulher que, na foto de capa, parecia capaz de devorar os próprios filhos.

"Nenhuma droga de iluminação", dissera ela a Saul em seu escritório em Montreal no dia em que várias cartas com respostas negativas chegaram, rasgando-as em pedaços e os jogando no chão para os empregados limparem. "Este mundo está perdido, vou te contar. As pessoas são cruéis e insensíveis, só querem ferrar com as outras. Não existe mais amor nem compaixão. Isto aqui", ela brandiu o livro no ar violentamente, como se fosse um martelo mítico ancestral avançando sobre uma bigorna implacável, "vai ensinar as pessoas a encontrar a felicidade".

Ela falava baixo, as palavras oscilando sob o peso do veneno. CC publicara o livro por conta própria, fazendo questão de que saísse a tempo do Natal. E, embora a obra falasse muito sobre luz, Saul achou interessante e irônico que, por um acaso, fosse lançada no solstício de inverno. O dia mais escuro do ano.

Ele não se conteve:

– Qual é mesmo a editora? – Ela ficou em silêncio. – Ah, lembrei. Ninguém quis publicar. Deve ter sido horrível. – Ele fez uma pausa, pensando se deveria enfiar o dedo ainda mais fundo na ferida. Ah, sim. Deveria. – Como você se sentiu?

Aquela careta foi imaginação dele?

Mas CC manteve o silêncio eloquente, o rosto impassível. As coisas e pessoas de que ela não gostava simplesmente deixavam de existir. E isso incluía o marido e a filha. Incluía tudo que lhe era desagradável, as críticas, as palavras ríspidas que não fossem ditas por ela, assim como emoções. CC vivia, como Saul bem sabia, em um mundo só dela, onde era perfeita e podia esconder seus sentimentos e suas falhas.

Quanto tempo levaria para aquele mundo explodir? Ele queria estar por perto para ver. Mas não tão perto assim.

As pessoas são cruéis e insensíveis, ela dissera. Cruéis e insensíveis. Não fazia muito tempo, antes de assinar o contrato como seu fotógrafo freelance e virar amante dela, Saul considerava o mundo um lugar bonito. Todas as manhãs, acordava cedo para começar um novo dia em que tudo parecia possível. Via como Montreal era encantadora. Via as pessoas sorrindo umas para as outras ao comprar cappuccinos, flores frescas ou baguetes. No outono, via as crianças colhendo castanhas caídas para jogar *conkers*. Via as senhoras idosas caminhando de braços dados pela rua.

Ele não era tão idiota nem tão cego a ponto de não ver também os homens e mulheres sem-teto ou os rostos quebrantados que remetiam a uma noite longa e vazia e a um dia ainda mais longo pela frente.

Mas, no fundo, acreditava que o mundo era um lugar encantador. E suas fotos refletiam isso, capturavam a luz, o brilho, a esperança, bem como as sombras que naturalmente desafiavam a luz.

Ironicamente, essa tinha sido a qualidade que chamara a atenção de CC e a levara a oferecer o trabalho a ele. Uma matéria em uma revista de moda o havia descrito como um dos fotógrafos "mais requisitados do momento", e CC sempre queria o melhor. Era por isso que eles sempre pegavam um quarto no Ritz. Um quarto apertado e mal-iluminado em um andar baixo, sem vista nem charme, mas no Ritz. CC colecionava os xampus e outros artigos de toalete do hotel para provar seu valor, assim como colecionava Saul. Usava aqueles objetos só para demonstrar algo obscuro a pessoas que não davam a mínima e fazia a mesma coisa com ele. Depois, em algum momento, ela descartava tudo. Do mesmo jeito que havia deixado de lado o marido, do mesmo jeito que ignorava e ridicularizava a filha.

O mundo era um lugar cruel e insensível.

E agora Saul acreditava nisso.

Ele odiava CC de Poitiers.

Levantou-se da cama e a deixou ali admirando o livro, seu verdadeiro amante. Quando ele olhou para ela, CC parecia entrar e sair de foco. Inclinou a cabeça de lado, pensando se tinha, mais uma vez, exagerado na bebida. Ela parecia borrada, depois nítida, como se ele estivesse olhando através de um prisma para duas mulheres diferentes, uma linda, glamourosa e cheia de vida e a outra esquálida e desgastada. E perigosa.

– O que é isso? – perguntou Saul, pegando do lixo um portfólio.

Na mesma hora ele reconheceu que era a apresentação do trabalho de um artista. Tinha sido bela e cuidadosamente encadernada e impressa em papel de alta qualidade. Folheou o volume e ficou sem fôlego com o que viu.

Uma série de trabalhos luminosos brilhava no papel. Saul sentiu uma agitação no peito. Eles mostravam um mundo tão belo quanto ferido, mas, sobretudo, um mundo onde a esperança e o afeto ainda existiam. Aquele era claramente o mundo que o artista via todos os dias, onde ele vivia – assim como Saul um dia tinha vivido em um mundo cheio de luz e esperança.

As obras pareciam simples, mas na verdade eram muito complexas. Imagens e cores tinham sido sobrepostas umas às outras. Horas e horas, dias e dias deviam ter sido gastos em cada uma delas para que o efeito desejado fosse atingido.

Saul observou a obra que tinha diante de si naquele momento. Uma árvore majestosa se elevava até o céu, como se procurasse o sol. De alguma forma, o artista havia capturado a sensação de movimento sem tornar a imagem desorientadora. Pelo contrário: era graciosa, tranquila e, acima de tudo, poderosa. As pontas dos galhos pareciam derreter ou sair de foco, como se mesmo em sua confiança e em seu desejo trouxessem em si uma pequena dúvida. Era brilhante.

Saul esqueceu CC completamente. Ele subiu naquela árvore, o tronco áspero quase lhe fazendo cócegas, como se estivesse no colo do avô e sentisse sua barba por fazer. Como o artista tinha alcançado aquele efeito?

Não conseguiu identificar a assinatura. Folheou as páginas e, lentamente, sentiu um sorriso se abrir no rosto gelado, alcançando seu coração endurecido.

Talvez um dia, se conseguisse se livrar de CC, pudesse retomar seu trabalho pessoal e fazer coisas assim.

Saul exalou toda a escuridão alojada no peito.

– E aí, gostou? – perguntou CC, balançando o livro para ele.

DOIS

Crie vestiu a fantasia com cuidado, tentando não rasgar o chiffon branco. A apresentação de Natal já havia começado. Ela ouvia as meninas menores cantando "Bate o sino pequenino", embora na verdade parecessem dizer, de maneira suspeita, "Bate o sino bem nutrido". Por um segundo Crie se perguntou se era uma indireta. Estavam zombando dela? Mas logo afastou o pensamento e continuou a se vestir, cantarolando baixinho.

– Quem está fazendo isso? – ecoou a voz de madame Latour, a professora de música, na sala cheia e agitada. – Quem está cantarolando?

O animado rosto aquilino da professora apareceu no canto para onde Crie tinha ido discretamente a fim de se trocar sozinha. Por instinto, Crie agarrou a fantasia e tentou cobrir o corpo seminu de 14 anos. Claro que era impossível: muito corpo para pouco chiffon.

– É você?

Crie apenas olhou para a professora, assustada demais para responder. Bem que a mãe avisara. Tinha dito a ela para nunca cantar em público.

Mas agora, traída por um coração alegre, havia deixado escapar aquele som baixinho.

Madame Latour olhou para a garota obesa e se sentiu mal. Ela tinha um corpo rechonchudo, cheio de dobrinhas, que escondiam a roupa de baixo. O rosto petrificado da menina a encarava fixamente. Monsieur Drapeau, o professor de ciências, comentara que Crie era a melhor aluna da turma, embora um colega cruel tivesse dito que ela certamente havia devorado os livros quando ele abordara o tópico "vitaminas e minerais".

Mesmo assim, lá estava ela na apresentação de fim de ano, então talvez estivesse saindo do casulo, ainda que isso demandasse um esforço imenso.

– É melhor correr. Você vai entrar daqui a pouco.

A professora foi embora sem esperar resposta.

Crie estava na Escola para Garotas da Srta. Edward fazia cinco anos, mas aquela era sua primeira apresentação de Natal. Nos anos anteriores, enquanto os outros alunos confeccionavam fantasias, ela murmurava desculpas. Ninguém nunca tinha tentado fazê-la mudar de ideia. Em vez disso, Crie havia recebido a tarefa de ligar as luzes do palco, já que, segundo madame Latour, levava jeito para coisas técnicas. Coisas inanimadas, para ser mais preciso. Então, todo fim de ano, Crie assistia às apresentações sozinha no escuro dos bastidores, enquanto garotas lindas, sorridentes e talentosas dançavam e cantavam a história do milagre de Natal, aquecendo-se na luz que Crie oferecia a elas.

Mas não dessa vez.

Ela vestiu a fantasia e se olhou no espelho. Um enorme floco de neve de chiffon a encarou de volta. Estava esplêndida. As outras garotas tinham recebido a ajuda das mães, mas Crie havia feito tudo sozinha. *Para surpreender mamãe*, dissera a si mesma, tentando abafar outra voz em sua cabeça.

Quando olhava o tecido de perto, via pequenas manchas de sangue nos pontos em que seus dedos haviam se atrapalhado com a agulha, fazendo com que ela se espetasse. Mas Crie tinha perseverado até finalmente terminar a fantasia. Então tivera um insight. Na verdade, a ideia mais brilhante de todos os seus 14 anos.

A mãe reverenciava a luz, ela sabia disso. A luz era, Crie tinha escutado a vida toda, aquilo a que todos almejavam. Por isso o aperfeiçoamento espiritual se chamava iluminação. Por isso ser brilhante era o mesmo que ser inteligente. E por isso as pessoas magras eram bem-sucedidas. Afinal, elas não bloqueavam a luz com seu tamanho.

Era tão óbvio.

E agora Crie interpretaria um floco de neve. A mais clara e leve de todas as intempéries. Seu brilho próprio? Tinha ido à loja de 1,99 e comprado um potinho de purpurina com a mesada. Até conseguira passar direto, firme e forte, pelas barras de chocolate. Crie já estava de dieta fazia um mês e tinha certeza de que logo a mãe notaria.

Havia passado a cola e a purpurina e agora observava o resultado.

Pela primeira vez na vida, Crie se achou bonita. E sabia que, dentro de apenas alguns minutos, a mãe acharia o mesmo.

CLARA MORROW OLHOU POR ENTRE OS MONTINHOS congelados na janela da sala, contemplando o vilarejo de Three Pines. Inclinando-se para a frente, raspou um pouco do gelo do vidro. Agora que eles tinham algum dinheiro, pensou, precisava trocar as janelas. Mas, embora soubesse que isso era o mais sensato a fazer, suas decisões não costumavam ser muito sensatas. Ao menos nisso combinavam com a vida dela. E agora, observando o globo de neve que havia se tornado Three Pines, pensou que adorava olhar para a paisagem através dos belos desenhos que o gelo fazia no vidro antigo.

Tomando um gole de chocolate quente, observou os moradores encapotados passearem pela neve que caía devagar, acenando uns para os outros com as mãos enluvadas e de vez em quando parando para conversar, as palavras saindo em meio a nuvens de vapor como se fossem personagens de quadrinhos. Alguns iam até o Bistrô do Olivier para tomar um *café au lait*, outros precisavam de pão fresco ou de uma *pâtisserie* da *boulangerie* da Sarah. A livraria Livros da Myrna, Novos e Usados, ao lado do bistrô, já tinha fechado. Com uma pá, monsieur Béliveau retirava a neve da calçada da mercearia e acenava para o grande e dramático Gabri, que atravessava correndo o jardim da pousada, na esquina.

Para um estranho, aquelas pessoas seriam anônimas e até mesmo assexuadas. No inverno da província do Quebec, todos ficavam parecidos. As pessoas formavam grandes massas agasalhadas, abafadas por penas de ganso ou forro sintético, e caminhavam como pinguins. Os magros pareciam gordos, e os gordos, enormes. Era como se todo mundo fosse mais ou menos igual. A única diferença eram os chapéus. Clara viu o gorro verde com pompom de Ruth acenar para a boina multicolorida de Wayne, tricotada por Pat em longas noites de outono. Todas as crianças dos Lévesques usavam tons de azul enquanto patinavam de lá pra cá no lago congelado, perseguindo um disco de hóquei. A pequena Rose tremia tanto no gol que Clara via a touquinha azul-piscina dela tremelicando. Mas os irmãos a amavam – cada vez que corriam na direção dela, fingiam tropeçar e, em vez de dar uma tacada violenta, deslizavam devagar até ela, até que todos terminavam num amontoado confuso e feliz na cara do gol. Parecia uma daquelas imagens de paisagem da Currier and Ives que Clara observava por horas a fio quando era criança e nas quais sonhava entrar.

Three Pines estava vestida de branco. Nas últimas semanas, a neve havia alcançado 30 centímetros e todas as casas ao redor do gramado central tinham recebido um toque do mais puro branco. A fumaça das chaminés flutuava como se as casas estivessem respirando e falando, e guirlandas de Natal enfeitavam portas e portões. À noite, a pacata vila da região de Eastern Townships brilhava com as luzes das decorações de Natal. Uma leve agitação tomava conta do local enquanto crianças e adultos se preparavam para o grande dia.

– Talvez o carro dela tenha enguiçado – disse Peter, marido de Clara, entrando na sala.

Alto e magro, ele parecia um executivo da revista *Fortune*, assim como o pai. Mas Peter passava os dias debruçado sobre um cavalete, sujando os cachos grisalhos de tinta a óleo enquanto criava, devagar, obras de arte abstrata minuciosamente detalhadas que eram vendidas para colecionadores internacionais por milhares de dólares. No entanto, como ele produzia apenas uma ou duas por ano, o casal vivia em constante penúria – até pouco antes, pelo menos. As pinturas de Clara, que mostravam úteros guerreiros e árvores derretendo, ainda não haviam encontrado um mercado.

– Ela vai vir – disse Clara.

Peter fitou os olhos azuis e calorosos da esposa e aqueles cabelos outrora escuros que também já estavam ficando grisalhos, embora ela ainda não tivesse chegado aos 50. Clara estava começando a engordar na barriga e nas coxas e nos últimos tempos vinha falando em voltar para as aulas de ginástica de Madeleine. Ele era esperto o bastante para não responder quando ela lhe perguntava se era uma boa ideia.

– Tem certeza que eu não posso ir? – perguntou ele, mais por educação do que por um real desejo de se espremer no perigosíssimo carro de Myrna para ir sacolejando até a cidade.

– Claro que tenho. Eu vou comprar o seu presente de Natal. Além disso, não tem lugar no carro para Myrna, eu, você e os presentes. Teríamos que deixar você em Montreal.

Um carro minúsculo parou diante do portão aberto e dele saiu uma enorme mulher negra. Aquela era a parte preferida de Clara, ver Myrna entrar e sair daquele carrinho. Clara tinha certeza de que Myrna era maior que o veículo. No verão, era um acontecimento vê-la se contorcer enquanto o vestido subia até a cintura. Myrna apenas ria. No inverno era ainda mais divertido, já que ela usava uma parca rosa exuberante e quase dobrava de tamanho.

"Eu sou das ilhas, garota", dissera ela. "Sou friorenta."

"Você é da ilha de Montreal", contestara Clara.

"É verdade", admitira Myrna, com uma risada. "Mas do extremo sul. O inverno é o único momento do ano em que a minha pele fica rosada. O que você acha? Eu consigo passar?"

"Passar pelo quê?"

"Por branca."

"E você quer?"

Myrna de repente olhara séria para a amiga, depois sorrira.

"Não. Não, não mais."

Ela parecera satisfeita e até um pouco surpresa com a própria resposta.

Agora, envolta em camadas de cachecóis em cores vivas, usando um gorro roxo com pompom laranja, Myrna avançava ruidosamente até a casa pelo caminho recém-aberto na neve.

Elas logo estariam em Montreal. Era uma viagem curta, de menos de uma hora e meia, mesmo com neve. Clara estava ansiosa pela tarde de compras, mas o ponto alto da viagem (de todas as viagens a Montreal naquela época, aliás) era um segredo dela. Um deleite particular. Clara Morrow estava louca para ver a vitrine de Natal da Ogilvy.

A consagrada loja de departamentos no centro de Montreal tinha a vitrine de Natal mais mágica do mundo. Em meados de novembro, a vitrine ficava vazia e as enormes vidraças eram cobertas por papel. Então a brincadeira começava: quando as maravilhas do fim do ano seriam reveladas? Durante a infância, Clara ficava mais animada com isso do que com o Papai Noel. Quando ouvia falar que a Ogilvy havia finalmente retirado o papel, corria para o centro e ia direto conferir a vitrine encantada.

E lá estava ela, sempre. Clara corria até a loja, mas parava de repente, pouco antes de a vitrine entrar em seu campo de visão. Fechava os olhos e se recompunha, para depois dar um passo à frente e abri-los. Ali estava: a vila de Clara. O lugar para onde a garotinha sensível ia quando as decepções e a crueldade crescente a atordoavam. Fosse verão ou inverno, bastava fechar os olhos para ver a vitrine. Com ursos bailarinos, patos patinadores e sapos em trajes vitorianos pescando do alto de uma ponte. À noite, quando os espíritos grunhiam, bufavam e arranhavam o chão do quarto com suas garras, ela fechava os olhinhos azuis com força e entrava pela janela mágica da vila, onde eles nunca a encontrariam, porque a bondade era a guardiã da entrada.

Mais tarde na vida, uma coisa maravilhosa aconteceu. Ela se apaixonou por Peter Morrow e decidiu adiar os planos de ficar famosa em Nova York. Em vez disso, concordou em se mudar para um vilarejo no sul de Montreal. Era uma região com a qual a garota da cidade não estava familiarizada, mas o amor que sentia por Peter era tão grande que ela nem sequer hesitou.

E foi assim que, 26 anos antes, a inteligente e cética estudante de artes recém-formada desceu de seu carro barulhento e começou a chorar.

Peter a havia levado para a vila encantada de sua infância. A vila que ela havia esquecido na atitude e importância da vida adulta. No fim das contas, a vitrine de Natal da Ogilvy era real e se chamava Three Pines. Eles compraram uma casinha em frente à praça central e criaram uma vida mais mágica do que Clara jamais imaginaria.

Alguns minutos depois, Clara abriu o zíper da parca no calor do carro e ficou vendo a paisagem nevada do campo passar pela janela. Aquele era um Natal especial por razões tanto trágicas quanto maravilhosas. Sua querida amiga e vizinha Jane Neal tinha sido assassinada pouco mais de um ano antes, deixando todo o seu dinheiro para Clara. No Natal anterior, Clara ainda estava culpada demais para gastá-lo, com a sensação de que havia lucrado com a morte de Jane.

Myrna olhou para Clara e seus pensamentos viajaram pelos mesmos caminhos. Lembrou-se da querida amiga Jane Neal e do conselho que dera a Clara depois do assassinato. Myrna estava acostumada a dar conselhos. Havia sido psicóloga em Montreal, até perceber que a maioria dos pacientes não queria melhorar de verdade. Queria um comprimido e a garantia de que o problema não era culpa deles.

Então Myrna largou tudo e foi embora. Encheu o carrinho vermelho de livros e roupas e atravessou a ponte, indo da ilha de Montreal rumo à fronteira com os Estados Unidos. Ia se sentar numa praia da Flórida e descobrir o que fazer.

Mas o destino – e a fome – intervieram. Myrna estava em sua jornada havia apenas uma hora e meia, dirigindo sem pressa por estradinhas pitorescas, quando de repente sentiu fome. Subindo uma colina, ao longo de uma via esburacada, encontrou uma cidadezinha escondida entre montanhas e florestas. Ficou tão surpresa e arrebatada que parou e desceu do carro. Era fim de primavera e o sol estava começando a ganhar força. Um riacho desaguava a partir de um velho moinho de pedra, passava por uma capela de madeira branca e serpenteava ao redor de um dos lados do vilarejo. A vila era um círculo de onde saíam estradas de terra nas quatro direções. No meio havia uma praça com um amplo gramado, cercado por casas antigas, algumas no estilo quebequense – com telhados de metal inclinados e águas-furtadas estreitas – e outras de tábuas de madeira, com amplos alpendres. E pelo menos uma delas era de pedra, construída à mão com pedras retiradas dos campos por algum pioneiro que tentava se antecipar ao inverno devastador que se aproximava.

Ela viu um laguinho na praça e três pinheiros majestosos em uma extremidade.

Myrna pegou o mapa do Quebec. Após alguns minutos, dobrou-o cuidadosamente e se recostou no carro, maravilhada. O vilarejo não estava no mapa. Ele mostrava lugares que não existiam fazia décadas, inclusive minúsculas vilas de pescadores e qualquer comunidade com pelo menos duas casas e uma igreja.

Mas não aquela.

Myrna viu moradores cuidando do jardim, passeando com o cachorro e lendo em um banco perto do laguinho. Talvez o lugar fosse como Brigadoon. Talvez só aparecesse a cada poucos anos e apenas para as pessoas que precisavam vê-lo. Mesmo assim, Myrna hesitou. Certamente o local não teria o que ela buscava. Quase deu meia-volta na direção de Williamsburg, que estava no mapa, mas decidiu arriscar.

Three Pines tinha, sim, o que ela tanto queria.

Tinha croissants e *café au lait*. Bife com fritas e *The New York Times*. Uma padaria, um bistrô, uma pousada e uma mercearia. Paz, calma e risadas.

Uma grande alegria, uma grande tristeza e a habilidade de aceitar as duas. Companheirismo e gentileza.

E tinha uma loja vazia com um loft no segundo andar. Esperando. Por ela. Myrna nunca mais saiu de lá.

Em apenas uma hora, ela foi de um mundo de reclamações a um mundo de satisfação. E isso já fazia seis anos. Agora ela oferecia livros novos e usados, além de conselhos batidos.

"Pelo amor de Deus, acorda pra vida", tinha sido seu conselho a Clara. "Já faz meses que a Jane morreu. Você ajudou a esclarecer o assassinato. E sabe muito bem que Jane ficaria irritada de saber que te deu todo o dinheiro dela para você não aproveitar nada. Ela devia ter dado para mim." Myrna balançara a cabeça, fingindo perplexidade. "Eu saberia o que fazer com essa grana. Já estaria na Jamaica, com um rastafári bem gato, um bom livro..."

"Espera aí. Você estaria com um cara gato e lendo um livro ao mesmo tempo?"

"Ué, eles têm funções diferentes. Por exemplo, os homens são ótimos duros, já os livros não."

Clara dera risada. Elas compartilhavam um desprezo por livros de capa dura, que eram difíceis de segurar, principalmente na cama.

Então Myrna havia convencido a amiga a aceitar a morte de Jane e gastar o dinheiro. E era o que Clara planejava fazer hoje. Finalmente, o banco de trás do carro receberia pesadas sacolas de papel coloridas, decoradas com alças de tecido e nomes em alto-relevo como Holt Renfrew e Ogilvy. Nem um único saco plástico amarelo fluorescente da loja de 1,99 – embora, no fundo, Clara adorasse bugigangas.

EM CASA, PETER OLHOU PELA JANELA, tentando se obrigar a se levantar para fazer algo produtivo. Entrar no estúdio e trabalhar no quadro que estava pintando. Então notou que o gelo tinha sido raspado de uma parte da janela. Em formato de coração. Sorriu e aproximou os olhos, observando Three Pines tocar sua vida tranquila. Então ergueu o olhar para a velha casa labiríntica da colina. A antiga casa dos Hadleys. Enquanto olhava, o gelo voltou a crescer, preenchendo seu coração.

TRÊS

– Quem fez isso? – perguntou Saul, segurando o portfólio.

– Isso o quê?

– Isso aqui – respondeu ele, nu no meio do quarto. – Eu achei no lixo. De quem é?

– É meu.

– Foi você que fez?

Saul ficou perplexo. Por um instante se perguntou se a havia julgado mal. Não havia dúvida de que aquelas eram obras de um artista talentoso.

– Claro que não. Uma criatura patética do vilarejo me deu para eu mostrar para os meus amigos donos de galerias. Ficou puxando o meu saco, foi hilário. "Ah, CC, eu sei que você é bem relacionada!" "Ah, CC, será que você poderia mostrar meu trabalho para alguns dos seus contatos?" Muito irritante. Imagina só, me pedir um favor… Ainda teve a ousadia de me pedir para mostrar especificamente para Denis Fortin.

– E o que você disse?

Ele sentiu o coração apertado. Já sabia a resposta, é claro.

– Eu disse que seria um prazer. Pode colocar isso de volta aí onde você encontrou.

Saul hesitou, fechou o portfólio e o devolveu ao lixo, odiando-se por ajudar a destruir imagens tão luminosas e odiando-se ainda mais por querer fazer isso.

– Você não tinha compromisso hoje à tarde? – perguntou ele.

CC ajeitou o copo e a lâmpada do abajur na mesinha de cabeceira, movendo-os um milímetro para que ficassem na posição certa.

– Nada importante – respondeu ela, removendo um imenso cotão de poeira da mesa.

Francamente... Poeira assim no Ritz? Ela precisava falar com o gerente. Olhou para Saul, de pé junto à janela.

– Meu Deus, como você está largado.

Ele já tivera um corpo bonito, pensou. Mas agora estava completamente flácido. CC já havia saído com homens gordos. E também com homens musculosos. Na opinião dela, os dois extremos eram válidos. Era o meio-termo que a repelia.

Sentia aversão por ele e não conseguia lembrar por que um dia havia pensado que aquilo seria uma boa ideia. Então baixou os olhos e, vendo a capa branca e brilhosa do livro, lembrou.

A foto. Saul era um fotógrafo incrível. Lá estava seu rosto, acima do título *Mantenha a calma*. Os cabelos quase brancos de tão louros, os lábios vermelhos e carnudos, os olhos de um azul inteligente e marcante. E o rosto tão claro que parecia se fundir ao branco do fundo, dando a impressão de que os olhos, a boca e as orelhas flutuavam na capa.

CC tinha adorado.

Depois do Natal, ela se livraria de Saul. Assim que ele concluísse o último trabalho. Notou que ele provavelmente havia esbarrado na cadeira da escrivaninha enquanto examinava o portfólio. Estava desalinhada. Sentiu uma tensão crescer no peito. *Maldito homem, me irritando dessa forma de propósito, e maldito portfólio.* CC saltou da cama e endireitou a cadeira rangente, aproveitando para posicionar o telefone em uma linha paralela à borda da mesa.

Depois pulou de volta para a cama e alisou o lençol no colo. Talvez devesse voltar de táxi para o escritório. Mas então lembrou que tinha, sim, um compromisso. Um compromisso importante.

A Ogilvy estava em liquidação e ela também queria comprar uma bota na loja de artigos inuítes da Rue de la Montagne.

Não demoraria muito para que sua própria linha de roupas e móveis tomasse as lojas do Quebec. E o mundo. Em breve, todos os designers afetados e arrogantes que tinham zombado dela iam se arrepender. Em breve, todos conheceriam a Li Bien, sua filosofia de design e de vida. Feng shui era coisa do passado. As pessoas imploravam por mudança, e CC daria isso a elas. A Li Bien estaria na boca e na casa de todos.

– Você já alugou o chalé para o fim de ano? – perguntou ela.

– Não, vou fazer isso amanhã. Mas por que você foi comprar uma casa no meio do nada?

– Tive os meus motivos – respondeu CC, com uma pontada de raiva por ele ter questionado sua decisão.

Havia esperado cinco anos para comprar uma casa em Three Pines. CC de Poitiers sabia ser paciente quando precisava e quando tinha um bom motivo para isso.

Ela tinha visitado aquele fim de mundo várias vezes, feito contato com os corretores locais e até conversado com vendedores de lojas em cidades próximas como St. Rémy e Williamsburg. Levara anos. Ao que parecia, não era todo dia que se colocava uma casa à venda em Three Pines.

Então, pouco mais de um ano antes, recebera a ligação de uma corretora chamada Yolande Fontaine. Ela tinha um imóvel. Uma bela construção vitoriana na colina, com vista para o vilarejo. A casa do dono do moinho.

"Quanto custa?", CC havia perguntado, sabendo que dificilmente teria como pagar. Precisaria pegar dinheiro emprestado da empresa, hipotecar alguma coisa e fazer o marido sacar suas economias.

Mas a resposta da corretora a surpreendeu. A casa estava bem abaixo do valor de mercado.

"Só tem uma coisinha", explicou Yolande, com sua voz enjoativa.

"Diga."

"Teve um assassinato lá dentro. E uma tentativa de homicídio."

"É só isso?"

"Bom, tecnicamente, teve também um sequestro. Enfim, é por isso que está tão barata. Mesmo assim, é um ótimo negócio. O encanamento é fantástico, quase todo de cobre. O telhado tem só vinte anos. O…"

"Eu vou comprar."

"Não vai querer visitar?"

Assim que a pergunta saiu de sua boca, Yolande quis se matar. Se aquela idiota queria comprar a antiga casa dos Hadleys sem nem vê-la pessoalmente, sem fazer uma inspeção nem uma sessão de exorcismo, o problema era dela.

"Pode preparar o contrato. Passo aí hoje à tarde para fecharmos negócio."

E foi o que ela fez. Contou tudo ao marido cerca de uma semana depois, quando precisou da assinatura dele para sacar as reservas da aposentadoria. Ele protestou, mas com tão pouco afinco que um desavisado jamais reconheceria naquilo um protesto.

A velha casa dos Hadleys, aquela monstruosidade na colina, era dela. CC não podia estar mais feliz. A casa era perfeita. Three Pines era perfeita. Ou pelo menos seria, quando CC concluísse o que tinha em mente.

Saul se afastou. Aquilo não cheirava nada bem. CC o dispensaria assim que ele terminasse a sessão de fotos naquele lugarzinho horroroso. As imagens eram para o catálogo dos produtos que ela pretendia lançar, e ele havia sido instruído a fotografá-la interagindo com os moradores locais durante o Natal. Se possível, capturar os moradores olhando para ela com admiração e carinho. Ia precisar de dinheiro para isso.

Tudo que CC fazia tinha um objetivo. E ele sabia que esse objetivo consistia em alimentar duas coisas: sua carteira ou seu ego.

Então por que ela havia comprado uma casa em uma cidade minúscula que ninguém conhecia? Por prestígio não era. Então só podia ser pelo outro motivo.

Dinheiro.

CC sabia algo sobre aquele vilarejo que ninguém mais sabia, e isso significava dinheiro.

Isso despertou o interesse dele por Three Pines.

– Crie! Pelo amor de Deus, anda!

Uma vencedora de concursos de beleza, fruto delicado e bem-tratado de um herdeiro, se esforçava para ser visto atrás daquele imenso floco de neve. Crie havia surgido no palco, dançando e girando junto com os outros flocos de neve, mas tinha parado de repente. Ninguém parecia se importar com o fato de que não nevava em Jerusalém. A professora, não sem razão, imaginou que, se as pessoas acreditavam que uma virgem podia dar à luz, também acreditariam que havia nevado naquela noite milagrosa. O que parecia importar, no entanto, era que um dos flocos de neve, uma espécie de microclima em si, havia parado bem no meio do palco. Na frente do menino Jesus.

– Sai daí, balofa!

Crie não ouviu o insulto, como não ouvia nenhum deles. Eram o ruído de fundo de sua vida. Ela nem prestava mais atenção. Agora estava parada no palco, encarando a plateia, paralisada.

– A Brie está com medo de palco – sussurrou madame Bruneau, professora de teatro, para madame Latour, professora de música, como se esperasse que ela fizesse alguma coisa.

Até os professores a chamavam de Brie pelas costas. Ou pelo menos achavam que faziam isso pelas costas. Havia um bom tempo, já tinham parado de se importar se aquela garota estranha e calada estava ouvindo.

– Isso eu estou vendo – retrucou madame Latour, finalmente abatida pelo imenso estresse de organizar aquela festa todos os anos.

Mas o que petrificou Crie não foi o palco nem o público. O que a pregou no lugar foi o que não estava lá.

Por experiência própria, Crie sabia que as coisas que as pessoas não viam eram sempre as mais assustadoras.

E o que ela não viu partiu seu coração.

– Eu lembro quando o meu primeiro guru, Ramen Das, disse para mim… – comentava CC, que agora andava pelo quarto de hotel de robe branco, recolhendo sabonetes enquanto contava mais uma vez sua história preferida. – Ele disse: "CC Das…" Era como Ramen Das me chamava… Era raro uma mulher ter essa honra, principalmente na Índia daquela época.

Saul pensou que talvez Ramen Das não tivesse percebido que CC era uma mulher.

– Isso foi há vinte anos. Eu era uma criança inocente, mas já estava em busca da verdade. Encontrei Ramen Das nas montanhas e foi uma conexão espiritual imediata.

Ela uniu as mãos. Saul torceu para que não estivesse prestes a dizer…

– Namastê. – CC se curvou em saudação. – Ele me ensinou isso. É muito espiritual.

Ela dizia "espiritual" tantas vezes que a palavra já tinha perdido o sentido para Saul.

– Ele disse: "CC Das, você tem um grande dom espiritual. Você precisa compartilhar esse dom com o mundo. Diga às pessoas que mantenham a calma."

Enquanto ela falava, Saul a imitava, dublando aquela melodia familiar.

– "CC Das", ele disse, "você, mais do que ninguém, sabe que, quando os chacras estão alinhados, tudo fica branco. E quando tudo fica branco, está tudo bem".

Talvez ela estivesse confundindo um místico indiano com um membro da Ku Klux Klan, pensou Saul. Seria irônico.

– Ele disse: "Volte para o mundo. Seria errado prender você aqui por mais tempo. Vá e abra uma empresa chamada Mantenha a Calma." E foi o que eu fiz. E também foi por isso que escrevi este livro. Para espalhar a palavra espiritual. As pessoas precisam saber. Elas entenderam tudo errado seguindo aquelas seitas bizarras que só querem tirar vantagem delas. Eu precisava contar às pessoas sobre a Li Bien.

– Espere, estou um pouco confuso – disse Saul, divertindo-se com a onda de raiva que aquilo causava em CC.

Como ela era previsível. Odiava quando sugeriam que suas ideias não tinham lógica.

– Foi Ramen Das quem te falou sobre a Li Bien?

– Não, idiota. Ramen Das estava na Índia. A Li Bien é uma filosofia oriental ancestral, transmitida pela minha família.

– De filósofos chineses ancestrais?

Já que não queria aquele relacionamento, podia muito bem chutar o balde. Além disso, daria uma ótima história para contar mais tarde. Chega daquela conversa cretina e monótona. Ele ia tornar CC motivo de chacota.

Ela soltou um muxoxo de desdém e bufou.

– Você sabe que minha família vem da França. A França tem um longo e nobre histórico de colonialismo no Oriente.

– Ah, sim. Vietnã.

– Isso. Os diplomatas da minha família trouxeram de lá alguns dos antigos ensinamentos espirituais, inclusive a tradição Li Bien. Eu já te contei isso tudo. Você não estava ouvindo? E está no livro. Você não leu?

Ela jogou o livro nele. Saul se abaixou, mas o volume o atingiu de raspão no braço.

– É claro que eu li a droga do livro. Li e reli. – Ele fez um esforço imenso para não falar "esse monte de merda", embora soubesse que era mesmo. – Eu conheço essa história. Sua mãe pintou uma bola Li Bien e essa é a única lembrança que você tem dela.

– Não só dela, seu imbecil. Da minha família inteira.

Saul queria irritá-la, mas não fazia ideia da fera que tinha tirado da coleira. De repente, sentiu-se com meio metro de altura, uma criança encolhida, enquanto ela se erguia e bloqueava o sol, bloqueava toda a luz. Ele recuou, se curvou e murchou. Por dentro. Por fora, o homem adulto permaneceu encarando CC. Perguntando-se o que teria criado um monstro daqueles.

CC queria arrancar os braços dele. Queria extirpar aqueles olhos esbugalhados das órbitas, remover aquela carne dos ossos. Sentiu um poder crescer dolorosamente no peito dela, um poder que irradiava como um sol se transformando em supernova. Suas mãos ansiavam por sentir as veias do pescoço dele latejarem enquanto o estrangulava, e ela era bem capaz de fazer isso. Mesmo ele sendo maior e mais pesado, ela era capaz. Quando se sentia assim, sabia que nada poderia detê-la.

DEPOIS DO SALMÃO POCHÉ E DO *GIGOT D'AGNEAU* do almoço, Clara e Myrna se separaram para fazer as compras de Natal. Mas primeiro Clara iria em busca de Siegfried Sassoon.

– Você vai a uma livraria? – perguntou Myrna.

– Claro que não. Vou cortar o cabelo.

Nossa, Myrna estava ficando meio alienada, pensou Clara.

– Com Siegfried Sassoon?

– Não com ele, Myrna, com alguém do salão dele.

– Ou da unidade dele, né? Pelo que eu soube, é o inferno para onde vão a juventude e o riso.

Clara tinha visto fotos dos salões Sassoon. Embora a descrição de Myrna fosse um pouco dramática, não parecia muito distante da realidade, a julgar pelas mulheres infelizes fazendo beicinho nas imagens.

Algumas horas depois, Clara estava exausta e feliz, arrastando-se pela Rue Ste. Catherine com as mãos enluvadas agarradas às alças das sacolas que transbordavam de presentes. Seu dia de compras tinha sido ótimo. Havia encontrado o presente perfeito para Peter e itens menores para a família e os amigos. Myrna tinha razão, Jane ficaria feliz em vê-la gastar o dinheiro. E também tinha razão sobre o lance de Sassoon, apesar de ter sido tão enigmática.

– Spray bronzeador Nylons? Chocolate Hershey's? – perguntou a voz lírica e calorosa atrás dela.

– Eu estava mesmo pensando em você, sua traidora. Você me deixou sair pelas ruas cruéis de Montreal perguntando a estranhos onde eu encontraria Siegfried Sassoon.

Myrna estava recostada na entrada de um antigo banco, se sacudindo de tanto rir.

– Eu não sei se fico chateada ou aliviada por ninguém saber que eu queria que um poeta morto da Primeira Guerra Mundial cortasse o meu cabelo. Por que você não me avisou que era Vidal Sassoon e não Siegfried? – perguntou Clara, agora também entre risos, derrubando as sacolas na calçada coberta de neve.

– Ficou lindo – disse Myrna, recuando para examinar Clara e finalmente contendo a risada.

– Eu estou de gorro, sua idiota.

As duas começaram a rir de novo enquanto Clara puxava o gorro de tricô sobre as orelhas.

Era difícil não ficar de bom humor naquele ambiente. Eram quase quatro da tarde de 22 de dezembro e o sol havia se posto. As ruas de Montreal, sempre cheias de charme, também estavam repletas de luzinhas de Natal. Do início ao fim da Rue Ste. Catherine, a decoração brilhava, e as luzes eram refletidas pelos montes de neve. Pegos na hora do rush, os carros se arrastavam e os pedestres andavam apressados pelas calçadas cobertas de neve, parando de vez em quando para olhar uma vitrine iluminada.

Um pouco à frente estava o destino delas. A Ogilvy. E a vitrine da Ogilvy. Mesmo a meio quarteirão de distância, Clara podia ver o brilho e a mágica refletidos no rosto das crianças que observavam a vitrine. O frio sumiu e a multidão, que se espremia e se acotovelava momentos antes, desapareceu. Até Myrna recuou quando Clara se aproximou da loja.

– Eu te encontro lá dentro – sussurrou Myrna, mas a amiga já estava longe.

Havia entrado naquela vitrine. Tinha passado pelas crianças extasiadas, por cima da pilha de trapos na calçada nevada e ido direto até a idílica cena natalina. Agora estava atravessando a ponte de madeira, indo na direção da vovó ursa na casa do moinho de madeira.

– Um trocado, moça! *L'argent, s'il vous plaît.*

Um ruído de vômito invadiu o mundo de Clara.

– Ai, que nojo. Mamãe! – gritou uma criança ao ver a cena.

Clara olhou para baixo: a pilha de roupas tinha vomitado, e o vômito exalava um leve vapor no cobertor incrustado de imundície que envolvia o homem. Ou a mulher. Clara não sabia, mas também não se importava em saber. Estava chateada porque tinha esperado o ano inteiro, a semana inteira, o dia inteiro por aquele momento para simplesmente vomitarem em seu sonho. Agora todas as crianças estavam chorando e a magia havia desaparecido.

Clara se afastou da vitrine e olhou ao redor em busca de Myrna. Já devia ter entrado para o grande evento. Naquele dia, as duas não tinham ido até a Ogilvy só pela vitrine. Outra moradora de Three Pines, Ruth Zardo, uma amiga próxima, estava lançando sua nova coletânea de poemas na livraria do subsolo.

Geralmente, os pequenos volumes de poesia de Ruth eram entregues a um público indiferente após um lançamento discreto no bistrô de Three Pines. Mas algo espantoso tinha acontecido. Aquela poeta velha, seca e amarga de Three Pines havia ganhado o Prêmio do Governador-Geral para Poesia em Língua Inglesa, surpreendendo a todos. Não que não merecesse. Clara sabia que os poemas dela eram extraordinários.

> *Quem te machucou uma vez*
> *de maneira tão irreparável,*
> *que te fez saudar cada oportunidade*
> *com uma careta?*
> *Não foi sempre assim.*

Não, Ruth Zardo merecia o prêmio. Era apenas espantoso que todos soubessem disso.

Será que isso vai acontecer com minha arte?, pensava Clara ao atravessar as portas giratórias para entrar na atmosfera perfumada e silenciosa da Ogilvy. *Será que em breve serei arrancada da obscuridade?* Ela tinha finalmente reunido coragem para dar seu trabalho à nova vizinha deles, CC de Poitiers, após ouvi-la falar no bistrô sobre seu amigo próximo, Denis Fortin.

Quem conseguia expor na Galeria Fortin, no quartier Outremont de Montreal, definitivamente tinha vencido na vida. Fortin só escolhia os melhores artistas, os mais vanguardistas, mais profundos e ousados. E tinha contatos no mundo inteiro. Até no... Será que ela ousava pensar nisso? Até no Museu de Arte Moderna de Nova York. O MoMA. MoMA mia.

Clara se imaginou no vernissage da Galeria Fortin. Ela seria brilhante e espirituosa, o centro das atenções, e artistas menores e grandes críticos prestariam atenção em cada palavra perspicaz sua. Um pouco afastado do círculo de admiradores, Peter a observaria com um sorriso discreto. Sentiria orgulho dela e finalmente a enxergaria como uma colega de profissão.

CRIE SE SENTOU NOS DEGRAUS COBERTOS de neve da escola. Estava escuro agora. Dentro e fora do prédio. Olhava para a frente, distraída, a neve se acumulando no gorro e nos ombros. Ao seu lado estava a bolsa com a fantasia de floco de neve. Enfiado no meio dela, o boletim escolar.

Só notas 10.

Os professores haviam soltado um muxoxo e balançado a cabeça, lamentando que tamanha inteligência fosse desperdiçada em uma garota tão problemática. "É uma pena imensa mesmo", um deles tinha dito, e todos riram da tirada. Menos Crie, que por acaso estava passando por ali.

Todos os professores concordaram que precisavam ter uma conversa séria com quem quer que a tivesse machucado a ponto de ela nem sequer conseguir falar ou olhar nos olhos das pessoas.

Por fim, Crie se levantou e foi andando com cuidado em direção ao centro de Montreal, o equilíbrio comprometido pelas calçadas escorregadias e íngremes e pelo peso quase insuportável do floco de neve de chiffon.

QUATRO

Caminhando pela Ogilvy, Clara não sabia o que era pior, se o mau cheiro daquele pobre morador de rua ou os aromas enjoativos dos perfumes da loja. Na quinta vez que uma garota magricela a borrifou com alguma coisa, ela soube a resposta. Não estava aguentando o próprio cheiro.

– Já era hora, cacete – disse Ruth Zardo, indo mancando até Clara. – Você está parecendo uma mendiga – completou, dando dois beijinhos nela. – E está fedendo.

– Não sou eu, é a Myrna – sussurrou Clara, apontando para a amiga com a cabeça e balançando a mão na frente do nariz.

Foi uma recepção bem calorosa para os padrões de Ruth Zardo.

– Aqui, compre – ordenou Ruth, estendendo uma cópia de seu novo livro, *Estou bem DEMAIS*. – Vou até autografar. Mas você tem que comprar primeiro.

Alta e imponente, Ruth se apoiou na bengala e foi mancando de volta até uma mesinha no canto da imensa loja, onde esperaria que lhe pedissem dedicatórias.

Clara pagou pelo livro e pediu que Ruth o autografasse. Reconhecia todos ali presentes. Para começar, lá estavam Gabri Dubeau e seu marido, Olivier Brulé. Imenso e fora de forma, Gabri estava se permitindo comer à vontade e adorando essa liberdade. Tendo passado dos 30, estava farto de ser um gay jovem e musculoso. Quer dizer, não da parte de ser gay. Ao lado dele estava Olivier, belo, esguio e elegante. Seu cabelo louro contrastava com as mechas escuras do companheiro e ele colhia alguns fios irritantes da gola rulê de seda, claramente desejando poder implantá-los de volta.

Ruth nem precisaria ter se dado ao trabalho de ir até Montreal para o lançamento: todos os que apareceram eram de Three Pines.

– Isso é uma perda de tempo – disse ela, baixando a cabeça de cabelos curtos e brancos sobre o livro de Clara. – Ninguém de Montreal veio, nem uma maldita pessoa. Só vocês. Que sem graça.

– Muito obrigado pela parte que me toca, bruxa velha – respondeu Gabri, segurando dois livros nas mãos grandes.

– Ah, fantástico – disse Ruth, erguendo os olhos ao sentir a mistura de perfumes de Clara. – Isto aqui é uma livraria – continuou, falando devagar e alto –, não um banho público.

– Que pena – brincou Gabri, antes de olhar para Clara.

– É a Myrna – disse ela, mas, como Myrna conversava com Émilie Longpré do outro lado do salão, a desculpa não convenceu.

– Pelo menos você está camuflando o futum da poesia da Ruth – disse Gabri, afastando o livro de si.

– Bicha má – xingou Ruth.

– Velha gagá – devolveu Gabri, piscando para Clara. – *Salut, ma chère.*

– *Salut, mon amour.* E esse outro livro na sua mão, qual é? – quis saber Clara.

– É da CC de Poitiers. Sabia que a nossa nova vizinha também publicou um livro?

– Nossa, isso significa que ela já escreveu mais livros do que leu – comentou Ruth.

– Eu peguei dali – disse Gabri, apontando para a pilha de volumes brancos na prateleira de promoções.

Ruth riu com deboche, mas logo se conteve ao se dar conta de que em poucos dias sua pequena coleção de poemas primorosamente elaborados estaria dividindo aquele caixão literário com o lixo de CC.

Algumas pessoas estavam de pé perto dali, entre elas as Três Graças de Three Pines: Émilie Longpré, pequenina e elegante em uma saia justa, camisa e lenço de seda; Kaye Thompson, a mais velha das três amigas, com seus mais de 90 anos, enrugada e seca, cheirando a Vick Vaporub e vestida de qualquer jeito; e Beatrice Mayer, de cabelo ruivo e indomado, corpo roliço e flácido, mal disfarçado por um volumoso cafetã âmbar e pelas pesadas pedras do cordão. Mãe Bea, como era conhecida, segurava o livro de CC. Ela se virou e olhou para Clara apenas por um instante. Mas foi o suficiente.

Mãe Bea parecia tomada por uma emoção que Clara não conseguia identificar. Fúria? Medo? Uma inquietação extrema, isso estava nítido. Então a emoção sumiu, substituída por seu rosto tranquilo, alegre, rosado e enrugado.

– Bom, vamos lá – disse Ruth, aceitando o braço que Gabri oferecia para ajudá-la a se levantar. – Não tem nada de muito importante acontecendo aqui. Quando aparecerem as hordas sedentas por boa poesia, eu volto correndo.

– *Bonjour*, querida – disse a pequenina Émilie Longpré, cumprimentando Clara com dois beijinhos.

No inverno, quando quase todos os quebequenses pareciam personagens de desenho animado, embrulhados em casacos de lã e parcas, Em surgia sempre elegante e graciosa. Seu cabelo era bem arrumado e tingido de um castanho-claro chique. As roupas e a maquiagem eram discretas e adequadas. Aos 82 anos, ela era uma das matriarcas de Three Pines.

– Você viu isso? – perguntou Olivier, entregando um livro a Clara.

CC a encarava de volta, com um olhar frio e cruel.

Mantenha a calma.

Clara olhou para Mãe Bea, enfim entendendo por que ela estava daquele jeito.

– Escuta só isso – disse Gabri, lendo a quarta capa. – "A Sra. De Poitiers declarou oficialmente que o feng shui é coisa do passado."

– Claro que é, é um ensinamento chinês ancestral – rebateu Kaye.

– "Para substituí-lo" – continuou Gabri –, "esta nova eminente figura do design nos apresenta uma filosofia muito mais rica e significativa, que vai permear e de fato colorir não só nossa casa mas também nossa alma, nossos momentos, nossas decisões e até nossa respiração. Abram passagem para a Li Bien, o caminho da luz".

– O que é Li Bien? – perguntou Olivier a ninguém em particular.

Clara teve a impressão de ver Mãe Bea abrir a boca mas fechá-la logo depois.

– Mãe Bea? – perguntou ela.

– Eu? Não sei, querida. Por que me pergunta?

– Pensei que, como você tem um centro de ioga e meditação, pudesse estar familiarizada com o conceito – explicou Clara, tentando ser sutil.

– Eu estou familiarizada com todos os caminhos espirituais – disse Mãe Bea, exagerando um pouco, na opinião de Clara. – Mas não com esse.

A insinuação era evidente.

– Mesmo assim, é uma estranha coincidência, não acha? – comentou Gabri.

– O quê? – perguntou Mãe Bea, a voz e o rosto serenos mas os ombros erguidos.

– Bom, que aquela CC tenha escrito um livro chamado *Mantenha a calma*. Já que é o nome do seu centro de meditação.

Todos ficaram em silêncio.

– Que foi, gente? – perguntou Gabri, percebendo que, sem querer, havia tocado em um assunto delicado.

– Deve ser coincidência – disse Émilie calmamente. – Ou melhor, deve ser uma homenagem a você, *ma belle* – sugeriu ela, pousando a mão magra no braço roliço da amiga. – Tem mais ou menos um ano que CC se mudou para a antiga casa dos Hadleys, sem dúvida ela se inspirou no seu trabalho. É um tributo.

– E o papo furado dela provavelmente é pior que o seu – opinou Kaye, como se quisesse tranquilizá-la. – Deve ser um alívio. – Então se dirigiu a Ruth, que a encarava com deleite, como se fosse sua heroína: – Eu não sabia que isso era possível.

– Seu cabelo ficou ótimo – disse Olivier a Clara, tentando dissolver a tensão.

– Obrigada.

Clara passou as mãos pelos cabelos, que se arrepiaram como se ela tivesse acabado de levar um susto.

– Você tem razão – disse Olivier a Myrna. – Ela parece um soldado assustado nas trincheiras de Vimy. Não é qualquer um que consegue sustentar esse visual. Superousado, a cara do novo milênio.

Ele bateu continência com ar de admiração.

Clara estreitou os olhos e encarou Myrna, que tinha um enorme sorriso brincalhão no rosto.

– Foda-se o papa – disse Kaye.

CC CORRIGIU A CADEIRA DE NOVO. Já estava vestida e sozinha no quarto do hotel. Saul tinha ido embora sem que nenhum beijo de despedida tivesse sido oferecido ou desejado.

Ficara aliviada ao vê-lo partir. Agora finalmente podia fazer aquilo.

Pegou seu exemplar de *Mantenha a calma* e se postou à janela. Devagar, levou o livro ao peito e o pressionou contra o corpo, como se aquela fosse a peça que sempre tivesse faltado em sua vida.

Inclinou a cabeça para trás e esperou. Será que naquele ano elas não viriam? Mas não. O lábio inferior tremeu de leve. Os olhos se agitaram e um pequeno nó lhe apertou a garganta. Então lá estavam elas, escorregando frias pela face, entrando na boca aberta, cavernosa e silenciosa. CC foi atrás delas e despencou naquele abismo escuro, para logo se ver em uma sala familiar, no Natal.

A mãe estava ao lado de um pinheiro morto e quase sem enfeites apoiado num canto da sala escura e desolada. Um punhado de folhas pontiagudas se espalhava pelo chão. A árvore só tinha uma bola, que a mãe histérica puxava, aos gritos. CC ainda podia ouvir o barulho dos galhos arrancados batendo no chão e ver a bola vindo em sua direção. Não tinha a intenção de pegá-la. Só levantou os braços para proteger o rosto, mas a bola aterrissou bem nas suas mãos e lá ficou, como se tivesse encontrado um lar. A mãe agora estava no chão, se balançando e chorando, e CC queria desesperadamente que ela parasse com aquilo. Queria silenciá-la e acalmá-la antes que os vizinhos chamassem a polícia mais uma vez e a mãe fosse levada embora. Antes que CC se visse sozinha, na companhia de estranhos.

Porém, por um instante, CC hesitou e olhou para a bola em suas mãos. Era brilhante e quente. Havia uma imagem simples pintada nela: três pinheiros altos, agrupados como uma família, um pouco de neve aninhada nos galhos envergados. Abaixo, estava escrito, na caligrafia da mãe: *Noël*. Natal.

CC se inclinou para a bola, perdendo-se em sua paz, calma e luz. Mas devia ter olhado por tempo demais. Uma batida na porta a afastou dos três pinheiros com violência e a transportou de volta ao horror à sua frente.

"O que está acontecendo aqui? Abram a porta!", exigiu uma voz de homem do outro lado.

E CC obedeceu. Foi a última vez que deixou alguém entrar, em qualquer lugar.

Ao passar pelo Ritz, Crie parou para observar o hotel luxuoso. O porteiro a ignorou e não a convidou para entrar. Ela voltou a caminhar devagar, as botas encharcadas por uma mistura de neve derretida e lama, as luvas de lã pendendo das mãos devido à neve acumulada, que parecia querer derrubá-las no chão.

Crie não se importava. Ia se arrastando pelas ruas escuras, nevadas e congestionadas, os pedestres esbarrando nela e a olhando com desprezo.

Ainda assim ela caminhava, os pés quase congelados. Tinha saído sem as botas de inverno e, quando o pai sugeriu vagamente que vestisse algo mais quente, ela o ignorou.

Do mesmo jeito que a mãe o ignorava. Que o mundo inteiro o ignorava.

Parou em frente a uma vitrine que exibia a revista *Le Monde de la musique*. Havia um pôster de Britney Spears dançando em uma praia tropical, com backing vocals sorridentes rodopiando em torno dela.

Crie ficou um bom tempo diante da vitrine, já sem sentir os pés e as mãos. Sem sentir mais nada.

– O que você disse? – perguntou Clara.

– Foda-se o papa – repetiu Kaye, nitidamente.

Mãe Bea fingiu não ter ouvido. Émilie se aproximou um pouco mais da amiga, como que se posicionando para socorrer Kaye caso ela desmaiasse. Ela parecia estar delirando.

– Vocês mencionaram a batalha de Vimy e me lembrei de uma coisa – explicou Kaye. – Eu tenho 92 anos e sei de tudo. Bom, com uma exceção – admitiu ela.

Fez-se mais um longo silêncio. Mas então a curiosidade venceu o constrangimento. Kaye, geralmente taciturna e abrupta, estava prestes a falar. Os amigos se aproximaram.

– Meu pai participou da Força Expedicionária na Primeira Guerra Mundial.

De todas as coisas que eles esperavam ouvir, aquela não era uma delas. Ela falava baixinho agora, o rosto relaxado e os olhos vagando pelos livros na prateleira. Estava viajando no tempo, algo que Mãe Bea dizia fazer durante a prática de ioga aérea, embora nunca tivesse alcançado um estágio tão avançado.

– Eles formaram uma divisão especial para os católicos, a maioria irlandeses, como meu pai, ou quebequenses, é claro. Ele nunca falou sobre a guerra. Eles nunca falavam disso. E eu também nunca perguntei. Imagina! Você acha que ele queria que eu perguntasse? – Kaye se virou para Em, que estava em silêncio. – Ele só falou uma coisa sobre a guerra.

Ela parou, olhou em volta até se deter em um gorro fofo de tricô. Kaye o alcançou e o vestiu, depois encarou Em, como se esperasse alguma coisa. Ninguém respirava. Todos a encaravam, ansiosos para que continuasse.

– Pelo amor de Deus, mulher, fala! – grasnou Ruth.

– Ah, sim – disse Kaye, que parecia notá-los pela primeira vez. – Meu pai. Na Batalha do Somme. Sob as ordens do Rawlinson. Um cretino. Eu pesquisei bastante. Meu pai estava até o peito de lama e bosta, tanto de cavalos quanto de homens. A comida estava infestada de vermes. A pele dele apodrecia, completamente ferida. O cabelo e os dentes caíam. Eles já tinham parado de lutar pelo rei e pelo país há muito tempo e agora só lutavam uns pelos outros. Ele amava os amigos.

Kaye olhou para Em e, depois, para Mãe Bea.

– Alinhados, os garotos ouviram a ordem de preparar as baionetas.

Todos se inclinaram um pouco para a frente.

– O último grupo tinha saído há coisa de um minuto e fora massacrado. Os garotos ouviram os gritos e viram as partes dos corpos contorcidas que voavam de volta para a trincheira. Era a vez deles, do meu pai e seus amigos. Eles estavam esperando a ordem. Ele sabia que ia morrer. Sabia que tinha poucos instantes de vida. Sabia que aquelas seriam suas últimas palavras. E vocês querem saber o que aqueles garotos gritaram quando chegaram ao topo?

O mundo parou de girar e, de repente, se resumiu àquela resposta.

– Eles fizeram o sinal da cruz e gritaram: "Foda-se o papa!"

Juntos, os amigos recuaram, como se tivessem sido feridos pela imagem. Os olhos azuis de Kaye se viraram para Clara em expectativa.

– Por quê?

Clara se perguntou por que Kaye pensava que ela saberia a resposta. Ela não sabia. E teve a sabedoria de não dizer nada. Kaye baixou a cabeça como se de repente lhe pesasse muito, e sua nuca estreita formou uma trincheira profunda no crânio.

– Hora de ir para casa, querida. Você deve estar cansada.

Em pousou a mão delicada em um dos braços de Kaye, Mãe Bea segurou o outro e as três idosas seguiram devagar em direção à saída da livraria. Em direção a Three Pines.

– Também já está na nossa hora – disse Myrna. – Quer uma carona? – perguntou ela a Ruth.

– Não, vou ficar até o fim. Não se sintam mal por abandonar o navio, seus ratos. Podem me largar aqui.

– Santa Ruth entre os Filisteus – disse Gabri.

– Nossa Senhora da Perpétua Poesia – continuou Olivier. – A gente fica com você.

– Era uma vez Ruth, uma poeta lendária – emendou Gabri.

– Já quase centenária – seguiu Olivier.

– Vem, vamos indo – disse Myrna, arrastando Clara consigo, embora a amiga estivesse bastante curiosa para saber que rima eles encontrariam para "centenária". Canalha? Não, não soava igual. Poesia era mais difícil do que parecia.

– Preciso fazer uma coisa rapidinho – disse Clara. – Só um minuto.

– Eu vou pegando o carro, então. Encontro você lá fora.

Myrna saiu correndo. Clara foi até a pequena *brasserie* da Ogilvy e comprou um sanduíche e alguns biscoitos natalinos. Comprou também um café grande e foi até a escada rolante.

Estava se sentindo mal pelo sem-teto em que pisara sem querer ao entrar na loja. Tinha uma persistente e secreta suspeita de que, se Deus viesse à terra, seria um morador de rua. E se aquele pedinte fosse Ele? Ou, talvez, Ela? Não importava. Se aquele fosse Deus, Clara tinha uma profunda sensação, quase espiritual, de que estaria ferrada. Ao subir pela escada rolante apinhada até o andar principal, viu uma pessoa conhecida descendo. CC de Poitiers. E CC a vira, teve certeza.

CC DE POITIERS AGARROU O CORRIMÃO de borracha da escada rolante e encarou a mulher que subia na direção contrária. Clara Morrow. Aquela presunçosa, sorridente e hipócrita moradora de Three Pines. Aquela mulher que vivia rodeada de amigos e com aquele marido lindo, que exibia como se não fosse uma aberração da natureza ela ter agarrado um dos Morrows de Montreal. Sentiu a raiva crescer dentro de si ao vê-la se aproximar, toda feliz e de olhos muito abertos.

Apertou o corrimão com força para não se lançar sobre a elegante divisória de metal da escada rolante e agredir Clara. Concentrou toda a sua raiva, fez dela um míssil e, como o capitão Ahab de *Moby Dick*, teria disparado seu coração contra Clara, fosse seu peito um canhão.

Em vez disso, optou pela segunda melhor opção. Virando-se para o homem ao lado, disse:

– Ah, Denis, que pena que você acha o trabalho da Clara amador e banal. Acha mesmo que ela está perdendo tempo?

Quando Clara passou por ela, CC teve a satisfação de ver seu rostinho presunçoso, arrogante e feio se contorcer. Um tiro certeiro. CC se virou para o estranho perplexo ao seu lado e sorriu, sem se importar se ele a achava uma louca.

Clara saiu da escada como se em um sonho. O chão parecia longe demais e as paredes recuavam. Respire. Respire, disse a si mesma, com um medo real de morrer. Assassinada por aquelas palavras. Por CC. Tão casual e tão cruel. O homem ao lado dela não parecia Fortin, mas Clara só o tinha visto em fotos.

Amador e banal.

Então vieram a dor e as lágrimas. Ela parou no meio da Ogilvy, o lugar onde sempre sonhara entrar, e chorou. Soluçando, baixou as preciosas sacolas de presentes até o piso de mármore e depositou nele também, cuidadosamente, o sanduíche, os biscoitos e o café, como uma criança que deixa comida para o Papai Noel. Então se ajoelhou ali, a oferta final, uma pequena bola de dor.

Amador e banal. Então todas as suas suspeitas, todos os seus medos eram verdadeiros. A voz que sussurrava para ela no escuro enquanto Peter dormia não mentia, afinal.

Sua arte era um lixo.

Um turbilhão de gente passava ao redor dela, mas ninguém oferecia ajuda. Assim como ela não havia ajudado o morador de rua, pensou. Clara se recompôs, pegou as sacolas e foi até a porta giratória.

Já estava escuro e frio lá fora, e o vento e a nevasca causaram um choque em sua pele quente. Clara parou, esperando que as pupilas se adaptassem à escuridão.

O morador de rua ainda estava lá, caído no chão, debaixo da vitrine.

Clara foi até ele e notou que o vômito já não recendia, estava congelado. Ao chegar mais perto, viu que era uma senhora idosa. Notou um emaranhado de cabelos cinza-escuros e braços finos apertando o cobertor incrustado contra os joelhos. Clara se ajoelhou e então sentiu o cheiro. Foi o suficiente para ter ânsia de vômito. Instintivamente se afastou, mas depois voltou a se aproximar. Livrou-se do peso das sacolas e deixou a comida ao lado da mulher.

– Eu trouxe um lanche para você – disse, primeiro em inglês, depois em francês.

Devagar, aproximou mais a sacola com o sanduíche e ergueu o café, mostrando-os à mulher.

Ela não se mexeu. Será que estava viva? Preocupada, Clara estendeu a mão e, gentilmente, ergueu o queixo encardido dela.

– Você está bem?

Num átimo, uma luva preta imunda agarrou o pulso de Clara. A cabeça se ergueu. Olhos cansados e lacrimejantes encontraram os dela e os encararam por uma eternidade.

– Eu sempre amei seu trabalho, Clara.

CINCO

– Não dá para acreditar!

Myrna não quis fazer parecer que duvidava da amiga, mas era mesmo inacreditável. Apesar do chá e da lareira acesa, os pelos de seus braços se arrepiaram.

Tinham voltado de Montreal em silêncio, ouvindo o concerto de Natal da rádio CBC. No dia seguinte, Clara aparecera na livraria bem cedo, ansiosa para conversar.

– Pois é – concordou Clara, tomando um gole de chá e pegando mais um biscoito em formato de estrela.

Estava se perguntando quando poderia começar a devorar sem culpa as tigelas de guloseimas de alcaçuz e gengibre cristalizado que Myrna havia espalhado por ali.

– Ela disse isso mesmo? "Eu sempre amei seu trabalho, Clara"?

– Foi.

– E isso logo depois de CC falar que o seu trabalho era... Bom, você sabe.

– Não só CC, mas Fortin também. Amador e banal, ele disse. Mas não importa, Deus ama minha arte.

– E Deus, no caso, seria a moradora de rua malcheirosa.

– Exatamente.

Myrna se inclinou para a frente na cadeira de balanço, rodeada pelas familiares pilhas de livros esperando para serem avaliados e precificados. Clara tinha a impressão de que eles criavam pernas e a seguiam pelas ruas. Onde quer que a amiga estivesse havia livros, como volumosos cartões de visitas.

Myrna pensou um pouco. Tinha visto a senhora, mas via a maioria dos moradores de rua. O que será que aconteceria se reconhecesse um deles? Por anos ela atendera os pacientes do hospital psiquiátrico de Montreal, até que um dia, não tão por acaso quanto gostava de dizer, foi informada de uma nova diretriz. A maior parte dos clientes – os pacientes se tornaram clientes da noite para o dia – seria liberada. Ela protestou, é claro, mas acabou cedendo. Então se viu sentada à sua mesa gasta, olhando nos olhos de uma sucessão de "clientes" e dando a cada um deles um papel que mentia, afirmando que estavam prontos para viver por conta própria, junto com uma receita médica e uma oração.

A maioria perdeu a receita e nunca foi abençoada.

Exceto, talvez, a mulher que Clara encontrara.

Seria possível – Myrna observou a amiga por cima da caneca – que Clara tivesse encontrado Deus na rua? Myrna acreditava em Deus e rezava para que Ele não fosse um dos pacientes que ela havia traído ao assinar a liberação.

Clara olhava para além das prateleiras de madeira repletas de livros, através da janela. Myrna sabia exatamente o que a amiga estava vendo. Havia se sentado naquela cadeira inúmeras vezes e olhado para fora, sonhadora. Seus sonhos eram simples. Como o "Abou Ben Adhem" de Leigh Hunt, tudo o que sempre tivera fora um profundo sonho de paz. E ela havia encontrado essa paz ali, naquela cidadezinha simples e esquecida de Eastern Townships. Depois de décadas tratando pessoas que nunca melhoravam, depois de anos olhando pelas janelas e vendo almas perdidas vagarem para as ruas que se tornariam seu novo lar, Myrna precisava ver outra coisa.

Sabia o que Clara estava vendo. Estava vendo a praça, agora coberta por 30 centímetros de neve, com um rinque de patinação irregular, um par de bonecos de neve e três pinheiros enormes do outro lado, iluminados à noite com alegres luzinhas de Natal vermelhas, verdes e azuis. No topo do mais alto havia uma estrela branca brilhante, visível a quilômetros de distância.

Clara estava vendo a paz.

Myrna foi até o fogão a lenha no meio da loja, pegou o velho bule de chá e se serviu de mais uma caneca. Ponderou se deveria pegar a panelinha e esquentar um pouco de leite para fazer um chocolate quente, mas decidiu que ainda estava cedo.

De cada lado do fogão havia uma cadeira de balanço e, de frente para elas, um sofá que Peter encontrara ao vasculhar o depósito de lixo de

Williamsburg – uma prática comum no país, e não era preciso ser indigente para buscar itens descartados aproveitáveis. Uma árvore de Natal que ela e Billy Williams tinham arrastado do bosque estava postada em um canto e preenchia a livraria com seu perfume adocicado. Estava enfeitada e aos seus pés havia presentes embrulhados em papéis coloridos. Uma bandeja de biscoitos tinha sido colocada ao lado para qualquer um que aparecesse e havia potinhos de doces espalhados pela loja, ao alcance de todos.

– Então como você acha que ela conhece o seu trabalho? – Myrna teve que perguntar.

– O que você acha?

Clara estava sinceramente curiosa para saber o que Myrna pensava. As duas sabiam no que Clara acreditava.

Myrna pensou por um instante, segurando um livro. Sempre pensava melhor com um livro na mão. Mesmo assim, nenhuma resposta apareceu.

– Não sei.

– Tem certeza? – perguntou Clara com um sorriso travesso.

– Você também não sabe. Você quer acreditar que foi Deus. Eu vou te dizer uma coisa: já vi muita gente ser internada por bem menos que isso.

– Mas não por muito tempo – disse Clara, cravando os olhos na amiga. – Bom, se você estivesse no meu lugar, o que pensaria? Que CC tem razão e o seu trabalho é uma porcaria ou que uma mendiga é Deus e a sua arte é brilhante?

– Ou você pode parar de dar ouvidos aos outros e decidir por si mesma.

– Já tentei fazer isso – respondeu Clara, rindo. – Às duas da tarde, minha arte é brilhante. Às duas da manhã, é uma porcaria. – Clara se inclinou para a frente, suas mãos quase tocando as de Myrna. Fitando os olhos calorosos da amiga, disse baixinho: – Acho que encontrei Deus.

Myrna sorriu, sem condescendência. Se havia uma coisa que ela sabia era que sabia muito pouco.

– É o livro da Ruth? – perguntou Clara, pegando um exemplar de *Estou bem DEMAIS*. – Posso comprar?

– Você já comprou um ontem. Nós duas compramos. Foram até autografados. Sabe, eu tive a impressão de que ela também estava autografando uns livros do Auden.

– Eu perdi o meu não sei onde. Vou levar este aqui, e se ela autografar um do Anthony Hecht, eu compro também.

Clara abriu o volume e leu ao acaso.

Bom, todas as crianças são tristes,
mas algumas superam isso.
Valorize o que você tem. Ou então
compre um balão. Um bolo ou animal de estimação.
Faça dança de salão.

– Como a Ruth faz isso? Eu poderia jurar que ela é só uma velha bêbada.
– Você pensou a mesma coisa sobre Deus – disse Myrna.
– Escuta só:

Esquecer o quê?
Sua tristeza, sua sombra,
o que quer que tenham feito com você
no dia da festa no jardim
quando você entrou em casa corada de sol,
a boca cheia de açúcar e raiva,
em seu vestido novo de fita
manchado de sorvete,
e disse a si mesma no banheiro
Eu não sou a filha favorita.

Myrna olhou pela janela e se perguntou se a paz delas, tão frágil e tão preciosa, estava prestes a ser abalada. Desde que CC de Poitiers chegara, uma sombra pairava sobre a pequena comunidade. CC havia trazido algo nefasto para Three Pines, bem a tempo do Natal.

SEIS

Os dias que antecederam o Natal foram cheios e agitados. Clara amava aquela época. Amava tudo nela: as propagandas melosas, o desfile cafona do *Père Noël* por St. Rémy patrocinado pela loja Canadian Tire, o coral organizado por Gabri. Os cantores percorriam as casas do vilarejo coberto de neve preenchendo o ar da noite com velhos hinos, risadas e baforadas geladas cheias de música e flocos de neve. Os moradores os convidavam para entrar e eles carregavam teclados e árvores de Natal, cantando e bebendo *brandy eggnogs*, comendo biscoitos amanteigados, salmão defumado, pãezinhos doces trançados e todas as iguarias produzidas nos fornos festivos. Durante várias noites, o coral cantou para todas as residências, com uma única exceção. Um acordo tácito o manteve afastado da casa escura da colina. A antiga casa dos Hadleys.

De capa vitoriana e cartola, Gabri conduzia os cantores. Era dono de uma bela voz, mas sonhava com o que não podia ter. Todos os anos, Ruth Zardo aparecia no bistrô vestida de Papai Noel. Todos os anos, Gabri subia no colo dela e pedia uma voz de soprano, e todos os anos o Papai Noel oferecia a ele um belo chute em suas bolas natalinas.

Todo Natal, monsieur e madame Vachon montavam seu velho presépio no jardim. O menino Jesus figurava dentro de uma banheira com pés de metal, cercado pelos três Reis Magos e por animais de plástico que pouco a pouco afundavam na neve, para depois emergirem inalterados na primavera – outro milagre, embora não acontecesse com todos os moradores.

Billy Williams atrelava os cavalos percheron ao trenó vermelho e levava os meninos e meninas para passear pela cidadezinha e pelas montanhas nevadas. As crianças se enfiavam embaixo da surrada manta de pele de urso e seguravam com cuidado suas canecas de chocolate quente enquanto os gigantes cinzentos e altivos as conduziam com uma calma tão calculada que pareciam saber quão preciosa era a carga. No bistrô, os pais se sentavam perto das janelas, onde podiam saborear sidra quente e ver os filhos desaparecerem na Rue du Moulin, para depois se voltarem àquele interior aconchegante de tecidos desbotados, lareiras e móveis de todo tipo.

Clara e Peter finalizaram a decoração de Natal colocando ramos de pinheiro na cozinha, como complemento ao imenso pinheiro-da-escócia da sala. A casa deles, como a de todos os demais, tinha o cheiro do bosque.

Os presentes já estavam embrulhados e debaixo da árvore. Todo dia de manhã, Clara passava por ali eufórica, porque, graças ao testamento de Jane, nenhum deles era de segunda mão.

Peter pendurou as meias na lareira. Os biscoitos amanteigados foram assados em formatos de estrela, árvore e boneco de neve e decorados com bolinhas prateadas que bem pareciam chumbinho de espingarda. Todas as noites, antes do coral, Peter acendia a lareira da sala e lia enquanto Clara cantava músicas de Natal ao piano, totalmente desafinada. Volta e meia Myrna, Ruth, Gabri ou Olivier apareciam para beber alguma coisa ou para um jantar rápido.

Então, quando se deram conta, já era noite de Natal e todos se preparavam para a festa na casa de Émilie. Mas antes havia o culto da meia-noite na Igreja de St. Thomas.

– Noite feliz, noite feliz – cantava a congregação, com mais prazer do que talento.

Na verdade, estava parecendo um pouco uma antiga toada dos mares, "What Do We Do with a Drunken Sailor?". A bela voz de tenor de Gabri os conduzia naturalmente, ou pelo menos deixava claro que eles vagavam por uma selva musical – ou melhor, que estavam totalmente perdidos no mar. Exceto um deles. Do fundo da capela de madeira surgiu uma voz de tamanha limpidez que até Gabri vacilou. A voz infantil se elevou acima do banco, misturou-se aos tortuosos sons produzidos pela congregação e foi pairar ao redor dos ramos de azevinho que a Associação de Mulheres Anglicanas havia colocado para dar impressão de que os fiéis não estavam em uma igreja, mas em uma floresta. Billy Williams tinha prendido galhos secos de bordo nas vigas e, a pedido da associação, liderada por Mãe Bea, enrolara fios de luzinhas brancas ao redor deles. O efeito era de um céu brilhante acima do pequeno grupo de fiéis. A igreja estava repleta de verde e luz.

"O chacra cardíaco é verde", explicara Mãe Bea.

"Tenho certeza de que o bispo vai ficar satisfeito", dissera Kaye.

Na noite de Natal, a Igreja de St. Thomas estava repleta também de famílias, crianças animadas e idosos exaustos que tinham frequentado aquele lugar a vida inteira, sentado no mesmo banco, adorado o mesmo Deus e batizado, casado e enterrado ali seus entes queridos. Alguns eles não haviam tido a chance de enterrar, mas estavam imortalizados no pequeno vitral posicionado especialmente para receber a primeira luz da manhã e agora marchavam em tons de amarelo, azul e verde, para sempre perfeitos e petrificados na Segunda Guerra Mundial. Abaixo dos rapazes brilhantes estavam gravados seus nomes e as palavras "Eles eram nossos filhos".

Naquela noite, a igreja recebia anglicanos, católicos, judeus e ateus, além de pessoas que acreditavam em alguma coisa indefinida e não restrita a uma doutrina única. Estavam todos lá porque a Igreja de St. Thomas ficava repleta de verde e de luz na noite de Natal.

Mas, inesperadamente, naquele Natal ela também estava cheia do mais belo canto.

– *Ó senhor, Deus de amor* – cantava a voz, resgatando a congregação do naufrágio iminente.

Clara se virou para tentar ver quem era a criança. Muitos outros também se esticavam. Até Gabri foi forçado a renunciar a seu posto diante da presença inesperada e não totalmente bem-vinda do divino. Era como se um anjo, como diria Yeats, tivesse se cansado dos mortos lamurientos e escolhido aquela companhia vivaz.

De repente, Clara viu com nitidez.

Lá nos fundos estava CC de Poitiers, com um suéter branco felpudo feito ou de caxemira ou de pelo de filhotes de gato. Ao lado dela estava o marido, vermelho e mudo. E ao lado dele, uma menina enorme, em um vestido de verão sem manga, de um rosa-choque bem chamativo.

Clara já a tinha visto, apenas a certa distância e sempre com uma cara infeliz e emburrada. Mas agora aquele rosto, erguido na direção das vigas, exibia um olhar que Clara sabia ser de êxtase.

– *Pobrezinho, nasceu em Belém...*

A voz extraordinária de Crie brincou nas vigas iluminadas, escorregou para fora por baixo da porta da velha capela e foi dançar com os flocos de neve que caíam suavemente, os carros estacionados e os bordos desfolhados. As palavras da antiga canção deslizaram sobre o lago congelado, aninharam-se nas árvores de Natal e se infiltraram em todas as casas felizes de Three Pines.

Depois do culto, o pastor saiu correndo, atrasado para os eventos natalinos da vizinha Cleghorn Halt.

– *Joyeux Noël* – disse Peter a Gabri quando eles se reuniram nos degraus de entrada da igreja para fazer juntos a rápida caminhada até a casa de Émilie. – Que noite linda.

– E que culto lindo – disse Clara, parando ao lado de Peter. – A voz daquela menina não é incrível?

– Não é nada mau – admitiu Gabri.

– Nada mau? – ecoou Mãe Bea, que chegava cambaleando, Kaye em um braço como um regalo e Émilie no outro. – Ela é inacreditável. Eu nunca tinha ouvido uma voz dessas, vocês já?

– Preciso beber – comentou Kaye. – Quando a gente vai embora?

– Agora mesmo – respondeu Em.

– Olivier foi buscar a comida no bistrô – disse Gabri. – Fizemos um salmão poché.

– Quer casar comigo? – perguntou Myrna.

– Aposto que você diz isso para todas as garotas – respondeu Gabri.

– Você é a primeira – admitiu Myrna, rindo.

Mas sua risada logo foi interrompida por uma voz que vinha do outro lado da igreja:

– Garota idiota. Idiota, idiota.

Todos pararam de falar de repente, surpresos com as palavras que cortavam o ar fresco da noite.

– Todo mundo ficou olhando para você. Você me humilhou!

Era CC. A igreja tinha uma porta lateral e um atalho para a Rue du Moulin e a antiga casa dos Hadleys. CC devia estar ali, concluíram, de pé à sombra da igreja.

– Eles estavam rindo de você, sabia? Como riam! – disse CC, para depois cantar com uma voz debochada, desafinada e infantil. – E olha a sua roupa! Está doente? Acho que você não bate bem.

– Mas, CC… – disse uma voz masculina, tão mansa e fraca que mal fez cócegas na histeria da mulher.

– Ela é sua filha! – bradou CC. – Olhe só para ela. Gorda, feia e preguiçosa. Como você. Está louca, Crie? É isso? É isso?

Todos ficaram petrificados, como se estivessem se escondendo de um monstro e implorando em silêncio: *Por favor, por favor alguém pare esta mulher. Alguém que não seja eu.*

– E você já abriu o seu presente de Natal, sua egoísta.

– Mas você falou que eu… – conseguiu dizer Crie, em sua resposta diminuta.

– Eu, eu, eu. É só isso que ouço de você. E você por acaso me agradeceu?

– Obrigada pelos chocolates, mãe.

A voz e a menina tinham diminuído tanto que quase não existiam mais.

– Tarde demais. Se eu tiver que implorar, não conta.

O fim da frase foi quase inaudível, já que CC havia disparado pelo caminho, seus passos fazendo *tec tec tec* como se andasse sobre garras.

A congregação ficou muda. Ao lado de Clara, Gabri começou a cantarolar, baixinho e devagar. Então, de maneira quase indistinguível, foram surgindo as palavras de uma antiga canção de Natal:

– *Lamentando-se, suspirando, sangrando, morrendo. Confinado ao gélido sepulcro…*

Tinham conseguido escapar do monstro. Ele havia devorado uma criança assustada.

SETE

– *Joyeux Noël, tout le monde* – disse Em, com um sorriso radiante, ao abrir a porta para cumprimentar os convidados.

O pastor-alemão Henri, de 1 ano, correu porta afora e pulou sobre cada um deles antes de ser subornado de volta para dentro de casa com um pedaço de bolo de Natal. O caos e a confusão alegre ajudaram a dissipar o mal-estar causado pelo acesso de fúria de CC. Parecia que a vila inteira tinha chegado de uma vez e saltado os degraus do amplo alpendre de Em, sacudindo a neve dos gorros e casacos.

Émilie morava em um antigo e espaçoso chalé de ripas de madeira em frente à praça, do lado oposto à casa dos Morrows. Olivier parou logo antes de entrar no círculo de luz do alpendre, equilibrando o salmão poché na bandeja.

Ir até o chalé de Em, principalmente à noite, sempre o encantava. Era como entrar naqueles contos de fadas que ele costumava ler à luz de uma lanterna, debaixo das cobertas, repletos de chalés cercados por roseiras, pontezinhas de pedra, lareiras brilhantes e casais felizes de mãos dadas. Seu pai, aliviado, pensava que ele estivesse folheando uma *Playboy*. Mas não: era algo infinitamente mais prazeroso e perigoso. Olivier sonhava com o dia em que criaria seu próprio mundo de conto de fadas, e havia conseguido, pelo menos em parte. Tinha se tornado ele mesmo uma fada. E quando olhou para o chalé de Em, cuja luz brilhava como um farol, soube que estava dentro do livro que o reconfortava quando o mundo parecia frio, duro e injusto. Sorrindo, ele agora andava em direção à casa, levando sua oferta de Natal. Caminhava com cuidado para não escorregar caso houvesse gelo debaixo da fina camada de neve. Uma camada do mais puro branco pode ser bela e perigosa ao mesmo tempo – nunca se sabe o que se esconde por baixo dela. Um inverno no Quebec pode tanto encantar quanto matar.

À medida que as pessoas iam chegando, a comida era levada para a familiar cozinha, e uma infinidade de ensopados e tortas abarrotava o forno. No aparador, ao lado de tortas, bolos e biscoitos caseiros, tigelas transbordavam de gengibre cristalizado, cerejas cobertas de chocolate e frutas glaceadas. A pequena Rose Lévesque erguia os olhos para a *bûche de Noël*, o tradicional rocambole natalino feito com uma densa massa de bolo e um glacê espesso, seus minúsculos dedos gordinhos agarrando a toalha de mesa com bordados de Papai Noel, renas e árvores de Natal. Na sala de estar, Ruth e Peter se serviam de bebidas, ela derramando o conteúdo de sua garrafa de uísque num recipiente que era nitidamente um jarro.

As crianças dos Vachons se sentaram ao lado da árvore cheia de luzinhas para procurar seus nomes nas etiquetas da montanha de presentes embrulhados em papéis coloridos. A lareira estava acesa e alguns convidados já estavam meio bêbados. Na sala de jantar, a mesa dobrável havia sido aberta e estava lotada de cozidos, *tourtières*, *baked beans* caseiros com melado e presunto curado no xarope de bordo. Um peru ocupava a cabeceira como um cavalheiro vitoriano. O centro da mesa, como todos os anos, havia sido reservado para um dos belos e coloridos arranjos de flores de Myrna. Naquele ano, galhos de pinheiros-da-escócia rodeavam uma magnífica amarílis vermelha. Aninhada na floresta de pinheiros havia uma caixinha de música que tocava baixinho o hino "Huron Carol", e cranberries e chocolates se deitavam sobre um berço de tangerinas.

Olivier levou o salmão poché inteiro para a mesa. Um ponche foi preparado para as crianças, que, sem supervisão, se entupiam de doces.

Foi assim que Émilie Longpré ofereceu sua festa de Natal, que ia da noite do dia 24 à manhã do dia 25, uma antiga tradição quebequense, assim como haviam feito sua mãe e sua *grand-mère* naquela mesma casa, naquela mesma data. Ao ver que Émilie andava em círculos, Clara a abraçou pela cintura fina.

– Quer ajuda?

– Não precisa, querida, obrigada. Só estou vendo se todo mundo está feliz.

– A gente sempre fica feliz aqui – disse Clara com sinceridade, dando dois beijinhos nas bochechas dela e sentindo um gosto salgado.

Ela havia chorado naquela noite, e Clara sabia o motivo. No Natal, as casas se enchiam de gente: de pessoas que estavam lá e que não estavam.

– E então, quando você vai tirar sua barba de Papai Noel? – perguntou Gabri, sentando-se ao lado de Ruth no sofá gasto perto da lareira.

– Bicha má – murmurou ela.

– Vagabunda – respondeu Gabri.

– Olha isso! – exclamou Myrna, sentando-se do outro lado de Ruth.

Ela apontou com o prato para um grupo de garotas perto da árvore de Natal comentando o cabelo umas das outras.

– Elas acham que estão com o cabelo feio. Não perdem por esperar.

– É verdade – disse Clara, procurando uma cadeira.

A sala estava cheia, as pessoas tagarelando em inglês e francês. Clara acabou se sentando no chão e colocando o prato imenso na mesa de centro. Peter fez o mesmo.

– Do que vocês estão falando?

– De cabelo – respondeu Myrna.

– Fuja enquanto é tempo – disse Olivier, estendendo a mão para Peter. – Para nós é tarde demais, mas você ainda tem chance. Parece que naquele outro sofá está rolando um papo sobre próstata.

– Senta aí – falou Clara, puxando Peter pelo cinto. – Aquelas garotas acham que estão com o cabelo feio.

– Quero ver quando chegarem à menopausa – disse Myrna.

– Próstatas? – perguntou Peter a Olivier.

– E hóquei – acrescentou ele, com um suspiro.

– Vocês estão conseguindo ouvir?

– Como é difícil ser mulher – disse Gabri. – Temos a menstruação, a perda da virgindade com vocês, seus animais, depois os filhos vão embora e a gente já não sabe mais quem é…

– E isso depois de dedicar os melhores anos da nossa vida a cretinos mal-agradecidos e crianças ingratas – completou Olivier, assentindo.

– Aí, quando a gente finalmente começa um curso de cerâmica e outro de culinária tailandesa…

– Menopausa! – exclamou Olivier, com uma sonora voz de locutor de rádio.

– O primeiro cabelo branco. Isso, sim, é mau sinal – comentou Myrna.

– E o primeiro pelo no queixo? – disse Ruth.

– Meu Deus, é verdade – disse Mãe Bea, rindo e se juntando ao grupo. – Aqueles fios compridos e grossos…

– Sem falar no bigode – lembrou Kaye, estalando as juntas ao se sentar no lugar que Myrna lhe havia cedido.

Gabri se levantou para que Mãe Bea se sentasse.

– Nós temos um pacto solene – disse Kaye, acenando com a cabeça para Mãe Bea e depois para Em, que conversava com alguns vizinhos. – Se uma de nós estiver inconsciente no hospital, as outras vão lá arrancar.

– A tomada do respirador? – perguntou Ruth.

– Os pelos do queixo – corrigiu Kaye, encarando Ruth, meio alarmada. – Você já está fora da lista de visitantes. Anota isso, Mãe Bea.

– Ah, tenho isso anotado há anos.

Clara voltou ao bufê com o prato vazio e retornou alguns minutos depois com pavê, brownies e balas de alcaçuz.

– Roubei das crianças – disse ela a Myrna. – É melhor correr se quiser um pouco. Elas estão ficando espertas.

– Eu vou comer do seu – respondeu a amiga, tentando pegar um dos doces antes de um garfo ameaçar sua mão.

– Vocês são patéticos, seus viciados – disse Myrna, olhando para o jarro de uísque de Ruth, já pela metade.

– Você está enganada – retrucou Ruth, seguindo o olhar de Myrna. – O uísque já foi minha droga, não é mais. Quando eu era adolescente, minha droga era a aceitação. Aos 20, era a aprovação. Aos 30, o amor. E, aos 40, o uísque. Esse durou um tempo – admitiu ela. – Hoje em dia, o que mais me dá fissura é um intestino que funcione certinho.

– Eu sou viciada em meditação – disse Mãe Bea, comendo seu terceiro pedaço de pavê.

– Tive uma ideia – falou Kaye, virando-se para Ruth. – Você pode visitar Mãe Bea no centro. Meditar elimina toda a merda das pessoas.

A sugestão foi recebida com silêncio. Clara procurou desesperadamente alguma coisa para substituir a imagem repulsiva que havia surgido em sua mente e ficou aliviada quando Gabri pegou um livro da pilha sob a mesa de centro e o agitou no ar.

– Falando em merda, este aqui não é o livro da CC? A Em deve ter comprado no dia do seu lançamento, Ruth.

– Ela deve ter vendido tantos quanto eu. Vocês são uns traidores – reclamou Ruth.

– Escutem só – anunciou Gabri, abrindo o livro.

Clara notou que Mãe Bea fez menção de se levantar, mas Kaye fechou a mão em garra no braço dela para impedi-la.

– "Portanto" – leu Gabri em voz alta –, "é lógico que as cores, assim como as emoções, podem ser prejudiciais. Não é por acaso que relacionamos os sentimentos negativos a cores: vermelho para raiva, roxo para inveja, cinza para tristeza. No entanto, se unirmos todas as cores, o que teremos? O branco. Branco é a cor da divindade, do equilíbrio. E o equilíbrio é o objetivo. A única forma de alcançá-lo é deixar as emoções de lado, de preferência sob uma camada de branco. Isso é a tradição Li Bien, um venerável ensinamento ancestral. Neste livro, você vai aprender a esconder seus sentimentos e protegê-los dos julgamentos deste mundo cruel. Li Bien é a arte chinesa secular de pintar a partir do interior. De manter as cores, as emoções, dentro de si. Essa é a única maneira de alcançar a paz, a harmonia e a calma. Se todos guardássemos nossos sentimentos dentro de nós, não haveria conflitos, violência nem guerras. Neste livro, ofereço a você e a este mundo a paz" – concluiu Gabri, fechando o livro com um estalo. – Eu não vi nenhuma Li Bien nela hoje mais cedo.

Peter riu com os outros, mas teve o cuidado de não encarar ninguém. Por dentro, por baixo de sua camada de branco, ele concordava com CC. Sentimentos eram perigosos. Deveriam ficar escondidos sob um verniz de calma e serenidade.

– Mas isto aqui não faz sentido – disse Clara, folheando o livro e detendo-se em uma passagem específica.

– E o que o Gabri leu faz? – perguntou Myrna.

– Bom, não, mas é que aqui diz que a filosofia de vida dela é indiana. Ela não acabou de dizer que Li Bien é uma tradição chinesa?

– Você está realmente tentando encontrar algum sentido nisso aí? – questionou Myrna.

Mas Clara já havia enfiado a cara no livro de novo. Devagar, seus ombros começaram a pesar, depois suas costas e, finalmente, ela levantou o rosto para o círculo de amigos preocupados.

– O que foi? – perguntou Myrna, aproximando-se dela.

Clara estava chorando.

– O nome dos gurus dela – respondeu Clara, entre um soluço e outro.

Myrna já não sabia dizer se ela estava chorando ou rindo.

– Krishnamurti Das, Ravi Shankar Das, Gandhi Das. Ramen Das. Khalil Das. Gibran Das. Eles chamam até a CC de CC Das.

A essa altura, Clara estava rolando de rir, como quase todos os outros. Quase. Não todos.

– Eu não vejo nenhum problema nisso – disse Olivier, secando as lágrimas. – Eu e Gabri seguimos o caminho de Häagen Das. Uma jornada deliciosa de percorrer.

– E você deve ter alcançado a iluminação, já que um dos seus filmes preferidos é *Das Boot* – disse Clara ao marido.

– É verdade, embora o Das esteja na ordem errada.

Clara caiu em cima de Peter de tanto rir, e nisso Henri apareceu, pulando em cima deles. Quando ela conseguiu se recuperar e acalmar o cachorro, ficou surpresa ao notar que Mãe Bea tinha ido embora.

– Ela está bem? – perguntou a Kaye, que observava a amiga se dirigir à sala de jantar, na direção de Em. – A gente disse alguma coisa errada?

– Não.

– Eu não quis ofender – disse Clara, tomando o lugar de Mãe Bea ao lado de Kaye.

– Vocês não ofenderam. Não estavam falando dela.

– A gente estava rindo de coisas que ela leva muito a sério…

– Vocês estavam rindo da CC, não da Mãe Bea. Ela sabe disso.

Mas Clara ficou pensando. Tanto CC quanto Mãe Bea tinham criado uma empresa sob o nome *Mantenha a calma*. Ambas, agora, moravam em Three Pines e seguiam caminhos espirituais semelhantes. Clara se perguntou se as duas não estariam escondendo algo além de emoções.

Os desejos de "Feliz Natal" e "*Joyeux Noël*" se dissiparam na noite alegre. Émilie acenou para o último convidado a ir embora e fechou a porta.

Eram duas e meia da manhã de 25 de dezembro e ela estava exausta. Apoiando a mão na mesa para se equilibrar, ela foi andando lentamente até a sala de estar. Clara, Myrna e os outros haviam arrumado tudo e lavado a louça em silêncio enquanto ela conversava com Ruth, sentada no sofá com um copinho de uísque.

Sempre gostara de Ruth. Uma década antes, todos pareciam ter ficado impressionados com o primeiro livro dela, impressionados que uma mulher aparentemente tão amarga e irascível pudesse carregar tanta beleza dentro de si. Mas Em sabia. Sempre soubera. Foi uma das coisas que comentou com Clara e uma das muitas razões para ter gostado dela desde o dia em que chegara, ainda jovem e arrogante, cheia de energia e talento. Clara via o que os outros não viam. Como o garotinho do filme *O sexto sentido*, só que, em vez de fantasmas, ela via o bem – o que não deixava de ser bastante assustador. Era muito mais reconfortante ver o mal nos outros; isso nos oferece todo tipo de desculpas para nosso próprio mau comportamento. Mas o bem? Não, só as pessoas realmente notáveis viam o bem nos outros.

Muito embora, como Em sabia, nem todo mundo tivesse coisas boas para mostrar.

Foi até o aparelho de som, abriu uma gaveta e, delicadamente, pegou uma única luva de lã. Embaixo havia um disco. Colocou-o no aparelho e estendeu a mão para o botão de reprodução, apontando o dedo torto e trêmulo, como em uma versão débil de *A criação de Adão*. Depois voltou para o sofá segurando a luva com cuidado, como se ainda contivesse uma mão.

Nos quartos dos fundos, Mãe Bea e Kaye dormiam. Fazia anos que as três amigas passavam o Natal juntas e comemoravam o dia 25 à sua maneira, muito tranquilamente. Em suspeitava que aquele fosse seu último Natal. Bem como o de Kaye e, talvez, o de Mãe Bea. Duas e meia.

A música começou a tocar. Émilie Longpré fechou os olhos.

No quarto dos fundos, Mãe Bea ouviu as notas de abertura do *Concerto para violino e orquestra em ré maior* de Tchaikóvski. A noite de Natal era o único dia do ano em que Mãe Bea ouvia esse concerto, embora já tivesse sido seu preferido. Já tinha sido muito especial para as três. Principalmente para Em, o que era natural. Agora ela só o ouvia uma vez por ano, nas poucas horas entre a noite do dia 24 e o dia 25. Ouvir aquele concerto e pensar na amiga sozinha na sala de estar partia o coração de Mãe Bea. Mas ela respeitava e amava Em demais para lhe negar aquele tempo sozinha com seu luto e seu filho.

Além disso, naquela noite Mãe Bea tinha seu próprio luto como companheiro. Ela repetia para si mesma várias vezes: *mantenha a calma, mantenha a calma.* Mas o mantra que a reconfortara por tantos anos de repente se tornara vazio, seu poder de cura tendo sido roubado por aquela mulher horrível e grotesca. Maldita CC de Poitiers.

KAYE OUVIU AS JUNTAS RANGEREM AO SE MEXER na cama. O mero movimento de se virar para o lado já era insuportável. O corpo estava desistindo. Jogando a toalha, como ela dizia. Abriu os olhos e esperou que se adaptassem à escuridão. Ao longe, ouviu as notas de Tchaikóvski. Sentia como se entrassem em seu corpo não pelos ouvidos defeituosos, mas pelo peito, alojando-se direto no coração. Era quase insuportável. Kaye respirou fundo ruidosamente e quase pediu a Émilie que desligasse o som. Que tirasse aquela música divina. Mas não fez isso. Amava a amiga demais para lhe negar aquele tempo com David.

A música lhe lembrou outra criança. Crie. Quem dava um nome daqueles à filha? Crie, como no francês "grite"? Kaye sabia que os nomes importavam. As palavras importavam. Naquela noite, a menina havia cantado como um anjo e, por um breve instante, transformara todos eles em seres mais divinos que humanos. Mas, com algumas palavras bem escolhidas, a mãe tornara feio algo que havia sido primoroso. CC era como uma alquimista, com o improvável dom de transformar ouro em chumbo.

O que a mãe de Crie ouvira que poderia ter provocado uma reação daquelas? Com certeza não tinha sido a mesma voz. Ou talvez sim, talvez fosse justamente esse o problema. E talvez ela também tivesse ouvido outras vozes.

Não seria a primeira.

Kaye tentou afastar o pensamento, mas ele se recusava a ir embora. E apareceu ainda outro pensamento, outra voz, uma voz lírica, irlandesa, masculina e delicada.

"Você devia ter ajudado aquela garota. Por que não fez nada?"

Era sempre a mesma pergunta e sempre a mesma resposta. Kaye tivera medo. Sentira medo a vida inteira.

Aqui está, então, a coisa escura
a coisa escura que você esperou por tanto tempo.
E, no fim das contas, não é nada novo.

Os versos do poema de Ruth Zardo dançavam em sua mente. Naquela noite, a coisa escura tinha rosto, nome e um vestido rosa.

A coisa escura não era CC, mas a acusação que Crie representava.

Kaye desviou o olhar e apertou com força o lençol de flanela debaixo do queixo, tentando se aquecer. Fazia anos que não se sentia aquecida. Seus olhos pousaram nos números vermelhos do relógio digital: três da manhã. E lá estava ela em sua trincheira. Gelada e trêmula. Naquela noite, tivera a chance de se redimir por todos os momentos de covardia da sua vida. Bastava ter defendido a menina.

Kaye sabia que receberia o sinal em breve. E logo teria que sair engatinhando da trincheira para encarar o que viria. Mas ainda não estava pronta. Ainda não. Por favor.

Maldita, maldita fosse aquela mulher.

ÉMILIE OUVIA AS NOTAS DO VIOLINO VISITANDO lugares familiares. Elas brincavam ao redor da árvore, procuravam presentes e riam na janela coberta de gelo, observando os pinheiros iluminados na praça. O concerto preenchia a sala, e por um momento abençoado, de olhos fechados, Em conseguiu fingir que não era Yehudi quem tocava, mas outra pessoa.

Todo Natal era a mesma coisa. Mas aquele estava sendo pior que a maioria. Ela já tinha ouvido muita coisa. Visto muita coisa.

Sabia o que precisava fazer.

O DIA 25 AMANHECEU COM CÉU LIMPO E CLARO. A fina camada de neve da véspera se equilibrava delicadamente nos galhos das árvores, delineando o mundo com seu brilho. Clara abriu a porta do vestíbulo para deixar a golden retriever Lucy sair e inspirou fundo o ar gelado.

O dia passou devagar. Peter e Clara abriram as meias, que estavam cheias de quebra-cabeças, revistas, doces e laranjas. Castanhas-de-caju caíram da meia de Peter, e as balas de ursinhos da meia de Clara não duraram muito. A abertura dos presentes maiores foi regada a café e panquecas. Peter adorou seu relógio Armani e o colocou na mesma hora, arregaçando a manga do robe atoalhado para deixá-lo à mostra.

Ele vasculhou a árvore com grande drama, fingindo não encontrar o presente de Clara, até finalmente emergir com o rosto todo vermelho de tanto se abaixar.

Ele deu a Clara uma esfera embrulhada num papel com estampa de renas.

– Antes que você abra, eu queria dizer uma coisa. – Ele corou ainda mais. – Sei que você ficou muito magoada com aquela história da CC e do Fortin – começou ele, erguendo a mão para impedir que ela protestasse. – Também sei da história de Deus – prosseguiu, sentindo-se incrivelmente idiota ao falar aquilo. – O que eu quero dizer é que você me contou essa história de ter encontrado Deus na rua mesmo sabendo que eu não ia acreditar. Só queria que você soubesse que eu valorizo muito isso, que você tenha me contado e confiado que eu não ia rir de você.

– Mas você riu.

– Ah, mas não muito. Enfim, eu queria dizer que pensei muito sobre isso e que você tem razão, eu não acredito que Deus seja uma mendiga…

– O que você acha que Ele é, então?

Ele só estava tentando dar a Clara um presente, e lá vinha ela perguntar sobre Deus.

– Você sabe no que eu acredito, Clara. Eu acredito nas pessoas.

Ela não disse nada. Sabia que ele não acreditava em Deus, e tudo bem. Não precisava acreditar. Mas ela também sabia que ele não acreditava nas pessoas. Ou, pelo menos, não achava que elas fossem boas, gentis e brilhantes. Talvez um dia ele tivesse achado isso, mas, depois do que acontecera com Jane, não mais.

Jane tinha sido assassinada, mas algo dentro dele também havia morrido.

Por mais que adorasse o marido, precisava admitir que ele só acreditava em si mesmo.

– Você está errada, sabia? – disse ele, sentando-se ao lado dela no sofá.
– Eu sei o que você está pensando. Eu acredito em você.

Clara olhou para aquele Morrow sério e adorável e o beijou.

– CC e Fortin são dois imbecis – disse Peter. – Você sabe que eu não entendo o seu trabalho e provavelmente nunca vou entender, mas sei que você é uma grande artista. Sei disso aqui dentro.

Ele tocou o próprio peito, e Clara acreditou nele. Talvez Peter estivesse começando a entendê-la. Ou talvez estivesse ficando melhor em dizer o que ela queria ouvir. As duas opções eram válidas.

– Abra o seu presente.

Clara rasgou o embrulho, fazendo Peter estremecer. Ele recolheu os pedacinhos de papel que voavam da esfera e os alisou.

Dentro havia uma bola. Não chegava a ser uma surpresa. A surpresa é que era linda. Parecia brilhar nas mãos de Clara. Uma imagem muito simples estava pintada na bola: três pinheiros cobertos de neve. Embaixo deles, uma única palavra: *Noël*. Embora a imagem fosse simples, não era primitiva ou naïf. Tinha um estilo diferente de tudo o que Clara já vira. Uma elegância natural. Uma beleza confiante.

Clara a aproximou da luz. Como uma bola pintada podia ser tão luminosa? Então olhou mais de perto. E sorriu. Voltou-se para Peter, que a fitava com ansiedade.

– Não tem tinta do lado de fora. É só vidro. A tinta está dentro. Que coisa.

– Gostou? – perguntou ele, baixinho.

– Amei. E eu amo você. Obrigada, Peter. – Ela o abraçou, ainda com a esfera na mão. – Deve ser uma decoração de Natal. Você acha que é uma imagem de Three Pines? Quer dizer, é claro que são três pinheiros, é que eles realmente parecem os que a gente tem ali na praça. Se bem que todos os trios de pinheiros devem ser parecidos. Eu adorei, Peter. Foi o melhor presente que eu já ganhei. E não vou nem perguntar onde você encontrou isso.

Ele ficou muito grato por isso.

No meio da manhã, o recheio de castanhas estava no peru, e o peru, no forno, enchendo a casa com mais perfumes natalinos maravilhosos. Peter e Clara resolveram perambular até o bistrô, passando por outros moradores no caminho. Demoraram um pouco para reconhecer a maioria, já que quase todos haviam recebido gorros novos nas meias natalinas para substituir os que tinham sido devorados por cachorros e gatos. Durante todo o inverno, os bichinhos mastigavam o pompom dos gorros e todo mundo acabava parecendo uma vela, com pavios no topo da cabeça em vez de bolas de lã.

No bistrô, Clara encontrou Myrna perto da lareira, tomando vinho quente com especiarias. As duas lutaram contra os casacos, que pareciam não querer deixá-las, e colocaram os gorros e as luvas no radiador para aquecê-los. Moradores e crianças de rosto vermelho não paravam de chegar em esquis *cross-country*, em raquetes de neve, descendo de tobogã a colina acima do moinho ou patinando pelo lago. Alguns partiam para um dia e meio de esqui *downhill* em Mont St. Rémy.

– Quem é aquele? – perguntou Myrna, apontando para um homem sentado sozinho.

– Monsieur Molson Canadian. Sempre pede a mesma cerveja. Dá boas gorjetas – respondeu Olivier, colocando dois *irish coffees* na mesa para Peter e Clara com um par de cachimbos de alcaçuz. – Feliz Natal – disse, dando dois beijinhos nos dois e acenando com a cabeça para o estranho. – Ele apareceu há alguns dias.

– Deve ser um locatário – disse Myrna.

Era raro ver estranhos em Three Pines, já que o lugar era difícil de encontrar e as pessoas raramente iam parar ali por acaso.

SAUL PETROV TOMOU UM GOLE DA CERVEJA e deu uma mordida na baguete com recheio de rosbife, queijo Stilton derretido e rúcula. No prato, ao lado do sanduíche, havia uma porção cada vez menor de batatas fritas levemente temperadas.

Estava perfeito.

Pela primeira vez em anos ele se sentia humano. Não tinha a intenção de interagir com aquelas pessoas gentis, mas sabia que, se fizesse isso, seria convidado a se juntar a elas na celebração. Pareciam ser assim. Algumas até já haviam sorrido para ele e erguido a bebida murmurando "*Santé*" e "*Joyeux Noël*".

Pareciam amáveis.

Não era de admirar que CC as odiasse.

Saul mergulhou uma batata no potinho de maionese e se perguntou quem entre aquelas pessoas seria o artista que criara a foto da incrível árvore derretendo. Ele não sabia nem se era homem ou mulher.

Será que deveria perguntar para alguém? Three Pines era tão pequena que com certeza alguém saberia lhe informar. Ele queria parabenizar o artista, pagar uma cerveja para ele ou ela e conversar sobre arte, sobre o ofício que compartilhavam. Falar sobre coisas criativas em vez de mergulhar em lugares sombrios como fazia com CC. Primeiro, porém, tinha negócios a tratar em Three Pines. Mas, assim que terminasse, encontraria o artista.

– Com licença.

Saul ergueu o olhar e viu uma imensa mulher negra sorrindo para ele.

– Meu nome é Myrna. Sou a dona da livraria aqui do lado. Só queria dizer que vai ter um café da manhã comunitário e uma partida de curling amanhã em Williamsburg. Todo mundo vai estar lá. É uma arrecadação de fundos para o hospital local. Imagino que o senhor não esteja sabendo, mas será bem-vindo se quiser ir.

– Ah, é? – disse Saul, torcendo para não ter soado tão idiota quanto estava se sentindo.

Por que de repente estava com medo? Não daquela mulher, é claro. Será que era medo da gentileza dela, talvez? De que ela o tivesse confundido com outra pessoa? Alguém interessante, talentoso e gentil?

– O café da manhã é na Legião Real Canadense, a associação dos veteranos, às oito, e a partida de curling começa às dez no lago Brume. Espero que possa ir.

– *Merci*.

– *De rien. Joyeux Noël* – disse ela, em um belo francês, ainda que com sotaque.

Saul pagou a conta, deixando uma gorjeta ainda mais generosa que o habitual, e saiu para pegar o carro e fazer uma viagem curta colina acima, até a antiga casa dos Hadleys.

Precisava contar a CC sobre o evento. Era perfeito. Exatamente o que estava procurando.

E, quando o evento terminasse e ele concluísse o que tinha ido fazer ali, quem sabe poderia se sentar na mesma mesa que aquelas pessoas.

OITO

– Encontrou alguma coisa?

O inspetor-chefe Armand Gamache serviu um copo de Perrier à esposa e lhe deu um beijo no topo da cabeça enquanto se inclinava para examinar o documento nas mãos dela. Era dia 26 de dezembro e os dois estavam na sala que ele ocupava na sede da Sûreté em Montreal. Ele vestia uma calça de alfaiataria em flanela cinza, uma camisa e uma gravata, peças que sempre usava no escritório, mas também um elegante cardigã de caxemira, afinal estava de folga. Embora tivesse apenas pouco mais de 50 anos, havia em Gamache algo do charme do velho mundo, uma cortesia e certos modos que remetiam ao passado.

Ele sorriu para a esposa, observando com os olhos castanho-escuros a onda suave dos cabelos grisalhos dela. De onde estava, captava de leve a fragrância sutil do perfume Joy, de Jean Patou, a *eau de toilette* que dava a ela todo Natal. Então foi até a poltrona de couro diante dela e se acomodou, reencontrando as familiares curvas esculpidas no estofado. Aquele era um corpo moldado por refeições muito apreciadas e uma vida de longas caminhadas, não por esportes de contato.

A esposa, Reine-Marie, estava sentada em outra poltrona de couro, com um imenso guardanapo xadrez vermelho e branco no colo, um dossiê em uma das mãos e um sanduíche de peru na outra. Deu uma mordida e tirou os óculos de leitura do rosto, deixando-os pendendo na cordinha.

– Achei que tivesse encontrado, mas não. Pensei que o investigador não tivesse feito uma pergunta, mas estou vendo que ele a fez um pouco depois.

– Que caso foi esse?

– Labarré. Um homem foi empurrado na frente do metrô.

– Eu lembro – disse Gamache, pegando um pouco de água. No chão ao redor deles havia pilhas de pastas organizadas. – Não sabia que não tinha sido resolvido. Você não encontrou nada?

– Desculpa, amor. Não estou indo muito bem esse ano.

– Às vezes não tem nada para encontrar mesmo.

Os dois pegaram novas pastas e retomaram a leitura, compartilhando o silêncio. Aquela havia se tornado a tradição deles para o dia 26 de dezembro. Faziam um piquenique com sanduíches de peru, frutas e queijos no escritório de Gamache na Divisão de Homicídios e passavam o dia lendo sobre assassinatos.

Ela fitou o marido, que estava com a cabeça enterrada numa pasta tentando arrancar dali a verdade, tentando encontrar entre as palavras impressas, entre os fatos e figuras, uma forma humana. Porque em cada uma daquelas pastas de papel pardo vivia um assassino.

Aqueles eram os assassinatos não resolvidos. Alguns anos antes, o inspetor-chefe Armand Gamache havia abordado o inspetor-chefe da polícia metropolitana de Montreal e, entre goles de conhaque no Club Saint-Denis, fizera a proposta.

– Uma troca de arquivos, Armand? –, perguntara Marc Brault. – Como seria isso?

– Minha sugestão é o dia 26 de dezembro. A sede da Sûreté vai estar tranquila e, provavelmente, o seu escritório também.

Brault assentira, observando Gamache com interesse. Assim como a maioria dos colegas, tinha um respeito imenso por aquele homem discreto. Só os idiotas o subestimavam, mas Brault sabia que aquele trabalho estava cheio de idiotas. Idiotas com poder, idiotas com armas.

O caso Arnot não havia deixado dúvida. E quase tinha destruído o homem grande e atencioso à sua frente. Brault se perguntou se Gamache conhecia a história toda. Provavelmente não.

Armand Gamache falava com sua voz grave e agradável. Brault notara os fios brancos entre os cabelos escuros de suas têmporas, além da óbvia calvície, que Gamache não se preocupava em disfarçar. O bigode espesso e bem-aparado também estava ficando grisalho. O rosto tinha linhas de preocupação, mas também de risadas, e os olhos castanho-escuros compassivos encaravam Brault por sobre os óculos meia-lua.

Como ele sobrevive?, perguntou-se Brault. Por mais brutal que fosse o mundo na polícia de Montreal, ele sabia que a Sûreté du Québec podia ser ainda pior. Porque havia muito mais em jogo. Mesmo assim, Gamache havia ascendido até o posto de chefe do maior e mais prestigioso departamento da Sûreté.

Ele não iria mais longe que isso, é claro. Até Gamache sabia disso. Mas, ao contrário de Marc Brault, que era pura ambição, Armand Gamache parecia satisfeito, e até feliz, com sua vida. Houvera um tempo, antes do caso Arnot, em que Brault havia suspeitado que Gamache fosse um tanto limitado, um pouco fraco para aquilo. Mas não pensava mais assim. Agora sabia o que estava por trás daqueles olhos gentis e daquele rosto calmo.

Naquela ocasião, tivera a estranha sensação de que Gamache havia entendido tudo o que estava acontecendo tanto na cabeça de Brault quanto nas mentes labirínticas da Sûreté.

— Eu sugiro que a gente troque um com o outro nossos casos não resolvidos e passe alguns dias lendo tudo. Para ver se descobre alguma coisa.

Brault tomara um gole do conhaque e se recostara na cadeira, pensativo. Era uma boa ideia. Embora fosse pouco convencional e pudesse dar muito errado se alguém descobrisse. Ele sorrira para Gamache e voltara a se inclinar na direção dele.

— Por quê? Você já não trabalha o suficiente ao longo do ano? Ou será que está louco para fugir da família no Natal?

— Bom, você sabe que, se eu pudesse, moraria no escritório e viveria à base de café. Não tenho vida e minha família me despreza.

— Já me contaram isso, Armand. Aliás, eu também desprezo você.

— E eu, você.

Os dois sorriram.

— Eu iria querer que alguém fizesse isso por mim, Marc. Só isso. Bem simples e bem egoísta. Gosto de pensar que, se eu fosse assassinado, meu caso não ficaria sem solução. Alguém faria um esforço extra. Como posso negar isso às pessoas?

Era simples. E era correto.

Marc Brault estendera o braço e apertara a mão grande de Gamache.

— Combinado, Armand. Combinado.

— Combinado, Marc. E se algo acontecesse com você, pode ter certeza de que o caso não ficaria sem solução.

Aquilo tinha sido dito com imensa simplicidade, mas era tão significativo que surpreendera Brault.

E desde então, nos últimos anos, os dois vinham se encontrando no estacionamento da sede da Sûreté para trocar caixas de arquivos todo dia 26 de dezembro. E todo dia 26 de dezembro Armand e Reine-Marie vasculhavam as caixas em busca de assassinos.

– Humm, que estranho – disse Reine-Marie, baixando a pasta e flagrando o marido a observando. Ela sorriu e continuou: – Esse caso tem poucos dias. Por que será que está nessa pilha?

– Correria de Natal. Alguém deve ter se enganado. Me dá aqui que eu vou deixar separado para devolver.

Ele estendeu a mão, mas os olhos de Reine-Marie já haviam se voltado de novo para a pasta. Após um instante, Gamache baixou a mão.

– Desculpa, Armand. É que eu conhecia a vítima.

– Ah, não... – disse Gamache, deixando a própria pasta de lado e se aproximando da esposa. – Como? Que caso é esse?

– Não era minha amiga nem nada. Você provavelmente a conhecia também. A moradora de rua que ficava na rodoviária de Berri. Aquela que vivia com mil camadas de roupas, mesmo quando estava calor, sabe? Ela estava lá fazia anos.

Gamache aquiesceu.

– De qualquer forma, isso ainda não pode ser considerado um caso não resolvido. Você disse que faz poucos dias que ela morreu?

– No dia 22. E isso é bem estranho. Ela não estava na rodoviária de Berri. Estava na De la Montagne, perto da Ogilvy. Isso fica a, sei lá, uns dez, quinze quarteirões de lá.

Gamache voltou à sua poltrona e esperou, observando Reine-Marie enquanto ela lia com algumas mechas dos cabelos grisalhos caindo em sua testa. Com 50 e poucos anos, ela era ainda mais adorável do que quando tinham se casado. Usava pouca maquiagem e parecia confortável com o rosto que lhe fora dado.

Gamache podia passar o dia todo olhando para ela. Às vezes, quando a buscava no trabalho, na Biblioteca Nacional, chegava cedo de propósito para observá-la revisar documentos históricos e fazer anotações, de cabeça baixa e com os olhos sérios.

Então ela erguia o olhar, via que ele a estava observando e seu rosto se abria em um sorriso.

– Ela foi estrangulada – disse Reine-Marie, baixando a pasta. – Diz aqui que o nome dela era *Elle*. Não tem sobrenome. Não dá para acreditar, é um absurdo. Eles nem se dão ao trabalho de descobrir o nome verdadeiro dela, então a chamam de "ela".

– Essas coisas são difíceis.

– Deve ser por isso que as crianças não são detetives da Divisão de Homicídios.

Gamache teve que rir.

– Eles nem se deram ao trabalho, Armand. Olha aqui – disse Reine--Marie, estendendo a pasta para ele. – É a mais fina da pilha. Ela era só uma mendiga para eles.

– Quer que eu tente resolver?

– Você faria isso? Nem que seja só para descobrir o nome dela.

Gamache encontrou a caixa do caso Elle empilhada junto às outras caixas de Brault, apoiada na parede do escritório. Vestiu luvas e retirou todo o conteúdo da caixa, espalhando-o no chão. Não demorou muito para que o piso estivesse repleto de roupas rançosas e pútridas, com um cheiro que fazia corar até o queijo azul do piquenique.

Jornais velhos imundos jaziam ao lado das roupas. Usados como isolamento térmico, deduziu Gamache, para fazer frente ao inverno brutal de Montreal. Ele sabia que as palavras podiam fazer muitas coisas, mas não deter o clima. Reine-Marie foi até ele e, juntos, eles vasculharam a caixa.

– Ela parece ter literalmente se cercado de palavras – disse Reine-Marie, pegando um livro. – Tinha todos estes jornais para se esquentar e até um livro.

Ela abriu o volume e leu uma passagem aleatória:

Morta há tempos e enterrada em outra cidade,
minha mãe continua a me assombrar.

– Posso ver? – perguntou Gamache, pegando o livro e olhando para a capa. – Eu conheço essa poeta. O nome dela é Ruth Zardo.

Ele voltou a olhar para a capa: *Estou bem DEMAIS.*

– Aquela da cidadezinha que você adorou? Ela é uma das suas preferidas, não é?

Gamache aquiesceu e folheou o livro até o início.

– Esse eu não tenho. Deve ser novo. Acho que nem Elle chegou a lê-lo. – Ele olhou a data de publicação e reparou na dedicatória: – "Você fede. Com amor, Ruth."

Gamache pegou o telefone e fez uma ligação.

– É da livraria da Ogilvy? Eu queria uma informação sobre... Claro, eu espero.

Ele inclinou a cabeça para Reine-Marie e sorriu. Com luvas descartáveis, ela estava pegando uma caixinha de madeira que também estava entre as evidências coletadas. Era um objeto simples e gasto. Reine-Marie o virou e viu quatro letras presas com fita adesiva na parte de baixo.

– O que você acha que é isso? – perguntou ela, mostrando as letras para Gamache.

M KLM

– Dá para abrir?

Com cuidado, ela tirou a tampa e, ao olhar dentro da caixa, ficou ainda mais intrigada.

Estava cheia de letras.

– Por que você não... Oi, alô? Eu queria uma informação sobre o último livro da escritora Ruth Zardo. Isso mesmo. Quantas pessoas? Entendi. Bom, *merci*.

Desligou. Reine-Marie já havia derramado o conteúdo da caixinha na mesa dele e agora estava organizando as letras em pilhas certinhas.

As letras C, L e K se repetiam cinco vezes, enquanto havia dez letras M.

– Iguais às letras do fundo da caixa, com exceção dos Cs – disse ela. – Por que só essas letras e por que maiúsculas?

– Você acha que o fato de serem maiúsculas é importante? – perguntou Gamache.

– Não sei, mas o que eu aprendi lidando com os documentos do trabalho é que uma série de letras maiúsculas geralmente representa uma palavra.

– Como FBI.

– Você e suas referências policiais. Mas, sim, essa é a ideia. Por exemplo, *Estou bem DEMAIS* – sugeriu ela, apontando para a capa do livro de

Ruth na mesa. – Aposto que significa alguma outra coisa. O que a livraria disse, aliás?

– Que Ruth Zardo fez o lançamento na loja da Ogilvy há alguns dias. No dia 22 de dezembro.

– O dia em que Elle morreu – lembrou Reine-Marie.

Gamache assentiu. Por que Ruth daria uma cópia do livro a uma moradora de rua e escreveria "Com amor, Ruth"? Ele a conhecia bem o suficiente para saber que ela não usava a palavra "amor" a torto e a direito. Pegou o telefone de novo, mas o aparelho tocou assim que Gamache encostou nele.

– *Oui, allô?* Gamache falando.

Por um instante houve um silêncio do outro lado da linha.

– *Oui, bonjour?* – insistiu ele.

– Inspetor-chefe Gamache? – disse a voz do outro lado. – Eu não sabia que o senhor atendia o próprio telefone.

– Sou um homem de muitos talentos – respondeu ele, com uma risada cativante. – Em que posso ajudar?

– Meu nome é Robert Lemieux. Sou o policial de plantão na delegacia de Cowansville, em Eastern Townships.

– Eu lembro. Nos conhecemos na investigação de Jane Neal.

– Isso mesmo, senhor.

– Em que posso ser útil, rapaz?

– Aconteceu um assassinato.

Após pegar as informações, Gamache desligou e olhou para a esposa. Sentada na cadeira, ela parecia calma e serena.

– Você está com as suas ceroulas para sair? – perguntou ela.

– Estou, madame.

Ele abriu a primeira gaveta da mesa, revelando a seda azul-escura.

– Os policiais geralmente não guardam armas aí?

– Para mim, ceroulas são proteção suficiente.

– Bom saber – respondeu ela, abraçando-o. – Nesse caso, eu vou embora, querido. Você tem que trabalhar.

Da porta, Reine-Marie o observou fazer algumas ligações, de costas para ela, olhando pela janela para o horizonte de Montreal. Ficou observando os movimentos familiares do marido, reparando nos cabelos que se enrolavam um pouco na altura do pescoço, na mão forte que segurava o telefone na orelha.

Em vinte minutos, Armand Gamache já estava a caminho da cena do crime. Seu segundo no comando, o inspetor Jean Guy Beauvoir, dirigia pela ponte Champlain em direção à autoestrada para o percurso de uma hora e meia até a região de Eastern Townships.

Depois de alguns minutos olhando pela janela, Gamache abriu o livro de novo, para terminar o poema que Reine-Marie tinha começado a ler para ele:

Quando minha morte nos separar
O perdoado e o perdoador se encontrarão de novo
Ou será, como sempre foi, tarde demais?

NOVE

– O nome dela era Cecilia de Poitiers – disse o agente Robert Lemieux em resposta à primeira pergunta de Gamache. – Mas era conhecida como CC. Foi aqui que aconteceu, senhor.

Lemieux não queria parecer ansioso, mas tampouco seria bom soar blasé. Endireitou a postura e tentou fingir que sabia o que estava fazendo.

– Aqui? – perguntou Gamache, curvado sobre a neve.

– Sim, senhor.

– Como você sabe? – perguntou ele a Jean Guy Beauvoir. – Para mim, tudo aqui parece igual.

E parecia mesmo. O lugar estava coberto de pegadas na neve. Como se o tradicional desfile do Papai Noel tivesse passado bem por cima da cena do crime. Beauvoir afundou ainda mais o gorro de neve preto na cabeça e puxou as abas para cobrir as orelhas. Tinha sido o mais próximo que encontrara de um gorro bonito e quente. Jean Guy Beauvoir vivia em constante guerra consigo mesmo, sempre dividido entre a necessidade de usar roupas que mostrassem os músculos e a necessidade de não congelar o corpo esguio e atlético. Era quase impossível ficar ao mesmo tempo atraente e aquecido no inverno do Quebec. E Jean Guy Beauvoir definitivamente não queria ficar ridículo com uma parca e um chapéu idiota. Olhou para Gamache, tão elegante, e se perguntou se ele estaria sentindo o mesmo frio mas não demonstrava. O chefe usava um gorro de tricô cinza, um cachecol de caxemira amarelo e uma parca cáqui longa e macia. Parecia aquecido. E Beauvoir notou, impressionado, como era atraente estar aquecido a 10 graus negativos, mesmo de parca, gorro engraçado, luvas grossas e tudo mais. Começou a suspeitar que talvez fosse ele o esquisito ali. Mas afastou o pensamento improvável quando uma rajada de vento penetrou sua bela jaqueta bomber, alojando-se em seus ossos. Estremeceu e bateu os pés no chão.

Eles estavam sobre um lago congelado, sob um frio cortante. A margem ficava cerca de 90 metros atrás deles e a outra margem era só uma faixa escura à distância. Beauvoir sabia que em volta da ponta acidentada à esquerda ficava a cidade de Williamsburg, mas agora, parado ali, tinha a impressão de que estavam muito longe da civilização. Bem, era um local onde algo muito pouco civilizado havia acontecido.

Uma pessoa tinha sido assassinada bem ali.

Pena que ninguém houvesse notado isso na hora.

– Conte o que você sabe – pediu Gamache a Lemieux.

Aquele era um dos momentos preferidos de Beauvoir. O início de uma nova investigação. Mas Gamache sabia que aquele mistério, como todos os assassinatos, havia começado muito antes. Não era nem o início nem o fim.

Gamache deu alguns passos no lago congelado, suas botas rompendo a fina crosta de neve e encontrando uma camada mais macia logo abaixo. Ao sentir as gotas características descerem pelos tornozelos, entendeu que a neve já tinha entrado no calçado.

– Segundo as testemunhas, a vítima simplesmente caiu no chão – disse Lemieux, observando o chefe para tentar descobrir se ele estava satisfeito com suas respostas.

Gamache parecia desconfortável. Lemieux se retraiu por dentro. Será que já tinha feito algo errado?

– Eles tentaram reanimá-la, pensando que tivesse sido um infarto – prosseguiu ele. – Depois colocaram a vítima em um caminhão e a levaram ao hospital.

– Então eles pisotearam toda a cena do crime – apontou Beauvoir, como se tivesse sido culpa de Lemieux.

– Sim, senhor. Acho que só estavam tentando ajudar.

Lemieux aguardou a repreensão, mas ela não veio. Em vez disso, Beauvoir bufou e Gamache disse apenas:

– Continue.

– O médico da emergência, Dr. Lambert, chamou a polícia cerca de meia hora depois. Por volta das onze e meia desta manhã. Ele disse que a morte era suspeita. Falou que chamou a legista e que parecia que a vítima tinha sido eletrocutada. Como eu disse, oficialmente, ele afirmou que a morte era suspeita, porque tem que fazer isso até que o homicídio seja comprovado, mas quando a gente chegou, ele deixou claro que não tinha dúvida nenhuma. Ela foi assassinada.

– Por favor, chame-a pelo nome, agente – corrigiu Gamache, sem tom de censura. – Precisamos ver madame De Poitiers como uma pessoa.

– Sim, senhor. Ela, madame De Poitiers, foi eletrocutada bem aqui.

Lemieux repetiu o que havia dito a Gamache por telefone. E se, ao ouvi-lo em seu escritório, aquilo já havia soado estranho, na cena do crime a história parecia ainda mais bizarra.

Como alguém era eletrocutado no meio de um lago congelado? Muitas pessoas tinham sido eletrocutadas na banheira, mas isso antes de a maioria dos aparelhos elétricos contar com desligamento automático. Hoje em dia, se alguém jogasse uma torradeira na banheira com o cônjuge dentro, as consequências seriam, no máximo, um fusível queimado, um aparelho danificado e uma cara-metade bem irritada.

Não. Era quase impossível eletrocutar alguém, a menos que você fosse o governador do Texas. Fazer isso em um lago congelado, na frente de dezenas de pessoas, era loucura.

Alguém tinha sido insano o suficiente para tentar.

Alguém tinha sido brilhante o suficiente para conseguir.

Como? Gamache se virou devagar, mas não viu nada novo. Nenhuma televisão ou torradeira antiga ardendo no gelo. O que havia eram três cadeiras dobráveis de alumínio, uma delas tombada na neve. Atrás delas, algo que parecia um enorme cogumelo de alumínio cromado, com uns 5 metros de altura. À esquerda, a cerca de 6 metros, havia um conjunto de arquibancadas.

Tudo isso estava virado para o lago, de frente para uma clareira no gelo, que ficava a mais ou menos 6 metros das arquibancadas. Gamache foi até lá, tentando evitar que mais daquela neve fofa entrasse nas botas, e viu um retângulo longo e estreito com grandes pedras redondas espalhadas ao redor.

Curling.

Gamache nunca tinha praticado o esporte, mas assistia ao campeonato anual na TV e sabia o suficiente para reconhecer uma pedra de curling.

O rinque tinha um ar sinistro naquele momento, como todo lugar abandonado. Ele quase podia ouvir as pedras rolando pelo gelo e os jogadores gritando uns com os outros. Apenas algumas horas antes, aquele lugar estava repleto de pessoas felizes. Com exceção de uma. Alguém estava tão infeliz, tão miserável e perturbado, que precisara tirar uma vida. Gamache tentou imaginar o que o assassino havia feito. Onde teria se sentado? Com os outros, nas arquibancadas, ou a certa distância do resto, sabendo que estava prestes a cometer um ato que o marcaria para sempre? Será que estava empolgado ou aterrorizado? Tinha planejado o assassinato nos mínimos detalhes ou havia agido por força de uma súbita raiva feroz? Gamache ficou imóvel, tentando escutar a voz do criminoso em meio aos ecos imaginários das risadas das crianças e dos gritos dos jogadores.

Mas não conseguiu. Ainda não.

E talvez não houvesse vozes, só o vento deslizando pela superfície do lago, jogando neve para o alto e criando pequenas ondas de gelo.

Os técnicos isolavam a cena do crime com fita amarela, fotografando cada centímetro do terreno e coletando qualquer coisa que parecesse evidência. Tiravam medidas, ensacavam itens e colhiam impressões digitais, o que não eram tarefas fáceis a 10 graus negativos. Gamache sabia que eles estavam correndo contra o tempo. Eram quase duas e meia da tarde, três horas após o assassinato, e o mau tempo dificultava cada vez mais o trabalho. Locais abertos eram sempre complicados, mas um lago no auge do inverno era especialmente difícil.

– Como pode alguém ser eletrocutado aqui? – perguntou Beauvoir, com petulância. – O que as testemunhas disseram?

– O jogo começou por volta das dez – respondeu Lemieux, consultando seu caderninho. – Ou talvez dez e meia, quando todos já tinham chegado. Quase todo mundo estava nas arquibancadas, mas a vítima e uma outra mulher se sentaram naquelas cadeiras.

– A vítima estava na cadeira tombada? – quis saber Beauvoir.

– Não sei.

Lemieux quis se matar ao admitir isso. Mas, para sua surpresa, foi a primeira vez que Gamache olhou para ele com mais que um mero interesse educado.

– As pessoas só perceberam que tinha acontecido alguma coisa quando a outra mulher que estava sentada ali gritou – continuou Lemieux. – No início ninguém ouviu nada por causa da barulheira no rinque.

– Houve alguma confusão no jogo? – perguntou Beauvoir, incrédulo, já que a única confusão que conseguia imaginar no curling era uma debandada em massa.

– Imagino que alguém tenha feito uma boa jogada – respondeu Lemieux.

– É melhor não imaginar – disse Gamache, em voz baixa.

– Sim, senhor.

Lemieux baixou a cabeça e tentou não parecer muito chateado com uma simples crítica. Não queria agir como um garotinho ansioso. Aquele era um momento delicado. Era importante passar a impressão certa.

– Assim que as pessoas perceberam o que tinha acontecido, tentaram reanimar madame De Poitiers. Alguns voluntários do corpo de bombeiros estavam presentes.

– Entre eles Ruth Zardo? – perguntou Gamache.

– Como o senhor sabe?

– Eu a conheci na última investigação. Ela ainda é chefe do corpo de bombeiros voluntário de Three Pines?

– Sim, senhor. Ela estava aqui com alguns outros. Olivier Brulé, Gabri Dubeau, Peter e Clara Morrow...

Gamache sorriu ao ouvir os nomes.

– Eles fizeram RCP, depois colocaram a vítima em um caminhão e a levaram ao hospital de Cowansville, onde ela foi declarada morta.

– Como o médico deduziu que ela foi eletrocutada? – perguntou Beauvoir.

– Pelas queimaduras. Nas mãos e nos pés.

– E ninguém reparou nisso durante a RCP? – quis saber Beauvoir.

Lemieux agora sabia que o melhor era não responder dessa vez. Após um momento, prosseguiu:

– Madame De Poitiers tinha marido e uma filha. Os dois estavam aqui e foram com ela para o hospital. Eu anotei os nomes e o endereço.

– Quantas pessoas viram tudo acontecer? – perguntou Gamache.

– Umas trinta, talvez mais. Era o torneio anual. Antes da partida, teve um café da manhã comunitário na associação dos veteranos.

A essa altura, vários investigadores trabalhavam ao redor deles, abordando Gamache de vez em quando com uma pergunta ou uma observação.

Beauvoir foi supervisionar a coleta de evidências e Gamache ficou parado no gelo vendo a equipe em ação. Depois, lentamente, começou a circundar a cena do crime, com seu ritmo constante e as mãos cruzadas nas costas. O agente Lemieux observava o inspetor-chefe, que parecia estar entrando num mundo só dele.

– Venha comigo, por favor.

O inspetor-chefe parou e se virou tão repente que Lemieux foi pego encarando seus vivazes olhos castanhos. Cambaleando pela neve, Lemieux o alcançou e pôs-se a caminhar ao seu lado, perguntando-se o que será que Gamache esperava dele. Após um tempo, percebeu que talvez o homem só quisesse companhia. Então Lemieux também cruzou as mãos nas costas e seguiu andando lentamente ao redor da cena, andando e andando, até que as botas dos dois tivessem desenhado um círculo na neve. No meio, como o centro de um alvo, um círculo menor marcava o ponto onde CC de Poitiers havia morrido.

– O que é isso? – perguntou Gamache por fim, apontando para o imenso cogumelo que se debruçava sobre a cena como uma versão reduzida e congelada de uma bomba atômica.

– Um aquecedor externo, senhor. Tipo um poste de luz, só que libera calor.

– Ah, já vi alguns desses nas *terrasses* da cidade de Quebec – comentou Gamache, lembrando-se das taças de vinho branco tomadas nas antigas *terrasses* de pedra da Vieux Québec e dos aquecedores que permitiam às pessoas desfrutar refeições ao ar livre no início do outono. – Mas eram bem menores.

– É que esse é industrial. Usado em canteiros de obras em áreas externas e em alguns eventos esportivos. Devem tê-lo pegado emprestado da liga juvenil de hóquei de Williamsburg. A maioria dos jogos deles acontece ao ar livre, e alguns anos atrás eles fizeram uma imensa arrecadação de fundos para construir arquibancadas e dar um jeito de aquecer os espectadores.

– Você é daqui?

– Sou, sim, senhor. Cresci em St. Rémy. Cheguei a me mudar para outra região com minha família, mas quis voltar para cá depois da formação policial.

– Por quê?

Por quê? A pergunta surpreendeu Lemieux. Ninguém nunca tinha lhe perguntado isso. Seria um teste, um truque de Gamache? Ele olhou para o homem grande à sua frente e concluiu que não. O inspetor-chefe não parecia do tipo que precisava de truques. Ainda assim, era melhor responder com diplomacia.

– Eu queria trabalhar na Sûreté e achei que aqui teria uma vantagem, já que conheço muita gente.

Gamache o observou por um instante. Um instante desconfortável. Depois se virou e observou o padrão de aquecimento. Lemieux relaxou um pouco.

– Esse aparelho deve ser elétrico. A eletricidade que matou madame De Poitiers provavelmente veio daqui. Mas ela estava muito longe quando desmaiou… Será que o aquecedor está com algum fio com defeito e, por algum motivo, madame De Poitiers encostou nele, conseguiu dar alguns passos e só depois caiu? O que você acha?

– Posso imaginar, dessa vez?

Gamache riu.

– Pode, mas não conte para o inspetor Beauvoir.

– Por aqui é comum usar geradores para produzir eletricidade. Todo mundo tem um aparelho desses em casa. É possível que alguém tenha ligado a vítima a um deles.

– Você quer dizer que o assassino pode ter usado um cabo de transmissão de carga e prendido as duas garras na vítima? – Ele tentou não soar incrédulo, mas era difícil. – Não acha que ela teria notado?

– Não se estivesse concentrada no jogo.

Ao que tudo indicava, o jovem agente Lemieux e o inspetor-chefe tinham experiências bem distintas com o curling. Gamache até gostava do jogo, o suficiente para assistir às finais do campeonato nacional na TV (o que era quase uma precondição para ser canadense), mas não chegava a achar o jogo fascinante. E com certeza notaria se Reine-Marie de repente ligasse um gerador e prendesse duas garras enormes nas orelhas dele.

– Alguma outra ideia?

Lemieux balançou a cabeça e tentou dar a impressão de estar pensando com afinco.

Nesse momento, Jean Guy Beauvoir se afastara dos investigadores e agora ia até Gamache, que estava parado junto ao aquecedor.

– Como isso é alimentado, Jean Guy?

– Não faço a menor ideia. Mas já limpamos e fotografamos, então pode tocar se quiser.

Os dois homens circundaram o aquecedor, ora se curvando, ora olhando para o céu, como dois monges em uma curtíssima peregrinação.

– Achei onde liga – disse Gamache, apertando repetidas vezes o botão, que, como era de esperar, não acionou coisa alguma.

– Mais um mistério – disse Beauvoir, sorrindo.

– Isso nunca vai acabar?

Gamache então olhou para o agente Lemieux, que, sentado nas arquibancadas, bafejava as mãos geladas e escrevia em seu caderninho. O chefe lhe havia pedido que organizasse as anotações.

– O que você acha dele?

– Lemieux? – perguntou Beauvoir, com o coração apertado. – Gente boa.

– Mas...

Como ele sabia que havia um "mas"? Não pela primeira vez, Beauvoir desejou que Gamache não fosse capaz de ler seus pensamentos. Tinha muito lixo ali. Era como o avô dizia: "Você não vai querer entrar na sua cabeça sozinho, *mon petit*. É um lugar muito assustador."

Ele havia aprendido a lição. Passava pouquíssimo tempo examinando a própria mente e menos ainda analisando a dos outros. Preferia se ater aos fatos, às evidências, a coisas que pudesse ver, tocar, pegar. Deixava a mente para homens mais corajosos, como Gamache. Mas agora se perguntava se o chefe havia descoberto uma maneira de entrar em sua cabeça. Ele encontraria um monte de coisas embaraçosas ali. Muita pornografia. Uma ou outra fantasia com a agente Isabelle Lacoste. Até uma fantasia com a agente Yvette Nichol, a estagiária desastrosa do ano anterior – essa última envolvia desmembramentos. Mas se Gamache continuasse vasculhando a mente de Beauvoir, encontraria apenas respeito pelo chefe. E se cavasse bem fundo, poderia acabar encontrando o compartimento que Beauvoir tentava esconder até de si mesmo. Ali aguardavam todos os seus medos, fétidos e famintos. E, encolhido embaixo do medo da rejeição e da intimidade, estava o medo de perder Gamache um dia. Ao lado, havia ainda outra coisa. Era ali que o amor de Beauvoir se escondia, encolhido para se proteger e tendo rolado para o canto mais distante.

– Acho que ele está forçando a barra. Tem alguma coisa errada. Não confio nele.

– Só porque ele defendeu os moradores que tentaram ajudar madame De Poitiers?

– Claro que não – mentiu Beauvoir. Ele detestava ser contrariado, ainda mais por um garoto como Lemieux. – Ele só parecia despreparado, e não deveria estar. Pelo menos não sendo um policial da Sûreté.

– Mas ele não é treinado em homicídios. Ele é como um clínico geral que de repente precisa fazer uma cirurgia. Em tese, ele tem que saber fazer isso e provavelmente está mais bem preparado que um cobrador de ônibus, mas não é o que ele costuma fazer. Não sei como eu me sairia se de repente me transferissem para a Narcóticos ou para a corregedoria. Acho que ia cometer alguns erros. Não, não acho que o agente Lemieux tenha se saído mal.

Lá vamos nós, pensou Beauvoir.

– Não se sair mal não basta – disse ele. – O padrão que o senhor está estabelecendo é muito baixo. Isto aqui é a Divisão de Homicídios. O grupo de elite da Sûreté.

Ele viu que Gamache estava na defensiva, como sempre ficava quando ouvia aquilo. Por alguma razão insondável para Beauvoir, Gamache resistia com todas as forças àquela obviedade. Até os chefões admitiam: os melhores ascendiam à Divisão de Homicídios. Os mais inteligentes, mais corajosos, que se levantavam todas as manhãs no conforto de casa, beijavam os filhos e saíam pelo mundo para deliberadamente caçar pessoas que matavam deliberadamente. Ali os fracos não tinham vez. E os estagiários, por sua própria natureza, eram fracos. A fraqueza levava a erros, e os erros, por sua vez, levavam a coisas que davam muito errado. O assassino podia escapar e matar de novo, talvez até um agente da Sûreté. Talvez até ele mesmo, quem sabe (uma fresta da porta se abriu, e um *ghoul* saiu daquele quarto bem escondido), talvez até Armand Gamache. Um dia, a necessidade que Gamache tinha de ajudar os jovens agentes ainda o mataria. Beauvoir tornou a fechar a porta com violência, mas não sem antes sentir uma onda de fúria contra o homem à sua frente.

– Nós já tivemos essa conversa, senhor – disse Beauvoir, com dureza e irritação. – Somos uma equipe. Sua equipe. Vamos sempre fazer o que o senhor pedir. Mas por favor, por favor, pare de nos pedir isso.

– Não posso, Jean Guy. Eu encontrei você no destacamento de Trois-Rivières, lembra?

Beauvoir suspirou fundo.

– Você estava numa cesta de vime, largado no meio dos juncos...

– Maconha, senhor. Quantas vezes eu tenho que dizer? Era maconha. Drogas. Eu estava entre pilhas de drogas confiscadas. Também não era uma cesta, era um balde. Do KFC. E eu não estava dentro dele.

– Agora estou me sentindo mal. Eu disse ao superintendente Brébeuf que encontrei você numa cesta. Puxa vida. Mas você lembra, não lembra? Você foi enterrado vivo debaixo de pilhas de evidências, e por quê? Porque irritou tanto todo mundo que acabou sendo alocado permanentemente na sala de evidências.

Beauvoir se lembrava daquilo todos os dias. Nunca se esqueceria de ter sido salvo por aquele homem grande de cabelos grisalhos bem-aparados, roupas impecáveis e olhos de um castanho profundo.

– Você estava entediado e com raiva. Eu aceitei você quando ninguém mais o queria.

Gamache falava tão baixo que só eles ouviam. E falava com franco afeto. De repente, Beauvoir se lembrou da lição que sempre se apressava em esquecer. Gamache era o melhor deles, o mais inteligente, o mais corajoso e o mais forte porque estava sempre disposto a entrar sozinho na própria cabeça, abrir todas as portas e encarar todos os quartos escuros. E ainda fazer amizade com o que encontrasse ali. Ele também entrava nos quartos escuros e escondidos dos outros. Na cabeça dos assassinos. E enfrentava todos os monstros que se apresentavam. Gamache ia a lugares que Beauvoir sequer sonhava que existissem.

Por isso Armand Gamache era o chefe. O chefe dele. E por isso ele o amava. Por isso, também, Jean Guy Beauvoir lutava todos os dias para proteger aquele homem, que já havia deixado claro que não queria nem precisava ser protegido. Na verdade, todos os dias Gamache tentava convencer Beauvoir de que essa proteção era uma farsa, um ardil. Só servia para atrapalhar sua visão, impedindo de ver a coisa horrível que vinha na sua direção. Era melhor encará-la, enfrentá-la. E não tentar se esconder atrás de uma armadura que de qualquer forma não podia protegê-lo. Não levando em conta o que eles caçavam.

– Vamos fazer o seguinte, Jean Guy – continuou Gamache, com um amplo sorriso iluminado –, se você não quer o agente Lemieux, eu fico com ele. Não vou lhe impor o rapaz.

– Ótimo, pode ficar, mas não venha chorar no meu ombro quando descobrir que ele é o assassino.

Gamache riu.

– Devo admitir que tomei muitas decisões ruins, principalmente nos últimos tempos – disse ele, referindo-se à agente Yvette Nichol, embora jamais fosse mencioná-la. – Mas esta seria de longe a pior delas. Mesmo assim, é melhor arriscar do que viver com medo.

Gamache deu um tapinha no braço de Beauvoir com um carinho tão espontâneo que ele quase ficou sem fôlego. E então foi embora, com passos decididos sobre o gelo, acenando em despedida para os outros investigadores, enquanto se dirigia ao agente Robert Lemieux, para fazer o jovem ganhar o dia. A semana. A carreira.

Beauvoir o observou murmurar alguma coisa para Lemieux. Viu quando o rosto do jovem adquiriu uma expressão de tal espanto que pensou que talvez os anjos tivessem descido do céu. Era uma expressão que via com frequência nas pessoas que conversavam com Gamache. E que nunca, jamais, tinha visto em ninguém que olhasse para ele.

Balançou a cabeça, maravilhado, e voltou ao trabalho.

DEZ

– Olha quem está aqui! – gritou Peter da cozinha para a sala.

Clara fechou o livro e foi até o marido, de pé perto da pia. Afastando as cortinas, viu uma pessoa conhecida e querida avançando pelo caminho de entrada e, ao lado dela, outra pessoa. Um estranho.

Clara foi correndo abrir a porta do vestíbulo, saltando Lucy, que estava no meio do caminho e demonstrava zero interesse em proteger a casa. A única pessoa para quem ela latia era Ruth, e só porque Ruth latia de volta.

– Está frio o suficiente para você ou quer mais? – gritou Clara.

– Ouvi falar que vai nevar – respondeu Gamache.

Clara sorria. Fazia mais de um ano que não o via, desde o assassinato de Jane. Às vezes ela se perguntava se ver Gamache de novo reabrira algumas feridas. Será que ela sempre o associaria àquele período terrível? Não apenas à perda de Jane como àqueles minutos assustadores em que ficara presa no porão da velha casa dos Hadleys. Mas agora, ao vê-lo chegar, tudo que sentia era alegria. E conforto. Tinha esquecido como era delicioso ouvir um inglês perfeito, com um leve sotaque britânico, vindo de um policial experiente da Sûreté. Sempre esquecia de perguntar onde ele havia aprendido a falar daquele jeito.

Gamache deu dois beijinhos em Clara e apertou a mão de Peter com afeto.

– Este é o agente Robert Lemieux. Ele foi destacado para nós pela Sûreté de Cowansville.

– *Enchanté* – disse Lemieux.

– *Un plaisir* – respondeu Clara.

– Então foi assassinato – disse Peter, pegando o casaco deles.

Peter tinha levado CC ao hospital e já sabia que ela havia morrido muito antes de chegarem lá. Ele estava no rinque de curling assistindo à última jogada magnífica de Mãe Bea quando, ao olhar para as arquibancadas, viu que a multidão que deveria acompanhar os jogadores se levantava para acompanhar algo totalmente diferente. Peter largou a vassoura do curling e correu até lá.

E lá estava ela, CC de Poitiers, inconsciente na neve. Com todos os músculos tensos, como se lutasse contra alguma força invisível. Eles tentaram reanimá-la, chamaram uma ambulância e finalmente concluíram que levá-la ao hospital seria mais rápido. Então a colocaram na traseira do caminhão de Billy Williams e foram sacolejando pelas estradas secundárias nevadas a uma velocidade vertiginosa, rumo a Cowansville. Ele, Olivier e Ruth foram junto com CC, enquanto Billy Williams dirigia como um louco. Ao lado de Billy, na cabine, foram o banana do marido dela e a filha dos dois. O olhar fixo à frente. Calados e imóveis, como bonecos de neve. Peter sabia que não estava sendo generoso, mas não conseguia deixar de se irritar com um homem que não movia um dedo para salvar a própria esposa enquanto meros estranhos faziam de tudo.

Olivier pressionava o peito de CC com movimentos ritmados, massageando o coração. Ruth contava as batidas. E Peter ficou com a pior parte: era ele quem soprava o ar para dentro dos pulmões mortos dela. E estavam mortos. Todos ali sabiam disso, mas mesmo assim não pararam, enquanto Billy passava por cima de todos os buracos e trechos de gelo que havia entre Williamsburg e Cowansville. Ajoelhado no assoalho de metal congelado do caminhão, Peter pulava a cada solavanco e caía novamente sobre os joelhos, machucando-os cada vez mais. Mesmo assim, perseverava. Não por CC. Mas porque, ao seu lado, Olivier sofria igual a ele. E, segurando a cabeça de CC com firmeza e cuidado, estava Ruth, também ajoelhada, batendo o quadril debilitado e os velhos joelhos, sem vacilar nem uma única vez durante a contagem. Ele continuou fazendo RCP, pressionando a boca quente nos lábios cada vez mais frios e rígidos de CC, até que finalmente lembrassem os bastões de esqui que Peter havia beijado quando criança. Só para ver o que acontecia. Estavam tão gelados que queimavam, e, na época, seus lábios se recusaram a soltá-los. Quando Peter finalmente conseguiu arrancá-los, deixou uma fina camada de si nos bastões. Com a boca sangrando, ele olhou rapidamente em volta para se certificar de que ninguém tinha visto.

Fazer RCP em CC tinha sido assim. Ele teve a impressão de que, se continuasse por mais tempo, em algum momento seus lábios úmidos estariam soldados nos dela e ele ficaria preso ali até que finalmente os arrancasse, deixando uma parte de si para sempre na mulher, um beijo de vida sangrento.

Foi a coisa mais repulsiva que ele já precisou fazer, ainda mais porque já a considerava bastante repulsiva em vida. A morte não ajudou em nada.

– Foi assassinato. Madame De Poitiers foi eletrocutada de propósito – disse Gamache.

Clara se voltou para o marido.

– Você já sabia que os médicos suspeitavam disso.

– Eu ouvi o Dr. Lambert falando com um policial. Espere aí. Era você, o policial? – perguntou Peter a Lemieux.

– *Oui, monsieur.* Eu também reconheço o senhor. Aliás, acho que já nos vimos em alguns eventos da comunidade.

– É bem possível. Eletrocutada… – disse Peter, pensativo. – Bom, tinha um cheiro estranho mesmo. De churrasco.

– Agora que você mencionou, estou me lembrando também – comentou Clara, enojada. – Foi uma comoção tão grande que é difícil lembrar tudo.

– É exatamente isso que vou pedir que vocês façam – disse Gamache, acenando com a cabeça para Lemieux tomar nota.

Peter os conduziu até a aconchegante sala de estar e jogou uma tora de bétula no fogo, que a agarrou rapidamente, crepitando e erguendo-se quando a casca rebentou em chamas. Gamache reparou novamente no piso de tábuas largas de pinho cor de mel, nas janelas que davam para a praça, no piano e na estante apinhada de livros que cobria uma parede inteira. Virados para a lareira, havia um sofá e duas poltronas. Na frente delas, os descansos para pés estavam cobertos por velhos jornais, revistas e livros abertos. A única coisa diferente naquela sala era a imensa árvore de Natal, decorada de maneira exuberante, que perfumava o ambiente com um aroma adocicado. Após um tempo, Clara surgiu com uma bandeja de chá e biscoitos, e os quatro se sentaram ao redor da lareira quente. Lá fora o sol se punha e nuvens se acumulavam no horizonte que escurecia.

– Por onde eu começo?

– Pela manhã de hoje, por favor. Houve um café da manhã comunitário, certo?

– Sim, na associação dos veteranos, na Rue Larry, em Williamsburg. Peter e eu chegamos cedo para ajudar a arrumar tudo. Foi um evento de arrecadação de fundos para o hospital.

– Chegamos por volta das sete da manhã – emendou Peter. – Já havia outros voluntários lá. Myrna Landers, Émilie Longpré, Bea Mayer e Kaye Thompson. Deixamos tudo pronto. Eu e Clara arrumamos as mesas e as cadeiras enquanto os outros foram fazer o café e organizar a comida.

– A verdade é que na manhã do dia 26 ninguém tem muita fome. As pessoas pagam 10 dólares e ganham um café da manhã totalmente liberado – disse Clara. – Eu e Peter cozinhamos enquanto Em e Kaye servem as mesas. Kaye tem tipo 200 anos e ainda consegue ajudar, mas hoje em dia ela escolhe tarefas que pode fazer sentada.

– Como dar ordens a todo mundo – completou Peter.

– Ela nunca te dá ordens. Esse trabalho é meu – disse Clara. – Eu faço como voluntária.

– Muito cívico da sua parte – respondeu ele, sorrindo com um olhar resignado.

– O que os outros fizeram? – perguntou Gamache.

Lemieux ficou surpreso com a pergunta. Seu caderninho acabaria em breve se eles continuassem escrutinando os acontecimentos de horas antes do assassinato. Tentou encolher a letra.

– De quem a gente não falou? – perguntou Peter a Clara. – Myrna Landers e Bea Mayer.

– Quem? *Beia?* – perguntou Lemieux.

– É Beatrice, mas todo mundo a chama de Bea – explicou Peter.

– Na verdade, todo mundo a chama de Mãe Bea – corrigiu Clara.

– Por quê? – perguntou Gamache.

– Veja se você consegue descobrir – disse Clara.

Lemieux olhou para o chefe para ver se ele tinha ficado irritado com aquele tom desrespeitoso e íntimo, mas Gamache estava sorrindo.

– O que Myrna e Bea fizeram no café da manhã? – quis saber Gamache.

– Elas estavam tirando as mesas e servindo café e chá – respondeu Peter.

– Ah, é – comentou Clara. – O chá da Mãe. É uma beberagem à base de ervas. Nojento. Eu tomo chá – disse ela, erguendo a caneca –, até tisana, mas detesto imaginar o que a Mãe coloca naquilo que ela serve todo ano. Ela é incrível. Ninguém nunca toma o chá, mas ela continua tentando.

Existe uma linha tênue entre a nobre perseverança e a insanidade, refletiu Gamache.

– Onde estavam madame De Poitiers e a família dela?

– Não sei – declarou Clara, após pensar por um instante. – A gente ficou cozinhando o tempo todo, nem conseguimos olhar para fora.

– Aconteceu alguma coisa incomum durante o café da manhã? – perguntou Gamache.

Peter e Clara pensaram e depois balançaram a cabeça.

– Esse ano o Peter jogou no time da Em pela primeira vez, então saiu mais cedo.

– Quando eu saí, Em e Mãe já estavam no lago. Fica descendo a rua, à direita. Da associação até lá, é uma caminhada de cinco minutos.

– E o seu time não te esperou?

– Bom, Georges, o outro homem da equipe, esperou. Era a estreia dele no time também.

– Que Georges?

– Georges Simenon – respondeu Peter, sorrindo ao ver Gamache erguer a sobrancelha. – Pois é. A mãe dele foi amaldiçoada com o gosto pela leitura.

– E amaldiçoou o filho – disse Gamache.

– Eu e Georges fomos até o lago Brume e encontramos Em e Mãe lá. Billy Williams já tinha limpado a superfície do gelo para o jogo e posicionado as arquibancadas alguns dias antes do Natal.

– O gelo estava congelado o suficiente?

– Ah, há muito tempo. Sem contar que é perto da margem, e acho que Billy usa uma furadeira para checar a espessura do gelo. É um homem muito prudente, o nosso Billy.

– O que mais o senhor notou no lago?

Peter pensou. Lembrava-se de estar ao lado da estrada, olhando por cima do pequeno declive para o lago coberto de neve. Mãe e Em estavam perto de suas cadeiras.

– Cadeiras – respondeu. – Mãe, Em e Kaye sempre levam cadeiras para se sentar perto do aquecedor.

– Quantas cadeiras o senhor viu hoje de manhã? – perguntou Gamache.

– Três. Duas perto do aquecedor e outra um pouco afastada.

– E o que aconteceu depois?

Gamache se inclinou para a frente envolvendo a caneca quente com as mãos grandes, seus olhos vivos e alertas.

– Todo mundo apareceu mais ou menos na mesma hora – respondeu Peter. – Em e Mãe estavam sentadas nas cadeiras, e eu e Georges fomos até elas. A gente discutiu a estratégia do jogo por um tempo, depois o outro time chegou e em um segundo a arquibancada estava lotada.

– Eu cheguei logo no início do jogo – disse Clara.

– Onde você se sentou?

– Nas arquibancadas, entre Myrna e Olivier.

– E onde CC estava?

– Em uma das cadeiras perto do aquecedor – disse ela, sorrindo ligeiramente.

– O que foi?

Clara corou de leve por ser pega em um momento íntimo.

– Eu estava me lembrando da CC. Era típico dela pegar o melhor lugar. A cadeira que ela escolheu era a mais próxima do aquecedor. Kaye é que devia estar ali.

– Você não gostava dela, né? – perguntou Gamache.

– Não. Era uma mulher cruel e egoísta. Mas mesmo assim não merecia ser morta.

– E o que ela merecia?

A pergunta surpreendeu Clara. O que CC merecia? Ela pensou um pouco, observando as chamas que se erguiam, crepitavam e brincavam na lareira. Lemieux se mexeu na poltrona e quase falou alguma coisa, mas Gamache o encarou e o jovem se deteve.

– Ela merecia ficar sozinha. Essa deveria ter sido a punição dela por tratar as pessoas com tanto desdém, por causar tanta dor.

Clara tentou falar com firmeza e calma, mas sentiu que a voz oscilava e tremia. Torceu para não chorar.

– Não se podia confiar em CC com as pessoas – concluiu.

Gamache ficou em silêncio, imaginando o que CC teria feito para magoar tanto aquela mulher admirável a ponto de Clara querer impor a ela tamanho horror. Porque ele sabia, assim como Clara, que o isolamento era bem pior que a morte.

Então entendeu que aquele caso não seria resolvido com tanta facilidade. Pessoas perturbadas a ponto de causar tanto sofrimento levavam uma vida cheia de segredos e inimigos. Gamache se aproximou do fogo. Lá fora, o sol tinha se posto e a noite caíra em Three Pines.

ONZE

— Ela não era assim tão ruim — disse Ruth Zardo, enfiando a rolha de volta na garrafa de vinho.

Tinha acabado de encher novamente sua taça sem oferecer às visitas.

Gamache e Lemieux estavam sentados, na cozinha gelada da poeta, nas cadeiras de plástico brancas que Ruth chamava de "meu conjunto de jantar". Ela usava dois suéteres gastos e os homens não haviam tirado o casaco.

Lemieux esfregou as mãos e tentou resistir à tentação de soprar dentro delas. Após conversar com os Morrows, ele e Gamache tinham cruzado a ampla praça e entrado na menor casa que Lemieux já havia visto. Parecia quase uma cabana, com duas janelas no térreo e uma no andar de cima. A pintura branca estava descascando e uma das luzes do alpendre não funcionava.

A mulher que abrira a porta parecia ter engolido uma espada. Reta e ossuda, tudo em Ruth era escasso. Corpo, braços, lábios e bom humor. Ao longo do corredor escuro, iluminado apenas por lâmpadas fracas, Lemieux tropeçou mais de uma vez em pilhas de livros.

— Estou vendo que a Sûreté agora contrata deficientes — comentou Ruth, apontando a bengala para Lemieux. — Mas pelo menos ele deve ser melhor do que a última que o senhor trouxe aqui. Como era mesmo o nome dela? Não importa. Péssima. A grosseria em pessoa. Podem se sentar, mas não fiquem à vontade demais.

Lemieux agora esfregava as mãos de novo. Então pegou a caneta e começou a escrever.

– Já me descreveram CC de Poitiers como cruel e egoísta – disse Gamache, surpreso por não sair fumaça de sua boca ao falar, tamanho era o frio ali dentro.

– E...?

– Isso não parece muito bom.

– Ah, ela não era muito bacana, mas também não era tão ruim. Convenhamos – continuou a velha poeta, antes de tomar um gole de vinho e devolver a taça à mesa redonda de plástico –, quem não é cruel e egoísta?

Gamache havia esquecido o deleite que era Ruth Zardo. Ele gargalhou e a olhou nos olhos. Ruth começou a rir também.

Robert Lemieux não entendeu nada.

– O que a senhora achava da madame De Poitiers?

– Eu a achava amarga, mesquinha e, sim, muito cruel. Mas suspeito que tivesse algum motivo para isso. Nós só ainda não a conhecíamos bem o suficiente para saber qual era.

– Há quanto tempo a senhora conhecia CC?

– Pouco mais de um ano. Ela comprou o casarão de Timmer Hadley.

Ruth observou Gamache com atenção, já que dissera aquilo para ver a reação dele, mas ficou decepcionada. Ele tinha reagido meia hora antes, na casa dos Morrows. Clara já havia contado a ele que CC comprara a antiga casa dos Hadleys. Todos ficaram em silêncio na casa de Clara, e, de novo, o agente Lemieux ficou se perguntando o que havia perdido.

A última vez que Armand Gamache estivera na casa dos Hadleys, o lugar quase matara o inspetor-chefe, Peter, Clara e Beauvoir. Se havia uma casa que vivera o luto, era aquela.

Gamache nunca esqueceria aquele porão e a escuridão. Mesmo naquele momento, diante do fogo alegre dos Morrows, com uma caneca quente nas mãos e cercado por pessoas queridas, ele havia tremido de medo.

Não queria voltar àquele lugar escuro, mas agora sabia que teria que fazer isso.

CC de Poitiers tinha comprado a casa. E isso dizia muito mais sobre a mulher do que qualquer adjetivo.

– Ela só usava a casa nos fins de semana – continuou Ruth, quando viu que sua bomba não havia surtido efeito. – Vinha com o marido e a filha. Duas bestas. Pelo menos CC tinha algum brilho próprio, alguma vida. Já aqueles lá são uns cretinos acomodados. Gordos e preguiçosos. E chatos. Muito chatos.

Para Ruth Zardo, "chato" era o pior dos insultos. Figurava no topo da lista, junto com "gentil" e "fofo".

– O que aconteceu durante o jogo de curling?

Falar sobre a família de CC parecia ter irritado Ruth. Ela se tornou ainda mais curta e grossa.

– Ela morreu.

– Vamos precisar de um pouco mais do que duas palavras – disse Gamache.

– O time da Em estava perdendo, como sempre. E aí CC morreu.

Ruth se recostou na cadeira e o encarou.

– Sem joguinhos comigo, madame Zardo – disse ele, de maneira amistosa, contemplando o rosto dela com interesse. – A gente tem mesmo que fazer isso de novo? A senhora nunca se cansa?

– Da raiva? Ela é tão boa quanto isso aqui – respondeu, erguendo a taça para ele em uma saudação zombeteira.

– E por que a senhora está com raiva?

– Assassinatos não deixam o senhor com raiva?

– Mas a senhora não está com raiva disso – disse ele gentilmente, quase com carinho. – Ou, pelo menos, não só disso. Tem mais alguma coisa aí.

– Garoto esperto. Aposto que já ouviu muito isso na escola. Que horas são?

– Quinze para as cinco.

– Eu preciso sair daqui a pouco. Tenho um compromisso.

– O que aconteceu durante o jogo? – tentou ele de novo.

Lemieux prendeu a respiração. Não sabia por quê, mas aquele parecia ser um momento importante. A velha poeta encarava Gamache, seu rosto e sua postura cheios de ódio. Gamache simplesmente sustentava o olhar dela, mostrando-se aberto, empático e forte.

Ruth Zardo piscou devagar. Lemieux teve a impressão de que ela havia fechado os olhos com raiva para depois abri-los em um novo mundo. Ou pelo menos com uma nova postura. Ruth respirou fundo e assentiu com a cabeça grisalha. Depois sorriu de leve.

– O senhor traz à tona o que há de pior em mim, inspetor-chefe.

– Isso quer dizer que a senhora está prestes a agir de maneira decente?

– Temo que sim.

– Peço desculpas, madame.

Gamache se levantou da cadeira de plástico, faz uma mesura e voltou a se sentar. Ruth inclinou a cabeça, olhando para ele.

Lemieux não estava muito certo do que tinha acabado de presenciar. Talvez fosse um código inglês bizarro, uma dança de agressão e submissão. Do alto de sua parca experiência, podia afirmar que aquilo raramente acontecia em um encontro francófono. Para ele, os franceses demonstravam muito mais os sentimentos. Os ingleses? Bom, eles eram ariscos. Ninguém nunca sabe ao certo o que estão pensando, quanto mais sentindo.

– Eu estava nas arquibancadas, ao lado do Gabri. O jogo já tinha começado há algum tempo. Em estava perdendo, como eu já disse. A pobre da Em sempre perde. A coisa é tão feia que uma vez ela chamou o time de "Mantenha a calma". A certa altura, Gabri me cutucou. Alguém gritou que tinha acontecido um acidente.

Ruth relatou a cena para ele, repassando-a mentalmente. Ela se esticando, tentando ver o que estava causando a comoção. Todos aqueles gorros, casacos e cachecóis volumosos bloqueando sua visão. Então as arquibancadas foram se esvaziando conforme as pessoas começaram a se mexer, caminhar e, finalmente, correr em direção à aglomeração perto da cadeira virada.

Esperando ver Kaye caída ali, Ruth atravessou a multidão gritando: "Abram caminho, chefe dos bombeiros passando!"

É claro que não havia nenhum incêndio e Ruth sabia disso. Mas ela tinha aprendido que a maioria das pessoas, embora afirmasse odiar as autoridades, na verdade ansiava por alguém que assumisse o comando. Para lhes dizer o que fazer.

CC estava caída de costas. Morta. Ruth soube na hora. Mesmo assim, precisava tentar.

– Olivier, você faz a massagem. Peter? Cadê o Peter?

– Aqui, aqui! – gritou ele, abrindo caminho na multidão, após deixar o rinque e atravessar o lago correndo. – O que houve?

– Você faz a respiração boca a boca.

Em sua defesa, Peter não hesitou. Pôs-se de joelhos ao lado de Olivier, pronto para agir, os dois olhando para Ruth. Mas ela ainda precisava dar uma ordem.

– Gabri, encontre o marido dela. Clara?

– Aqui!

– Encontre a filha.

Então Ruth deu as costas para eles, certa de que suas ordens seriam cumpridas, e começou a contagem.

– A senhora tem alguma ideia do que aconteceu com CC? – perguntou Gamache, resgatando-a do passado.

– Nenhuma.

Era imaginação dele, ou os olhos duros dela tinham hesitado? Gamache ficou em silêncio por um instante, mas Ruth não disse mais nada.

– O que aconteceu depois?

– Billy Williams disse que devíamos levar CC no caminhão dele. Alguém já tinha ligado para o hospital, mas a ambulância ia demorar vinte minutos para chegar e mais vinte para voltar ao hospital. De caminhão seria mais rápido.

Ela então contou como tinha sido o percurso terrível até Cowansville e o relato coincidiu com o que Gamache ouvira mais cedo de Peter.

– Que horas são? – perguntou Ruth.

– Cinco para as cinco.

– Hora de ir.

Ela se levantou e os conduziu pelo corredor sem olhar para trás, como se sua salvação estivesse do outro lado da porta. O agente Lemieux ouviu um tilintar e chacoalhar nos armários enquanto os três caminhavam a passos pesados. Fantasmas, pensou. Ou garrafas. Talvez ambos.

Não gostava de Ruth Zardo e não entendia por que o chefe parecia gostar.

– Tchau.

Ruth abriu a porta, e eles mal tinham calçado as botas quando ela os empurrou para fora com muito mais força do que parecia ter.

Gamache enfiou a mão no bolso e pegou não o gorro ou a luva que Lemieux imaginava estarem guardados ali, mas um livro. O chefe foi até a única luz acesa do alpendre, rompendo a escuridão, e ergueu o livro para Ruth ver.

– Encontrei isto em Montreal.

– O senhor é brilhante. Deixa eu adivinhar: em uma livraria?

– Na verdade, não.

Ele decidiu não contar ainda.

– E imagino que o senhor tenha escolhido este exato momento para me pedir um autógrafo.

– A senhora já autografou. Pode vir aqui dar uma olhada?

Lemieux se preparou para uma resposta sarcástica que não veio. Ruth foi mancando até lá e Gamache abriu o volume fino.

– "Você fede. Com amor, Ruth" – leu ela, em voz alta.

– Para quem a senhora deu isto?

– O senhor acha que eu lembro o que escrevo em cada livro que assino?

– "Você fede. Com amor, Ruth" – repetiu Gamache. – É uma declaração incomum, até mesmo para a senhora. Por favor, pense um pouco, madame Zardo.

– Eu não faço ideia e estou atrasada.

Ela desceu do alpendre e atravessou a praça na direção das lojas iluminadas. Mas parou no meio do caminho e se sentou.

No escuro. No frio. Em um banco coberto de gelo, no meio da praça.

Lemieux ficou impressionado e perplexo com o atrevimento da mulher. Ela havia expulsado os dois de casa alegando ter um compromisso e depois, sem um pingo de constrangimento, se sentara em um banco para fazer absolutamente nada. Era um insulto descarado. Lemieux se virou para Gamache, mas o chefe também parecia perdido em pensamentos. Ruth Zardo olhava para as magníficas árvores iluminadas e para a única estrela brilhante, e Armand Gamache olhava para ela.

DOZE

Lemieux decidiu correr até o carro, que eles tinham estacionado em frente à casa dos Morrows, e ligar o motor. Ainda não estava na hora de voltar, mas tinha anoitecido e o carro levaria alguns minutos para aquecer. Se fizesse isso agora, quando fossem embora já estaria bem quentinho lá dentro e o gelo das janelas teria derretido, duas grandes vantagens para uma noite fria de dezembro.

– Eu não entendo, senhor – disse ele ao reencontrar Gamache.

– Tem muitas coisas que não dá para entender – respondeu Gamache, com um sorriso. – Qual delas está intrigando você?

– Esse é o meu primeiro caso de assassinato, como o senhor sabe.

– Sei.

– Mas me parece que existem formas muito melhores de se matar alguém.

– Tipo?

– Bom, *franchement,* qualquer uma que não seja eletrocutar uma mulher no meio de um monte de gente, em um lago congelado. Que loucura!

Exatamente o mesmo que preocupava Gamache. Era uma loucura.

– Quer dizer, por que não atirar nela ou estrangulá-la? Estamos em pleno inverno do Quebec, por que não convidá-la para um passeio e depois empurrar a vítima para fora do carro? Ela seria usada como escultura de gelo no Festival de Neve de Cowansville. Não faz sentido.

– E essa é a lição número um.

Eles caminhavam em direção ao bistrô de Olivier. Lemieux se esforçava para acompanhar aquele homem grande, com suas passadas lentas e ritmadas mas também largas, na direção do restaurante iluminado.

– Faz sentido – concluiu o chefe.

Gamache parou de repente, e Lemieux teve que desviar para não dar um encontrão nele. O chefe olhou com ar sério para o jovem agente.

– Você precisa entender o seguinte: tudo faz sentido. Tudo. A gente só não sabe ainda. Você tem que enxergar com os olhos do assassino. Esse é o segredo, agente Lemieux, e é por isso que nem todo mundo tem vocação para trabalhar na Divisão de Homicídios. Você tem que saber que, para a pessoa que matou, isso pareceu uma boa ideia, uma ação razoável. Acredite em mim, nenhum assassino pensa: "Nossa, isso seria muito idiota, mas vou fazer mesmo assim." Não, agente Lemieux, nosso trabalho é encontrar o sentido.

– Como?

– Coletando evidências, é claro. É grande parte do trabalho.

– Mas não é só isso, é?

Lemieux sabia que Gamache tinha um histórico quase impecável. De alguma forma, enquanto os outros ficavam completamente tontos, ele dava um jeito de descobrir quem era o assassino. O rapaz não se mexeu. O chefão estava prestes a lhe contar como fazia isso.

– Nós escutamos.

– Só isso?

– Escutamos com atenção. Melhor? – perguntou Gamache, com um sorriso malicioso. – Escutamos até cansar. Não, agente, a verdade é que só escutamos.

Gamache entrou no bistrô.

– *Patron!* – chamou Olivier, indo até ele e dando dois beijinhos em Gamache. – Ouvi dizer que vai nevar.

– Uns 2 centímetros amanhã – respondeu Gamache, assentindo com ar professoral. – Talvez mais.

– Viu na MétéoMédia?

– Na Radio Canada.

– Ah, *patron*, não dá para confiar nas previsões da Radio Canada. Eles disseram que os separatistas iam ganhar o último referendo.

– Talvez você tenha razão, Olivier.

Gamache riu e apresentou Lemieux. O bistrô estava lotado, as pessoas tomavam uma bebida antes do jantar. Ele acenou com a cabeça para alguns.

– Quanta gente.

– É sempre assim no Natal. Várias famílias vêm visitar e, com os eventos do dia, bom, todo mundo vem ao café do Rick.

Rick? Que Rick? Lemieux já estava perdido. Aquilo devia ter a ver com algum outro caso. Desde que começara a trabalhar com Gamache, bastavam alguns minutos de conversa para Lemieux ficar desorientado, geralmente quando havia ingleses envolvidos. Agora o chefe estava falando francês com outro quebequense e mesmo assim Lemieux estava novamente perdido. Não era um bom presságio.

– As pessoas não parecem muito chateadas – disse Gamache.

– É verdade – concordou Olivier.

– O monstro morreu, os moradores estão comemorando – disse Gabri, surgindo ao lado de Gamache.

– Gabri! – censurou Olivier. – Que coisa horrível de dizer. Nunca te ensinaram que a gente só pode falar *coisas boas* dos mortos?

– Ah, desculpa, é verdade. CC morreu – respondeu ele, virando-se para Gamache. – Que coisa boa!

– Ai, não – disse Olivier. – Cuidado, ele está incorporando a Bette Davis.

– "Apertem os cintos, vai ser uma noite turbulenta" – confirmou Gabri. – *Salut, mon amour* – disse ele, abraçando Gamache. – O senhor já largou a sua esposa?

– O senhor já?

Gabriel foi até Olivier.

– Tive uma ideia. Já que agora é permitido o casamento homossexual, o inspetor-chefe podia ser nosso padrinho.

– Eu achei que o nosso padrinho seria a Ruth.

– É verdade. Desculpa, chefe.

– Eu posso ser a daminha. É só me avisar. Ouvi falar que o senhor passou por momentos difíceis hoje, tentando salvar madame De Poitiers.

– Não mais que Peter, e suspeito que bem menos que Ruth – respondeu Olivier, meneando a cabeça para a janela, em direção à mulher sentada sozinha ao relento. – Já, já ela aparece aqui para tomar o uísque dela.

O tal compromisso importante, pensou Lemieux.

– Eu queria fazer uma reserva na sua pousada – disse Gamache a Gabri. – Dois quartos.

– Não para aquela estagiária horrorosa da última vez, espero.

– Não, somos só eu e o inspetor Beauvoir.

– *Merveilleux*. Vou reservar para vocês.

– *Merci, patron*. Até amanhã.

Ao caminhar até a porta, ele sussurrou para Lemieux:

– Rick é um personagem do filme *Casablanca*. Lição número dois: se não souber algo, pergunte. Você precisa ser capaz de admitir quando não sabe alguma coisa, senão vai ficar cada vez mais confuso ou, pior, vai chegar a conclusões equivocadas. Todos os erros que eu cometi foram porque presumi alguma coisa e agi como se fosse um fato. Isso é muito perigoso, agente Lemieux. Pode acreditar. Será que você já chegou a alguma conclusão equivocada?

Lemieux ficou abalado. Estava desesperado para impressionar Gamache. Precisava impressioná-lo se quisesse fazer um bom trabalho. Mas agora, por alguma razão, o chefe sentia que ele estava no caminho errado. Pelo que Lemieux sabia, ele não estava em caminho nenhum, nem havia chegado a qualquer conclusão sobre o caso. Como poderia, tão cedo?

– É preciso ter muito cuidado, agente Lemieux. Às vezes eu penso que deveríamos tatuar "Eu posso estar errado" no dorso da mão que usamos para atirar ou escrever.

Ali, na saída do bistrô, Gamache estava parado com o rosto na sombra, mas Lemieux deduziu que ele estava sorrindo. Só podia ser uma brincadeira. O chefe da Divisão de Homicídios da Sûreté du Québec não podia estar defendendo uma insegurança daquelas.

Mas ele sabia que seu trabalho era aprender com o chefe. E sabia que, se o observasse e escutasse, não só o mistério se revelaria mas também o próprio Gamache.

E Robert Lemieux estava ansioso por isso.

Pegou seu caderninho e, no frio cortante, anotou as duas lições. Depois esperou para ver se havia mais, mas Armand Gamache estava paralisado. Gorro na cabeça, luvas nas mãos, tudo pronto. Menos o homem.

Ele estava olhando para alguma coisa ao longe. Algo além da charmosa cidadezinha, além de Ruth Zardo e suas árvores de Natal iluminadas. Estava observando algo na escuridão.

Quando observou melhor, os olhos agora tendo se ajustado ao ambiente pouco iluminado, o agente Robert Lemieux notou a silhueta de algo ainda mais escuro que a noite. Uma casa na colina, voltada para a vila. Enquanto ele olhava, a massa negra pareceu criar forma e uma imagem com torres surgiu contra o céu de piche e o bosque de pinheiros ainda mais preto. De uma das chaminés saiu um leve sopro de fumaça, que logo foi arrastado para o bosque como um fantasma.

Gamache respirou fundo, exalando uma nuvem branca, então se virou para o jovem ao lado e sorriu.

– Pronto?

– Sim, senhor.

Lemieux não sabia por quê, mas de repente sentiu um pouco de medo e ficou muito feliz por estar na companhia de Armand Gamache.

No topo da colina, o agente Lemieux parou ao lado de um montinho de neve, torcendo para ter deixado espaço suficiente para o chefe conseguir sair.

Ele tinha, e Gamache se deteve por um breve instante, examinando o casarão escuro, antes de avançar com passos decididos pelo longo caminho até a entrada sem luzes. À medida que a velha casa dos Hadleys se aproximava, Gamache tentava afastar a impressão de que ela o observava, as persianas semicerradas como olhos de serpente.

Mesmo sendo fantasioso, aquele era um lado de si mesmo que Gamache havia aceitado e agora até encorajava. Às vezes, ajudava. Outras vezes, machucava. Ele não sabia qual seria o caso agora.

De dentro da casa, Richard Lyon observava os dois homens se aproximarem. Um era claramente o chefe. Não apenas porque vinha na frente, mas também pela postura de quem estava no comando. Aquela era uma qualidade que Lyon reparava nos outros, como um contraponto a algo que lhe faltava por completo. O outro sujeito era menor, mais magro e andava dando minúsculos pulinhos, coisa típica de um homem mais jovem.

Respire fundo. Aguente firme. Seja homem. Seja homem. Estavam chegando. Será que ele deveria ir até lá e abrir a porta antes? Ou era melhor aguardar a campainha tocar? Seria grosseiro deixá-los esperando? Ou abrir a porta logo demonstraria ansiedade?

A cabeça de Richard Lyon não parava, mas o corpo estava imóvel. Era seu estado natural. Tinha um cérebro miúdo e um corpo farto.

Seja homem. Aperte as mãos com firmeza. Olhe nos olhos. Fale baixo. Richard cantarolou um pouco, tentando colocar a voz abaixo do registro de soprano. Atrás dele, na sala sombria, a filha olhava para o nada.

E agora? Em momentos como aquele, CC lhe diria exatamente o que fazer. *Seja homem. Aguente firme.* Ele não ficou propriamente surpreso em ouvir a voz dela em sua cabeça. Era quase reconfortante.

Meu Deus, você é um fracassado mesmo.

Quase reconfortante. Seria útil se ela dissesse algo mais construtivo, como "Vai abrir a porta, seu idiota" ou "Fica aí sentado e deixa eles esperando mesmo. Meu Deus, será que eu tenho que fazer tudo?".

A campainha tocou, e Richard Lyon levou um susto.

Seu idiota. Você já sabia que eles estavam aqui. Já devia ter aberto a porta. Agora eles vão achar você um mal-educado. Meu Deus, que imbecil.

Parado diante da porta com Lemieux logo atrás, Armand Gamache tentava não se lembrar da última vez que estivera ali. Tentava não ver nada além de uma construção na antiga casa dos Hadleys. Construções, disse a si mesmo, não passavam de uma combinação de materiais comuns. Seu apartamento em Outremont era feito dos mesmos materiais que aquela casa. Não havia nada de especial nela. No entanto, ela parecia gemer e estremecer.

Armand Gamache se preparou para o que viria, jogando os ombros um pouco para trás e erguendo ainda mais a cabeça. Não ia deixar que uma casa levasse a melhor sobre ele. Mesmo assim, uma parte dele se sentia como um garotinho de 6 anos que havia topado o desafio de se aproximar de uma mansão mal-assombrada e agora queria voltar para casa, o mais rápido que suas pernas desesperadas conseguissem.

Mas que belo espetáculo, pensou, ao imaginar Lemieux observando o inspetor-chefe Gamache sair correndo dali, entre gritos histéricos. Melhor não. Ainda não.

– Vai ver não tem ninguém em casa – disse Lemieux, olhando ao redor com esperança.

– Eles estão aqui.

– Olá.

A porta se abriu de repente, assustando Lemieux. Um homem baixo e atarracado apareceu, falando em um tom extremamente grave. Gamache teve a impressão de que ele estava se recuperando de uma laringite. O homem pigarreou e tentou de novo:

– Olá.

O novo registro de voz pareceu mais saudável.

– Sr. Lyon? Meu nome é Armand Gamache. Sou o chefe da Divisão de Homicídios da Sûreté du Québec. Desculpe incomodar.

– Eu entendo – disse Lyon, agora satisfeito com seu tom de voz e suas palavras. Não pareciam ensaiadas. – Foi um dia horrível, horrível. Estamos arrasados, é claro. Entrem.

Aos ouvidos de Gamache, pareceu uma fala ensaiada. Talvez não o suficiente. As palavras estavam certas, mas o tom, não. Ele era como um ator ruim, que falava com a cabeça e não com o coração.

Gamache respirou fundo e cruzou a soleira da porta. Quase ficou surpreso ao não se ver cercado de fantasmas e demônios e ao constatar que não houve nenhum cataclismo ou catástrofe.

Em vez disso, viu-se em um vestíbulo soturno. Quase riu.

A casa não havia mudado muito. Na inóspita entrada, os painéis de madeira escura ainda saudavam os visitantes. O frio piso de mármore estava impecável. Enquanto eles seguiam Lyon até a sala de estar, Gamache notou que não havia nenhuma decoração de Natal. Nem muitas lâmpadas acesas. Havia alguns focos de luz aqui e ali, mas nem de perto o suficiente para tornar a sala menos sombria.

– O senhor se importaria se acendêssemos mais algumas luzes? – perguntou Gamache, acenando com a cabeça para Lemieux, que rapidamente contornou a sala acionando interruptores até que o lugar ficasse, se não agradável, pelo menos claro.

As paredes estavam nuas, com exceção de alguns retângulos onde antes ficavam as fotos de Timmer Hadley. Nem CC nem o marido tinham se dado ao trabalho de refazer a pintura. Ao que tudo indicava, não tinham se dado ao trabalho de fazer nada. Os móveis pareciam ter vindo com a casa. Eram pesados, adornados e, como Gamache estava prestes a descobrir, extremamente desconfortáveis.

– Esta é minha filha, Crie.

Com seus passos curtos e desajeitados, Richard seguiu à frente deles e apontou para uma garota enorme com um vestido de verão amarelo, sentada no sofá.

– Crie, estes homens são da polícia. Diga "oi" para eles.

Nada.

Gamache se sentou ao lado dela e notou que ela olhava fixamente para a frente. Talvez fosse autista, pensou. Ela sem dúvida estava retraída, mas tinha acabado de presenciar o assassinato da mãe, seria estranho que uma pessoa daquela idade naquela situação não estivesse.

– Crie, meu nome é Armand Gamache. Sou da Sûreté. Sinto muito pelo que aconteceu com a sua mãe.

– Ela é sempre assim – explicou Richard. – Mas parece que é muito boa na escola. Acho que é normal na idade dela. Essas variações de humor.

Você está indo bem, ele disse a si mesmo. *Está conseguindo enganá-lo. Só não estrague tudo. Fique triste pela sua esposa, mas apoie sua filha. Seja homem.*

– Quantos anos ela tem?

Lemieux se sentou em uma pequena cadeira no canto e pegou seu caderninho.

– Treze. Não, espera. Doze. Deixa eu ver. Ela tinha...

Ops.

– Tudo bem, Sr. Lyon, podemos verificar depois. Talvez a gente devesse conversar em particular.

– Ah, Crie não se incomoda de ouvir, não é, Crie?

Silêncio.

– Mas eu me importo – disse Gamache.

Ao ouvir isso e fazer suas anotações, Lemieux tentou seguir o conselho de Gamache e não tirar conclusões precipitadas sobre aquele homenzinho estúpido, afetado, tagarela e fraco.

– Crie, você pode subir e ver um pouco de TV?

Crie continuava olhando para o nada.

Richard corou de leve.

– Crie, eu estou falando com você... Por favor, vá lá para cima...

– Talvez a gente deva ir para outro lugar.

– Não é necessário.

– É, sim – disse Gamache gentilmente, e se levantou.

Ele estendeu o braço para guiar Richard à sua frente. O homenzinho atravessou o vestíbulo com seu passo engraçado e seguiu para outro cômodo. Da porta, Gamache voltou os olhos para Crie, totalmente vulnerável, como um animal pronto para o abate.

Aquela ainda era uma casa trágica.

TREZE

– Sim, a gente foi ao café da manhã comunitário hoje cedo – confirmou Richard.

– Vocês três?

– Nós três.

Richard hesitou. Gamache esperou. Estavam na sala de jantar agora.

– Eu e CC chegamos separados. Ela tinha ido visitar um colega.

– Antes do café da manhã?

– É uma época muito estressante para ela. Uma época muito importante. Tinha várias coisas grandes acontecendo.

– O que sua esposa fazia?

– O senhor não sabe? – perguntou Richard, realmente surpreso.

Gamache ergueu as sobrancelhas e balançou a cabeça.

Richard se levantou e saiu da sala depressa, voltando um instante depois com um livro.

– Esta aqui é a CC.

Gamache pegou o livro e observou a capa. Era toda branca, com sobrancelhas pretas arqueadas, olhos azuis penetrantes, narinas e uma boca flutuando no meio. Engenhoso e bizarro. O efeito era repulsivo. O fotógrafo devia desprezá-la, pensou Gamache.

O título era *Mantenha a calma*.

Gamache tentou lembrar por que aquilo lhe parecia familiar. Alguma hora lembraria, sabia disso. Abaixo do título havia um símbolo preto.

– O que é isso? – perguntou Gamache.

– Ah, sim. Não ficou muito bom. É o logo da empresa da CC. Uma águia.

Gamache observou a mancha negra. Agora que Richard havia explicado, ele conseguia enxergar a águia. O bico em formato de gancho, a cabeça de perfil e a boca aberta como se gritasse. Ele nunca tinha estudado marketing, mas imaginava que a maioria das empresas escolhesse logos que passavam ideias como força, criatividade ou confiança, ou seja, qualidades positivas. Aquele evocava raiva. Parecia um pássaro zangado.

– Pode ficar com ele. A gente tem outros.

– Obrigado. Mas ainda não sei o que sua esposa fazia.

– Ela era a Mantenha a Calma.

Richard Lyon parecia não compreender que nem todos giravam na órbita de CC de Poitiers.

– O escritório de design? – tentou ele. – Li Bien? Das paletas suaves?

– Design de quê? – perguntou Gamache.

– Casas, salas, móveis, roupas. Tudo. Vida. CC criou tudo isso – disse ele, abrindo os braços como um profeta do Antigo Testamento. – Ela era brilhante. Este livro é sobre a vida e a filosofia dela.

– Que era…?

– Bem, é como um ovo. Ou melhor, como uma pintura na parede. Só que não na parede, é claro, já que é Li Bien. Debaixo da parede. Pintar por dentro. Tipo isso.

A caneta de Lemieux pairava indecisa sobre o caderninho. Era para ele anotar aquilo?

Meu Deus, pensou Lyon. *Cala a boca. Por favor, cala a boca. Você é um fracassado, feio e burro, muito burro.*

– A que horas ela saiu hoje de manhã? – perguntou Gamache, tentando outra abordagem.

– Ela já tinha saído quando eu acordei. Eu ronco, então, infelizmente, nós dormimos em quartos separados. Mas senti o cheiro do café, então ela devia ter acabado de sair.

– E que horas foi isso?

– Umas sete e meia. Quando cheguei à associação, mais ou menos uma hora depois, ela já estava lá.

– Com o colega?

Ele tinha hesitado de novo?

– É. Um Saul não sei de quê. Ele alugou uma casa aqui para o fim do ano.

– E o que ele faz para a sua esposa?

Gamache torceu para Lemieux conseguir continuar sério.

– Ele é fotógrafo. Tira fotos. Foi ele que tirou essa aí. Muito boa, não é? – disse Richard, apontando para o livro na mão de Gamache.

– Ele estava fotografando o café da manhã?

Richard assentiu. Seus olhos redondos e inchados pareciam implorar alguma coisa. Gamache só não sabia o quê.

Implorar que não fizesse aquele tipo de pergunta, ele entendeu de repente.

– O fotógrafo estava lá durante o jogo? – insistiu ele.

Richard aquiesceu, infeliz.

– O senhor sabe o que isso significa, não é? – disse Gamache.

– Isso é só um boato. São mentiras maldosas e infundadas.

– Significa que ele pode ter fotografado a pessoa que matou sua esposa.

– Ah – fez Richard, surpreso.

No entanto, por mais que tentasse, Gamache não conseguia saber se ele estava surpreso-feliz ou surpreso-apavorado.

– Quem você acha que foi? – perguntou Clara, passando uma taça de vinho para Peter antes de se sentar de novo na poltrona e tomar um gole da sua.

– Ruth.

– Ruth? Sério?

Peter quase nunca se enganava. Era uma de suas características mais irritantes.

– Você acha que Ruth matou CC?

– Eu acho que, se continuar repetindo isso, alguma hora vou estar certo. Pelo que sei, Ruth era a única ali que mataria sem pensar duas vezes.

– Ah, você não acha isso mesmo, acha? – perguntou Clara, surpresa, embora não necessariamente discordasse.

– Eu acho. É a natureza dela. Se ela não matou ninguém até agora, foi só porque não teve nem motivo, nem oportunidade. Habilidade ela tem.

– Mas eletrocutar? Eu sempre achei que se Ruth fosse matar alguém, seria com a bengala, com uma arma ou passando com o carro por cima da pessoa. Ela não é muito chegada a sutilezas.

Peter foi até a estante e esquadrinhou os volumes empilhados e amontoados. Examinou os títulos, que iam de biografias e romances a publicações históricas. Vários livros policiais. E de poesia. Uma poesia maravilhosa que fazia Clara murmurar e gemer na banheira, seu lugar preferido para ler poemas, já que quase todos os livros eram finos e fáceis de segurar com as mãos úmidas. Ele tinha ciúme das palavras que davam tanto prazer à esposa. Parecia que elas a acariciavam, tocando-a e penetrando-a de uma forma que Peter gostaria que só ele fosse capaz de fazer. Ele queria todos os gemidos de Clara para si. Mas ela gemia para Hecht, Atwood, Angelou e até para Yeats. Grunhia e sussurrava para Auden e Plessner. Mas reservava seu maior prazer para Ruth Zardo.

– Lembra disso?

Ele pegou um livro pequeno e o entregou a Clara. Ela o abriu e leu aleatoriamente:

Você era uma mariposa
roçando minha bochecha
no escuro.
Eu matei você,
sem saber
que era apenas uma mariposa
sem ferrão.

Ela voltou a folhear o livro ao acaso, leu outro poema e depois outro e mais outro.

– Quase todos são sobre morte ou perda – disse Clara, baixando o exemplar. – Eu não tinha percebido. Quase todos os poemas da Ruth são sobre morte.

Clara fechou o livro. Era um dos mais antigos de Ruth.

– Não só sobre morte – comentou Peter, jogando uma tora de bétula no fogo e observando-a queimar entre estalidos, antes de ir até a cozinha dar uma olhada no ensopado do jantar. De lá, gritou: – E também são muito sutis. Ruth tem muita coisa que a gente não vê.

– "Você era apenas uma mariposa sem ferrão" – repetiu Clara.

CC era uma mariposa? Não. CC de Poitiers tinha um ferrão. Só de chegar perto da mulher dava para sentir. Clara não estava certa de que concordava com Peter sobre Ruth. Ruth descontava toda a sua amargura na poesia. Não guardava nada, e Clara sabia que o tipo de raiva que levava a um assassinato precisava ser fermentado por um bom tempo, muitas vezes selado sob uma camada de sorrisos e sensatez.

O telefone tocou. Peter atendeu e, após poucas palavras, desligou.

– Termina de beber – gritou ele da porta. – Era a Myrna, convidando a gente para tomar alguma coisa rápida no bistrô.

– Eu tenho que engolir uma taça para beber outra?

– Como nos velhos tempos.

ARMAND GAMACHE ESTAVA EM FRENTE À ANTIGA casa dos Hadleys. Quando a porta se fechara, sentira que podia respirar de novo. Também se sentira um bobo. Havia feito um tour com Richard Lyon pela sombria mansão vitoriana e, se nada do que tinha visto o fizera gostar mais do lugar, tampouco descobrira *ghouls* escondidos ali. A casa só estava cansada, triste e precisando de boas risadas. Assim como seus moradores.

Antes de sair, Gamache tinha voltado à sala de estar, onde Crie ainda estava sentada, em seu vestido de verão e seu chinelo. Colocou uma manta em volta da garota e se sentou na frente dela, observando seu rostinho jovem impassível por um momento para depois fechar os olhos.

Queria que ela soubesse que tudo ficaria bem. Em algum momento. A vida não seria sempre dolorosa daquele jeito. O mundo não seria sempre tão brutal. Dê tempo ao tempo, menina. Dê mais uma chance a ele. Volte.

Ele repetiu aquilo algumas vezes, depois abriu os olhos e viu que Lemieux o observava da porta.

Já do lado de fora, Gamache se encolheu dentro do casaco e seguiu pelo caminho até o carro. A neve estava começando a cair, fofa e leve e encantadora. Ele olhou para a cidadezinha logo abaixo, que cintilava com as luzes natalinas e as lufadas brancas. Então algo que Gabri lhe dissera apareceu flutuando em sua cabeça como flocos de neve: "O monstro morreu e os moradores estão comemorando." Uma alusão a Frankenstein. Mas, na história, os moradores não estavam apenas comemorando a morte do mostro, eles o haviam matado.

Seria mesmo possível que aquela comunidade pacata, adorável e tranquila tivesse se unido para matar CC de Poitiers?

Gamache quase descartou a hipótese. Era uma ideia maluca. Mas então lembrou: era uma morte maluca.

– Você quer me perguntar alguma coisa? – indagou Gamache, sem se virar para o jovem atrás dele.

– Não, senhor.

– Lição número três, garoto: nunca minta para mim.

Ele se virou e encarou o agente Lemieux de uma forma que o jovem nunca esqueceria. Havia carinho naquele olhar, mas também um alerta.

– O que o senhor estava fazendo na sala com a menina?

– O nome dela é Crie. O que pareceu que eu estava fazendo?

– O senhor estava muito longe dela para conversar. E, bem…

– Pode falar.

– Estava de olhos fechados.

– Isso mesmo.

– O senhor estava rezando?

Lemieux teve vergonha de perguntar aquilo. Para a geração dele, rezar era pior que estuprar, pior que sodomizar, pior que fracassar. Sentiu que tinha acabado de insultar terrivelmente o chefe. Mas ele tinha perguntado.

– Sim, eu estava rezando, embora não de uma forma convencional, talvez. Estava pensando em Crie e tentando enviar a ela a mensagem de que o mundo pode ser um lugar bom e que ela deveria dar a ele mais uma chance.

Aquilo era mais do que o agente Lemieux queria saber. Bem mais. Estava começando a achar que aquele trabalho seria muito difícil. Mas, ao observar o chefe caminhando lentamente até o carro, com um ar pensativo, Lemieux teve que admitir que a resposta de Gamache de alguma forma o havia confortado. Talvez aquele trabalho não fosse tão árduo assim, afinal. Já dentro do carro aquecido, Lemieux pegou o caderninho. Gamache sorriu ao ver o agente anotar o que ele tinha acabado de dizer.

Peter e Clara sacudiram a neve dos casacos, penduraram-nos no cabideiro ao lado da porta e olharam em volta. O bistrô estava cheio, e as conversas, animadas. Os atendentes circulavam com habilidade entre as mesinhas de madeira redondas, equilibrando bandejas com comidas e drinques.

– Aqui!

Myrna estava de pé ao lado do sofá que ficava em frente à lareira, acompanhada de Ruth. Um casal tinha acabado de se levantar para ir embora.

– Vocês podem pegar o nosso lugar – disse Hanna Parra, a representante política local, enquanto ela e o marido, Roar, enrolavam o cachecol no pescoço. – Já está nevando?

– Um pouquinho – respondeu Peter –, mas as estradas devem estar boas.

– Estamos indo para casa. É uma viagem tranquila.

Roar apertou a mão deles e Hanna deu dois beijinhos no casal. Ir embora não era um evento insignificante no Quebec.

Mas chegar também não era. Após cumprimentar e dar dois beijinhos em todo mundo, Clara e Peter se acomodaram nas poltronas macias. Peter olhou para Gabri, e logo o homenzarrão apareceu com duas taças de vinho tinto e um par de tigelas com castanhas-de-caju.

– Dá para acreditar no que aconteceu? – comentou Gabri, tomando um gole do vinho de Clara e pegando um punhado de castanhas.

– Eles têm certeza de que foi assassinato? – quis saber Myrna.

Peter e Clara assentiram.

– Aquele imbecil do Gamache está à frente do caso de novo – disse Ruth, pegando o vinho de Peter –, e vocês lembram o que aconteceu na última vez – continuou ela, antes de dar uma golada.

– Ué, ele não resolveu o caso? – perguntou Myrna, movendo seu copo de uísque para o outro lado da mesa.

– Resolveu? – disse Ruth, com um olhar malicioso. – Foi sorte. Quer dizer, pensa só: a mulher desaba no gelo e ele acha que ela foi eletrocutada? Pelo quê? Pela mão de Deus?

– Mas ela foi eletrocutada mesmo – disse Peter.

Olivier chegou.

– Vocês estão falando da CC? – perguntou ele.

Olivier lançou um olhar desejoso para as cadeiras vazias perto do fogo, mas o restaurante estava cheio e ele não podia se sentar agora.

– Peter acha que foi você, Ruth – disse Clara.

– Talvez tenha sido. E talvez você seja o próximo.

Ela sorriu fazendo uma cara de louca para Peter, que desejou que Clara tivesse ficado calada.

Ruth pegou a bebida mais próxima.

– O que você disse à polícia? – perguntou Olivier a Peter.

– Eu só contei o que aconteceu.

– O inspetor reservou dois quartos na pousada.

Olivier recolheu a taça vazia de Peter e a inclinou para ele, em uma pergunta silenciosa. Peter ficou surpreso ao vê-la vazia e balançou a cabeça em negativa. Duas eram seu limite.

– Você acha que ela não foi eletrocutada? – perguntou Clara a Ruth.

– Ah, não, eu sei que foi. Eu soube na hora. Só fiquei surpresa de aquele cretino do Gamache se agarrar a essa ideia tão rápido.

– Como você soube na hora? – perguntou Myrna, cética.

Ruth respondeu declamando:

Um cheiro de queimado preencheu o atônito ar.
CC de Poitiers já não estava no lugar.

Sem querer, Myrna começou a rir. Era uma citação, ou melhor, uma paráfrase totalmente apropriada. Um cheiro de queimado realmente havia preenchido o atônito ar.

– Na verdade – disse Clara –, outro poema me veio à mente:

Ao mundo um fardo se tornou
Pois tudo e todos consumiu.
Foi esse o rastro infesto e vil
Que dele assim se relatou.

O poema de Clara foi recebido com silêncio ao redor do fogo. Atrás deles, conversas aumentavam e diminuíam, gargalhadas ressoavam e copos tilintavam. Ninguém estava de luto por CC de Poitiers. Three Pines não havia perdido muita coisa com a morte dela. Ela havia deixado para trás um cheiro ruim, mas até isso já se dissipava. O lugar estava mais leve, mais iluminado e mais fresco com aquela perda.

GAMACHE SENTIU O CHEIRO DO ENSOPADO ANTES de entrar. *Boeuf bourguignon*, com o aroma característico de carne e cogumelos, chalotas e vinho da Borgonha. Tinha ligado para Reine-Marie do escritório para avisar que estava indo para casa e, a pedido dela, comprara uma baguete fresca na padaria da esquina. Agora estava todo enrolado tentando passar pela porta com a caixa de evidências, a bolsa-carteiro e a preciosa baguete. Não queria partir o pão antes de entrar, mesmo sabendo que não seria a primeira vez.

– É o rapaz da piscina?

– *Non, madame Gamache, désolé*. É só o padeiro.

– Com uma baguete, eu espero.

Ela saiu da cozinha enxugando as mãos numa toalha. Ao vê-lo, abriu um sorriso caloroso. Não pôde evitar. Lá estava Gamache no vestíbulo, com a caixa entre as mãos e a bolsa de couro escorregando do ombro, tentando arrastar porta adentro o gigantesco casaco caramelo, a baguete presa debaixo do braço, roçando a crosta em seu rosto.

– Infelizmente, ela já não está tão robusta – disse ele, com um sorriso debochado.

– Para mim está perfeita, *monsieur*.

Ela puxou a baguete com cuidado, deixando o marido livre para se abaixar e largar a caixa no chão.

– *Voilà*. Como é bom estar em casa.

Ele a abraçou e a beijou, sentindo seu corpo macio através do casaco. Os dois tinham engordado desde que se conheceram. Não havia como vestirem de novo as roupas do casamento. Mas também tinham crescido de outras formas, e Gamache achava que era uma troca justa. Se viver significava crescer em todas as direções, tudo bem para ele.

Reine-Marie retribuiu o abraço, sentindo o casaco molhado do marido umedecer seu suéter. Mas também achou que era uma troca justa: um pouquinho de desconforto por um imenso conforto.

Depois de tomar banho e vestir uma camisa de gola rulê e um blazer de tweed limpos, ele se sentou com uma taça de vinho em frente à lareira, junto da esposa. Era a primeira noite tranquila que tinha em semanas, com toda aquela confusão de parentes e festas de fim de ano.

– Vamos comer aqui? – sugeriu ele.

– Ótima ideia.

Ele colocou mesinhas dobráveis na frente das poltronas enquanto ela servia o *boeuf bourguignon* com macarrão chinês e uma cesta com fatias de baguete.

– Que casal estranho – disse Reine-Marie quando ele terminou de contar os acontecimentos do dia. – Por que será que CC e Richard estavam juntos? Aliás, por que será que eles se casaram?

– Pois é, fiquei me perguntando a mesma coisa. Richard Lyon é tão passivo, tão confuso, mas não sei quanto daquilo era teatro. De qualquer forma, deve ser muito chato conviver com ele, a não ser que você também seja meio tonto ou que seja extremamente paciente, e não me parece que CC de Poitiers fosse nenhuma das duas coisas. Você já tinha ouvido falar dela?

– Nunca. Mas talvez seja conhecida na comunidade inglesa.

– Acho que ela só era famosa no espelho dela. Richard me deu isto.

Gamache pegou o *Mantenha a calma* da bolsa-carteiro, que deixara ao lado da poltrona.

– Publicação independente – comentou Reine-Marie, observando a capa. – Richard e a filha viram tudo?

Gamache assentiu, comendo uma garfada do ensopado macio.

– Eles estavam nas arquibancadas. Richard só percebeu que tinha alguma coisa errada quando viu todo mundo olhando para onde CC estava. Depois as pessoas começaram a se levantar. Então Gabri foi falar com ele, avisar que tinha havido um acidente.

Ele percebeu que tinha falado de Gabri como se Reine-Marie o conhecesse. E ela parecia sentir que o conhecia mesmo.

– E a filha? É Crie o nome dela, né? Quem dá um nome desses à filha? Que coisa horrível de se fazer com uma criança, coitada.

– Coitada mesmo. Ela não está bem, Reine-Marie. Está apática, quase catatônica. E é imensa. Deve estar uns 25 quilos acima do peso, isso com apenas 12 ou 13 anos. Richard nem lembrava a idade da garota.

– Ser gorda não é sinal de infelicidade, Armand. Pelo menos eu espero que não.

– Tem razão. Mas não é essa a questão. É como se ela estivesse desconectada. E tem outra coisa. Quando Richard contou o que aconteceu na hora da morte, ele disse que viu CC caída e os moradores prestando os primeiros socorros, mas não sabia onde Crie estava.

– Como assim, ele não procurou a filha? – perguntou Reine-Marie, parando o garfo a meio caminho da boca.

– Não.

– Que homem horrível.

Era difícil discordar, e Gamache se perguntou por que tentava tanto fazer isso.

Talvez, veio a resposta, seja fácil demais. *Talvez você não queira que a solução seja algo tão trivial quanto o marido traído, humilhado e ridicularizado que mata a esposa egocêntrica.* Talvez aquilo fosse fácil demais para o grande Armand Gamache.

– É só o seu ego – disse Reine-Marie, lendo a mente dele.

– O quê?

– A razão para você não concordar comigo sobre Richard. Você sabe que provavelmente foi ele. Sabe que eles deviam ter um relacionamento doentio. Por que outro motivo ela trataria o marido assim e ele aceitaria? E por que outro motivo a filha deles se encolheria até quase desaparecer? Quer dizer, pela sua descrição, ninguém nem percebeu se ela estava lá ou não.

– Ela estava. Foi com eles no caminhão. Mas você tem razão.

– Sobre o quê?

– Eu não quero que Richard Lyon seja o culpado.

– Por que não? – perguntou ela, inclinando-se para a frente.

– Eu gostei do sujeito – disse Gamache. – Ele me lembra o Sonny.

– Nosso cachorro?

– Lembra quando ele vagava de quintal em quintal procurando comida?

– Lembro que um dia ele entrou no ônibus 34 e foi parar em Westmount.

– Richard me lembrou o Sonny. Louco para agradar, sedento por companhia. E acho que ele tem um bom coração.

– Bons corações se machucam. Bons corações se partem, Armand. E depois revidam. Cuidado. Desculpa, eu não devia ter dito nada disso. Você conhece o seu trabalho melhor do que eu. Perdão.

– É sempre bom ser lembrado das coisas, principalmente do meu ego. Qual era o personagem de *Júlio César* cujo trabalho era ficar atrás do imperador e sussurrar "Lembre-se que você é apenas um homem"?

– Ah, então agora você é um imperador, é? Isso não está indo por um bom caminho.

– Cuidado – disse ele, passando o pão crocante no resto de molho no prato. – Assim você vai acabar esmagando o meu ego de vez. E aí eu vou desaparecer.

– Não estou preocupada.

Ela lhe deu um beijo, recolheu os pratos e os levou até a cozinha.

– CC não se sentou junto com a família para ver o jogo? – perguntou Reine-Marie alguns minutos depois, enquanto Gamache lavava a louça e ela enxugava. – Você não acha isso estranho?

– Tudo é estranho nessa história. Acho que eu nunca trabalhei num caso em que tão pouca coisa fizesse sentido desde o início – comentou Gamache, que, com as mangas arregaçadas e as mãos ensopadas, esfregava vigorosamente a panela Le Creuset.

– Por que uma mulher deixa a família na arquibancada gelada e vai se sentar confortavelmente ao lado do aquecedor? – perguntou Reine-Marie, realmente perplexa.

– Eu acho que você mesma já respondeu à sua pergunta – disse Gamache, rindo ao entregar a panela à esposa. – Porque ali era confortável e quente.

– Então ela era egoísta e ele é desprezível. Se eu fosse a Crie, também ia querer desaparecer.

Com a louça já limpa, eles levaram a bandeja de café para a sala e Gamache pegou a caixa de evidências do caso Elle. Hora de mudar de marcha, pelo menos por um tempo. Entre goles de café e pausas para contemplar o fogo, ele conseguiu fazer um exame muito mais minucioso do que fizera pela manhã.

Abriu a caixinha de madeira entalhada, observando o estranho sortimento de letras. Ainda que os moradores de rua não fossem conhecidos pelo propósito de suas ações, por que ela teria recortado todas aquelas letras? C, K, L e M. Ao virar a caixa, viu novamente as letras no fundo: M KLM.

Talvez o C tivesse caído. Talvez ficasse naquele espaço entre o M e o K.

Gamache pegou o relatório da autópsia. Elle tinha sido estrangulada. Havia álcool em sua corrente sanguínea, além de sinais de alcoolismo crônico. Nenhuma outra droga. Alguns hematomas no pescoço, é claro.

Por que matar uma sem-teto?

Era quase certo que o assassino fosse outro morador de rua. Como em qualquer subcultura, aquela interagia principalmente consigo mesma. Um pedestre comum provavelmente não se importaria com Elle a ponto de matá-la.

Ele abriu o envelope de papel pardo com as fotos da cena do crime. O rosto dela estava sujo e surpreso. As pernas estavam abertas e enroladas em camadas de roupas e jornais. Gamache espiou dentro da caixa. Lá estavam eles. Alguns jornais amarelados e outros novos, enrolados no formato das pernas, dos braços e do tronco de Elle, como um fantasma esquartejado.

Havia fotos das mãos imundas de Elle, com unhas grotescas. Compridas, curvas e descoloridas, com sabe-se lá o quê debaixo delas. Na verdade, o legista sabia o quê. Gamache consultou o relatório. Sujeira. Comida. Excrementos. Uma das mãos tinha um pouco de sangue, sangue dela mesma, de acordo com o relatório, e alguns cortes recentes no centro da palma, como estigmas. A pessoa que a havia matado devia ter se sujado com o sangue de Elle. Mesmo que lavasse as roupas, ainda restariam vestígios de DNA. O sangue era uma mancha indelével.

Gamache tomou nota disso e se voltou para a última foto. Mostrava Elle nua, na maca fria da autópsia. Olhou para ela por um instante, perguntando--se quando se acostumaria a ver cadáveres. Assassinatos ainda o chocavam.

Depois pegou a lupa e examinou o corpo lentamente. Estava à procura de letras. Será que ela havia escrito ou colado as letras K, L, C e M no corpo? Talvez fossem uma espécie de talismã obsessivo. Alguns loucos desenhavam crucifixos no corpo todo e na casa inteira para afastar o mal. Talvez aquelas letras fossem o crucifixo de Elle.

Ele baixou a lupa. Não tinha nenhuma consoante no corpo, mas tinha uma camada grossa de sujeira. Anos de sujeira acumulada. Nem mesmo um banho ocasional em instituições como a Old Brewery Mission poderia removê-la. Estava gravada no corpo de Elle como uma tatuagem. E, como uma tatuagem, contava uma história. Era eloquente como um poema de Ruth Zardo:

Tem razão. Você não pode dispensar
nada, uma mão, um pedaço de pão,
um xale que abriga,
uma palavra amiga. Deus
sabe que você não tem muito. E de tudo precisa.

Uma palavra amiga. Aquilo lhe lembrou outra coisa. Crie. Assim como Elle, a menina ansiava por uma palavra amiga. Implorava por isso tanto quanto Elle costumava implorar por comida.

A tatuagem de sujeira falava da vida exterior de Elle, mas se calava em relação ao que acontecia dentro dela, debaixo das camadas de roupas fétidas, da imundície e da pele enrugada pelo álcool. Ao observar a foto do corpo na maca, Gamache se perguntou o que aquela mulher devia pensar e sentir. Sabia que essas coisas provavelmente haviam morrido com ela. Sabia que podia descobrir o nome dela e até o assassino, mas que talvez nunca encontrasse Elle. A mulher havia se perdido muitos anos antes.

Como Crie, só que mais tarde na vida?

Então ele viu. Uma pequena mancha diferente do resto. Era escura e circular, perfeita demais para ser uma sujeira aleatória. Estava no peito, no osso esterno.

Ele pegou de novo a lente de aumento e passou um bom tempo analisando a mancha. Queria ter certeza. E, quando desgrudou os olhos da imagem, ele já tinha.

Gamache pegou as outras fotos de novo e observou uma em particular. Depois vasculhou a caixa de evidências à procura de um detalhe. Algo que seria fácil deixar passar. Mas não estava lá.

Com cuidado, devolveu tudo à caixa e a colocou perto da porta. Em seguida, voltou à poltrona quentinha perto do fogo e ficou ali por um instante, observando Reine-Marie ler. De quando em quando, os lábios dela se mexiam de leve e as sobrancelhas subiam e desciam de uma forma que apenas ele, que a conhecia tão bem, conseguia ver.

Então pegou *Mantenha a calma* e começou a ler.

QUATORZE

Jean Guy Beauvoir pegou seu café com leite, envolvendo o copo de papel com as duas mãos para aquecê-las. O imenso fogão a lenha preto no centro da sala estava se esforçando ao máximo, mas até então não havia produzido muito calor.

Eram dez da manhã de um dia de muita neve, quase 24 horas exatas após o assassinato, e a equipe da Sûreté estava reunida na sala de investigação temporária montada em Three Pines. Os investigadores dividiam o espaço com um imenso caminhão de bombeiros vermelho. As paredes brancas acima dos lambris de madeira escura estavam cobertas por mapas detalhados da área, diagramas de estratégias de combate a incêndio e um imenso pôster comemorativo com os nomes dos vencedores do Prêmio do Governador-Geral para Poesia em Língua Inglesa.

Aquela era a sede do Corpo de Bombeiros sob a tutela de Ruth Zardo.

– *Tabernacle*. Velha senil. Não deixou a gente tirar isso daí – resmungou Beauvoir, apontando o polegar para o caminhão que ocupava metade da sala.

– Madame Zardo explicou por quê? – perguntou Gamache.

– Alguma coisa do tipo "O caminhão não pode estar congelado em caso de emergência". Eu perguntei quando foi o último incêndio e ela falou que era uma informação confidencial. Confidencial? Desde quando existem incêndios secretos?

– Vamos começar. Relatórios, por favor.

Gamache estava sentado à cabeceira da mesa, de camisa, gravata e um suéter de lã merino de gola redonda sob o blazer de tweed. Embora segurasse uma caneta, raramente fazia anotações. Os técnicos ao redor conectavam telefones e computadores, posicionavam mesas e quadros-negros e descarregavam equipamentos. Mas Gamache não ouvia nada disso. Estava totalmente concentrado no que era dito.

O agente Robert Lemieux tinha vestido sua melhor roupa e engraxado os sapatos. Agora se sentia grato por a voz da intuição ter se manifestado e ainda mais grato por tê-la escutado. Ao lado dele, uma jovem agente bebeu um gole de café e se inclinou para a frente, atenta. Ela se apresentara como agente Isabelle Lacoste. Lemieux não diria que ela era bonita, pelo menos não como as mulheres que costumamos notar assim que entram num bar, mas ela tampouco parecia ser do tipo que frequentava bares. Era mais do tipo que se encontraria em Mont St. Rémy. Natural e descontraída, sem artifícios. Suas roupas eram simples e ajustadas ao corpo, no qual ela parecia bem à vontade: um suéter leve, um cachecol e calça social larguinha. Os olhos castanho-escuros eram alertas e uma faixa larga mantinha os cabelos castanho-claros longe do rosto. Lemieux notou uma sequência de brincos em uma das orelhas. Ela havia se apresentado e lhe dado as boas-vindas logo ao vê-lo. Instintivamente, ele olhou para a mão esquerda dela e, para sua surpresa, viu uma aliança.

– Dois filhos – disse ela, com um sorriso, acompanhando o olhar rápido do agente sem deixar de fitá-lo. – Um menino, René, e uma menina, Marie. *Toi?*

– Não sou casado. Não tenho nem namorada.

– Ótimo. Pelo menos durante a investigação. Preste atenção. – Ela se inclinou para Lemieux e sussurrou: – E seja você mesmo. O chefe só escolhe gente que não faz tipo.

– E que trabalham bem, imagino – acrescentou ele, com a intenção de elogiá-la.

– *Oh, mais, franchement*, você não vai conseguir trabalhar bem aqui se não souber quem você é. Como vai descobrir a verdade sobre outra pessoa se não admitir a sua própria?

Beauvoir foi o primeiro a compartilhar as informações novas:

– *Bon* – disse ele, inclinando-se para a frente. – A boa notícia é que sei como a eletricidade chegou ao rinque de curling do lago. Ontem à tarde, conversei com Billy Williams, o dono do caminhão em que levaram CC ao hospital. Foi ele quem instalou aquele aquecedor. Vou mostrar para vocês, já que nem todo mundo esteve na cena do crime.

Com um donut coberto de chocolate em uma das mãos e um pilot na outra, Beauvoir foi até uma grande folha de papel colada na parede.

– Esse aqui é o lago Brume e essa é a cidade de Williamsburg. Aqui fica a associação dos veteranos. Certo?

Beauvoir não era nenhum Picasso – uma grande qualidade para um investigador de homicídios –, mas seus desenhos eram sempre bem claros e simples. Um círculo grande era o lago Brume. Um círculo menor, como uma lua, tangenciava o maior. Williamsburg. E um X marcava a Legião Real Canadense, próxima às margens do lago.

– Mesmo sendo bem perto, da associação não dá para ver o lago, só se a pessoa descer a rua e dobrar a esquina. Mas são só cinco minutos de caminhada. Todo mundo estava na associação para o café da manhã comunitário antes do jogo. Billy Williams me falou que ele chegou ao rinque antes do café e parou o caminhão no gelo.

– Isso é seguro? – perguntou um dos policiais.

– O gelo tem uns 50 centímetros de espessura bem aqui – respondeu Beauvoir. – Billy o testou antes do Natal, quando posicionou as arquibancadas e o aquecedor. No dia do jogo, ontem, ele só precisava remover a neve com uma pá e conectar o aquecedor. Como o dia amanheceu com céu limpo, ele decidiu fazer as duas coisas antes de ir para o café na associação. Foi aqui que ele estacionou o caminhão. Dá para ver as marcas de pneus nas fotos da cena.

Ele passou as fotos para os policiais após marcar no desenho um pequeno X no gelo próximo à margem.

– Agora, uma coisa importante: aqui está o caminhão, aqui está o aquecedor, que funciona por radiação infravermelha, aqui estão as arquibancadas, e bem aqui – ele desenhou um retângulo –, o rinque de curling. Billy Williams é o mecânico da Associação Automobilística Canadense dessa área, então ele tem um caminhão monstruoso. Eu vi. É uma coisa imensa. As rodas vêm até aqui.

Gamache pigarreou, fazendo Beauvoir se lembrar de onde estava.

– Enfim. Ele carrega um gerador no caminhão para usar em caso de bateria arriada. Mas, de novo, não é um gerador qualquer. É um troço enorme. Parece que Billy Williams precisa ter energia suficiente para dar a partida em caminhões articulados e equipamentos de construção congelados. Então ele simplesmente conectou uma ponta do cabo de transmissão de carga ao gerador e a outra ponta ao aquecedor. *Voilà*. Energia e calor.

O agente Lemieux se mexeu na cadeira, inquieto, e olhou para a agente Lacoste. Ela fez um breve aceno de cabeça para ele. Será que o estava encorajando? Ela então acenou de novo e arregalou os olhos.

– Senhor – disse ele, aliviado por sua voz não ter falhado.

Beauvoir voltou um olhar surpreso para o novato que tinha a audácia de interrompê-lo.

– Diga.

– Bom, é que essas coisas… – disse ele, apontando para o desenho. – Esse tipo de equipamento. Quando a gente viu o aquecedor ontem, eu fiquei com uma dúvida, mas queria confirmar a informação antes de falar. Esses aquecedores quase sempre funcionam à base de propano. Não de energia elétrica – explicou, antes de olhar ao redor e ver que todos se voltavam para ele. – Eu liguei para um amigo eletricista. Ele também joga hóquei na liga masculina daqui.

Para surpresa de Lemieux, Beauvoir sorriu. Um sorriso fácil e aberto, que fez seu rosto parecer bem jovem.

– Você tem razão. Esse aqui também usava propano, mas quebrou e ia ser jogado fora, quando foi salvo por Billy Williams. Billy sabia que podia dar um jeito de fazê-lo funcionar com eletricidade, não perfeitamente, mas o suficiente para a farra do curling, que acontece uma vez por ano. Isso foi há uns dois anos. Até agora, o equipamento tem resistido bem. Só precisa de um gerador para dar uma forcinha.

– O agente Lemieux me falou sobre os geradores ontem – disse Gamache, acenando para Lemieux, que ajustou a postura na cadeira. – Peço desculpas por não ter levado a sério.

Nenhum superior jamais havia se desculpado com Lemieux. Ele não sabia o que fazer, então não fez nada.

– O gerador de Billy Williams tinha potência suficiente para matar? – perguntou Gamache.

– Essa é a questão – respondeu Beauvoir. – Ontem eu também fui até o hospital de Cowansville para falar com a legista, a Dra. Harris, e ela me passou o laudo da autópsia. Ela conhece o Sr. Williams e disse que o gerador pode, sim, matar. Na verdade, não seria tão difícil assim.

Beauvoir se sentou de novo e comeu o último pedaço do donut enquanto mexia o café com uma caneta.

– Ela quer falar com o senhor, chefe – prosseguiu ele. – Disse que vem aqui ainda hoje para trazer um laudo mais detalhado e as roupas que a vítima estava usando. Mas já deixou claro que não foi um acidente, caso alguém ainda esteja em dúvida.

Beauvoir consultou suas anotações, sem saber por onde começar. Não queria repetir que aquela era uma forma bizarra, até mesmo insana, de cometer um assassinato. O inspetor-chefe Gamache já sabia disso. Todos sabiam. Mas a Dra. Sharon Harris tinha repetido isso várias vezes no dia anterior.

"Eu acho que o senhor não está entendendo, inspetor. Olhe só isso", dissera a Dra. Harris, antes de puxar o lençol branco que cobria o corpo da vítima. Ali, na maca dura e fria, jazia uma mulher também dura e fria. Ela tinha uma expressão de raiva no rosto, que Beauvoir se perguntou se a família reconheceria. Sharon Harris passou alguns minutos circulando a mulher, apontando para pontos específicos como uma guia turística macabra.

Agora, na reunião, Beauvoir distribuía mais fotos, todas tiradas pela Dra. Harris durante a autópsia. A sala ficou em silêncio enquanto todos observavam as imagens.

Gamache observou atentamente as fotos e depois as passou à agente Lacoste. Girou um pouco na cadeira, cruzou as pernas e olhou pela janela. A neve que caía se acumulava em carros, casas e galhos de árvores. Era uma cena tranquila, em forte contraste com as imagens e o assunto em debate ali, no lado de dentro da antiga estação ferroviária. De onde estava, ele via a velha ponte arqueada de pedra que ligava um dos lados do rio Bella Bella a Three Pines. De vez em quando um carro passava lenta e silenciosamente, o ruído abafado pela neve.

Lá dentro, a sala cheirava a lenha queimada e café, com um leve toque de verniz e aquela fragrância almiscarada de livros antigos. Ou quadros de horários. O local tinha sido, um dia, a estação ferroviária. Agora, abandonada como tantas outras pequenas paradas da Canadian National Railway, Three Pines tinha dado um bom uso à antiga construção de madeira e tijolinho.

Gamache levou a mão aquecida pelo café ao nariz. Estava frio. E um pouco úmido. Se ele fosse um cachorro, aquilo seria um bom sinal. Pelo menos a sala estava esquentando e não havia nada como o conforto de estar com frio e sentir o calor se aproximar, chegar e se espalhar lentamente.

Era assim que Armand Gamache se sentia agora. Feliz e contente. Ele amava seu trabalho, amava sua equipe. Não cresceria mais na Sûreté, e isso não o incomodava, porque Armand Gamache não era um homem competitivo. Era um homem satisfeito.

E aquela era uma das partes preferidas do seu trabalho. Sentar-se com a equipe e analisar quem poderia ter cometido o assassinato.

– Estão vendo as mãos dela? E os pés? – perguntou Beauvoir, erguendo algumas das fotos da autópsia. – Estão carbonizados. Alguma testemunha relatou ter sentido um cheiro estranho? – perguntou ele a Gamache.

– Sim, mas um cheiro fraco.

Beauvoir assentiu.

– Foi o que a Dra. Harris suspeitou. Ela esperava que sentissem o cheiro mais forte. De carne queimada. Atualmente, a maioria das vítimas de eletrocussão apresentam evidências mais óbvias. Algumas chegam a soltar fumaça.

Alguns investigadores estremeceram.

– A maioria das mortes por eletrocussão é causada por fios de alta tensão. São funcionários de hidrelétricas, técnicos de manutenção ou apenas pessoas que tiveram o azar de encostar nesses cabos. O vento os derruba durante uma tempestade ou alguém os corta sem querer e puf! Morte imediata.

Beauvoir fez uma pausa. Armand Gamache se inclinou para a frente. Conhecia Jean Guy bem o suficiente para saber que ele não era afeito a dramas. Pelo contrário, ele os desprezava. Mas o inspetor gostava de suas pequenas pausas. Elas quase sempre o denunciavam. Como um mentiroso que solta um pigarro antes de contar uma grande lorota ou um jogador de pôquer que coça o nariz durante o blefe, Beauvoir sempre dava uma grande notícia depois daquela pausa dramática.

– A Dra. Harris não via uma morte por eletrocussão de baixa tensão fazia mais de dez anos, graças ao mecanismo de desligamento automático. Ela disse que hoje em dia é quase impossível.

Todos estavam vidrados nele agora. Mesmo os técnicos, até então concentradíssimos em seu trabalho, diminuíram o ritmo e pararam para ouvir.

Um assassinato quase impossível.

Donuts e cafés foram detidos a meio caminho da boca, fotos foram deixadas na mesa, ninguém parecia respirar.

– Quase – repetiu Beauvoir. – Uma série de coisas teve que acontecer para que isso funcionasse. CC de Poitiers precisava estar sobre uma poça. No meio de um lago congelado a 10 graus negativos, ela tinha que estar pisando em água. As mãos precisavam estar sem luvas e em contato com uma corrente elétrica. Mãos nuas – enfatizou, erguendo as próprias mãos como se a equipe da Divisão de Homicídios precisasse ser lembrada o que eram mãos. – De novo, em uma temperatura baixíssima, ela tinha que tirar as luvas. E tocar na única coisa da área com uma corrente elétrica. Mas nem isso seria suficiente. A corrente precisava atravessar o corpo dela e sair pelos pés até encontrar a poça. Olhem para os seus pés.

Todos olharam para ele.

– Os pés de vocês. Olhem para os seus pés.

Todas as cabeças se voltaram para debaixo da mesa, exceto a de Beauvoir. Armand Gamache se abaixou e olhou as próprias botas. Eram de náilon por fora. Por dentro, tinham camadas de forro sintético e feltro.

– Observem a sola dos sapatos – pediu Beauvoir, exasperado.

E lá foram eles de novo.

– E aí?

– Borracha – respondeu a agente Isabelle Lacoste.

Pela sua expressão, Beauvoir viu que ela havia entendido.

– Borracha pré-moldada com sulcos para tração, para as pessoas não escorregarem no gelo e na neve – continuou ela. – Aposto que todos os sapatos aqui têm solas de borracha.

Todos concordaram.

– É isso – disse Beauvoir, mal conseguindo se conter. – Vamos ter que confirmar, mas eu aposto que não exista uma única bota vendida no Quebec que não tenha solado de borracha. Esse é o último elemento e talvez o mais improvável dessa série de eventos improváveis. Se estivesse usando botas com solado de borracha ou até de couro, CC de Poitiers não teria morrido. Ela pegou em alguma coisa de metal. Metal conduz eletricidade. A terra conduz eletricidade. Nosso corpo conduz eletricidade. Segundo a Dra. Harris, a eletricidade é como um ser vivo e quer desesperadamente continuar viva. Ela corre de um material para outro, pelo metal, pelos corpos e para dentro da terra. E, no caminho, passa pelo coração. O coração tem seu próprio circuito elétrico. Incrível, não é? A Dra. Harris me explicou tudo isso. Se a eletricidade vai direto para o corpo, demora apenas alguns minutos para afetar o coração. Ela confunde o ritmo normal dos batimentos cardíacos e provoca... – Beauvoir consultou suas anotações – ...fibrilação.

– É por isso que eles usam aquele aparelho elétrico para reanimar o coração – observou Lacoste.

– E é por isso que implantam marca-passos. Que na verdade são só baterias que mandam impulsos elétricos ao coração – concordou Beauvoir, empolgado com o assunto. Estava animadíssimo por poder lidar com fatos. – Quando CC tocou no metal, o coração dela foi afetado em questão de segundos.

– Mas... – objetou Gamache, fazendo com que todos os olhos se voltassem para ele – madame De Poitiers devia estar aterrada pela sola de borracha.

A sala ficou em silêncio. A essa altura, o local já estava aquecido, mas mesmo assim Gamache sentiu um calafrio. Ao olhar para Beauvoir, ele entendeu que havia mais coisas por vir.

Beauvoir pegou um par de botas de uma sacola ao seu lado e o colocou na mesa.

Ali, diante deles, estavam as botas de CC de Poitiers, feitas com a mais jovem, branca e delicada pele de filhotes de foca. E na parte de baixo, onde todas as botas teriam borracha, os investigadores viram pequenas garras.

Beauvoir virou uma das botas de lado, para que o solado ficasse visível. Torcidas, carbonizadas e grotescas, as garras eram na verdade dentes de metal que se projetavam da sola de couro.

Armand Gamache cerrou a mandíbula. Quem usaria botas como aquelas? Os inuítes, talvez. No Ártico. Mas nem eles matariam focas-bebês. Os inuítes eram caçadores respeitosos e sensíveis que nunca cogitariam matar filhotes. Não precisavam disso.

Não. Só bárbaros assassinavam bebês. E só bárbaros apoiavam aquele tipo de comércio. Eles estavam de frente para as carcaças de dois bebês. Animais, sim, mas toda morte sem sentido horrorizava Gamache. Que tipo de mulher usava corpos de bebês em forma de botas, com garras de metal embutidas?

Armand Gamache se perguntou se CC de Poitiers estaria naquele exato momento tentando se explicar para um Deus perplexo e para algumas focas bem irritadas.

QUINZE

BEAUVOIR PAROU DIANTE DE OUTRA FOLHA de papel colada na parede. As botas de CC jaziam no meio da mesa como uma escultura e um lembrete da estranheza tanto do assassino quanto da vítima.

– Então, recapitulando, quatro coisas tinham que acontecer ao mesmo tempo para que o assassino alcançasse seu objetivo – lembrou Beauvoir, escrevendo enquanto falava. – 1: a vítima precisava estar pisando em água; 2: a vítima tinha que estar sem luvas; 3: a vítima tinha que tocar em algo eletrificado; e 4: o calçado da vítima precisava ter metal no solado.

– Eu estou com o relatório da cena do crime – disse Isabelle Lacoste, que tinha sido encarregada da Unidade de Cena do Crime no dia anterior. – É preliminar, claro, mas já responde à primeira pergunta. Sobre a água. Se vocês olharem as fotos de novo, vão ver uma leve mancha azulada na neve em volta da cadeira virada.

Gamache olhou bem de perto. Tinha enxergado a mancha como se fosse uma sombra. Na neve, de certos ângulos e sob certa luz, as sombras parecem azuladas. Mas talvez não aquela sombra específica. Olhando mais atentamente, ele identificou a poça. Quase rosnou de raiva. Tinha que ter visto aquilo na hora. Todos eles tinham.

Só havia duas maneiras possíveis de o assassino ter criado uma poça ali: ou derretendo o gelo e a neve ou derramando algum líquido. Mas se derramasse café, chá ou refrigerante, o líquido congelaria em pouquíssimo tempo.

O que não congelaria?

Algo que tivesse sido desenvolvido especificamente para não congelar.

Limpador de para-brisas anticongelante. O onipresente líquido azul-claro que era despejado aos litros nos carros por todo o Canadá. Desenvolvido para ser pulverizado no para-brisa a fim de eliminar lama e sal. E não congelar.

Seria tão fácil assim?

– É limpador de para-brisas anticongelante – disse Lacoste.

Pelo visto, sim, pensou Gamache. Pelo menos alguma coisa naquele caso era simples.

– E como o assassino derramou o líquido ali sem ser visto? – perguntou Lacoste.

– Bom, não sabemos se o assassino não foi visto – lembrou Gamache. – Não perguntamos isso. E tinha uma pessoa sentada bem ao lado de madame De Poitiers. Ela pode ter visto.

– Quem? – perguntou Beauvoir.

– Kaye Thompson.

Gamache se levantou e foi até o desenho que Beauvoir fizera da cena do crime. Então contou a todos sobre os interrogatórios do dia anterior e fez três "X" aglomerados ao redor do aquecedor.

– Cadeiras dobráveis. Levadas por três senhoras e destinadas a elas, mas só uma se sentou aqui. Kaye Thompson estava nesta – disse Gamache, apontando para um dos "X". – As outras duas senhoras estavam jogando, então CC ocupou a cadeira mais próxima do aquecedor. Agora, esta cadeira – continuou ele, circulando o X mais próximo da área do jogo – estava ao lado dela. E é a que estava sobre a poça de limpador de para-brisa, certo? – perguntou ele a Lacoste.

– Sim – confirmou ela. – Está no laboratório sendo testada, mas acredito que vamos descobrir que a cadeira foi a arma do crime.

– Não foi o aquecedor? – perguntou um dos agentes, virando-se para Beauvoir. – O senhor não disse que a vítima tocou em alguma coisa eletrificada? Foi o aquecedor.

– É verdade – reconheceu Beauvoir. – Mas parece que não foi isso que matou a vítima. Nós achamos que foi a cadeira. Se você olhar para as feridas nas mãos dela, vai ver que são compatíveis com o tubo de alumínio do encosto da cadeira.

– Mas como? – perguntou uma técnica.

– É isso que precisamos descobrir – disse Beauvoir, tão absorto no mistério que nem disse à técnica para voltar ao trabalho.

Ela havia feito a pergunta certa. Como a corrente havia saído do aquecedor e criado uma cadeira elétrica?

Uma cadeira elétrica.

Jean Guy Beauvoir ficou maturando o conceito em sua mente clara e analítica. Aquilo era importante? Havia uma razão para o assassino ter escolhido matar CC de Poitiers em uma cadeira elétrica, aludindo à pena capital?

Era uma retaliação? Uma vingança? A punição por algum crime? Se fosse, seria a primeira execução no Canadá em cinquenta anos.

– O que você acha? – perguntou Gamache à técnica que levantado a questão, uma jovem de macacão e cinto de ferramentas. – Qual é o seu nome?

– Céline Provost, senhor. Sou eletricista da parte técnica da Sûreté. Só estou aqui para conectar os computadores.

– *Bon, agent Provost*, qual é a sua teoria?

Ela olhou para o diagrama por uns bons cinquenta segundos, pensando.

– Qual é a tensão do gerador?

Beauvoir informou. A técnica assentiu e pensou um pouco mais. Então balançou a cabeça.

– Eu estava aqui me perguntado se o assassino poderia ter conectado alguns cabos no aquecedor e na cadeira e enterrado tudo debaixo da neve. Isso eletrificaria a cadeira.

– Mas...?

– Mas aí a cadeira teria corrente elétrica o tempo todo. Assim que o assassino conectasse os cabos, estaria eletrificada, e qualquer pessoa que a tocasse receberia a carga. O assassino não poderia ter certeza de que madame De Poitiers seria a primeira a fazer isso.

– Não teria nenhum jeito de ligar e desligar a corrente?

– Não, a não ser com o gerador do caminhão, mas faz muito barulho. Todo mundo teria notado. E se o assassino tivesse colocado os cabos no último minuto, a mulher que vocês disseram que estava sentada ali com certeza teria visto.

Gamache pensou um pouco. Ela tinha razão.

– Desculpe, senhor.

– Temos outros relatórios? – perguntou Gamache, voltando a se sentar.

Nos vinte minutos seguintes, diversos agentes relataram descobertas da cena do crime, análises preliminares e as primeiras verificações de antecedentes.

– Até agora – informou Lacoste –, sabemos que Richard Lyon é uma espécie de escriturário de luxo em uma confecção. Ele cuida da papelada e organiza os turnos dos funcionários. Mas no tempo livre ele inventou isso aqui – disse ela, erguendo uma imagem.

– Já temos mistérios demais, diga logo o que é isso – disse Beauvoir.

– Velcro silencioso. Parece que o exército americano está com um problemão. Agora que eles estão fazendo cada vez mais combates corpo a corpo, o silêncio é essencial. Eles se aproximam furtivamente do inimigo – explicou Lacoste, curvando-se e fingindo se esquivar – e se preparam para atirar. Mas todo o equipamento fica preso ao uniforme por velcros. Quando os soldados abrem os bolsos, o velcro faz barulho e denuncia a posição deles. Isso se tornou um grande problema. Quem inventar o velcro silencioso vai ganhar uma fortuna.

Gamache podia ver as engrenagens girando na cabeça de cada um deles.

– E Lyon conseguiu? – perguntou ele.

– Bom, ele inventou isso aqui. É um sistema que fecha os bolsos com ímãs.

– Engenhoso – disse Gamache.

– O único problema é que, para funcionar com aquelas calças cargo grossas, os ímãs têm que ser bem pesados. E é preciso ter dois por bolso, sendo que a maioria dos uniformes tem cerca de quarenta bolsos, então os ímãs acrescentariam quase 7 quilos a uma carga já bem pesada.

Ouviram-se algumas risadinhas.

– Ele registrou nove patentes. Nenhuma funcionou.

– Um fracassado – comentou Beauvoir.

– Mas ele continua tentando – disse Lacoste. – E, se um dia alguma der certo, pode ficar podre de rico.

Gamache ouviu isso e se lembrou da pergunta de Reine-Marie na noite anterior. Por que Richard Lyon e CC de Poitiers tinham se casado? E por que continuavam juntos? Ela tão ambiciosa, egoísta e cruel, e ele tão fraco e desajeitado? Era de esperar que CC o matasse, não o contrário. Então ele percebeu que estava quase convencido de que Lyon havia matado a esposa.

Era muito perigoso, ele sabia bem, dar qualquer coisa como certa. Ainda assim, seria possível que Richard Lyon tivesse finalmente inventado algo que funcionava? Será que tinha matado a esposa para não dividir a futura fortuna com ela?

– Tem outra coisa estranha nesse caso.

Lacoste sorriu, desculpando-se com o inspetor Beauvoir. Os dois haviam trabalhado juntos em muitos casos e ela conhecia a mente afiada e analítica dele. Aquela desordem, aquele caos, eram uma tortura para ele. Beauvoir se preparou para o que vinha e assentiu.

– Eu busquei informações sobre CC de Poitiers no computador e não encontrei nada. Quer dizer, encontrei a carteira de motorista e o cartão de saúde. Mas não achei certidão de nascimento, passaporte nem nenhum documento com menos de vinte anos. Procurei por CC Lyon, Cecilia Lyon e Cecilia de Poitiers – disse ela, erguendo as mãos em sinal de rendição.

– Tente Eleanor e Henrique de Poitiers – sugeriu Gamache, olhando para o livro à sua frente. – De acordo com esse livro, eram os pais dela. E procure também por Li Bien – completou, antes de soletrar o nome.

– O que é isso?

– A filosofia de vida dela. Ela acreditava que substituiria o feng shui.

Beauvoir tentou parecer tanto interessado quanto familiarizado com o assunto, mas não estava nem um, nem outro.

– Uma filosofia – continuou Gamache – na qual ela apostava para ficar muito rica.

– Poderia ser um motivo para o assassinato? – quis saber Beauvoir, agora novamente animado.

– Talvez, se ela fosse bem-sucedida nisso. Mas parece que CC de Poitiers era tão bem-sucedida quanto o marido. Alguém ainda quer falar alguma coisa antes de distribuirmos as tarefas? – perguntou Gamache, fazendo menção de se levantar.

– Senhor, tem mais uma coisa – disse o agente Robert Lemieux. – O senhor me encarregou de conferir o lixo da casa dos Lyons. Bom, eu dei uma olhada e estou com uma lista dos itens aqui.

– Isso vai ter que esperar, agente, obrigado – respondeu Gamache. – Teremos um dia cheio. Vou falar com Kaye Thompson para tentar descobrir o que ela viu. Beauvoir, quero que você encontre o fotógrafo que o Richard

Lyon mencionou. – Beauvoir assentiu vigorosamente, ansioso para começar a caçada. – No mínimo, ele deve ter fotografado o café da manhã comunitário e o jogo. Talvez tenha até capturado o assassino em algum clique. Saul alguma coisa.

– Saul Petrov – disse o enorme caminhão de bombeiros vermelho, com uma voz feminina.

De trás do veículo surgiu uma jovem.

– Eu o localizei.

Ao se aproximar, ela não pôde deixar de notar os olhares de choque e até de horror no rosto dos homens e mulheres ao redor da mesa. Não ficou surpresa. Estava preparada para isso.

– Bom dia, agente Nichol – cumprimentou Armand Gamache.

DEZESSEIS

Beauvoir distribuía as tarefas enquanto Gamache conversava com Nichol em particular. Havia na estação uma sala fechada que um dia fora reservada ao bilheteiro e mais tarde fora ocupada por Ruth Zardo. O local contava com uma mesa, uma cadeira e cerca de trezentos livros. Era, com certeza, um potencial foco de incêndio.

O inspetor-chefe Gamache se pusera de pé ao ver a agente Nichol, como um homem prestes a ser executado talvez se levantasse para enfrentar seu destino terrível. Com um aceno de cabeça do chefe, Beauvoir entendeu instintivamente o que ele queria dizer. Sem proferir uma única palavra, Gamache foi ao encontro de Nichol e a guiou até a pequena sala.

Agora Beauvoir observava a equipe trabalhar nos computadores e telefones, mas sua cabeça estava no chefe. E em Nichol. Naquela mulherzinha repugnante, odiosa e mesquinha que quase havia arruinado o último caso e provara ser um elemento profundamente divisor em uma equipe que dependia de harmonia para funcionar bem.

– Explique-se, por favor.

Na salinha, Gamache estava de pé, sua altura contrastando com o corpo franzino da agente. Depois de Nichol tirar o gorro, seu cabelo curto e castanho-claro não só ficara desgrenhado como também parecia ter sido cortado por um jardineiro bêbado com tesouras sem ponta. As roupas eram mal ajustadas e em tons apagados, e Gamache teve a impressão de ter visto um pouco de gema de ovo grudada no suéter de lã gasto. O rosto tinha cicatrizes avermelhadas de acne da adolescência, e onde não havia marcas, era descorado. A única faísca que havia em seus olhos cinzentos era de medo. *E de alguma outra coisa*, pensou Gamache. Hum. *Ela está com medo de alguém, mas esse alguém não sou eu.*

– Eu fui designada ao senhor – disse Nichol, observando-o com atenção. – O superintendente Francoeur me ligou hoje de manhã e pediu que eu me apresentasse. Também fiquei surpresa – explicou, tentando soar humilde, mas só conseguiu soar irritada. – Li as anotações de campo do senhor e do inspetor Beauvoir.

– Como?

– Bom, o superintendente encaminhou as anotações para a minha casa. E vi seu comentário sobre o fotógrafo e que o senhor considera isso a prioridade. Eu concordei…

– Que alívio ouvir isso.

– Achei que o senhor estava certo, só isso. Quer dizer, é claro que está – emendou ela, começando a ficar agitada. – Aqui.

Ela estendeu um pedaço de papel. Gamache o pegou e leu:
Saul Petrov, Rue Tryhorn nº 17.

– Eu procurei no mapa. Veja, aqui.

Ela pegou um mapa do bolso da jaqueta e o entregou a ele. Gamache não o pegou. Ficou só olhando para ela.

– Liguei para umas quinze corretoras de imóveis da área – continuou Nichol. – Ninguém conhecia esse homem. Finalmente, cheguei a um restaurante em St. Rémy, Le Sans Souci. As pessoas anunciam chalés para alugar lá. Eu falei com o proprietário e ele se lembrou de ter recebido uma ligação de um cara de Montreal há alguns dias. O cara alugou o chalé na hora. Então eu liguei para confirmar e não deu outra: era o fotógrafo. Saul Petrov.

– Você falou com ele?

– Falei, senhor. Eu precisei. Para confirmar a identidade dele.

– Vamos supor que ele seja o assassino. A esta altura, deve estar queimando as fotos ou fazendo as malas. Há quanto tempo você ligou?

– Umas duas horas – respondeu Yvette Nichol, num fiapo de voz.

Gamache respirou fundo e olhou para ela por um momento, depois saiu.

– Inspetor Beauvoir? Leve um agente com você e descubra se este é o fotógrafo que estamos procurando. Agente Lemieux, fique aqui. Preciso falar com você. – Ele se voltou para Nichol: – Me espere aqui, sentada.

Ela deixou o corpo cair na cadeira como se de repente lhe tivessem cortado as pernas.

Beauvoir pegou o papel, consultou o mapa preso na parede e saiu em questão de minutos, mas não sem antes dar uma boa olhada na agente Nichol: sentada na salinha apertada, ela tinha a pior aparência que uma pessoa ainda viva poderia ter. Com surpresa, ele sentiu certa empatia por ela. O lado ruim do inspetor-chefe Gamache era lendário. Não porque fosse terrível, mas porque ficava muito bem escondido. Quase ninguém o conhecia. Mas os que se deparavam com ele jamais o esqueciam.

– Tenho uma tarefa para você – disse Gamache a Lemieux. – Quero que vá a Montreal e faça umas perguntas para mim. É sobre uma mulher chamada Elle. Esse não é o nome verdadeiro dela. Ela morava na rua e foi assassinada logo antes do Natal.

– Isso tem a ver com o caso Poitiers?

– Não.

– Eu fiz alguma coisa errada?

Lemieux parecia desapontado.

– De forma alguma. É que eu preciso fazer umas perguntas sobre esse caso e vai ser um bom treino para você. Você nunca trabalhou em Montreal, não é?

– Mal conheço a cidade – admitiu Lemieux.

– Então essa é a sua chance – disse Gamache, vendo a ansiedade estampada no rosto do agente. – Você vai se sair bem. Eu não o mandaria até lá se não pensasse duas coisas: primeiro, que você consegue fazer isso, e segundo, que precisa fazer isso.

– O que o senhor quer que eu faça?

Gamache lhe explicou tudo, e os dois foram até o carro do chefe. Ele pegou a caixa de evidências no porta-malas e a entregou a Lemieux com algumas instruções.

Gamache seguiu com o olhar o carro do jovem agente atravessando a velha ponte de pedra e contornando a praça antes de subir a Rue du Moulin e sair de Three Pines. Gamache ficou ali parado na neve e depois voltou o olhar para as pessoas na praça. Algumas carregavam sacolas de compras da *boulangerie* da Sarah ou da mercearia do monsieur Béliveau. Famílias patinavam. Outras passeavam com o cachorro. Um deles, um filhote de pastor, rolava, cavava e jogava algum objeto desconhecido no ar.

Sentiu saudades de Sonny.

Através da cortina de neve, todo mundo parecia igual. Todos estavam embrulhados em parcas fofas e gorros que os tornavam anônimos.

E aquele era um dos problemas que eles enfrentavam. No inverno do Quebec, todos ficavam parecidos. Como marshmallows coloridos. Era difícil distinguir até os homens das mulheres. Rostos, cabelos, mãos, pés, corpos, tudo ficava coberto para evitar o frio. Mesmo que alguém tivesse visto o assassino, será que conseguiria identificá-lo?

Ele observou os cachorros brincarem e reconheceu, com um sorriso, com o que eles brincavam. A iguaria de inverno preferida de Sonny.

Cocô congelado. Picolé de cocô.

Até disso sentia saudades.

– Você não é bem-vinda na minha equipe, agente Nichol – disse Gamache, encarando aquele rosto assustado e cheio de cicatrizes alguns minutos depois.

Ele estava farto da manipulação, da arrogância e da raiva dela. Já estava farto disso na metade do caso anterior.

– Eu entendo, senhor. Não foi ideia minha. Eu sei a confusão que criei no último caso. Peço desculpas. O que posso fazer para provar que mudei?

– Você pode ir embora.

– Bem que eu gostaria – disse ela, e parecia mesmo chateada. – Eu sabia que o senhor reagiria assim e, honestamente, não o culpo. Não sei onde eu estava com a cabeça da última vez. Fui uma idiota. Uma arrogante. Mas acho que mudei. Um ano na Narcóticos.

Ela o encarou para ver se estava causando algum impacto. Não estava.

– Tchau, agente Nichol.

Ele saiu da sala, vestiu o casaco e entrou no carro sem olhar para trás.

– Sinto muito, inspetor-chefe, mas Kaye Thompson não está. Ela passou a noite na casa de uma amiga. Émilie Longpré.

A diretora da casa de repouso de Williamsburg parecia gentil e eficiente. A instituição fora instalada em um casarão com quartos amplos e bonitos, embora talvez fossem um pouco antiquados e definitivamente cheirassem a talco. Como os próprios moradores.

Armand Gamache pelo menos teve o bom senso de rir de si mesmo. Madame Longpré morava em Three Pines e talvez até fosse uma das figuras anônimas que ele vira caminhando pela praça. Tinha ficado tão bravo com a agente Nichol que saíra batendo o pé como a criança petulante que achava que ela era, depois pegara o carro e partira. Bem feito. Agora lá estava ele, a quilômetros de distância da testemunha antes tão próxima. Sorriu e deixou a diretora se perguntando o que aquele homem grande tinha achado tão engraçado.

Em vez de ir direto a Three Pines, Gamache estacionou na associação dos veteranos e entrou. O portão não estava trancado. A maioria dos lugares permanecia destrancada. Ele vagou pelo amplo saguão, ouvindo o eco baixo dos próprios passos no ambiente vazio. Uma abertura havia sido feita na parede, criando uma comunicação com a cozinha no estilo das lanchonetes. Gamache imaginou a agitação que tinha sido o café comunitário do dia 26, os cumprimentos gritados, os pedidos de mais chá ou café. Beatrice Mayer oferecendo sua bebida tóxica.

Mas por que ela era chamada de Mãe? Clara achava que ele era capaz de descobrir a resposta antes mesmo de conhecê-la. Beatrice Mayer? Mãe Bea? Gamache não fazia ideia, mas sabia que em algum momento ia entender. Era o tipo de charada que adorava.

Deixou-se levar de novo pela imaginação, juntando-se àquelas pessoas no café da manhã do dia 26. O lugar estava bem aquecido, alegre e decorado com os enfeites mais cafonas que se podia imaginar. Isso ele não precisava gastar um pingo de energia para recriar – tudo ainda estava lá. Estrelas e flocos de neve de plástico e papel crepom. A árvore de Natal, com pelo menos metade dos galhos de plástico faltando. Os sinos de papel e os bonecos de neve verdes e azuis desenhados com giz de cera pelas animadas e não tão talentosas crianças da cidade. O piano de armário no canto com certeza tinha sido usado para tocar canções natalinas. A sala devia ter sido preenchida pelo aroma de panquecas e xarope de bordo obtido das árvores nos arredores da cidade. De ovos e bacon canadense curado.

E CC e sua família? Onde será que tinham se sentado? Será que havia alguém com ela em sua última refeição? Será que alguém ali *sabia* que aquela seria a última refeição dela?

Uma daquelas pessoas sabia. Naquele dia, alguém tinha se sentado bem ali naquela sala, comido, bebido, rido e cantado músicas de Natal enquanto planejava um assassinato.

Ao sair, Gamache parou para se localizar, olhou as horas e partiu para o lago Brume. Sempre gostara de Williamsburg. Bem diferente da francesa St. Rémy, era uma cidade tradicionalmente inglesa, embora isso estivesse mudando à medida que as línguas e culturas se misturavam. Enquanto caminhava, Gamache reparava nas casas e lojas adoráveis, todas cobertas por uma neve do mais puro branco. Tudo estava quieto: aquela paz e calma típicas do inverno, como se a Terra estivesse descansando. Amortecidos pela neve, os carros quase não faziam barulho. As pessoas nas calçadas não faziam ruído algum, seus passos silenciosos. Todos os sons eram abafados. Tudo muito tranquilo.

Ele levou quatro minutos e meio para ir da associação até o lago. Não correu, mas contava com pernas longas e sabia que a maioria das pessoas demoraria um pouco mais. Ainda assim, era uma boa média.

Parou na beira da estrada e ficou olhando para o lago vazio e oculto pela neve. Mal se via o rinque de curling, e a única evidência real de que alguma coisa havia acontecido ali eram as arquibancadas, desertas e solitárias como se esperassem por uma companhia que nunca viria.

O que fazer com a agente Ivette Nichol? A tranquilidade do lugar lhe deu tempo para matutar sobre o problema. E que problema. Já tinha se enganado sobre ela uma vez, mas Armand Gamache não era homem de se enganar duas vezes.

Ela estava ali por alguma razão, e essa razão não era necessariamente a morte de CC de Poitiers.

Saindo de Three Pines, o inspetor Beauvoir tomou a direção de St. Rémy. Após alguns minutos percorrendo estradas secundárias arborizadas e nevadas, pegou uma rua menor e subiu até uma grande casa de madeira. Viera acompanhado por um agente, só por precaução. Bateu na porta e tentou parecer relaxado, talvez até distraído. Não era o caso. Estava pronto para começar uma perseguição a qualquer momento. Na verdade, estava torcendo por uma perseguição. Sentar e conversar eram a especialidade de Gamache. A dele era correr.

– *Oui?* – atendeu um homem de meia-idade desgrenhado.

– Monsieur Petrov? Saul Petrov?

– *Oui, c'est moi.*

– Viemos falar sobre o assassinato de CC de Poitiers. O senhor a conhecia, certo?

– Já não era sem tempo. Por que demoraram tanto? Tenho algumas fotos que podem ser do interesse de vocês.

GAMACHE SE LIVROU DO CASACO ENORME E arrumou a jaqueta e o suéter, que tinham ficado embolados. Ele fez uma pausa, organizou os pensamentos, depois foi até a salinha privada e fez uma ligação.

– Ah, é você, Armand? Recebeu o meu presente?

– Se o senhor está falando da agente Nichol, recebi, sim, superintendente Francoeur. *Merci* – disse Gamache, de maneira jovial.

– O que posso fazer por você hoje?

A voz de Francoeur era grave, suave e inteligente. Não dava nenhuma pista de que o dono daquela voz era um homem ardiloso, inescrupuloso e cruel.

– Eu queria saber por que o senhor enviou a agente Nichol para mim.

– É que me pareceu que você foi muito precipitado no seu julgamento, inspetor-chefe. A agente Nichol trabalhou por um ano aqui na Narcóticos e nós estamos muito satisfeitos com ela.

– Então por que a enviaram para mim?

– Você está questionando meu julgamento?

– Não, senhor. Longe de mim questionar o que o senhor faz, nunca é necessário.

Gamache sabia que havia acertado em cheio. O veneno derramado na linha preencheu o imenso e vazio silêncio.

– Por que você me ligou, Gamache? – disse a voz com rispidez, deixando o fingimento de lado.

– Eu queria agradecer ao senhor por ter me enviado a agente Nichol. *Joyeux Noël.*

Ele desligou, mas já tinha ouvido a linha cair do outro lado. Não precisava de outra resposta.

Gamache sabia que estava sendo impedido de tomar decisões no nível mais alto da Sûreté, um nível no qual já exercera bastante influência. Oficialmente, ainda era o chefe da Divisão de Homicídios e um oficial sênior da força policial, mas, na prática, as coisas tinham mudado. Desde o caso Arnot.

No entanto, fazia pouco tempo que percebera *quanto* tinham mudado. Ele não recebia mais nenhum pedido para que Beauvoir liderasse outras investigações. A agente Isabelle Lacoste tinha sido designada mais de uma vez para trabalhos menores em departamentos menores, assim como outros membros de sua equipe. Gamache não tinha achado estranho, julgara serem necessárias aquelas transferências temporárias. Nunca lhe havia ocorrido que sua equipe estivesse sendo punida por algo que ele havia feito. Até algumas semanas antes, quando o também superintendente Michel Brébeuf, que era seu amigo, o convidara para jantar. Após a refeição, Brébeuf o chamara à parte.

– *Ça va, Armand?*

– *Oui, merci, Michel.* Os filhos é que são uma dor de cabeça. Nunca escutam a gente. Luc largou o trabalho e quer viajar o mundo com Sophie e as crianças. Annie está se matando de trabalhar, defendendo a pobre da Alcoha de tantas acusações injustas. Imagine se uma empresa vai poluir o meio ambiente de propósito... – disse Gamache, com um sorriso debochado.

– Absurdo.

Brébeuf lhe ofereceu conhaque e um charuto. Gamache aceitou a bebida. Os dois então ficaram sentados no escritório de Brébeuf num silêncio amigável, ouvindo a Radio Canada e o murmúrio das risadas das mulheres.

– O que você queria me dizer? – perguntou enfim Gamache, virando-se na cadeira para Brébeuf.

– Um dia você ainda vai errar, Armand – disse o amigo, sorrindo, mais uma vez sem saber como Gamache tinha adivinhado o que ele estava pensando.

Mas Gamache não adivinhava tudo.

– Segundo você, Michel, eu já errei, e errei feio. Esse dia já veio e já foi.

– Não. Ainda não foi.

Pronto, lá estava o assunto. E quando o silêncio recaiu sobre os dois amigos como uma garoa, Gamache de repente entendeu o tamanho do problema. Também compreendeu que, sem querer, havia carregado consigo

Beauvoir e os outros da equipe. E agora todos estavam sendo enterrados sob camadas de mentiras e ódio.

– O caso Arnot não acabou, não é?

Gamache fitava os olhos fixos de Brébeuf. Sabia que o amigo tinha sido corajoso em lhe contar isso.

– Tome cuidado, Armand. Isso é bem mais sério do que você imagina.

– Acho que você tem razão – admitiu Gamache.

E agora o superintendente Francoeur enviara a agente Nichol de volta. Talvez não significasse nada, é claro. Provavelmente ela só os tinha perturbado tanto que Francoeur decidira devolvê-la para ele, como uma vingança boba. Sim, era a explicação mais plausível. Uma brincadeira de mau gosto, nada mais.

DEZESSETE

– Sucesso – disse Beauvoir, entrando a passos largos na sala de investigação aquecida e já tirando o casaco pesado.

Ele jogou na mesa o gorro, que foi logo seguido pelas luvas.

– O senhor tinha razão. O fotógrafo realmente tem fotos do dia.

– Maravilha – disse Gamache, dando um tapinha nas costas dele. – Vamos ver.

– Então. É que as fotos não estão com ele – respondeu Beauvoir, como se aquilo já fosse esperar demais.

– E onde estão? – perguntou Gamache, agora menos animado.

– Ele enviou o filme pelo correio para um laboratório em St. Lambert. Foi por envio expresso, então deve chegar amanhã.

– No laboratório.

– *Précisément*. – Beauvoir estava notando no chefe um entusiasmo um pouco menor do que gostaria. – Mas ele disse que tirou centenas de fotos do café da manhã e do jogo.

Beauvoir olhou em volta. Isabelle Lacoste parecia absorta no computador e Yvette Nichol estava sentada sozinha na outra ponta da mesa, como em uma ilha, observando o continente que era o inspetor-chefe.

– Ele viu alguma coisa? – quis saber Gamache.

– Eu perguntei. Ele falou que, como fotógrafo, fica tão concentrado no trabalho que não presta atenção em mais nada. Então ficou tão surpreso quanto os outros quando CC desabou. Mas ele também disse que estava ali para fotografar CC, e só CC. Parece que a câmera ficou voltada para ela o tempo todo.

– Então ele com certeza viu alguma coisa.

– Pode ter visto – reconheceu Beauvoir –, mas talvez não soubesse o que estava vendo. Se ela tivesse sido esfaqueada, espancada ou estrangulada, ele provavelmente teria reagido, mas o crime foi mais sutil. CC só levantou e tocou na cadeira que estava na frente dela. Não tem nada de estranho nisso, nada de ameaçador.

Era verdade.

– Por que ela fez isso? – perguntou Gamache. – O que você disse é verdade: isso com certeza não chamaria a atenção de ninguém, mas ainda assim é uma coisa estranha a se fazer. E a gente só tem a palavra do Petrov de que ele estava fotografando e não eletrocutando a cliente.

– Concordo – disse Beauvoir, aquecendo as mãos junto ao fogão a lenha e pegando a cafeteira. – Ele parecia ansioso para ajudar. Talvez ansioso demais.

No mundo de Beauvoir, qualquer um disposto a colaborar era imediatamente considerado suspeito.

ÉMILIE LONGPRÉ PÔS A MESA PARA TRÊS, dobrando e alisando os guardanapos de pano mais do que o necessário. Havia algo de reconfortante na repetição daquele gesto. Mãe Bea ainda não havia chegado, mas logo estaria ali. De acordo com o relógio de parede da cozinha, a aula de meditação que Mãe Bea dava ao meio-dia acabaria em breve.

Kaye estava tirando um cochilo, mas Émilie não conseguia descansar. Em circunstâncias normais, ela estaria sentada em silêncio com uma xícara de chá e o *La Presse* do dia, mas, em vez disso, estava tirando a poeira dos livros de culinária e regando plantas já encharcadas. Qualquer coisa para distrair a mente.

Ela se ocupou com a sopa de ervilha, mexendo a panela grande para garantir que todos os sabores se combinassem. Henri estava sentado pacientemente aos seus pés, fitando-a com seus intensos olhos castanhos, como se pudesse, com a força do pensamento, fazer o osso levitar da panela e entrar em sua boca ávida. Balançando o rabo enquanto Em andava de um lado para outro na cozinha, ele fazia questão de entrar no caminho dela sempre que podia.

O pão de milho estava pronto para ir ao forno. Quando terminasse de assar, Mãe Bea já teria chegado.

Dito e feito: meia hora depois, o carro de Mãe Bea parava em frente à casa de Em. Ela saiu e avançou sem hesitação pelo caminho escorregadio. Seu centro de gravidade era tão baixo que Kaye dizia que Bea não conseguiria cair nem se quisesse. Tampouco se afogar. Por alguma razão que Em desconhecia, Kaye nunca se cansava de analisar as maneiras pelas quais Bea poderia encontrar o Criador. Mãe Bea sempre retribuía explicando que pelo menos O encontraria.

Agora as três amigas se serviam de tigelas de sopa e fatias de pão fresco tão quente que a manteiga derretia. Estavam à confortável mesa da cozinha. Henri se enroscou debaixo da mesa, implorando por migalhas.

Dez minutos depois, quando Gamache chegou, a comida ainda estava diante delas, fria e intocada. Se Gamache tivesse se esgueirado até a janela lateral e olhado para dentro, teria visto as três amigas de mãos dadas ao redor da mesa, fazendo uma oração que parecia não ter fim.

– NÃO SE PREOCUPE COM A NEVE, inspetor-chefe – disse Em quando Gamache olhou para trás, reparando nas pegadas deixadas por eles no piso de pedra do vestíbulo. – Eu e Henri estamos sempre criando trilhas pela casa.

Ela apontou com a cabeça para um filhote de pastor-alemão de cerca de 6 meses, que parecia prestes a explodir de animação. O cachorro balançava o rabo furiosamente e sacudia o traseiro com tanta intensidade que Gamache temeu que entrasse em combustão.

Se apresentaram, tiraram as botas e pediram desculpa por interromper o almoço. A cozinha cheirava a sopa de ervilha caseira e pão fresco.

– Namastê – saudou Mãe Bea, unindo as mãos e fazendo uma discreta mesura para os visitantes.

– Ai, meu Deus – disse Kaye. – De novo, não.

– Namastê? – perguntou Gamache.

Beauvoir só não tinha feito essa pergunta porque ela era velha, *anglaise* e vestia um cafetã roxo. Pessoas assim diziam coisas ridículas o tempo todo.

O chefe retribuiu a mesura, solenemente. Beauvoir fingiu não ver.

– É uma venerável saudação ancestral – explicou Beatrice Mayer, alisando o cabelo ruivo indomado e lançando um olhar preocupado para Kaye, que simplesmente a ignorou.

– Posso? – perguntou o chefe, apontando para Henri.

– Por sua conta e risco, *monsieur*. O senhor pode acabar sufocado com lambidas – advertiu Em.

– É mais provável que se afogue na baba – disse Kaye, virando-se para voltar para dentro.

Gamache se ajoelhou e afagou as orelhas de Henri, que se erguiam como duas velas de barco infladas. Na mesma hora, o cachorro se deitou de costas e exibiu a barriga para ser acariciada, o que Gamache fez prontamente.

Em conduziu os visitantes à sala de estar. A casa era convidativa e confortável como a de uma avó, parecia que nada de ruim poderia acontecer ali. Até Beauvoir relaxou e se sentiu à vontade. Gamache suspeitou que todos se sentissem confortáveis ali. E com aquela mulher.

Émilie então pediu licença e voltou pouco depois com duas tigelas de sopa.

– Os senhores parecem estar com fome – disse ela simplesmente, e voltou à cozinha.

Antes que pudessem protestar, eles se viram sentados perto da lareira, diante de mesinhas com tigelas fumegantes de sopa e uma cesta de pães de milho. Gamache sabia que tinha sido um pouco dissimulado. Com certeza poderia ter falado alguma coisa para impedir que as três senhoras já idosas os servissem, mas Émilie tinha razão: eles estavam com fome.

Agora, os investigadores comiam e ouviam o trio de senhoras responder às suas perguntas.

– Pode nos contar o que aconteceu ontem? – pediu Beauvoir a Kaye. – Eu soube que estava acontecendo uma partida de curling.

– A Mãe tinha acabado de limpar a casa – começou Kaye.

Beauvoir se arrependeu imediatamente de ter começado por ela.

Nada naquela frase fazia sentido.

A Mãe tinha acabado de limpar a casa. *Rien*, sentido nenhum. Mais uma inglesa maluca. A diferença era que aquela não o surpreendia muito. Podia até vê-la de camisa de força no manicômio. Ela se sentou diante dele, praticamente submersa em várias camadas de suéteres e xales. A mulher parecia um cesto de roupa suja. Com uma cabeça. Uma cabeça pequenininha e gasta. Todos os dez fios de cabelo de seu minúsculo e enrugado couro cabeludo estavam eriçados com a estática da casa no inverno.

Ela parecia um fantoche de cordas.

– *Désolé, mais qu'est-ce que vous avez dit?* – tentou Beauvoir de novo, em francês.

– A. Mãe. Tinha. Acabado. De. Limpar. A. Casa – repetiu a senhora, de maneira nítida e com uma voz surpreendentemente forte.

Gamache, que observava tudo, notou que Émilie e Beatrice trocavam sorrisos. Não de maneira maliciosa, mas como se estivessem diante de uma piada conhecida, como se tivessem convivido com aquilo a vida toda.

– Nós estamos falando da mesma coisa, madame? Da partida de curling?

– Ah, já entendi – respondeu Kaye, rindo.

Era uma risada gostosa, notou Beauvoir. O rosto desconfiado e contraído dela de repente se tornou bastante agradável.

– Sim, acredite ou não, eu estou falando do jogo. A Mãe é ela – explicou Kaye, apontando um dedo nodoso para a amiga de cafetã.

Por alguma razão, aquilo não o surpreendeu. Tinha antipatizado instantaneamente com "Mãe", e aquele era só mais um motivo para isso. Mãe. Quem insistia em ser chamada de "Mãe"? A menos que a mulher fosse Maria, a mãe de Jesus.

Ela cheirava a problema, teve certeza disso. Podia sentir, embora jamais usasse esse tipo de palavra, ainda mais na frente de Gamache.

– O que isso quer dizer, madame? – perguntou Beauvoir, virando-se para Kaye e dando uma mordida no pão de milho, tentando impedir que a manteiga escorresse pelo queixo.

– "Limpar a casa" é um termo usado no curling – explicou Kaye. – A Em pode explicar melhor. Ela era a *skip*. É a capitã da equipe.

Beauvoir se virou para Émilie. Os olhos azuis dela eram gentis, vivazes e talvez um pouco cansados. O cabelo estava tingido de um castanho-claro sutil e o penteado harmonizava com o rosto. Ela parecia calma e atenciosa e lhe lembrava Reine-Marie Gamache. Ele olhou de relance para o chefe, que escutava com a tranquila concentração de sempre. Será que, quando olhava para madame Longpré, o chefe via a própria esposa dali a trinta anos?

– O senhor já jogou curling, inspetor? – perguntou Em.

Beauvoir ficou surpreso (ofendido até) com a pergunta. Curling? Ele era centroavante do time de hóquei da Sûreté. Aos 36, derrotava homens dez anos mais jovens. Curling? Tinha vergonha só de pensar na palavra.

– Estou vendo que não – continuou Em. – Uma pena. É um esporte maravilhoso.

– Esporte, madame?

– *Mais oui*. Muito difícil. Exige bastante equilíbrio e uma coordenação precisa entre olhos e mãos. O senhor devia tentar.

– A senhora poderia nos mostrar?

Era a primeira vez que Gamache falava desde que havia se sentado. Ele olhou para Em de maneira afetuosa e ela sorriu de volta, inclinando a cabeça.

– Que tal amanhã de manhã?

– Perfeito – respondeu Gamache.

– A senhora poderia descrever o que aconteceu e quando percebeu que tinha algo errado? – pediu Beauvoir a Émilie.

Talvez fosse melhor tentar com a mais equilibrada.

– A gente estava jogando fazia quase uma hora. Para caber no torneio, os jogos eram mais curtos que o normal. Sem contar que estávamos ao ar livre e não queríamos que as pessoas passassem tanto frio.

– Não adiantou nada – comentou Kaye. – Estava um gelo. Acho que eu nunca senti tanto frio na vida.

– A gente estava perdendo, como sempre – continuou Em. – A certa altura, eu percebi que o outro time tinha colocado um monte de pedras na casa. – Ao ver a expressão de Beauvoir, ela explicou: – A casa é o alvo, aqueles anéis vermelhos pintados no gelo. É para lá que as pedras têm que ir. O outro time estava jogando bem e a casa estava cheia de pedras deles. Então eu pedi para a Mãe fazer o que a gente chama de "limpar a casa".

– Eu pego bastante impulso e arremesso a minha pedra no gelo.

Mãe Bea se levantou, balançou o braço direito para a frente e para trás e, com um movimento rápido, se abaixou e o levou de volta para a frente, como um pêndulo.

– A minha pedra bate no gelo e joga o maior número possível de pedras para fora da casa.

– Lembra um pouco a tacada inicial da sinuca – disse Beauvoir, percebendo pelo rosto das mulheres que aquela comparação fazia tanto sentido para elas quanto "limpar a casa" fazia para ele.

– É muito divertido – disse Mãe Bea.

– Na verdade – acrescentou Em –, é tão divertido que se tornou uma tradição do torneio de 26 de dezembro. Tenho certeza que a maioria das pessoas só aparece para ver a Mãe limpar a casa.

– É bem dramático, vai pedra pra todo lado – contou Mãe Bea.

– E barulhento – completou Kaye.

– Isso normalmente sinaliza o fim do jogo. Depois, a gente desiste – disse Em. – Daí todo mundo volta para a associação para tomar rum amanteigado.

– Com exceção de ontem – disse Beauvoir. – O que aconteceu ontem?

– Eu não sabia que tinha acontecido alguma coisa até todo mundo começar a correr na direção de Kaye e CC de Poitiers – contou Mãe Bea.

– Nem eu – disse Em. – Eu estava olhando para a pedra da Mãe. Como todo mundo, aliás. O público estava aplaudindo bastante, mas de repente parou. Eu pensei que...

– O quê, madame? – instou Gamache, reparando na expressão de perturbação dela.

– Ela pensou que eu tivesse morrido – disse Kaye. – Não foi?

Émilie fez que sim com a cabeça.

– Ainda não foi dessa vez – comentou Mãe Bea. – Ela vai sobreviver a todas nós. Já tem 145 anos.

– Você está confundindo, esse é o meu QI – disse Kaye. – Na verdade, eu tenho 92 anos. A Mãe tem 78. São poucas as pessoas com a idade maior que o QI.

– Quando as senhoras perceberam que tinha alguma coisa errada? – perguntou Beauvoir a Kaye casualmente, tentando não transparecer que aquela era a pergunta mais importante.

Ali, sentada diante deles, estava a única testemunha real do crime.

Kaye pensou por um instante. Seu rosto pequeno e enrugado lembrava uma batata esquecida ao sol.

– Essa mulher que morreu, a CC... Ela estava na cadeira da Em. A gente sempre leva as nossas cadeiras de praia, para ficar perto do aquecedor. As pessoas foram muito gentis e deixaram a gente pegar os lugares mais quentes. Com exceção daquela mulher horrorosa...

– Kaye – censurou Émilie.

– Ela era horrorosa mesmo, todo mundo sabia disso. Vivia dando ordens para as pessoas, trocando as coisas de lugar, ajeitando… Quando eu coloquei o saleiro e o pimenteiro nas mesas para o café da manhã, na associação, ela saiu mexendo em todos eles. E ainda reclamou do chá.

– O meu chá – disse Mãe. – Ela nunca tinha tomado uma tisana natural e orgânica à base de ervas, embora jurasse que já foi à Índia.

– Gente, por favor – insistiu Em. – A pobre da mulher está morta.

– CC estava sentada ao meu lado, a um metro e meio mais ou menos. Como eu disse, estava muito frio e eu me enchi de roupa. Talvez eu tenha cochilado. Depois disso, só me lembro de ver CC de pé em frente à cadeira da Mãe, segurando o encosto como se fosse arremessar a cadeira. Só que ela estava meio que tremendo. Todo mundo em volta estava torcendo e aplaudindo. Foi quando reparei que CC não estava torcendo, e sim gritando. Então ela largou a cadeira e caiu.

– E o que a senhora fez?

– Eu me levantei para ver o que tinha acontecido, é claro. Ela estava caída de costas e tinha um cheiro estranho no ar. Acho que eu devo ter gritado, porque só me lembro de ver um monte de gente se aproximar. Aí Ruth Zardo assumiu o controle. Mulher autoritária. E a poesia dela é horrível. Sem rima nenhuma. Prefiro um bom Wordsworth.

– Por que CC se levantou? – apressou-se em perguntar Beauvoir, antes que Kaye, Gamache ou ambos começassem a recitar versos.

– Como é que eu vou saber?

– A senhora viu mais alguém perto das cadeiras? Alguém, digamos, se debruçando sobre elas? Ou talvez derramando alguma bebida?

– Ninguém – respondeu Kaye com convicção.

– Madame De Poitiers falou com a senhora? – perguntou Gamache.
Kaye hesitou.

– Ela parecia incomodada com a cadeira da Mãe. Acho que tinha alguma coisa na cadeira que estava irritando CC.

– O quê? Você não me contou isso – disse Mãe Bea. – O que podia estar incomodando CC além do fato de a cadeira ser minha? Ela estava ali para me provocar, aquela mulher. E acabou morrendo segurando a minha cadeira.

O rosto de Mãe Bea ficou da cor do cafetã, e a amargura em sua voz tomou a sala antes calma e tranquila. Então ela pareceu se dar conta de como havia falado e se recompôs.

– O que quer dizer com isso, madame? – perguntou Gamache.

– Como assim?

– A senhora disse que madame De Poitiers estava ali para te provocar. O que quis dizer com isso?

Mãe Bea olhou para Émilie e Kaye, de repente perdida e assustada.

– Ela quis dizer que CC de Poitiers era uma mulher estúpida, sem graça e vingativa – disse Kaye, indo em socorro da amiga. – E teve o que merecia.

O agente Robert Lemieux estava nas entranhas da sede da Sûreté, em Montreal, um prédio que ele só tinha visto em cartazes de recrutamento, nunca presencialmente. Nos cartazes, havia também um grupo de cidadãos felizes reunidos respeitosamente ao redor de um policial com o uniforme da Sûreté. Outra coisa que ele nunca tinha visto na vida real.

Encontrou a porta, fechada. Gravado no vidro fosco estava o nome que o inspetor-chefe Gamache lhe tinha dado.

Lemieux bateu na porta e ajeitou a alça de couro da bolsa-carteiro no ombro.

– *Venez!* – rosnou a pessoa lá dentro.

Um homem magro e quase careca ergueu os olhos detrás da mesa. Uma luminária pequena, que formava uma poça brilhante sobre a mesa, era a única fonte de luz na sala. Lemieux não enxergava o suficiente para identificar se o ambiente era minúsculo ou cavernoso, mas tinha um palpite. Sentia-se claustrofóbico.

– Você é o Lemieux?

– Sim, senhor. Vim por ordem do inspetor-chefe Gamache.

Ele deu um passo adiante naquela sala com cheiro de formol ocupada pelo homenzinho intenso.

– Eu sei. Senão eu nem te receberia. Estou ocupado. Pode me entregar o material.

Lemieux vasculhou a bolsa e pegou a foto da mão suja de Elle.

– E...?

– Aqui, está vendo? – disse Lemieux, apontando para o meio da mão.

151

– Essas manchas de sangue?

Lemieux assentiu, tentando transmitir confiança e pedindo a Deus que aquele homem ríspido não perguntasse por quê.

– Estou entendendo. Extraordinário. Bom, diga ao inspetor-chefe Gamache que ele terá uma resposta quando for possível. Agora pode ir.

E foi exatamente o que Lemieux fez.

– Isso foi interessante – comentou Beauvoir.

Ele e Gamache estavam caminhando sobre a neve acumulada em direção à sala de investigação.

– O que você achou interessante? – perguntou Gamache, unindo as mãos nas costas.

– A Mãe. Ela está escondendo alguma coisa.

– Talvez. Mas será que ela poderia ser a assassina, se estava jogando o tempo todo?

– Ela pode ter eletrificado a cadeira antes do jogo.

– É verdade. E pode ter jogado o líquido, o limpador de para-brisas. Mas como ela teria feito CC tocar na cadeira antes dos outros? Tinha crianças correndo por ali, qualquer uma delas podia tocar na cadeira. Kaye também.

– Aquelas duas brigaram o tempo todo enquanto a gente estava lá. Talvez fosse para madame Thompson ter sido eletrocutada. Talvez a Mãe tenha matado a pessoa errada.

– É possível – disse Gamache. – Mas eu não acho que madame Mayer fosse arriscar outras vidas.

– Então todos os jogadores estão fora de suspeita? – perguntou Beauvoir, decepcionado.

– Eu acho que sim, mas amanhã, quando encontrarmos madame Longpré no lago, saberemos melhor.

Beauvoir suspirou.

Ele estava francamente surpreso que a comunidade inteira não tivesse morrido de tédio. Só falar sobre curling já lhe havia tirado a vontade de viver. Aquilo era uma piada dos ingleses, uma desculpa para usar xadrez e gritar. A maioria dos ingleses, ele havia notado, não gostava de levantar a voz. Os francófonos estavam sempre gesticulando, gritando e se abraçando. Beauvoir nem sabia por que os ingleses tinham braços, exceto, talvez, para carregar todo o dinheiro deles. O curling pelo menos lhes dava uma oportunidade para desabafar, descarregar a tensão. Ele havia assistido a uma partida do campeonato anual na TV certa vez. Só se lembrava de ter visto um monte de homens segurando vassouras e olhando para uma pedra enquanto os outros gritavam.

– Como alguém pode ter eletrocutado CC de Poitiers sem ninguém perceber? – perguntou Beauvoir enquanto eles entravam na sala aquecida, batendo as botas para se livrar do excesso de neve.

– Não sei – admitiu Gamache, passando direto pela agente Nichol, que tentava fazer contato visual.

Ela continuava sentada à mesa vazia em que estava quando ele saíra.

Gamache sacudiu e pendurou o casaco. Ao seu lado, Beauvoir limpava meticulosamente a fina camada de neve dos ombros.

– Ainda bem que eu não tenho que tirar essa neve com a pá.

– "Se todos os homens retirassem a neve da própria casa, a cidade inteira seria transitável" – disse Gamache. Ao ver a expressão intrigada de Beauvoir, acrescentou: – Emerson.

– Lake and Palmer?

– Ralph Waldo.

Gamache voltou para sua mesa. Sabia que deveria estar concentrado no caso, mas percebeu que ainda remoía a presença de Nichol. Será que a relação dos dois tinha chegado a um ponto em que não havia mais salvação?

Emerson, Ralph e Waldo? O que era isso?, pensou Beauvoir. Provavelmente alguma banda hippie obscura da década de 1960. Aquela letra de música nem fazia sentido.

Enquanto Beauvoir cantarolava "Lucky Man" baixinho, Gamache lia e-mails e se atualizava dos avanços da equipe. Por fim, vestiu o casaco, o gorro e as luvas e saiu.

Deu voltas e voltas na praça, debaixo de neve. Passou por algumas pessoas com raquetes de neve nos pés e outras deslizando em esquis cross--country. Acenou para os moradores que limpavam a entrada das casas. Billy Williams apareceu dirigindo um veículo limpa-neve, jogando cascatas brancas para fora das ruas, bem no jardim dos moradores. Ninguém parecia se importar. Que diferença fazia meio metro a mais?

Durante todo o passeio, Gamache não parava de pensar no caso.

DEZOITO

– Senhor!
– Senhor!
– Senhor!

Ao entrar na sala de investigação, Gamache foi recebido por um coro de pessoas querendo falar com ele.

– Senhor, o agente Lemieux está na linha, ligando de Montreal.

– Peça a ele que espere um segundo. Vou atender dali – respondeu Gamache, indicando o pequeno escritório com a cabeça.

– Senhor! – chamou a agente Isabelle Lacoste, do outro lado da sala. – Estou com um problema aqui.

– Senhor – chamou Beauvoir, surgindo ao lado dele. – Ligamos para o laboratório para saber das fotos. Eles ainda não as receberam, mas vão avisar assim que os rolos chegarem.

– Ótimo. Vá ajudar a agente Lacoste. Eu já volto. Agente Nichol?

A sala inteira parou. Parecia impossível aquela cacofonia cessar tão rápido, mas foi o que aconteceu. Todos os olhos se voltaram para Nichol e, depois, para Gamache.

– Venha comigo.

Todos os olhos – e Nichol – seguiram Gamache até a salinha minúscula.

– Sente-se, por favor – disse Gamache, apontando com a cabeça para a única cadeira da sala. Então pegou o telefone e pediu para falar com Lemieux. – Agente? Onde você está?

– Estou na Old Brewery Mission, a instituição de caridade. Mas acabei de sair da sede. Ele vai fazer o que o senhor pediu.

– Tem ideia de quando?

– Não, senhor.

Gamache sorriu. Imaginou Lemieux naquela sala horrível com aquele homem brilhante, talentoso e terrível. Pobre Lemieux.

– Bom trabalho.

– Obrigado. Mas o senhor estava certo: eles conheciam a mulher, aqui na instituição.

Ele estava animado como se tivesse acabado de descobrir a fissão nuclear.

– Eles a conheciam como Elle?

– Sim, senhor. Não souberam informar sobrenome. Mas o senhor estava certo sobre aquela outra coisa. Eu estou com o diretor da instituição, o senhor quer falar com ele?

– Qual é o nome dele?

– Terry Moscher.

– *Oui, s'il vous plaît*. Pode colocar o Sr. Moscher na linha.

Após uma pausa, uma voz grave e confiante surgiu na linha:

– *Bonjour*, inspetor-chefe.

– Monsieur Moscher, eu queria deixar claro que esta não é a nossa jurisdição. Este assassinato aconteceu em Montreal, mas fomos convidados a fazer algumas perguntas com discrição.

– Eu entendo, inspetor-chefe. Em resposta à sua pergunta, Elle se isolava muito. A maioria deles faz isso aqui, então eu não a conhecia muito bem; ninguém da equipe a conhecia. Mas eu andei perguntando e alguns funcionários da cozinha se lembram de tê-la visto com um colar, uma antiga joia de prata, eles acham.

Gamache fechou os olhos e rezou por uma boa resposta à pergunta seguinte.

– Alguém lembra como era essa joia?

– Não. Eu perguntei, e uma cozinheira contou que uma vez falou disso para puxar assunto com Elle, e ela imediatamente cobriu o cordão. Parecia importante para ela. Mas, para os moradores de rua, coisas estranhas podem ser importantes. Eles têm fixações, obsessões. Essa parecia ser uma das de Elle.

– Uma das? Ela tinha outras?

– Provavelmente, mas não sabemos. Tentamos respeitar a privacidade deles.

– Não vou tomar mais do seu tempo, monsieur Moscher. O senhor deve estar ocupado.

– O inverno sempre é uma época movimentada. Espero que o senhor descubra quem matou Elle. Normalmente são as temperaturas baixas que acabam levando os sem-teto. Hoje à noite vai fazer um frio mortal.

Os dois desligaram com a sensação de que teria sido bom conhecer um ao outro.

– Senhor – disse Beauvoir, enfiando a cabeça pelo vão da porta –, pode dar uma olhada numa coisa? É algo que a agente Lacoste levantou.

– Um minuto.

Beauvoir fechou a porta, mas não sem antes olhar de esguelha para Nichol, sentada na cadeira como uma estátua, vestida com roupas sem graça e mal ajustadas, com um corte de cabelo fora de moda há dez anos, os olhos e a pele cinzentos. A maioria das mulheres do Quebec – em especial aquelas nascidas ali – era estilosa e até elegante. As jovens usavam vestidos ousados. Até mesmo na Sûreté. A agente Lacoste, por exemplo, embora fosse apenas um pouco mais velha que Nichol, parecia pertencer a outro mundo. Tinha um ar impetuoso. Seu cabelo era curto e elegante, e suas roupas, simples mas com uma pitada de cor e personalidade. É claro que os trajes e a postura de Nichol também eram únicos. Ela se distinguia pela monotonia. Beauvoir queria ficar e ouvir o baita sermão que o chefe daria nela por ousar aparecer lá de novo.

Assim que a porta se fechou, Gamache se virou para examinar a jovem à sua frente.

Ela o irritava. Aquela postura patética, de autocomiseração, o tirava do sério. Ela era manipuladora, amarga e arrogante. Ele sabia disso.

Mas também sabia que havia errado.

Era nisso que pensava enquanto dava voltas na praça. Rodava e rodava, mas sempre voltava ao mesmo lugar.

Ele havia errado.

– Me desculpe – começou ele, olhando bem nos olhos dela.

Nichol o encarou com ansiedade, preparando-se para ouvir o que vinha pela frente. *Desculpe, mas você está fora da equipe. Desculpe, mas você vai embora. Desculpe, mas você é uma fracassada patética e não vai chegar nem perto dessa investigação.*

E ela estava certa. Havia mais.

– Eu ignorei você, e isso foi errado.

Ela continuou esperando, observando o rosto dele. Observando aqueles olhos castanho-escuros tão severos e compassivos. Ele a olhava com as mãos cruzadas casualmente na frente do corpo, o cabelo e o bigode bem penteados. A salinha cheirava levemente a sândalo. Era tão sutil que ela se perguntou se estava imaginando aquilo, mas não. Todos os seus sentidos estavam aguçados, aguardando a execução, a frase seguinte, que a mandaria de volta a Montreal em pura desgraça. De volta à Narcóticos. E à sua minúscula e impecável casa no extremo leste de Montreal, com a horta frontal coberta de neve e o pai, tão orgulhoso do sucesso dela.

Como contaria a ele que tinha sido expulsa da equipe, de novo? Aquela era a sua última chance. Muita gente contava com ela. Não só o pai, mas também o superintendente.

– Eu vou te dar outra chance, agente. Quero que você levante os antecedentes de Richard Lyon e da filha, Crie. Escolas, situação financeira, amigos e família. Quero essas informações para amanhã de manhã.

Nichol se levantou como se estivesse em um sonho. À sua frente, o inspetor-chefe Gamache tinha um sorrisinho nos lábios e um olhar caloroso pela primeira vez desde que ela chegara.

– Você disse que mudou, certo? – perguntou ele.

Nichol aquiesceu.

– Eu sei que fui péssima da última vez. Peço mil desculpas. Vou trabalhar melhor desta vez. De verdade.

Ele a observou com bastante atenção e assentiu. Então estendeu a mão.

– Ótimo. Talvez a gente possa começar de novo. Do zero.

Ela deslizou a mão pequena dentro da dele.

O idiota tinha acreditado nela.

Do lado de fora, Beauvoir viu o aperto de mão e torceu fervorosamente para que fosse uma despedida, mas tinha suas dúvidas. Nichol então saiu da sala, apressada.

– Me diga que não fez isso.

– Não fiz o quê, Jean Guy?

– O senhor sabe muito bem. Ela voltou para a equipe?

– Não tive escolha. O superintendente Francoeur me designou Nichol.

– O senhor podia ter se negado a aceitá-la.

Gamache sorriu.

– Escolha as suas batalhas, Jean Guy. E eu não preciso lutar nessa. Sem contar que ela pode ter mudado mesmo.

– Ai, meu Deus. Quantas vezes o senhor vai tentar chutar essa mesma bola para o gol?

– Você acha que eu estou cometendo o mesmo erro de novo?

– E não está?

Gamache olhou pela janela e viu Nichol já trabalhando.

– Bom, pelo menos da próxima vez vou saber a hora de me encolher para evitar o golpe.

– O senhor já está se encolhendo um pouco agora, se acovardando. Não acredita realmente nela, acredita?

Gamache deixou a salinha e foi até a estação da agente Isabelle Lacoste.

– O que temos aqui?

– Eu passei a manhã toda pesquisando e não encontrei nada sobre Cecilia de Poitiers ou os pais dela. Nada. Dei uma olhada no livro dela, a propósito bizarro, em busca de alguma pista. O senhor mencionou a França, então fiz um pedido de pesquisa na Sûreté de lá. Recebi esta resposta faz meia hora.

Gamache se abaixou para ler o e-mail na tela do computador:

Não temos tempo para brincadeiras.

– Droga – disse Gamache. – O que você fez?

– Eu escrevi assim – disse Lacoste, mostrando outro e-mail para ele.

Prezados babacas,

Vocês são um bando de puxa-sacos imbecis da todo-poderosa Sûreté de Paris e estão tão preocupados com o próprio umbigo que não reconheceriam um pedido legítimo nem que ele mordesse o rabo murcho de vocês. Aqui nós solucionamos crimes, enquanto vocês sonham com o dia em que vão ter metade da nossa inteligência, seus cretinos de merda.

Atenciosamente,

Agente Isabelle Lacoste, Sûreté du Québec.

– É, talvez não seja a melhor forma de responder... – disse Gamache, sorrindo.

Beauvoir estava impressionado. E ansioso por explorar sua nova fantasia.

– Não enviei – disse Lacoste, fitando a mensagem com melancolia. – Em vez disso, liguei para a equipe de Homicídios de Paris. Se não retornarem em alguns minutos, vou ligar de novo. Eu não entendi a resposta deles. O senhor já lidou com eles?

– Algumas vezes. Mas nunca recebi uma resposta como essa.

Ele releu a mensagem. Mais uma coisa que não fazia sentido naquele caso. Por que tinham achado que era uma brincadeira?

Gamache se sentou a sua mesa e começou a examinar a pilha de papéis e os e-mails que o aguardavam. Deparou-se então com a lista do que havia no lixo de CC de Poitiers, feita por Lemieux. Era uma checagem de rotina que raramente rendia alguma coisa, já que os assassinos raramente eram burros o suficiente para descartar evidências na própria casa. Mas Richard Lyon tinha parecido se não burro, pelo menos perto disso.

Pegou um café, sentou-se novamente e começou a ler:

Alimentos variados
Caixas de leite e de pizza
Uma pulseira velha e quebrada
Duas garrafas de vinho barato
Jornais
Caixa de cereal Fruit Loops vazia
Uma fita de vídeo (O leão no inverno)
Garrafas de suco de plástico
Embalagens de chocolate
Papel de presente
Caixa da loja inuíte de Montreal

Aquelas pessoas com certeza não acreditavam em reciclagem, pensou Gamache. Ele deduziu que a fita estava quebrada e que a loja inuíte era onde ela tinha comprado as tais botas. Não havia nada que pudesse ser conectado a um aquecedor. Tampouco uma embalagem vazia de limpador de para-brisas.

Seria mesmo pedir demais.

Saul Petrov andava de um lado para outro no chalé alugado. Lá fora, a neve começava a abrandar. Será que deveria contar à polícia o que CC havia dito? Ela estava procurando alguma coisa em Three Pines, tinha deixado isso bem claro. Era dinheiro, com certeza. Será que havia encontrado?

Naquela manhã, Saul havia visitado o marido dela depois de falar com os investigadores da Sûreté, só para dar uma olhada na casa e talvez bisbilhotar um pouco. Richard Lyon foi frio com ele; hostil até. Petrov ficou surpreso. Não imaginava que aquele homem fosse capaz de se defender. Richard sempre parecera tão fraco, tão desajeitado... Mas conseguiu deixar claro que Saul não era bem-vindo ali.

Saul sabia que Richard tinha um bom motivo para não gostar dele. E em breve teria mais motivos.

Agora, Petrov andava de um lado para outro na sala com móveis estofados, chutando os jornais na direção da lareira. Estava perdendo a paciência. O que deveria dizer à polícia? O que deveria omitir? Talvez fosse melhor esperar até que as fotos fossem reveladas. Tinha contado a verdade. De fato, havia enviado as fotos ao laboratório. Mas não todas. Tinha ficado com um rolo. Um rolo que podia lhe render dinheiro suficiente para finalmente se aposentar, talvez comprar aquela casa e fazer parte da comunidade de Three Pines. Talvez até descobrir quem era o artista fantástico cujo portfólio CC havia jogado no lixo.

Ele sorriu para si mesmo. CC podia não ter encontrado seu tesouro em Three Pines, mas ele tinha. Pegou o rolinho de filme e ficou olhando aquele pequeno objeto preto muito rígido na palma da mão. Ele era um homem ético, embora sua ética fosse situacional e aquela fosse uma situação bem promissora.

— *Vous avez dit "l'Aquitaine"? J'ai besoin de parler à quelqu'un là-bas? Mais pourquoi?*

Isabelle Lacoste se esforçava para não deixar a irritação transparecer. Sabia que sua maior irritação era consigo mesma. Estava se sentindo uma idiota. Não era algo que lhe acontecesse com frequência, mas lá estava um agente bastante paciente e, ao que tudo indicava, inteligente da Sûreté de Paris a orientando a ligar para a Aquitânia. Ela nem sabia o que era a Aquitânia.

– O que é a Aquitânia? – precisou perguntar, já que não perguntar seria ainda mais idiota.

– É uma região da França – respondeu ele com uma voz anasalada.

Ainda assim, era uma voz agradável, e ele não estava tentando fazer com que ela se sentisse mal, apenas tentava passar uma informação.

– Mas por que eu devo ligar para lá? – perguntou ela, sentindo que aquilo estava virando uma espécie de jogo.

– Por causa dos nomes que você me deu, é claro. Eleanor de Poitiers. Eleanor da Aquitânia. Esse é o número da polícia de lá.

Ele lhe passou o número. Quando Lacoste ligou, o policial de lá também riu e disse que não, ela não podia falar com Eleanor de Poitiers, "a não ser que você esteja planejando morrer em breve".

– Como assim?

Ela já estava farta de ouvir risadas e de fazer a mesma pergunta. Ainda assim, ao trabalhar com Gamache, tinha a oportunidade de observar a paciência quase infinita dele e sabia que isso era justamente o que a situação exigia.

– Ela está morta – esclareceu o policial.

– Morta? Ela foi assassinada?

Mais risadas.

– Se você tem algo para me dizer, por favor, diga.

A paciência que ficasse para o dia seguinte.

– Pense um pouco. Eleanor de Poitiers – disse ele, devagar e alto, como se isso fosse ajudar. – Eu tenho que ir. Meu turno acaba às dez.

O sujeito desligou. Automaticamente, Lacoste olhou as horas: 16h15. No Quebec. Na França, 22h15. Pelo menos o homem lhe havia concedido um tempo extra.

Mas para quê?

Olhou em volta. Gamache e Beauvoir tinham ido embora. Assim como a agente Nichol.

Quando voltou para o computador, a agente Lacoste entrou no Google e digitou "Eleanor da Aquitânia".

DEZENOVE

As paredes da sala de meditação eram de um azul-turquesa tranquilizante. O chão tinha sido acarpetado com um tom de verde intenso. No teto em estilo catedral, um ventilador girava preguiçosamente. Algumas almofadas estavam empilhadas nos cantos, só aguardando para acomodar os traseiros, deduziu Gamache.

Ele e Beauvoir tinham dirigido até St. Rémy para encontrar Mãe Bea em seu centro de meditação. Gamache se virou, observando as janelas que iam do chão ao teto e davam para a escuridão. Só conseguia ver o próprio reflexo e Beauvoir atrás de si, parado como se tivesse adentrado os portões do inferno.

– Está esperando ser atacado por algum espírito? – perguntou ele.

– Nunca se sabe.

– Achei que você fosse ateu.

– Eu não acredito em Deus, mas talvez existam fantasmas. Não está sentindo um cheiro estranho?

– É incenso.

– Acho que estou ficando enjoado.

Gamache se virou para a parede dos fundos. Na parte superior, em uma bela caligrafia, estava escrito *Mantenha a calma*. Por coincidência, o nome do centro de madame Mayer era igual ao título do livro de CC.

Mantenha a calma.

Ironicamente, nenhuma das duas mulheres, pelo que ele sabia, era provida de calma.

Abaixo daquelas palavras havia outras coisas escritas. O sol tinha se posto e a sala estava discretamente iluminada. De onde estava, Gamache não conseguia ler, então se aproximou. Foi quando Mãe chegou, o cafetã roxo ondulando atrás de si e os cabelos eriçados como uma tempestade de fogo.

– Olá, sejam bem-vindos. Vieram para a aula das cinco?

– Não, madame – respondeu Gamache, sorrindo. – Viemos para falar com a senhora, pedir sua ajuda.

Mãe Bea parou na frente dele, desconfiada. A mulher parecia estar acostumada a lidar com armadilhas, ou pelo menos a imaginá-las.

– Percebo que a senhora é uma mulher de sensibilidade aflorada. A senhora vê e sente coisas que os outros não veem nem sentem. Espero não estar sendo impertinente.

– Não acho que eu seja mais intuitiva que o normal – disse ela. – Talvez eu só tenha sido abençoada com a capacidade de me aperfeiçoar. Provavelmente porque tive uma necessidade maior disso do que os outros.

Ela sorriu para Gamache, ignorando Beauvoir.

– Os iluminados nunca dizem que são iluminados – afirmou Gamache. – Nós gostaríamos de conversar com a senhora em particular. Seria ótimo contar com sua ajuda. Precisamos das suas percepções sobre madame De Poitiers.

– Eu não conhecia CC muito bem.

– Mas não é preciso, certo? A senhora é professora. Vê todo tipo de gente. Deve conhecer melhor as pessoas do que elas mesmas.

– Tento não julgar pelas aparências, inspetor-chefe.

– Não é julgamento, madame, é discernimento.

– Acho que CC de Poitiers estava passando por um grande sofrimento.

Mãe Bea os conduziu até um aglomerado de almofadas e apontou para uma delas. Gamache se sentou, desabando no fim da trajetória mas conseguindo evitar uma cambalhota para trás. Beauvoir achou melhor não arriscar. Além disso, era ridículo, talvez até ofensivo, oferecer uma almofada para um investigador de homicídios se sentar.

Mãe Bea se abaixou com habilidade, aterrissando no centro da almofada carmesim como uma paraquedista. É bem verdade, porém, que ela não tinha descido de muito alto.

– Uma alma perdida, eu acho. Se ela não tivesse sido assassinada e tivesse tido a humildade de pedir, eu poderia tê-la ajudado.

Beauvoir teve ânsia de vômito.

– Ela veio aqui uma vez. Fiquei feliz quando a vi aqui, achei que tivesse vindo em busca de orientação. Mas me enganei.

– O que ela queria?

– Não faço ideia.

Mãe Bea parecia realmente intrigada. Aquela era, pensou Beauvoir, a primeira vez que a via sendo verdadeira.

– Quando cheguei, ela estava endireitando as fotos – continuou Mãe Bea, indicando algumas imagens emolduradas na parede e outras duas em algo que parecia ser um pequeno relicário. – Ela botou as mãos na sala inteira. Tudo tinha sido mexido.

– Mexido como?

– Ah, alinhado. No fim das aulas, os alunos simplesmente jogam as almofadas nos cantos, como os senhores podem ver. E eu gosto assim. Onde as almofadas caem, essa é a vontade de Deus. Não gosto de interferir muito.

Beauvoir sentiu outra onda de náusea.

– Mas CC não conseguia entrar em lugar nenhum sem sair mexendo nas coisas para arrumar tudo. Era muito pouco evoluída. Se você precisa fazer isso, não sobra espaço para o espírito. Todas as almofadas estavam empilhadas e encostadas na parede, as fotos alinhadas, tudo perfeito.

– O que ela veio fazer aqui? – perguntou Gamache.

– Não sei mesmo. Tive a impressão de que ela ficou surpresa quando me viu, como se tivesse sido pega fazendo alguma coisa errada. Depois que foi embora, eu até olhei em volta para ver se estava faltando alguma coisa, já que ela parecia tão culpada. Ela tentou disfarçar com agressividade. Típico.

– Típico de quê?

A pergunta pareceu desnortear Mãe Bea, e Beauvoir se perguntou se era porque ela não estava acostumada a ser questionada.

– De pessoas infelizes, é claro – respondeu ela, cortante, depois de um momento. – Fiquei com a impressão de que ela estava procurando alguma coisa, e não me refiro a iluminação espiritual. Acho que ela estava tão iludida que realmente se achava iluminada. Mas acho difícil encontrar uma pessoa menos iluminada que ela.

– Bem colocado – disse Gamache.

Mãe Bea procurou atentamente sinais de sarcasmo.

– O que faz a senhora pensar que CC se achava iluminada?

– O senhor leu o livro dela? É presunçoso e arrogante. Ela não tinha um centro, nenhuma crença real. Agarrava a primeira filosofia que passava pela frente. Um pouco disso, um pouco daquilo. Ela construiu um caminho espiritual acidentado, lamacento e cheio de buracos. Me lembrava Frankenstein. CC canibalizou todos os tipos de fé e crenças para criar aquela... aquela Li Bien. – Ficou claro que ela queria dizer "aquela merda de Li Bien". – Ela não era equilibrada.

Mãe Bea ergueu os braços e os abriu como que para um abraço, as dobras do cafetã roxo lembrando uma pintura renascentista de algum artista não muito talentoso.

– Fale mais sobre a Li Bien.

– Tinha alguma coisa a ver com conter os sentimentos. Aparentemente, CC achava que as emoções eram a causa de todos os problemas, então o truque era não demonstrá-las, ou, melhor ainda, não sentir nada.

– E a Li Bien em si é um ensinamento antigo, como o zen-budismo?

– Li Bien? Nunca ouvi falar. Que eu saiba, ela inventou isso.

Gamache, que havia lido o livro de CC de Poitiers, queria ver se Mãe Bea, embora estritamente precisa, deixaria de mencionar algumas peças-chave. Como a bola Li Bien. Essa era a base dos ensinamentos de CC e a única coisa que sua mãe, havia muito falecida, lhe deixara. No livro, CC falava detalhadamente sobre o objeto, e Gamache teve a impressão de que aquela era a única parte da história que realmente importava para ela. Parecia que CC realmente tinha ganhado aquele presente da mãe e sabia que ele era precioso, só não sabia como nem por quê, então havia criado todo um sistema de crenças em torno dele.

Ela havia transformado a bola Li Bien em algo sagrado. Mas ninguém conseguia encontrá-la. Seus agentes haviam vasculhado a casa de CC em Notre-Dame-de-Grâce, um *quartier* de Montreal, e não acharam nada, exceto um desejo incontrolável de sair daquela atmosfera antisséptica o mais rápido possível. Os agentes também revistaram de novo a antiga casa dos Hadleys, mas sem sucesso.

É claro que Gamache podia estar errado, a bola Li Bien talvez nunca tivesse existido. Talvez Mãe Bea tivesse razão e aquilo fosse mais uma das invenções de CC.

– Não tinha algo sobre luz também? – perguntou ele, imaginando o que Mãe Bea diria sobre aquilo.

– É, tinha, mas isso era ainda mais confuso. Ela parecia achar que qualquer coisa clara ou branca era espiritualizada e que as cores, como vermelho e azul, eram maléficas. Chegou até a atribuir uma emoção a cada cor. Vermelho era raiva, azul era depressão, amarelo era covardia ou medo... uma coisa assim. Eu não lembro, só lembro que era bem bizarro. Não sei se ela realmente acreditava nisso, mas a mensagem que ela vendia era que quanto mais claro e branco você fosse, melhor.

– Ela era racista?

Mãe Bea hesitou. Gamache teve a impressão de que ela queria pintar CC da pior forma possível, e racista seria bem ruim. Mas, para lhe dar algum crédito, ela não fez isso.

– Acho que não. Acho que ela estava falando do interior. De emoções e sentimentos. A ideia dela era que, se todas as emoções ficassem guardadas dentro de nós e estivessem alinhadas, nós ficaríamos em equilíbrio.

– E que alinhamento seria esse?

– Com certeza o senhor se lembra das aulas de ciências da escola. Era aí que CC se mostrava muito inteligente, e muito perigosa, na minha opinião. Ela pegava uma coisa que tinha um pouco de verdade ou era um fato e distorcia esse conceito até torná-lo irreconhecível. Nas aulas de ciências, a gente aprende que o branco é a soma de todas as cores. Quando você combina todas elas, tem o branco, ao passo que o preto é a ausência de cor. Então, de acordo com CC, se as emoções são cores e a pessoa está com raiva, triste, com ciúmes, ou seja lá o que for, uma das cores se tornou dominante e ela está desequilibrada. A ideia é alcançar o branco. Ter todas as cores, todas as emoções, alinhadas.

Beauvoir só ouvia blá, blá, blá. Fazia tempo que tinha parado de prestar atenção e agora observava um pôster da Índia na parede, tentando fingir que estava na montanha árida ao lado de um homem com uma espécie de tanga. Qualquer coisa era melhor que aquilo.

– E ela estava certa nisso?

Mãe Bea ficou surpresa com aquela pergunta simples.

– Não, não estava certa. As crenças dela eram ridículas e ofensivas. CC aconselhava as pessoas a engolir os sentimentos. O livro dela, se fosse seguido à risca, poderia causar um grave transtorno mental. Ela não era boa da cabeça.

Mãe Bea respirou fundo e tentou recuperar o próprio equilíbrio.

– Mas não é isso que muitas vezes é ensinado na meditação? – continuou Gamache, em um tom de voz agradável. – Não a ausência de emoções, ou engolir os sentimentos, mas não deixar que eles comandem a festa? E os chacras não são uma das disciplinas da meditação?

– Sim, mas é diferente. Eu ensino o método dos chacras na meditação. Aprendi com ele. – Mãe Bea apontou para o pôster em que Beauvoir havia entrado. – Na Índia. É um método para alcançar o equilíbrio, tanto interior quanto exterior. Existem sete centros no corpo, que vão do topo da cabeça até, bem, as partes íntimas. Cada um deles tem uma cor, e quando eles estão alinhados, você fica equilibrado. Se o senhor estiver interessado, apareça em uma das minhas aulas. Aliás, uma delas está prestes a começar.

Com um impulso, Mãe Bea ficou de pé. Gamache também se levantou, mas com um pouco menos de elegância. Mãe Bea foi a passos curtos até a porta, apressando os dois homens a ir embora. Gamache parou e olhou de perto as palavras na parede.

Mantenha a calma e saiba que eu sou Deus.

– Isso é lindo – disse ele. – E me soa familiar.

– É do Livro de Isaías.

Será que Mãe Bea havia hesitado antes de falar?

– Seu centro se chama "Mantenha a calma". O nome vem daqui? – perguntou ele, apontando para a parede.

– Sim. Tenho um pouco de vergonha de ter uma citação cristã na minha parede, mas esta é uma comunidade inclusiva. As pessoas que vêm aqui praticar ioga e meditar têm as mais diversas crenças. Alguns são cristãos, outros judeus, outros seguem o Buda ou estão mais inclinados aos ensinamentos hindus. Nós pegamos o que é relevante em cada fé. Não somos dogmáticos.

Gamache notou que, nela, aquela postura era uma virtude. Em CC, era grotesca.

– Por que essa passagem específica?

– Ela se aproxima bastante da crença budista de que, se ficarmos em silêncio e calmos, encontraremos Deus – explicou Mãe Bea. – É um pensamento bonito.

– É mesmo – disse Gamache com sinceridade. – Em silêncio e calmos. – Ele se virou e encarou a mulher idosa ao seu lado. – E imóveis.

Mãe Bea quase não hesitou.

– E imóveis, inspetor-chefe.

– *Merci, Madame.*

Ele pôs a mão firme no braço de Beauvoir e o guiou até a porta. Beauvoir nem se deu ao trabalho de fechar o zíper do casaco. Saiu para a noite gelada como se estivesse mergulhando no riacho gelado de uma montanha. Tossiu e cuspiu quando o ar frio alcançou seus pulmões, mas não se importou. Finalmente estava recobrando os sentidos.

– Me dá a chave – disse Gamache, estendendo a mão. Beauvoir obedeceu sem protestar. – Você está bem?

– Estou bem. É que aquela mulher, aquele lugar... – disse ele, agitando a mão cansada ao redor da cabeça.

Ainda nauseado, torceu para conseguir se segurar até chegar à pousada. Mas não conseguiu.

Cinco minutos depois, na beira da estrada, Gamache ajudava Beauvoir enquanto ele vomitava, tossia e amaldiçoava aquela mulher e sua calma enjoativa e claustrofóbica.

VINTE

– Eu vou ficar bem.

Parecia que Beauvoir tinha sido atropelado por um caminhão.

– Em algum momento, vai – disse Gamache, praticamente carregando o homem escada acima até o quarto dele na pousada.

Gamache o ajudou a se despir e preparou um banho de banheira para ele. Uma vez limpo e aquecido, Beauvoir se jogou na cama grande e confortável, com lençóis de flanela macios e um edredom de penas de ganso. Gamache afofou os travesseiros e cobriu o amigo até o queixo, só faltando ler para ele uma história de dormir. Então colocou a bandeja com chá e biscoitos cream cracker ao alcance dele.

Os pés de Beauvoir descansavam sobre uma bolsa de água quente protegida por uma capinha de tricô. O calor se espalhava devagar dos pés congelados para o corpo trêmulo. Ele nunca tinha se sentido tão mal, nem tão aliviado.

– Está melhor?

Beauvoir aquiesceu, tentando não bater os dentes. Gamache colocou sua enorme mão fria na testa dele e observou seus olhos febris.

– Vou pegar outra bolsa de água quente. O que acha?

– Pegue, por favor.

Beauvoir se sentia como uma criança de 3 anos que, doente e suplicante, fitava os olhos fortes e assertivos do pai. Gamache voltou alguns minutos depois.

– Ela me amaldiçoou – resmungou Beauvoir, abraçando a segunda bolsa de água quente, já sem se preocupar se parecia uma criança.

– Você pegou uma gripe.

– Aquela tal de mãe não sei de quê me jogou uma maldição para pegar gripe. Santo Deus, será que eu fui envenenado?

– É gripe.

– Gripe aviária?

– Gripe de gente.

– Ou SARS – disse Beauvoir, tentando se levantar. – Eu vou morrer de SARS?

– É só uma gripe – repetiu Gamache. – Tenho que ir. Aqui está o seu celular e uma xícara de chá. E aqui a lata de lixo, se precisar vomitar.

Ele ergueu o balde de metal para Beauvoir ver, depois o colocou no chão ao lado da cama. Quando Gamache era criança e ficava doente, sua mãe chamava a lixeirinha de "tigela de arrotos", embora ambos soubessem que arrotar não era bem o problema.

– Agora descanse e durma.

– Já vou estar morto quando o senhor voltar.

– Vou sentir sua falta.

Gamache ajeitou o fofo edredom branco, sentiu novamente a testa do amigo e saiu na ponta dos pés. Beauvoir já dormia.

– Como ele está? – perguntou Gabri quando Gamache desceu.

– Dormindo. O senhor vai ficar por aqui algum tempo?

– Vou ficar, sim, pode deixar.

Gamache vestiu o casaco e parou na soleira da porta.

– Está esfriando mais.

– A neve parou. Ouvi falar que amanhã vai fazer 20 graus negativos.

Os dois olharam para fora. O sol já tinha se posto havia algum tempo e as árvores e o lago estavam iluminados. Algumas pessoas passeavam com o cachorro ou patinavam. O bistrô resplandecia com suas luzes convidativas, a porta se abrindo e fechando conforme os moradores apareciam para tomar um *toddy* no fim da tarde, uma bebida feita com uísque, chá e especiarias.

– Devem ser umas cinco horas – disse Gabri, indicando a praça com um aceno de cabeça. – Ruth. Ela quase parece real.

Gamache deixou o calor da pousada para trás e contornou a praça apressadamente. Pensou em parar para falar com Ruth, mas desistiu. Havia algo na mulher que o advertia contra uma conversa casual. Qualquer tipo de conversa, na verdade. Seus passos guinchavam na neve, sinal claro de que a temperatura caía depressa. Ele sentia como se atravessasse uma nuvem de minúsculas agulhas, seus olhos lacrimejando. Passou direto pelo bistrô, não sem algum pesar. Sua vontade era ir ao bistrô todas as tardes e tomar uma bebida leve enquanto revisava suas anotações e encontrava os moradores.

O bistrô era sua arma secreta para rastrear assassinos. Não apenas em Three Pines, mas em todas as cidades da província do Quebec. Primeiro ele encontrava um café, uma *brasserie* ou um bistrô confortável, depois encontrava o assassino. Porque Armand Gamache sabia algo que muitos de seus colegas nunca entenderiam: assassinatos são profundamente humanos, tanto o assassino quanto a vítima. Descrever o assassino como um monstro, um ser grotesco, era dar a ele uma vantagem injusta. Não. Assassinos eram humanos, e na raiz de cada assassinato havia uma emoção. Deformada, sem dúvida. Distorcida e feia. Mas uma emoção. E tão poderosa que, às vezes, uma pessoa a mandar alguém para o outro mundo.

O trabalho de Gamache era coletar evidências, mas também emoções. E ele só sabia fazer isso de uma forma: conhecendo as pessoas. Observando e escutando. Prestando atenção. De uma maneira aparentemente casual em um lugar aparentemente casual.

Como o bistrô.

Enquanto caminhava, ele se perguntava se o assassino estaria lá dentro agora, apreciando uma dose de uísque ou uma sidra quente naquela noite fria. Aquecendo-se na lareira, na companhia de amigos. Ou será que estaria ali fora, no frio e na escuridão? Seria um *outsider*, amargurado, frágil e destruído?

Ele atravessou a ponte de pedra arqueada, apreciando o silêncio local. A neve fazia aquilo. Estendia um edredom simples e limpo que abafava todos os sons e dava vida a tudo o que estava embaixo. Os agricultores e jardineiros do Quebec desejavam duas coisas no inverno: muita neve e frio contínuo. Um degelo precoce era um desastre. Enganava os brotos jovens e vulneráveis, que se expunham e ficavam com a raiz queimada pelo frio. Uma geada mortal.

– "Caindo ele tal como agora eu caio" – citou Gamache para si mesmo, surpreendido pela referência.

A queda de Wolsey. Shakespeare, é claro. Por que de repente lhe havia ocorrido aquela frase?

mas no terceiro dia vem a geada,
uma geada mortal, e no momento
preciso em que ele – quão simplório e calmo! –
crê que sua grandeza está madura
ela a raiz lhe morde, caindo ele
tal como agora eu caio.

Ele estava caindo? Tinha sido levado a acreditar que estava no controle, que tudo ia sair conforme o planejado?

"O caso Arnot não acabou", seu amigo Michael Brébeuf o advertira. Havia uma geada mortal a caminho? Gamache deu tapinhas nos próprios braços, para se aquecer e se tranquilizar. Então riu e balançou a cabeça. Que humilhação. Uma hora ele era o distinto inspetor-chefe Gamache, chefe da Divisão de Homicídios da Sûreté du Québec, e estava investigando um assassinato. Depois, estava perseguindo os próprios fantasmas pelo interior do país.

Ele parou e, mais uma vez, observou aquela cidadezinha venerável, com seu círculo de casas antigas e bem-amadas, habitadas por pessoas bem--amadas.

Até mesmo Ruth Zardo. O fato de os moradores terem encontrado um espaço no coração para alguém tão ferido quanto Ruth só demonstrava o valor do lugar.

E CC de Poitiers? Será que eles tinham conseguido encontrar um lugar para ela também? Ou para o marido e a filha dela?

Com relutância, ele ergueu os olhos do círculo de luz que era Three Pines para a escuridão da antiga casa dos Hadleys, a regra que confirmava a exceção. Ficava fora do círculo, na extremidade do vilarejo. À margem.

O assassino estaria ali, naquele lugar agourento e ameaçador que parecia gerar e irradiar ressentimento?

Parado no frio congelante, Gamache se perguntou por que CC queria gerar ressentimento. Por que ela o provocava a cada passo que dava? Ele ainda não tinha encontrado uma única alma que estivesse triste com a morte dela. Pelo que tinha visto, ninguém perdera nada com aquela morte. Nem mesmo a família dela. Muito menos a família, talvez. Virou a cabeça um pouco para o lado, como se aquilo fosse ajudá-lo a pensar. Não ajudou. A ideia sumiu. Tinha algo a ver com gerar ressentimento.

Gamache se virou e se dirigiu à antiga estação de trem, que estava iluminada e quase tão convidativa quanto o bistrô.

– Chefe! – chamou Lacoste assim que ele entrou, carregando o ar frio junto ao corpo. – Que bom ver o senhor. Cadê o inspetor?

– Está doente. Acha que foi amaldiçoado por Beatrice Mayer.

– Ela não seria a primeira a fazer isso.

– É verdade – concordou Gamache, rindo. – E a agente Nichol?

– Já foi. Deu alguns telefonemas e desapareceu já faz umas duas horas.

Lacoste observou o chefe para ver se o rosto dele refletia o sentimento dela. Nichol tinha errado de novo. Era como se ela tivesse uma compulsão por detonar a própria carreira e os casos deles. Mas Gamache não reagiu.

– E o que temos aqui?

– Um monte de mensagens. A legista ligou. Disse que vai encontrar o senhor no bistrô às cinco e meia. Ela mora por aqui, não é?

– Numa cidadezinha chamada Cleghorn Halt, seguindo a linha do trem. Aqui é caminho para ela. Por acaso ela adiantou se já tem alguma coisa?

– O laudo completo da autópsia. Quer falar com o senhor sobre isso. O agente Lemieux também ligou, de Montreal. Disse que enviou alguma coisa pela internet. É da sede. Também pediu que o senhor retornasse a ligação. Mas antes de fazer isso... – Ela se voltou para a mesa, e Gamache fez o mesmo. – Encontrei Eleanor de Poitiers.

Lacoste se sentou e deu um clique no mouse. Uma foto surgiu: um desenho em preto e branco de uma mulher medieval a cavalo, carregando uma bandeira.

– Pode falar – disse Gamache.

– É isso. É ela. Eleanor de Poitiers era Eleanor da Aquitânia. Essa aí.

Gamache puxou uma cadeira e se sentou ao lado dela, as sobrancelhas franzidas e o corpo inteiro inclinado para a frente, atraído pela tela. Ficou olhando, tentando entender.

– Me conte tudo o que sabe.

– O que eu sei ou o que eu acho? Bom, de qualquer forma não é muita coisa. CC de Poitiers afirmava que os pais eram Eleanor e Henrique de Poitiers. No livro – Lacoste apontou para o volume sobre a mesa –, ela descreve uma infância privilegiada na França. Até que aconteceu algum tipo de catástrofe financeira e ela foi mandada para o Canadá, para morar com parentes distantes e anônimos. Certo?

Gamache assentiu.

– Bom, Eleanor é esta aqui – continuou Lacoste, mais uma vez apontando com a cabeça para a amazona medieval, depois deu um novo clique que fez a tela mudar. – E o pai de CC seria esse aqui.

Apareceu uma foto de um homem forte, severo e louro, com uma coroa na cabeça.

– Henrique Plantageneta. Rei Henrique II da Inglaterra.

– Não estou entendendo.

– Os únicos Henrique e Eleanor de Poitiers da França são eles – concluiu Lacoste, mais uma vez apontando para a tela, que agora estava dividida mostrando os dois desenhos antigos.

– Mas isso não faz o menor sentido – disse Gamache.

– O senhor nunca foi uma garota adolescente.

– Como assim?

– Esse é o tipo de coisa que meninas românticas adoram. Uma rainha forte e trágica e um rei nobre. As Cruzadas. Eleanor de Poitiers participou de uma cruzada com o primeiro marido. Ela criou um exército de trezentas mulheres e cavalgou parte do caminho com o peito nu. Pelo menos é o que se conta. Depois, ela se divorciou do rei Luís da França e se casou com Henrique.

– E viveu feliz para sempre?

– Não exatamente. Ele colocou Eleanor na prisão, mas não antes de ela ter quatro filhos. Ricardo Coração de Leão foi um deles. Ela era incrível.

Lacoste olhou para a mulher no cavalo e se imaginou no exército dela, cavalgando de peito nu pela Palestina no encalço daquela figura admirável. Não só as adolescentes eram atraídas por Eleanor da Aquitânia.

– Ricardo Coração de Leão? – perguntou Gamache. – Nenhuma filha chamada CC?

– Que era designer e morava em Three Pines? Não. O rei Henrique morreu em 1189, e Eleanor, em 1204. Então ou CC já deveria ter morrido há muito tempo, ou talvez tenha mentido. Não me admira que a Sûreté de Paris inteira tenha rido de mim. Ainda bem que eu me apresentei como agente Nichol.

Gamache balançou a cabeça, incrédulo.

– Então ela inventou isso. Voltou quase um milênio no tempo para criar esses pais. Por quê? Por que ela faria isso? E por que escolheu eles?

Os dois ficaram em silêncio por alguns instantes, pensando.

– Então quem eram os pais dela de verdade? – perguntou, finalmente, Lacoste.

– Acho que essa é uma pergunta importante.

Gamache foi até sua mesa. Eram 17h20. Precisava falar com Lemieux antes de encontrar a Dra. Harris. Acessou o e-mail e discou o número deixado por Lemieux.

– Agente Lemieux! – gritou o próprio ao telefone.

– É o Gamache! – gritou ele de volta, sem saber por quê.

– Chefe, que bom que ligou. O senhor recebeu o desenho do artista forense da Sûreté? Ele disse que ia enviar por e-mail.

– Estou abrindo o meu e-mail agora. O que ele disse e por que estamos gritando?

– Eu estou na rodoviária. Acabou de chegar um ônibus aqui. O artista disse que Elle parecia estar segurando alguma coisa quando morreu.

– Isso explicaria os cortes na palma da mão dela?

– Exatamente.

O ônibus devia ter ido embora ou desligado o motor, porque o barulho de fundo diminuiu. Lemieux continuou, falando normalmente:

– Eu dei a foto da autópsia para ele, e ele fez o desenho que o senhor pediu. Não é muito preciso, como o senhor vai ver.

Enquanto Lemieux falava, Gamache passava os e-mails, procurando o do excêntrico artista da sede da Sûreté. Abriu-o e esperou enquanto baixava a imagem na conexão terrivelmente lenta.

Aos poucos, uma imagem começou a se formar.

– Eu conversei com os outros moradores de rua daqui sobre Elle – continuou Lemieux. – Eles não falam muito, mas vários se lembram dela. Teve uma briga pelo ponto dela quando Elle foi embora. Parece que ela tinha o equivalente a uma suíte na cobertura. Ficava bem em cima do exaustor. É estranho ela ter deixado esse ponto.

– É muito estranho mesmo – murmurou Gamache, observando a imagem, ainda pela metade, surgir lentamente na tela. – Bom trabalho, Lemieux. Vá para casa.

– Sim, senhor.

Gamache sorriu. Quase podia ver a expressão de felicidade no rosto de Lemieux.

Durante cinco minutos, Gamache ficou olhando para a tela, observando a imagem aparecer. Centímetro por centímetro. Com o download concluído, ele se recostou na cadeira com as mãos cruzadas na barriga e ficou encarando a tela.

De repente lembrou-se de algo e olhou o relógio: cinco e meia. Hora de encontrar a legista.

VINTE E UM

A Dra. Sharon Harris tinha acabado de se acomodar na poltrona e de pedir um *dubonnet* quando Gamache chegou, todo desculpas e sorrisos. Ele a acompanhou no *dubonnet* e se sentou. Estavam ao lado da janela, observando o lago congelado e as árvores de Natal. Por cima do ombro, ele via o fogo crepitar e dançar na lareira. A Dra. Harris mexia distraidamente na discreta etiqueta branca pendurada na mesa. Então olhou para a etiqueta.

– Duzentos e setenta dólares.

– Não o *dubonnet*, eu espero – disse Gamache, parando a bebida intocada a meio caminho da boca.

– Não – respondeu ela, rindo. – A mesa.

– *Santé*.

Ele tomou um gole e sorriu. Tinha esquecido que tudo que havia no bistrô eram antiguidades colecionadas por Olivier. E tudo estava à venda. Ele podia terminar a bebida e comprar o copo de cristal lapidado. Aliás, era um belo copo. Quando o ergueu e olhou através dele, o cristal capturou e refratou a luz âmbar da lareira, dividindo-a em várias partes. Como um arco-íris de tons quentes. Ou os chacras, pensou.

– Você ainda quer vir morar aqui? – perguntou ele, voltando à mesa e notando o olhar desejoso que ela lançava para a paisagem lá fora.

– Se vagasse uma casa, eu viria, mas elas são compradas assim que aparecem.

– A antiga casa dos Hadleys vagou há cerca de um ano.

– Com exceção daquele lugar, embora eu tenha que admitir que dei uma olhada no valor. Estava barata. Quase de graça.

– Quanto estavam pedindo?

– Não lembro direito, mas era menos de 100 mil.

– *C'est incroyable* – disse Gamache, pegando um punhado de castanhas-de-caju.

A Dra. Harris deu uma olhada em volta. O bistrô estava começando a encher.

– Ninguém parece ter se importado com o assassinato – comentou ela. – Não era uma mulher muito popular, a nossa vítima, era?

– Não, parece que não. Foi ela quem comprou a casa dos Hadleys.

– Ahh.

– Ahh? – perguntou Gamache.

– Quem compra uma casa daquelas só pode ser insensível ao extremo. Só de olhar a foto na tela do computador já fiquei incomodada.

– As pessoas têm sensibilidades diferentes – disse Gamache, sorrindo.

– É verdade – concordou ela –, mas você compraria?

– Não gosto nem de entrar lá – sussurrou ele, num tom conspiratório. – Aquele lugar me dá arrepios. Mas enfim: o que você tem para mim?

A Dra. Harris se abaixou para pegar um arquivo na pasta. Colocando o documento na mesa, ela pegou um punhado de castanhas e voltou a se recostar e olhar pela janela, tomando pequenos goles do drinque entre uma castanha e outra.

Gamache pôs os óculos de leitura meia-lua e passou uns dez minutos lendo o relatório. Quando finalmente o deixou de lado, tomou um gole contemplativo de *dubonnet*.

– Niacina – disse ele.

– Niacina – repetiu a Dra. Harris.

– Fale um pouco sobre isso.

– Fora a niacina, ela era uma mulher de 48 anos saudável, embora, talvez, abaixo do peso. Deu à luz uma vez, estava na pré-menopausa. Tudo muito natural e normal. Os pés foram carbonizados com o choque e as mãos tinham bolhas no mesmo padrão dos tubos de metal da cadeira. Havia um pequeno corte embaixo disso, mas era antigo e já estava cicatrizando. Tudo é compatível com eletrocussão, exceto uma coisa: a niacina.

Gamache se inclinou para a frente, tirou os óculos e os bateu de leve no arquivo de papel pardo.

– O que é isso?

– Uma vitamina. Do complexo B – respondeu a Dra. Harris, também se inclinando para a frente. – É prescrita para quem tem colesterol alto, e algumas pessoas tomam para aumentar a capacidade cerebral.

– E funciona?

– Não existe nenhuma evidência disso.

– Então por que as pessoas acham que tem esse efeito?

– Bom, o que essa vitamina faz é deixar o rosto ruborizado. Acho que alguém deve ter pensado que isso era sinal de que o sangue estava indo para o cérebro, e você sabe que isso só pode significar uma coisa.

– Maior capacidade cerebral.

– Não é óbvio? – disse ela, balançando a cabeça em desdém. – Só pessoas com pouca capacidade cerebral chegariam a essa conclusão. A dose-padrão são 5 miligramas. É o suficiente para aumentar ligeiramente a frequência cardíaca e a pressão arterial. Como eu disse, essa vitamina geralmente é prescrita por médicos, mas dá para comprar sem receita na farmácia. Pelo que eu sei, tomar demais não faz mal. Aliás, costumam adicioná-la a alguns cereais matinais. A niacina e também a tiamina.

– Se a dose-padrão são 5 miligramas, quanto CC tinha no corpo?

– Vinte.

– Nossa! É muito cereal.

– O tigre Tony é um suspeito?

– Dos Sucrilhos? – Gamache riu. – O que uma dose de 20 miligramas causaria à vítima? – perguntou ele.

– Produziria um rubor e tanto. Uma onda de calor clássica. Suor, coceira… – A Dra. Harris pensou mais um pouco. – Não estou muito familiarizada com isso, então dei uma olhada na farmacopeia. A niacina não é perigosa. Desconfortável, sim, mas não perigosa. Se a pessoa queria matar CC, se equivocou.

– Não, eu acho que ela acertou. Ela matou CC e a niacina foi cúmplice. CC de Poitiers foi eletrocutada, não foi?

Ela assentiu.

– E você, mais do que ninguém, sabe como isso é difícil.

Ela aquiesceu de novo.

– Principalmente em pleno inverno. Ela não só tinha que tocar em uma fonte de energia, mas estar sobre uma poça, com botas de metal e…

Ele deixou o resto no ar. A Dra. Harris pensou por um instante. Tentou visualizar a cena na cabeça. A mulher de pé sobre uma poça, perto da cadeira, estendendo a mão.

– Sem luvas. Ela tinha que estar sem luvas. Foi assim que ele conseguiu fazer isso. Eu achei que o senhor tivesse pedido um exame de sangue completo para saber se houve envenenamento.

– As luvas. Eu estava cismado com isso, tentando entender por que ela tirou as luvas. Por que alguém faria isso?

– Porque estava com calor – concluiu a Dra. Harris.

Ela amava seu trabalho, mas invejava a habilidade de Gamache e de Beauvoir em juntar as peças.

– Alguém no café da manhã comunitário usou niacina suficiente para provocar nela uma onda de calor. Quanto tempo isso levaria? – perguntou Gamache.

– Uns vinte minutos.

– Tempo suficiente para ela já estar no rinque de curling quando acontecesse. A certa altura, ela começou a sentir calor e tirou as luvas e provavelmente o gorro. Vamos conferir nas fotos amanhã.

– Que fotos?

– Tinha um fotógrafo lá. Contratado pela própria CC para tirar fotos publicitárias dela entre as pessoas comuns. O filme vai chegar ao laboratório amanhã.

– Mas para que ela estava fazendo isso?

– Ela era designer de interiores. Uma espécie de prima pobre da Martha Stewart. Tinha acabado de lançar um livro e estava pensando em lançar uma linha de produtos para casa. As fotos eram para isso.

– Nunca ouvi falar dela.

– Você e a maioria das pessoas. Mas ela parecia se ver como uma influenciadora dinâmica e bem-sucedida. Assim como a Martha, o negócio de CC ia muito além das cores da parede, que, no caso dela, deveriam ser brancas. Era uma filosofia de vida.

– Parece terrível.

– Eu não consigo entender – admitiu Gamache, recostando-se confortavelmente na cadeira. – Não sei se ela era uma doida varrida ou se tinha algo quase nobre. Ela tinha um sonho e foi atrás dele, dane-se se os outros não acreditavam.

– O senhor concorda com a filosofia dela?

– Não. Eu conversei com uma pessoa hoje que descreveu a tal filosofia de CC como uma espécie de Frankenstein. Achei bem preciso. Aliás, essa referência vive aparecendo no caso. Outra pessoa comentou que os moradores estavam comemorando a morte do monstro, como em Frankenstein.

– O monstro não era o Frankenstein – lembrou a Dra. Harris. – O Dr. Frankenstein foi quem criou o monstro.

Gamache sentiu um aperto no peito enquanto ela falava. Tinha alguma coisa ali. Algo do qual ele se aproximava, mas que depois perdia ao longo do caso.

– Então, e agora, *patron*? – perguntou ela.

– Você nos fez avançar bastante com a niacina. Obrigado. Agora vamos só seguir os faróis.

– Como assim?

– Sempre penso que trabalhar em um caso é como dirigir daqui até a cidade de Gaspé. Uma distância enorme, e eu nunca vejo o fim do percurso. Mas eu não preciso ver o fim. Só tenho que acender os faróis do carro e seguir a luz na minha frente. Em algum momento, vou chegar lá.

– Como Diógenes e a lanterna?

– Só que ao contrário. Ele estava procurando um homem honesto. Eu estou em busca de um assassino.

– Tome cuidado: o assassino pode ver o homem chegando com uma lanterna.

– Só mais uma pergunta, doutora. Como alguém pode ter dado a niacina para CC?

– É uma substância solúvel em água, mas bem amarga. Café, por exemplo, pode camuflar o gosto. Ou suco de laranja, eu acho.

– Chá?

– Menos provável. Não é tão forte.

Ela recolheu suas coisas, tirou uma chave do bolso, apontou para a janela e apertou um botãozinho. Lá fora, um carro ganhou vida, os faróis se acenderam e provavelmente um aquecedor começou a trabalhar para esquentar o interior do veículo. De todas as invenções dos últimos vinte anos, Gamache sabia que as duas melhores eram os aquecedores de bancos de carros e a ignição automática. Era uma pena que Richard Lyon tivesse optado por inventar soldados magnetizados.

Gamache a acompanhou até a porta, mas quando ela estava prestes a sair, ele se lembrou de outra coisa.

– O que você sabe sobre Eleanor de Poitiers?

A Dra. Harris pensou por um momento.

– Nada. Quem é essa?

– E sobre o rei Henrique II?

– Henrique II? O senhor está mesmo me perguntando o que eu sei sobre um rei britânico morto há séculos? Meu preferido é Etelredo, o Despreparado. Serve?

– Que repertório você tem! Etelredo e o tigre Tony.

– Educação católica. Bem, lamento não poder ajudar.

– Niacina – disse ele, apontando para o dossiê ainda na mesa. – Você salvou o dia.

Ela ficou radiante.

– Na verdade – disse Gamache, enquanto a ajudava a vestir o casaco –, tenho uma última pergunta: e Eleanor da Aquitânia?

– Ah, essa é fácil: *O leão no inverno*.

– AMOR, VOCÊ PODE ABRIR A PORTA? Estou no estúdio! – gritou Clara.

Não houve resposta.

– Pode deixar! – berrou ela após a segunda batida. – Eu atendo! Não se preocupe! Tranquilo!

O último grito foi em frente à porta fechada do estúdio dele. Tinha certeza de que ele estava lá dentro jogando FreeCell.

Não era comum ouvir uma batida à porta, pois a maioria das pessoas que eles conheciam entrava direto. Muitas se serviam do que quer que estivesse na geladeira. Às vezes, Peter e Clara chegavam em casa e encontravam Ruth dormindo no sofá, com um copo de uísque e o *Times Literary Review* no apoio para pés. Certa vez eles encontraram Gabri na banheira. Aparentemente, a água quente da pousada havia acabado, e Gabri dera no pé.

Clara abriu a porta com força, preparada para a rajada de ar frio e não totalmente surpresa ao ver o inspetor-chefe Gamache, embora no fundo ainda torcesse para que fosse o curador-chefe do MoMA interessado em ver seu trabalho.

– Entre – disse ela, dando um passo para o lado e rapidamente fechando a porta atrás dele.

– Não vou demorar.

Ele fez uma pequena mesura e Clara repetiu o gesto.

– Vocês teriam um videocassete?

Uma pergunta que ela realmente não esperava.

Gamache abriu o zíper da parca e pegou do largo bolso uma fita de vídeo, aquecida pelo calor do corpo.

– *O leão no inverno*? – disse ela, lendo o título na caixa.

– *Précisément*. Eu queria muito ver, assim que possível.

Ele estava perfeitamente calmo e relaxado, mas Clara o conhecia bem o suficiente para saber que não era um pedido casual ou apenas uma forma agradável de passar uma tranquila noite de inverno no campo.

– Temos, sim. Mas Ruth e Myrna vêm jantar aqui hoje.

– Não quero atrapalhar.

– Você nunca atrapalha.

Ela o pegou pelo braço e o conduziu até a convidativa e bem aquecida cozinha.

– Sempre cabe mais um, caso não se importe com a companhia. Peter preparou uma receita de família com as sobras do peru e dos legumes. Tem uma aparência horrível, mas é uma delícia.

Não demorou muito para Peter sair do estúdio e os outros chegarem, Myrna abraçando todo mundo enquanto Ruth ia direto para o bar.

– Graças a Deus – disse a poeta quando alguém falou que Gamache queria ver um filme. – Achei que fosse ter que passar outra noite fazendo sala.

Clara preparou uma cesta com refeições para Richard e Crie. Myrna se ofereceu para entregá-la.

– Quer que eu a leve até lá? – falei Gamache.

– É rapidinho. Além disso, faz bem caminhar – disse Myrna sorrindo e enrolando um imenso cachecol colorido no pescoço.

– A senhora pode aproveitar para ver como Crie está? – pediu Gamache, baixando a voz. – Estou preocupado com ela.

– Por quê, exatamente? – perguntou Myrna, seu rosto geralmente jovial de repente perscrutador e sério. – É natural que uma adolescente que acabou de presenciar o assassinato da mãe fique estranha por um tempo.

– É verdade, mas parece ser mais do que isso. A senhora pode só ver como ela está?

Ela concordou e saiu.

NA AUTOESTRADA, VOLTANDO DE EASTERN TOWNSHIPS para Montreal, a agente Nichol se aproximou do carro à sua frente na faixa da esquerda. Seu para-choque estava a poucos centímetros do outro carro. O motorista em breve notaria.

Aquele era o momento. O momento especial. Ele pisaria no freio? Mesmo um leve toque no pedal faria os dois girarem juntos a 140 quilômetros por hora, tornando-os uma bola de fogo em segundos. Nichol agarrou o volante com mais força, o olhar aguçado pela concentração e pela raiva. Como ele se atrevia a atrasá-la? Como ousava usar a pista dela? Como tinha a audácia de não deixá-la passar? Lerdo. Ela ia mostrar para ele, como fazia com todos os que ficavam no seu caminho. A raiva a deixava invencível. Mas havia também outra coisa.

Prazer.

Ia dar um belo de um susto naquele imbecil.

– EU LI SEU LIVRO – disse Gamache a Ruth.

Estavam sentados em frente à animada lareira, enquanto Peter cozinhava e Clara procurava nas estantes algo para ler.

Ruth parecia preferir mergulhar em óleo fervente a receber um elogio. Decidiu ignorá-lo e tomou um longo gole de uísque.

– Mas a minha esposa tem uma pergunta – insistiu Gamache.

– O senhor tem esposa? Alguma mulher concordou em se casar com o senhor?

– Sim, e nem estava muito bêbada. Ela quer saber o que significa o DEMAIS do título.

– Não me surpreende que a sua esposa não saiba o que significa "demais". Aposto que também não sabe o que é "feliz" ou "lúcida".

– Reine-Marie é bibliotecária e disse que, pela experiência dela, quando as pessoas usam letras maiúsculas num título, é porque a palavra é um acrônimo. O seu título é *Estou bem DEMAIS*, com o DEMAIS em maiúsculas.

– Inteligente, a sua esposa. Foi a primeira pessoa que notou isso, ou pelo menos a primeira que perguntou. O *DEMAIS* quer dizer desequilibrada, egoísta, mesquinha, amarga, insegura e solitária. Estou bem DEMAIS.

– Faz sentido – concordou Gamache.

O AGENTE ROBERT LEMIEUX MUDOU DE PISTA e deixou passar o doido que estava colado nele a 140 quilômetros por hora. Se estivesse no clima, teria colocado a sirene no teto do carro e perseguido aquele psicopata, mas tinha outras coisas na cabeça no momento.

Tinha certeza de que havia se saído bem em Montreal. Convencera o artista forense a fazer o desenho. Visitara a rodoviária e a Old Brewery Mission. E avançara no caso Elle, que Gamache parecia querer manter em segredo.

Tinha feito uma anotação sobre isso no caderninho.

Lemieux havia conseguido o que queria. Estava certo de que agora o inspetor-chefe Gamache confiava nele. E isso era o essencial. Muita coisa dependia de ganhar a confiança de Gamache.

– A ÚNICA PESSOA QUE EU ME LEMBRO de ver andando para lá e para cá é aquele fotógrafo – disse Myrna, algum tempo depois.

Assim que ela voltou, Peter e Clara puseram a mesa. Gamache a chamou de lado por um momento e Myrna concordou que havia algo de muito errado com Crie. Os dois então combinaram de se encontrar no dia seguinte para conversar melhor.

Agora o jantar estava posto em mesinhas laterais na sala de estar. Clara tinha razão quanto ao aspecto visual do prato: parecia aqueles restinhos de comida que ficam acumulados no ralo da pia depois que se lava a louça. Mas era delicioso. Purê de batata, peru assado, molho da carne e ervilhas, tudo misturado em um fumegante assado. Na mesa de centro havia tigelas com pão fresco e uma salada verde. Lucy vagava de um lado para outro como um tubarão faminto.

– O fotógrafo estava em todos os lugares – concordou Clara, pegando um pedaço de pão e passando manteiga. – Mas ele só fotografou CC.

– Ele foi contratado para fazer isso. Onde vocês estavam? – quis saber Gamache.

Ele tomou um gole de vinho tinto.

– Nas arquibancadas, ao lado de Olivier – respondeu Ruth.

– Eu me sentei entre Myrna e Gabri – disse Clara. – Peter estava jogando.

– Richard Lyon estava do meu lado – contou Myrna.

– Ele ficou lá o tempo todo? – perguntou Gamache.

– Com certeza. Eu teria notado se ele tivesse saído. Calor humano. Mas e Kaye Thompson? – perguntou Myrna, olhando para os outros. – Ela estava ao lado de CC. Deve ter visto alguma coisa.

Todos assentiram e olharam para Gamache, ansiosos.

– Nada. Eu a encontrei hoje. Ela só percebeu que tinha alguma coisa errada quando CC começou a gritar.

– Eu não ouvi isso – disse Ruth.

– Ninguém ouviu – explicou Gamache. – O som foi abafado pelo barulho da Mãe limpando a casa.

– Ah, faz sentido – disse Peter. – Todo mundo estava aplaudindo.

– E a Crie? – perguntou Gamache. – Alguém prestou atenção nela?

Zero reação.

De novo, Gamache ficou perplexo ao pensar como devia ser triste estar no lugar daquela criança. Ela engolia todos os sentimentos, toda a dor. Carregava um peso enorme e ainda assim era invisível. Ninguém nunca a via. Era a pior de todas as situações, ele sabia, a de não ser notado.

– Vocês têm uma Bíblia? – perguntou Gamache a Clara. – O Antigo Testamento, na verdade. Em inglês, de preferência.

Eles foram até a estante. Clara a encontrou.

– Posso ficar com ela até amanhã? – perguntou Gamache.

– Até ano que vem, se quiser – respondeu Clara. – Nem lembro quando foi a última vez que a li.

– A última vez? – perguntou Peter.

– Ou a primeira – admitiu ela, com uma risada.

– O senhor quer ver o filme agora? – quis saber Peter.

– Quero muito.

Peter estendeu a mão para pegar a fita de vídeo na mesa, mas Gamache o deteve.

– É melhor eu fazer isso, se o senhor não se importar.

Gamache pegou um lenço e o usou para tirar o filme da caixa. Todo mundo entendeu, mas ninguém perguntou, e Gamache não confirmou que a fita tinha sido encontrada na lixeira da mulher assassinada.

– Sobre o que é o filme? – perguntou Myrna.

– Sobre Eleanor da Aquitânia e seu marido, o rei Henrique – respondeu Ruth.

Gamache se virou para ela, surpreso.

– Que foi? É um filme ótimo. Com Katharine Hepburn e Peter O'Toole. Se eu bem me lembro, toda a ação se passa no Natal. Estranho, não é? Nós também estamos na época do Natal.

Havia muitas coisas estranhas naquele caso, pensou Gamache.

Surgiram os créditos de abertura, o leão da Metro-Goldwyn-Mayer rugiu, uma intensa música gótica preencheu a pequena e pitoresca sala de estar e imagens grotescas de gárgulas encararam a tela com malícia. O filme já remetia a poder e decadência.

E pavor.

O leão no inverno começou.

O CARRO DA AGENTE NICHOL DERRAPOU na esquina nevada, conseguindo por muito pouco deixar a autoestrada e entrar na pequena via secundária que levava a Three Pines. Gamache não a tinha convidado para ficar na pousada com eles, mas ela ficaria mesmo assim, ainda que precisasse pagar do próprio bolso. Em Montreal, após interrogar a diretora da esnobe escola particular de Crie, tinha feito uma parada rápida para pegar uma mala e beliscar alguma coisa com os parentes reunidos em sua casa minúscula e impecável.

Seu pai sempre parecia nervoso nessas ocasiões e instruía as filhas a nunca mencionar a história da família na Tchecoslováquia. Tendo crescido naquela casinha impecável no extremo leste de Montreal, Nichol havia acompanhado uma procissão de parentes distantes e amigos de amigos que vinham morar com eles, embora a procissão parecesse mais um cortejo fúnebre. Eles se arrastavam porta adentro, todos de preto com rostos severos como pedra, falando palavras que ela não entendia e sugando toda a atenção que o mundo tinha a oferecer. Demandavam, gritavam, se lamentavam e reclamavam. Vinham da Polônia, da Lituânia e da Hungria e, quando a jovem Yvette os escutava, pensava que cada pessoa devia ter sua própria língua. Parada na porta da minúscula, lotada e caótica sala de estar, um cômodo que já tinha sido tão agradável e calmo, a jovem Yvette se esforçava para entender o que era dito. No início, os recém-chegados falavam com ela de maneira gentil, mas, vendo que ela não reagia, começavam a falar mais alto, até finalmente gritarem, naquele idioma universal que a acusava de ser preguiçosa, burra e desrespeitosa. A mãe, antes tão gentil e amável, se tornara impaciente e começara a gritar com ela também. Em uma língua que ela entendia. A pequena Yvette Nikolev agora era a estrangeira. Durante a vida inteira havia ficado do lado de fora. Desejando pertencer, mas sabendo que não pertencia, quando até a mãe estava do lado dos outros.

Foi então que ela começou a se preocupar. Se sua casa era tão confusa e opressora, o que a esperava lá fora? E se ela não se fizesse entender? E se algo acontecesse e ela não conseguisse seguir as instruções? E se precisasse de alguma coisa? Quem lhe daria? E assim Yvette Nichol aprendeu a tomar à força.

– Quer dizer que você voltou a trabalhar com o Gamache – tinha dito o pai.

– Sim.

Ela sorriu para ele. O pai era o único que a defendera na infância. O único que a protegera daqueles invasores. Ele a olhava nos olhos, fazia sinal para que se aproximasse, lhe dava um caramelo embrulhado num celofane barulhento e a instruía a abri-lo escondida. Longe de olhos curiosos e ávidos. Era o segredo deles. O pai lhe havia ensinado o valor e a necessidade dos segredos.

– Nunca fale da Tchecoslováquia para ele. Prometa. Ele não entenderia. Eles só querem quebequenses puros na Sûreté. Se ele descobrir que você é tcheca, vai te botar para fora. Do mesmo jeito que aconteceu com seu tio Saul.

A simples ideia de ser comparada ao estúpido tio Saul a deixava nauseada. O estúpido tio Saul Nikolev, que fora expulso da Polícia tcheca e não conseguira proteger a família. E então todos haviam morrido. Exceto o pai, Ari Nikolev, a mãe e os parentes descontentes e amargos que usavam a casa deles como uma latrina, despejando aquela merda sobre a jovem família.

No pequeno e organizado quarto dos fundos, Ari Nikolev observava a filha arrumar a mala, colocando as roupas mais tristes e sem graça do seu armário. Por sugestão dele.

– Eu conheço os homens – disse Ari quando ela protestou.

– Mas os homens não vão me achar atraente com isso – disse Nichol, apontando para a pilha de roupas. – O senhor disse que queria que o Gamache gostasse de mim.

– Não desse jeito. Acredite em mim, ele vai gostar de você assim.

Quando ela se virou para procurar o nécessaire, ele enfiou dois caramelos na mala. Ela os encontraria naquela noite. E pensaria nele. E, com sorte, nunca desconfiaria que ele tinha seu próprio segredinho.

Nunca tinha havido um tio Saul. Nem um massacre nas mãos dos comunistas. Tampouco uma fuga nobre e corajosa pela fronteira. Ele havia inventado aquela história anos antes para calar a boca dos parentes da esposa que viviam acampados na casa deles. Seu bote salva-vidas, feito de palavras, o mantivera à tona naquele mar de miséria e sofrimento. Um sofrimento genuíno, até ele admitia isso. Mas precisava ter suas próprias histórias de heroísmo e sobrevivência.

E então, após ajudar a conceber a pequena Angelina e, depois, Yvette, ele havia concebido o tio Saul. Cuja missão era salvar a família, mas havia falhado. A queda espetacular de Saul em desgraça havia custado a Ari toda a sua família fictícia. Ele sabia que deveria contar a Yvette. Sabia que o que havia começado como um bote salva-vidas tinha se tornado uma âncora para sua garotinha. Mas ela o adorava, e Ari Nikolev ansiava por aquele brilho em seus olhos cinzentos.

– Eu vou ligar para você todos os dias – disse ele, erguendo da cama a mala leve. – Precisamos unir forças. – Ele sorriu, indicando com a cabeça a cacofônica sala de estar, onde os parentes gritavam uns com os outros do alto de suas posições inabaláveis. – Estou orgulhoso de você, Yvette. Sei que vai dar tudo certo. Tem que dar.

Nenhum dos parentes cretinos sequer levantou a cabeça quando ela saiu, o pai carregando sua bagagem para o carro e colocando-a no porta-malas.

– Caso aconteça um acidente, a mala não vai bater na sua cabeça.

Ele a abraçou e sussurrou no ouvido dela:

– Não estrague tudo.

E AGORA ELA SE APROXIMAVA DE THREE PINES. Ao pegar a Rue du Moulin, Nichol desacelerou, e o carro derrapou de leve na rua escorregadia. Lá embaixo a cidadezinha brilhava, e as luzes vermelhas, verdes e azuis das árvores altas se refletiam na neve e no gelo como um imenso vitral. Ela via figuras se movendo para a frente e para trás nas vitrines das lojas e nas janelas das casas.

Um sentimento se agitava em seu peito. Era ansiedade? Ressentimento, talvez, por deixar sua casa quentinha para ir até ali? Não. Ficou sentada no carro por alguns minutos, seus ombros se afastando lentamente das orelhas e a respiração saindo em longas e regulares baforadas. Tentando identificar aquele sentimento estranho. Então, franzindo as sobrancelhas e contemplando a cidadezinha alegre através do para-brisa, de repente entendeu o que estava sentindo.

Alívio. Era essa a sensação de largar o peso, baixar a guarda?

O celular tocou. Ela hesitou, sabendo quem era e sem querer abandonar o último pensamento.

– *Oui, bonjour*. Sim, estou em Three Pines. Eu vou ser educada. Vou conquistá-lo. Sei quanto isso é importante. Não vou estragar tudo – disse, em resposta ao alerta dele.

Nichol desligou e tirou o pé do freio. Seguiu para dentro do vilarejo e parou em frente à pousada.

ELEANOR E HENRIQUE ESTAVAM A TODO VAPOR. Os filhos se engalfinhavam, virando-se uns contra os outros e também contra os pais. Todas as personagens explodiam, seus cacos indo para todo lado. Era devastador e brilhante. No final, Gamache ficou surpreso ao ver o prato vazio. Não se lembrava de ter comido. Sequer lembrava de ter respirado.

Mas sabia de uma coisa. Se tivesse opção, Eleanor e Henrique seriam as últimas pessoas do planeta que escolheria como pais. Ficou encarando a tela enquanto passavam os créditos finais, perguntando-se o que não havia entendido, porque com certeza não havia entendido alguma coisa. CC tinha um motivo para ter guardado aquele filme, um motivo para adotar o nome De Poitiers e provavelmente um motivo para jogar fora uma fita de vídeo em perfeito estado. Tinho sido encontrada na lixeira dela. Por quê?

– Talvez ela tenha comprado um DVD – sugeriu Clara quando ele perguntou o que todos achavam. – Eu estou aos poucos atualizando a nossa coleção. Todos os filmes preferidos do Peter acabam estragando, porque ele assiste às partes boas várias vezes.

– Oi, pessoal – disse a voz alegre de Gabri, vindo da cozinha. – Fiquei sabendo que está rolando um cineminha. Cheguei a tempo?

– O filme acabou de terminar – respondeu Peter. – Desculpa, cara.

– Não consegui sair mais cedo. Tive que cuidar do doente.

– Como está o inspetor Beauvoir? – perguntou Gamache, entrando na cozinha.

– Ainda dormindo. Ele está gripado – explicou aos outros. – Eu estou com febre? Espero não ter pegado – disse ele, oferecendo a testa a Peter, que o ignorou.

– Bom, mesmo que você tenha pegado, a gente não corre nenhum risco – comentou Ruth. – As chances de a gripe passar do Gabri para um ser humano são bem pequenas.

– Escrota.

– Babaca.

– Então quem está cuidando dele? – quis saber Gamache, já pensando em se dirigir para a porta.

– Aquela tal de agente Nichol apareceu e pediu um quarto. Até pagou do próprio bolso com umas notinhas enroladas. Ela disse que ia cuidar dele.

Gamache torceu para Beauvoir estar inconsciente.

BEAUVOIR ESTAVA TENDO UM PESADELO. Durante a febre, sonhou que estava na cama com a agente Nichol. Teve vontade de vomitar de novo.

– Aqui – disse uma voz feminina bastante agradável.

A lixeira levitou e foi parar bem debaixo da boca dele. Com esforço, Beauvoir se debruçou, embora não tivesse mais nada no estômago para botar para fora.

Ao se deixar cair novamente nos lençóis úmidos, teve a estranha sensação de que um pano frio havia sido colocado em sua testa e em seu rosto e que sua boca havia sido limpa.

Jean Guy Beauvoir mergulhou de volta em seu sono agitado.

– EU TROUXE SOBREMESA – ANUNCIOU GABRI, apontando para uma caixa de papelão na bancada. – Bolo fudge de chocolate.

– Acho que estou começando a gostar de você – disse Ruth.

– Que diferença um gay faz.

Ele sorriu e começou a desembrulhar o bolo.

– Vou fazer um café – ofereceu-se Myrna.

Gamache tirou a mesa e foi lavar a louça. Enquanto esfregava os pratos e os entregava a Clara para que ela os secasse, olhou através da janela coberta de gelo para as luzes de Three Pines e pensou no filme *O leão no inverno*. Repassou mentalmente as personagens, o enredo e algumas das tiradas devastadoras entre Eleanor e Henrique. Era um filme sobre poder e amor distorcidos, deformados e desperdiçados.

Mas por que será que tinha sido tão importante para CC? E por que era importante para o caso?

– O café ainda vai levar alguns minutos – disse Clara, pendurando o pano de prato úmido no encosto de uma cadeira.

O ambiente já tinha sido preenchido pelos aromas de café fresco e chocolate denso.

– Você poderia me mostrar seu estúdio? – pediu Gamache a Clara, com a intenção de se afastar ao máximo do bolo para resistir à tentação de enfiar o dedo nele. – Acabo de me dar conta de que nunca vi o seu trabalho.

Os dois foram até o estúdio de Clara, que estava com a porta escancarada. Já o de Peter, logo ao lado, estava fechado.

– Vai que a musa tenta escapar – explicou Clara.

Gamache aquiesceu com um ar sapiente. O estúdio de Clara era grande e entulhado. Ele entrou, foi até o centro do cômodo e parou.

Havia lonas estendidas por toda parte e os cheiros reconfortantes de tintas acrílicas e a óleo. Em um dos cantos se via uma poltrona velha e gasta, e pilhas de revistas de arte formavam uma mesa sobre a qual estava uma caneca suja de café. Ele se virou devagar, parando para observar uma parede em que havia três pinturas penduradas.

Gamache se aproximou.

– É Kaye Thompson – constatou ele.

– Sim – confirmou Clara, indo até ele. – E esta é a Mãe – acrescentou, apontando para a obra seguinte. – Eu vendi Émilie para a Dra. Harris, um tempo atrás, mas olhe lá. – Clara apontou para a outra parede, onde havia uma tela enorme. – As três juntas.

Gamache estava diante de uma pintura de três mulheres idosas de braços dados, apoiando-se umas nas outras. Era um trabalho incrivelmente complexo, com camadas de fotos e pinturas e até alguns escritos. Émilie, no meio, jogava o corpo para trás e ria com entrega, enquanto as outras duas a seguravam, rindo também. Parecia um momento particular da vida das mulheres. A obra exalava intimidade, capturando a amizade e a interdependência das três. Falava de amor e de um carinho que ia além de almoços e felicitações de aniversário. Gamache sentia que olhava para dentro da alma daquelas mulheres, e a combinação das três era quase insuportável.

– Eu chamo esta obra de *As Três Graças* – disse Clara.

– É perfeito – sussurrou Gamache.

– Mãe é a Fé, Em é a Esperança e Kaye é a Caridade. Eu estava cansada de ver as Três Graças retratadas como jovens e lindas. Acho que a sabedoria vem com a idade, a experiência e a dor. Vem de saber o que importa.

– Está concluído? Parece que tem espaço para mais uma.

– Muito perspicaz. Está concluído, sim, mas em todos os meus trabalhos eu deixo um espacinho, uma espécie de fenda.

– Por quê?

– Você consegue ler o que está escrito na parede atrás delas? – perguntou Clara.

Gamache se inclinou para a frente, colocou os óculos e leu em voz alta:

Toque os sinos que ainda puder tocar
Ofereça o que tiver para ofertar
Há uma fenda em todo lugar
É o que deixa a luz entrar

– Bonito. Madame Zardo?

– Não, Leonard Cohen. Todos os meus trabalhos têm algum tipo de recipiente. De receptáculo. Às vezes ele está no espaço negativo, às vezes é mais óbvio. Nesse, é mais óbvio.

Não era nada óbvio para Gamache. Então, ao dar alguns passos para trás, entendeu o que ela queria dizer. O recipiente era como um vaso, formado pelo corpo delas. O espaço que ele havia notado era a fenda que deixava a luz entrar.

– Faço isso por Peter – murmurou Clara.

A princípio, Gamache pensou que tinha ouvido mal, mas ela continuou, como se falasse sozinha:

– Ele é como um cachorro, como Lucy. Muito leal. Se dedica por inteiro a uma única coisa. Um interesse, um hobby, um amigo, um amor. Eu sou o amor dele, e isso me apavora.

Ela se virou para encarar os olhos castanhos e pensativos de Gamache.

– Peter derramou todo o amor que tinha em mim. Eu sou o recipiente dele. Mas e se eu rachar? E se eu quebrar? Ou morrer? O que ele vai fazer?

– Então toda a sua arte explora esse tema?

– É mais sobre imperfeição e impermanência. Há uma fenda em todo lugar.

– É o que deixa a luz entrar – completou Gamache.

Ele se lembrou de CC, que havia escrito tanto sobre luz e iluminação mas pensava que essas coisas viessem da perfeição. Não chegava aos pés daquela mulher brilhante ao lado dele.

– Peter não entende. E provavelmente nunca vai entender.

– Você já pintou Ruth?

– Não, e quer saber por quê? Por medo. Eu acho que ela pode ser minha obra-prima, então tenho medo de tentar.

– Porque você acha que talvez não consiga?

– Na mosca. E também porque tem algo muito assustador na Ruth. Não sei se quero mergulhar tão fundo na alma dela.

– Você ainda vai fazer isso – disse Gamache, e Clara acreditou.

Ele a observou em silêncio, seus olhos castanho-escuros serenos. Então ela soube todas as coisas terríveis que ele havia visto com aqueles olhos. Mulheres, crianças, maridos e esposas assassinados e mutilados. Ele via mortes violentas todos os dias. Clara olhou para as mãos dele, grandes e expressivas, e soube todas as coisas terríveis que já precisaram fazer. Manusear o corpo de pessoas mortas antes de seu tempo. Lutar pela própria vida e pela dos outros. E, talvez o pior de tudo, aqueles dedos tinham se fechado e, sem firmeza, batido na porta dos entes queridos. Para dar a notícia. Para partir o coração deles.

Na parede seguinte, Gamache viu uma obra de arte impressionante. Dessa vez, os recipientes eram árvores. Clara as havia pintado altas e em forma de cabaça, voluptuosas e maduras. E derretendo, como se o próprio calor interno fosse demais para elas. Eram luminosas. Literalmente luminosas. As cores eram leitosas, como o amanhecer em Veneza, todas quentes, lavadas e veneráveis.

– São incríveis, Clara. Elas irradiam luz.

Assombrado, ele se virou para ela como se a visse pela primeira vez. Sabia que ela era sensível, corajosa e compassiva, mas ainda não tinha percebido como era talentosa.

– Alguém mais viu isto? – perguntou Gamache.

– Eu dei um portfólio meu para CC, antes do Natal. Ela era amiga de Denis Fortin.

– Da galeria.

– A mais importante do Quebec, talvez de todo o Canadá. Ele tem contatos no Museu de Arte Contemporânea de Montreal e no Museu de Arte Moderna de Nova York. Se Fortin gostar do seu trabalho, você é lançado.

– Isso é incrível – disse Gamache.

– Na verdade, não. Ele odiou.

Clara se virou, incapaz de encarar qualquer ser humano enquanto admitia seu fracasso.

– CC e Fortin estavam na Ogilvy quando fui lá para o lançamento do livro da Ruth. Cruzei com eles na escada rolante. Eu estava subindo, eles descendo, e ouvi CC dizer que era uma pena que ele tivesse achado meu trabalho amador e banal.

– Ele disse isso?

– Bem, não, mas CC disse. Ela estava mencionando o que ele tinha falado, e ele não a contradisse. Depois os dois passaram por mim e, quando percebi, eu já estava do lado de fora. Graças a Deus encontrei aquela moradora de rua.

– Quem?

Será que deveria contar a ele? Mas já estava se sentindo muito por baixo e não ia se expor ainda mais para aquele homem que a ouvia como se ela fosse a única pessoa na face da Terra. Não conseguiria admitir que acreditava que Deus era uma mendiga.

Ainda acreditava nisso?

Ela parou para pensar por um instante. *Sim*, veio a resposta, simples e clara. Sim, ainda acreditava que havia encontrado Deus nas ruas frias, escuras e abençoadas de Montreal no Natal. Mesmo assim, já tinha envergonhado a si mesma o suficiente.

– Ah, não foi nada. Eu dei um café para uma mulher e me senti melhor. Acho que é assim que funciona, não é?

Para pessoas gentis e compassivas, sim, pensou Gamache, *mas não para todo mundo*. Ele percebeu que Clara omitira alguma coisa, mas não quis pressioná-la. Além disso, sabia que não era algo relacionado com o caso, e Armand Gamache não era de passar dos limites com as pessoas só porque sua posição lhe permitia.

– CC sabia que você estava lá quando falou isso?

Clara fingiu que tentava lembrar, mas já sabia a resposta. Sabia desde o instante em que vira CC na escada rolante.

– Sabia, teve uma hora que nossos olhares se cruzaram. Ela sabia.

– Deve ter sido doloroso.

– Achei que meu coração fosse parar. Eu realmente acreditei que o Fortin fosse gostar do meu trabalho, nunca me passou pela cabeça o contrário. Foi culpa minha criar uma fantasia dessas.

– Quando alguém apunhala a gente pelas costas, não é nossa culpa sentir dor.

Gamache notou o rosto e os punhos cerrados dela, a respiração pesada como se estivesse dando um impulso para se levantar. Ele sabia que Clara Morrow era gentil, amável e tolerante. Se CC de Poitiers era capaz de transtorná-la daquele jeito, o que não teria feito com outros?

E acrescentou o nome de Clara à longa lista de suspeitos. O que ela estava escamoteando nos fundos do quarto que mantinha trancado e escondia até de si mesma? O que havia espiado pela porta durante aquele silêncio de momentos antes?

– Sobremesa! – anunciou Gabri, aparecendo na porta do estúdio.

VINTE E DOIS

– Quem o senhor acha que matou CC? – perguntou Myrna, lambendo o garfo e tomando um gole do café encorpado.

A combinação de café fresquinho, feito de grãos moídos na hora, e bolo fudge de chocolate a deixava quase inebriada.

– Acho que primeiro eu tenho que descobrir quem era CC – respondeu Gamache. – Acredito que o assassino esteja escondido no passado dela.

Ele contou sobre CC e seu mundo de fantasias. Gamache falava com sua voz grave e calma, como um velho contador de histórias. Os amigos formaram um círculo, os rostos brilhando à luz âmbar da lareira. Comeram o bolo e beberam o café, arregalando os olhos cada vez mais à medida que ficava clara a profundidade do mistério e da farsa.

– Então ela fingia ser outra pessoa – concluiu Clara quando ele terminou, tentando não demonstrar o triunfo que sentia. Então aquilo significava que CC era uma doida.

– Mas por que escolher esses dois como pais? – perguntou Myrna, indicando a TV.

– Não sei. Vocês têm alguma teoria?

Todos ficaram pensando.

– Não é raro as crianças fantasiarem que foram adotadas – comentou Myrna. – Mesmo aquelas que são felizes passam por esse estágio.

– É verdade – concordou Clara. – Eu me lembro de pensar que minha mãe verdadeira era a rainha da Inglaterra e que ela tinha me entregado para as colônias para ser criada como plebeia. Toda vez que a campainha tocava, eu pensava que era ela vindo me buscar.

Clara ainda se lembrava de imaginar a rainha Elizabeth na varanda de sua modesta casa no quartier Notre-Dame-de-Grâce, em Montreal, e os vizinhos esticando o pescoço para espiá-la. Imaginava-a com sua coroa e seu longo manto roxo. E sua bolsinha. Clara sabia o que a rainha guardava naquela bolsa: uma foto dela, Clara, e uma passagem de avião para levá-la de volta para casa.

– Mas você cresceu e superou isso – disse Peter.

– Tem razão – respondeu Clara, embora não fosse inteiramente verdade. – Se bem que eu substituí essa fantasia por outras.

– Ih, pode parar! Nada de fantasias heterossexuais à mesa – determinou Gabri.

Mas o mundo dos sonhos adulto de Clara não tinha nada a ver com sexo.

– Esse é o problema – disse Gamache. – Eu concordo que, quando somos crianças, todos nós criamos um mundo só nosso. Caubóis, astronautas, príncipes e princesas...

– Posso contar o meu? – ofereceu Gabri.

– Ai, meu Deus, me mate agora – rogou Ruth.

– Eu sonhava que era hétero.

A frase simples e devastadora pairou no meio do círculo.

Foi Ruth quem quebrou o silêncio:

– Eu sonhava que era popular. E bonita.

– Eu sonhava que era branca – emendou Myrna. – E magra.

Peter permaneceu mudo. Não se lembrava de nenhuma fantasia de quando era criança. Lidar com a realidade já ocupava grande parte de sua mente.

– E o senhor? – perguntou Ruth a Gamache.

– Eu sonhava que tinha salvado meus pais – respondeu ele, lembrando-se do garotinho recostado no sofá da sala, olhando pela janela, a bochecha apoiada no tecido texturizado.

Às vezes, quando o vento do inverno soprava, ele ainda podia sentir aquela aspereza na bochecha. Sempre que os pais saíam para jantar, ele esperava, procurando os faróis do carro na noite. E toda noite eles voltavam. Até que um dia isso não aconteceu.

– Todos nós temos fantasias – disse Myrna. – CC era diferente de alguém?

– É diferente – ponderou Gamache. – Você ainda quer ser branca e magra?

Myrna riu com vontade.

– Sem chance. Isso jamais me ocorreria agora.

– Ou hétero? – perguntou ele a Gabri.

– Olivier me mataria.

– Em algum momento, para o bem ou para o mal, nossas fantasias infantis desaparecem ou são substituídas por outras. Mas CC parecia acreditar na dela, a ponto de dar a si mesma o nome De Poitiers. Não sabemos sequer qual era o sobrenome verdadeiro dela.

– E os pais verdadeiros, quem será que são? – perguntou Gabri. – Ela tinha quase 50 anos, não é? Então eles devem estar pelo menos na casa dos 70. Como a senhora – disse ele, virando-se para Ruth.

Após um momento, ela falou:

Morta há tempos e enterrada em outra cidade,
minha mãe continua a me assombrar.

– Isso é de algum poema? – perguntou Gamache. – Me soa familiar.

– O senhor acha? – respondeu Ruth com rispidez.

Quando minha morte nos separar
O perdoado e o perdoador se encontrarão de novo
Ou será, como sempre foi, tarde demais?

– Ai, graças a Deus. Achei que a gente fosse passar uma noite inteira sem ouvir sua poesia – disse Gabri. – Continue, por favor. Ainda não cortei os pulsos.

– Sua poesia é extraordinária – disse Gamache.

Ruth pareceu mais indignada pelas palavras gentis dele do que pelos insultos de Gabri.

– Vai se ferrar – respondeu ela, empurrando Gamache para o lado e indo em direção à porta.

– Nossa, que falta de educação elogiar os outros assim – comentou Gabri.

Gamache se lembrou de onde lera aquele poema: no carro, a caminho de Three Pines para começar a investigação. Com cuidado, ele retirou do videocassete a fita de *O leão no inverno*.

– Obrigado – disse a Clara e Peter. – Tenho que voltar para ver o inspetor Beauvoir. Clara, eu poderia ficar com um portfólio seu?

– Claro.

Ela o conduziu ao estúdio e à mesa entulhada. Acendeu a luminária e remexeu nas pilhas de papéis. Gamache a observou até que seus olhos foram atraídos por algo brilhando na estante de livros atrás da mesa. Ficou parado por um instante, quase com medo de que o objeto levantasse voo caso ele se mexesse. Avançou em silêncio e devagar, cercando-o. Enquanto andava, pegou um lenço do bolso. Depois estendeu a mão com firmeza e precisão, envolveu o objeto delicadamente no lenço e o retirou do suporte. Mesmo através do tecido, era quase quente.

– Não é lindo? – disse Clara, enquanto ele recuava e segurava o objeto sob a luminária. – Foi Peter quem me deu de Natal.

Na palma da mão, Gamache segurava uma bola brilhante. Nela, uma cena tinha sido pintada. Três pinheiros com os galhos carregados de neve. Embaixo estava escrito *Noël* e, embaixo disso, escrita bem de leve, havia outra coisa. Uma única letra maiúscula.

L.

Tinha encontrado a bola Li Bien.

PETER MORROW PARECIA ENCURRALADO, e estava mesmo. Quando questionada, Clara havia declarado alegremente que aquele lindo enfeite tinha sido o primeiro presente de Natal que Peter comprara para ela. Até aquele ano, ela explicou, eles tinham sido muito pobres.

– Ou muito sovinas – comentou Ruth.

– Onde o senhor conseguiu isto? – perguntou Gamache em sua voz educada, mas com uma firmeza que exigia uma resposta.

– Não lembro – tentou Peter, para logo mudar de ideia ao ver o olhar determinado de Gamache. Então tentou se explicar para a esposa: – Eu queria comprar alguma coisa para você...

– Mas...? – emendou Clara, já vendo aonde aquilo ia dar.

– Bom, eu estava indo a Williamsburg para comprar...

– A Paris do Norte – explicou Gabri a Myrna.

– Famosa pelas lojas – concordou Myrna.

– ...quando passei pelo depósito de lixo e...

– Pelo depósito de lixo? – exclamou Clara. – Pelo depósito de *lixo*?!

Lucy começou a serpentear as pernas de Clara, perturbada pela alta frequência que a voz dela tinha atingido.

– Assim você vai estilhaçar a bola – disse Ruth.

– Pelo depósito de lixo – repetiu Clara mais uma vez, agora com a voz mais grave.

Ela abaixou a cabeça, fuzilando Peter com o olhar. A essa altura, tal como Ruth um pouco antes, ele desejava que a casa explodisse.

– O Jacques Cousteau do mergulho em lixão encontrou um novo tesouro – debochou Gabri.

– O senhor achou isto no depósito de lixo de Williamsburg? – quis saber Gamache, para confirmar.

Peter aquiesceu.

– Eu só estava olhando, mais por diversão. Tinha sido um dia ameno, então nem tudo estava congelado. Eu não estava lá fazia muito tempo quando isso me chamou a atenção. O senhor pode ver por quê. Se mesmo agora, à luz da luminária, ela brilha, o senhor tinha que ver em plena luz do dia. Era como um farol. Estava me chamando. – Ele olhou para Clara para ver se estava funcionando. – Acho que eu precisava encontrar. Era o destino.

Mas ela não se convenceu.

– Quando foi isso? – perguntou Gamache.

– Não lembro.

– Tente se lembrar, Sr. Morrow.

Todos olharam para Gamache. O homem parecia ter crescido e agora irradiava uma autoridade e uma insistência que até Ruth se calara. Peter pensou por um instante.

– Foi bem perto do Natal... Lembrei: foi no dia seguinte ao lançamento do seu livro – disse ele a Ruth. – Sim, 23 de dezembro. Clara estava em casa e podia levar Lucy para passear enquanto eu fazia as compras de Natal.

– A peneiragem de lixo de Natal, você quer dizer.

Peter apenas suspirou.

– Em que lugar do depósito isto estava? – perguntou Gamache.

– Bem no canto, como se alguém tivesse colocado lá com cuidado, e não simplesmente jogado.

– O senhor encontrou alguma outra coisa?

Gamache o observou com atenção para ver se ele estava mentindo. Peter balançou a cabeça em negativa. Gamache acreditou nele.

– O que é isso? Por que é tão importante? – perguntou Myrna.

– Chama-se bola Li Bien – explicou Gamache – e pertencia a CC. Ela construiu toda a filosofia espiritual dela ao redor disto. No livro, CC descreve este objeto exatamente como o estamos vendo agora e diz que é a única coisa que ainda guarda da mãe. Na verdade, ela fala que foi a mãe quem pintou a bola.

– E tem três pinheiros – continuou Myrna.

– E uma inicial – disse Clara. – L.

– Então foi por isso que CC veio morar aqui – deduziu Gabri.

– Por quê? – perguntou Peter, que estava mergulhado nos próprios problemas e não tinha prestado atenção na conversa.

– Três pinheiros? – disse Gabri, indo até a janela e apontando para fora. – Três pinheiros. Três pinheiros?

– Três pinheiros três vezes – disse Ruth. – Você está batendo os calcanhares, Dorothy.

– Não estamos mais no Kansas – respondeu Gabri. – Captou? – ele implorou a Peter.

– Três pinheiros – repetiu Peter, finalmente entendendo. – A mãe de CC era daqui?

– E a inicial dela era L – concluiu Myrna.

ÉMILIE LONGPRÉ ESTAVA DEITADA NA CAMA. Ainda era cedo, não tinha dado dez horas, mas se sentia cansada. Pegou o livro e tentou ler, mas lhe pesava nas mãos. Ela fazia esforço para segurá-lo, querendo terminar a história, saber como acabava. Tinha medo de ficar sem tempo antes de ficar sem livro.

Agora a capa dura pesava em seu colo, um pouco como David pesara em seu ventre. Estava deitada naquela mesma cama, Gus ao seu lado fazendo palavras cruzadas e murmurando sozinho. E seu filho dentro dela.

Agora ela só tinha um livro como companhia. Não. Não só um livro. Tinha Bea e Kaye. Elas também estavam com Em e ficariam com ela até o fim.

O livro, pesado de tantas palavras, subia e descia em sua barriga. Ela olhou para o marcador: metade. Ainda estava na metade. Pegou-o de novo, dessa vez com as duas mãos, e leu um pouco mais, perdendo-se na história. Esperava que tivesse um final feliz. Que a mulher encontrasse o amor e a felicidade. Ou talvez apenas a si mesma. Seria suficiente.

O livro se fechou de novo quando os olhos de Em também se fecharam.

MÃE BEA PODIA PREVER O FUTURO e ele não parecia nada bom. Nunca parecia. Mesmo nas melhores épocas, ela tinha o dom de antever o pior. Algo que não ajudava muito. Viver nas ruínas do futuro tirava a alegria do presente. O único conforto era que quase nenhum de seus medos se tornava realidade. Os aviões não caíam, os elevadores não despencavam e as pontes seguiam firmes e fortes. Ok, o marido a havia abandonado, mas aquilo não era propriamente um desastre. Alguns até diriam que tinha sido uma profecia autorrealizável. Ela o levara a se afastar. Vivia dizendo que havia muita gente naquele relacionamento: Beatrice, ele e Deus. Um dos três tinha que ir embora.

Não foi bem uma escolha.

Agora estava deitada na cama, enroscada em seus lençóis de flanela macios e quentes, o edredom pesado envolvendo o corpo roliço. Havia escolhido Deus no lugar do marido, mas a verdade é que também tinha escolhido um bom edredom de penas de ganso.

Aquele era seu lugar preferido no mundo. Sua cama, onde se sentia sã e salva. Então por que não conseguia dormir? Por que não conseguia mais meditar? Por que não conseguia sequer comer?

KAYE ESTAVA DEITADA NA CAMA, DANDO ORDENS aos jovens e assustados soldados de infantaria ao redor de sua trincheira. Seus capacetes lisos e rasos estavam tortos e em seus rostos cobertos de sujeira e fezes despontavam os primeiros pelos. Os primeiros e últimos, ela sabia, mas optou por não contar a eles. Em vez disso, fez um discurso motivador, garantiu que seria a primeira a sair da trincheira quando chegasse a hora e depois liderou um coro sincero de "Rule, Britannia!".

Logo estariam mortos, ela sabia. E Kaye se enroscou até virar uma bolinha, envergonhada da covardia que havia carregado a vida inteira como uma criança no útero, em grande contraste com a evidente coragem do pai.

– Desculpa – disse Peter pela centésima vez.

– O problema não foi você pegar o presente no lixo, mas mentir sobre isso – mentiu Clara.

O problema foi, sim, ele ter pegado aquela maldita bola no depósito. Mais uma vez, ele lhe tinha dado lixo de Natal. Clara não se importava com isso na época em que não podiam comprar nada. Ela fazia coisas para ele porque tinha habilidades manuais, e ele chafurdava no lixo porque não tinha. Depois, os dois fingiam gostar dos presentes.

Dessa vez era diferente. Agora eles tinham dinheiro, mas mesmo assim ele tinha escolhido o lixão.

– Desculpa – repetiu ele, sabendo que não era o suficiente, mas não sabendo o que poderia ser.

– Esquece – disse ela.

Ele era inteligente o suficiente para saber que esquecer não seria muito inteligente.

Gamache se sentou ao lado de Beauvoir. Havia enchido outra bolsa de água quente, embora a febre já tivesse passado. Só tinha encontrado uma delas e se perguntou o que havia acontecido com a outra. Agora estava sentado ali, ora observando Jean Guy, ora lendo o pesado livro em seu colo.

Tinha lido Isaías só para ter certeza e agora se voltava para os Salmos. Tinha ligado para o clérigo de sua paróquia ao voltar para a pousada, e o padre Néron dera a ele a referência correta.

– Foi bom ver você na noite de Natal, Armand – ele havia dito.

Gamache esperou.

– E conhecer a sua neta. Ela se parece com Reine-Marie, deu sorte.

Gamache esperou.

– É tão bom ver uma família reunida. Vai ser uma pena você ir para o inferno e não poder passar a eternidade com elas.

Epa!

– Felizmente, *mon père*, elas também vão para o inferno.

Père Néron riu.

– E se eu tiver razão e você estiver colocando sua alma mortal em perigo por não vir à igreja toda semana? – perguntou ele.

– Então vou sentir falta da sua companhia alegre por toda a eternidade, Marcel.

– O que posso fazer por você?

Gamache disse a ele.

– Isso não é de Isaías, é o salmo 46. Não lembro o versículo. Aliás, é um dos meus preferidos, mas não é muito popular entre os chefes.

– Por que não?

– Pense bem, Armand. Se as pessoas só tivessem que se aquietar para se aproximar de Deus, elas não precisariam de mim.

– E se essa passagem estiver certa? – perguntou Gamache.

– Então eu e você vamos passar toda a eternidade juntos, afinal. Espero que esteja.

Agora Gamache lia o salmo, olhando para Beauvoir de vez em quando por cima dos óculos meia-lua. Por que Mãe Bea havia mentido, dizendo que era uma citação de Isaías? Claro que ela sabia o livro certo. E o mais intrigante: por que havia citado a passagem incorretamente e escrito na parede *Mantenha a calma e saiba que eu sou Deus*?

– Eu estou tão mal assim?

Gamache ergueu o olhar e viu que Beauvoir o encarava com olhos brilhantes e sorridente.

– Seu corpo não, meu jovem, mas lamento por sua alma.

– Taí uma verdade, *monsignor* – disse Beauvoir, esforçando-se para erguer o corpo e se apoiar nos cotovelos. – O senhor não vai acreditar nos sonhos esquisitos que eu tive. – Ele confessou num sussurro: – Até sonhei que a agente Nichol estava aqui comigo.

– Caramba – respondeu Gamache, e tirou a mão fria da testa fresca de Beauvoir. – Você está melhor.

– Muito melhor. Que horas são?

– Meia-noite.

– Vá dormir, senhor. Eu estou bem.

– Bem demais? Desequilibrado, egoísta, mesquinho, amargo, inseguro e solitário?

– Espero que isso não faça parte da minha avaliação de desempenho.

– Não. É só poesia.

Se isso é poesia, pensou Beauvoir, exausto e voltando a afundar na cama confortável, *talvez eu comece a ler uns versos.*

– Por que o senhor está lendo a Bíblia? – murmurou ele, já meio adormecido.

– Tem a ver com o que está escrito na parede do centro de meditação da Mãe Bea. Salmo 46, versículo 10. Ela devia ter escrito "Aquiete-se e saiba que eu sou Deus".

Beauvoir adormeceu, confortado pela voz e pelo pensamento.

VINTE E TRÊS

No relógio sobre a mesa de cabeceira brilhavam os números 5:51. Ainda estava escuro e assim ficaria por mais algum tempo. Deitado na cama, Gamache sentia no rosto o ar gelado vindo da fresta que deixara na janela e, no corpo, o calor dos lençóis.

Hora de se levantar.

Tomou um banho e se vestiu rapidamente. Com mobília de madeira escura, paredes brancas e um edredom fofinho de pena de ganso, era um quarto elegante e perigosamente acolhedor. Ele desceu a escada às escuras, na ponta dos pés. Tinha vestido suas roupas mais quentes e sua parca enorme. Na véspera, ao entrar na pousada, havia enfiado o gorro e as luvas na manga da parca e agora, ao tentar passar o braço direito, atingiu o bloqueio. Com um empurrão bem treinado, fez o pompom do gorro despontar na abertura, seguido pelas luvas, até dar à luz o conjunto inteiro.

Uma vez do lado de fora, pôs-se a caminho, seus pés mastigando a neve. Era uma manhã gelada e revigorante, mas sem um único sopro de ar, o que o fez pensar que a previsão do tempo havia acertado: seria um dia muito frio, até mesmo para os padrões do Quebec. Inclinando-se ligeiramente para a frente, de cabeça baixa, as mãos enluvadas cruzadas nas costas, seguiu caminhando e pensando sobre aquele caso intrigante e sua profusão de suspeitos e pistas.

Poça de limpador de para-brisas anticongelante, niacina, *O leão no inverno*, Salmo 46:10 e uma mãe há tempos perdida. E aquilo era só o que ele já tinha descoberto. Fazia dois dias que CC morrera. O que ele precisava mesmo era de uma epifania.

Perto da praça, o caso o havia deixado no escuro, embora a noite nunca fosse um breu completo no inverno. A neve que cobria o chão tinha seu próprio brilho. Caminhando com dificuldade, ele passou pelas casas adormecidas, a fumaça das chaminés subindo verticalmente, e pelas lojas ainda às escuras, embora uma sugestão de luz no porão da *boulangerie* da Sarah prometesse croissants frescos.

Mergulhado na quietude e no conforto espantoso do vilarejo silencioso, ele deu voltas e voltas, os pés esmagando a neve endurecida e a respiração pesada ressoando alto nos ouvidos.

Será que a mãe de CC estava dormindo em uma daquelas casas? Seria um sono tranquilo ou será que sua consciência a despertava, como um invasor violento?

Quem seria a mãe de CC?

Será que CC a havia encontrado?

Será que a mãe queria ser encontrada?

CC era movida pela necessidade de ter uma família ou tinha algum outro propósito, mais sombrio?

E a bola Li Bien? Quem a teria descartado? E por que não simplesmente jogá-la na lixeira congelada, partindo o objeto em mil pedaços irreconhecíveis?

Por sorte, Armand Gamache adorava enigmas. Bem naquela hora, uma figura escura saiu da praça em disparada, correndo na direção dele.

– *Henri! Viens ici* – comandou uma voz.

Para um cachorro com orelhas tão grandes, Henri parecia escutar muito pouco. Gamache deu um passo para o lado e Henri passou derrapando com alegria.

Émilie Longpré se aproximou.

– *Désolée* – disse ela, ofegante. – Henri, você não tem modos.

– É um privilégio ser eleito parceiro de brincadeiras do Henri.

Ambos sabiam que Henri também havia elegido seu próprio cocô congelado como parceiro de brincadeiras, então seu padrão não devia ser muito alto. Mas Émilie fez um leve meneio de cabeça, reconhecendo a cortesia dele. Émilie Longpré era um tipo de quebequense que estava desaparecendo: *Les Grandes Dames*, chamadas assim não porque pressionassem, insistissem ou intimidassem, mas pela dignidade e gentileza imensas que tinham.

– Não estamos acostumados a encontrar ninguém em nossa caminhada matinal – explicou Émilie.

– Que horas são?

– Já passa das sete.

– Posso acompanhar vocês?

Ele se pôs ao lado dela e os três contornaram a praça, Gamache jogando bolas de neve para um Henri extasiado. Luzes surgiam uma a uma nas janelas das casas. Olivier acenou de longe em seu trajeto da pousada até o bistrô. Pouco depois, uma luz suave surgiu na janela.

– A senhora era próxima de CC? – perguntou Gamache, vendo Henri derrapar preguiçosamente no lago congelado atrás de uma bola de neve.

– Nem um pouco. Só a vi algumas vezes.

No escuro, Gamache não conseguia distinguir a expressão de Em. Como compensação, concentrou-se intensamente na voz dela.

– Ela foi me visitar um dia.

– Por quê?

– Eu a convidei. Na semana seguinte, nos encontramos no centro de meditação da Mãe.

Havia um toque de humor no tom de Émilie. Ela se lembrava da cena perfeitamente: Mãe Bea com o rosto da cor do cafetã, que naquele dia era vinho, e CC, magra e presunçosa, parada no meio do salão criticando todo o estilo de vida da outra.

– É compreensível, claro – dissera CC para Mãe Bea, com seu ar condescendente. – Faz anos que a senhora renovou seu caminho espiritual, acabou ficando obsoleta – continuou ela, pegando uma almofada roxa com dois dedos, como se fosse uma evidência da deplorável filosofia fossilizada de Mãe. E de seu estilo de decoração. – Quer dizer, desde quando a cor roxa é divina?

As mãos de Mãe voaram para o topo da cabeça, sua boca aberta e silenciosa. Mas CC não viu nada disso. Tinha virado o rosto para o teto e as palmas da mão para cima e agora murmurava como um grande diapasão.

– Não, este lugar não tem espírito. O seu ego e as suas emoções o expulsaram daqui. Como o divino pode viver no meio dessas cores berrantes? Tem muito seu e não o suficiente do Poder Superior. Mas é claro que você está fazendo o seu melhor e foi uma verdadeira pioneira ao trazer a meditação para Townships, há trinta anos...

– Quarenta – corrigira Mãe Bea, recuperando a voz, ainda que sob a forma de um guincho.

– Aham. Naquela época, a senhora podia oferecer qualquer coisa, já que não havia ninguém com conhecimento maior.

– Como é que é?

– Eu vim aqui na esperança de encontrar alguém com algum carma para compartilhar.

CC suspirou e olhou em volta, balançando a cabeça desiludida, iluminada e oxigenada.

– Bem, o meu caminho é claro. Eu recebi um dom raro, que pretendo compartilhar. Vou abrir um centro de meditação na minha casa e ensinar o que aprendi com meu guru na Índia. Já que minha empresa e meu livro se chamam Mantenha a Calma, é assim que meu centro de meditação vai se chamar. Infelizmente, você vai ter que mudar o nome do seu pequeno estabelecimento. Na verdade, estou sentindo que talvez seja a hora de você fechar este lugar de vez.

Émilie temeu pela vida de CC. Mãe Bea provavelmente tinha força suficiente para estrangular a mulher e parecia pretender fazer isso.

– Posso sentir sua raiva – dissera CC, exibindo uma imediata compreensão do óbvio. – É muito tóxica.

– A Mãe não levou CC a sério, é claro – disse Em após relatar a cena a Gamache.

– Mas CC planejava usar o nome do centro. Seria um desastre para Bea.

– Ah, sim, mas acho que a Mãe não acreditou nisso.

– O centro se chama Mantenha a Calma. Essa frase vem aparecendo em vários momentos. Também não é o nome do seu time de curling?

– Como o senhor sabe? – perguntou Em, rindo. – Isso deve ter uns cinquenta, sessenta anos. É uma história antiga.

– Mas é uma história interessante, madame.

– Que bom que o senhor acha. Foi uma brincadeira. A gente não se levava a sério e não se importava muito se ia ganhar ou não.

Ele já ouvira aquela história, mas Gamache lamentou não conseguir ver a expressão dela.

Nesse momento, Henri apareceu. Estava mancando, levantando primeiro uma pata e depois outra.

– Ah, pobre Henri! Ficamos tempo demais na rua.

– Quer que eu o carregue? – ofereceu Gamache, sentindo-se mal por ter esquecido que a neve cortante poderia queimar a pata do cachorro.

Ele se lembrou do inverno anterior, quando havia carregado o velho Sonny com dificuldade por três quarteirões até chegar em casa, já que as patas dele não suportavam mais o frio. Aquilo partira o coração deles. Também se lembrou de abraçar Sonny alguns meses depois, quando o veterinário teve que sacrificá-lo. E de falar coisas reconfortantes nas orelhas fedorentas dele e de olhar para aqueles olhos castanhos e úmidos se fechando, com uma leve e derradeira abanada do rabo debilitado e querido. E ao sentir a batida derradeira daquele velho coração, Gamache teve a impressão de que não era ele que parava, mas Sonny, que finalmente havia se entregado.

– Estamos quase chegando – disse Em, agora rouca, os lábios e bochechas começando a congelar.

– A senhora tomaria o café da manhã comigo? Eu queria muito continuar essa conversa. Talvez no bistrô?

Émilie Longpré aceitou após hesitar apenas por um instante. Eles deixaram Henri em casa e atravessaram o alvorecer até o bistrô de Olivier.

– *Joyeux Noël* – disse o belo e jovem garçom a Gamache, conduzindo os dois até a mesa próxima à lareira recém-acesa. – Que bom ver o senhor de novo.

Gamache puxou a cadeira para Em e observou o jovem se dirigir à máquina de café para preparar o *café au lait* deles.

– Philippe Croft – disse Em, acompanhando o olhar de Gamache. – Bom rapaz.

Gamache sorriu, encantado. O jovem Croft. Na última vez que o vira, durante o caso anterior, o garoto não tinha sido muito simpático.

Eram apenas oito da manhã e eles tinham o bistrô só para eles.

– Este é um raro deleite, inspetor-chefe – disse Em, examinando o menu.

O cabelo dela estava arrepiado pela estática gerada após tirar o gorro. O dele também. Os dois pareciam ter levado um susto. Agora eles bebericavam o café, sentindo o calor se espalhar pelo corpo. Com o rosto rosado, voltavam a sentir as bochechas antes dormentes. O cheiro de grãos recém-moídos misturado ao da fumaça do fogo novo fazia o mundo parecer aconchegante e justo.

– O senhor ainda vai querer a aula de curling agora de manhã? – perguntou Em.

Gamache não havia esquecido. Estava ansioso pelo encontro.

– Se não estiver frio demais.

– A manhã de hoje vai ser perfeita. Dá uma olhada no céu – disse ela, apontando para a janela, de onde se via o brilho delicado do sol, que ensaiava sair de trás das nuvens. – Clara e fria. A tarde vai ser terrível.

– Que tal ovos e salsicha? – Philippe surgiu ao lado deles com seu bloquinho a postos. – As salsinhas são da fazenda de monsieur Pagé.

– São maravilhosas – confidenciou Em.

– Madame? – disse Gamache, sugerindo que Em fizesse o pedido primeiro.

– Eu adoraria as salsichas, *mon beau Philippe*, mas acho que seria um pouco demais para a minha idade. Monsieur Pagé ainda fornece bacon canadense?

– *Mais oui*, de cura artesanal, madame Longpré. O melhor do Quebec.

– *Merveilleux*. Que luxo – comentou ela, inclinando-se na direção de Gamache, realmente se divertindo. – Eu vou querer um ovo pochê, *s'il vous plaît*, na baguete da Sarah, e um pouco do bacon perfeito de vocês.

– E um croissant? – sugeriu Philippe, com um tom travesso.

Dava para sentir o cheiro dos croissants saindo do forno na loja ao lado, a porta de comunicação aberta e sugestiva.

– Talvez só unzinho.

– *Monsieur*?

Gamache fez o pedido e, depois de alguns minutos, um prato de salsichas e rabanadas surgiu na frente dele. Havia uma jarrinha de xarope de bordo ao lado e uma cesta de croissants fumegava entre eles, acompanhada por potes de geleias caseiras. Os dois comeram, conversaram e tomaram café de frente para o delicioso fogo agitado.

– Então. O que a senhora achava de CC? – perguntou ele.

– Parecia ser uma mulher muito solitária. Eu tinha pena dela.

– Outras pessoas a descreveram como egoísta, mesquinha, maléfica e meio burra. Alguém que ninguém ia querer ter por perto.

– E elas estão certas, é claro. CC era terrivelmente infeliz e descontava isso nos outros. As pessoas fazem isso, não é? Não suportam ver os outros felizes.

– E mesmo assim a senhora a convidou para ir à sua casa.

Aquela era a pergunta que ele queria fazer desde que Em mencionara o convite, durante a caminhada. Precisava ver o rosto dela.

– Eu também já fui terrivelmente infeliz – respondeu ela, com suavidade. – O senhor já, inspetor-chefe?

Gamache não havia previsto aquela resposta. Ele assentiu.

– Foi o que pensei – disse Em. – Eu acho que quem passou por uma experiência assim tem a responsabilidade de ajudar os outros. Não podemos deixar as pessoas se afogarem no mar do qual escapamos vivos.

O silêncio dominou o ambiente e Gamache percebeu que havia prendido a respiração.

– Eu entendo, madame, e concordo – disse ele, afinal, para então perguntar gentilmente: – A senhora poderia falar sobre sua tristeza?

Ela manteve o olhar fixo nele. Então enfiou a mão no bolso do cardigã e pegou uma bola de lenços de papel e algo mais. Depositou na mesa uma pequena foto em preto e branco, craquelada e com poeirinhas dos lenços de papel. Em a limpou com um dedo experiente.

– Este é Gus, meu marido, e este é meu filho, David.

Um homem alto estava com o braço sobre os ombros de um jovem magricela, um menino, na verdade. Com os longos cabelos desgrenhados e um casaco de lapelas largas, parecia adolescente. A gravata também era larga, assim como o carro atrás deles.

– Isso foi pouco antes do Natal de 1976. David era violinista. Quer dizer, na verdade, ele só tocava uma música – ela se corrigiu, rindo. – Extraordinária, aliás. Ele ouviu quando era criança, pouco mais que um bebê. Eu e Gus estávamos escutando a vitrola e David de repente parou o que estava fazendo e foi direto para o aparelho. Ele fez a gente colocar a música milhões de vezes. Assim que aprendeu a falar, pediu um violino. Pensamos que ele estivesse brincando, é claro. Mas não. Um dia, eu o ouvi praticando no porão. Um som trêmulo e estridente, mas com certeza era a mesma peça.

Gamache sentiu o sangue ir até o coração, que de repente ficou apertado.

– David aprendeu a música sozinho. Aos 6 anos. O professor dele acabou pedindo demissão, já que David se recusava a estudar ou tocar qualquer outra coisa. Criança teimosa. Puxou ao Gus – disse ela, sorrindo.

– Qual era a peça?

– "Concerto para violino em ré maior", de Tchaikóvski.

Gamache não se lembrava da melodia.

– David foi um adolescente normal. Era goleiro do time de hóquei, namorou uma das garotas da família Chartrand durante boa parte do ensino médio e queria estudar silvicultura em Montreal. Era um menino ótimo, mas não extraordinário, exceto por aquela única característica.

Ela fechou os olhos e, depois de um instante, virou uma das mãos para cima, expondo o pulso fino e de veias azuladas. A mão se moveu de maneira fluida para a frente e para trás. As notas invisíveis preencheram o espaço entre eles, circularam a mesa e, em determinado momento, o bistrô inteiro havia sido preenchido por uma música que Gamache podia imaginar, ainda que não ouvisse. E sabia que Em a escutava nitidamente.

– Um garoto de sorte, por ter encontrado essa paixão – murmurou ele.

– É exatamente isso. Se eu nunca tivesse me encontrado com o divino, Ele teria se mostrado para mim no rosto de David enquanto ele tocava. Ele era abençoado, e eu também. Mas não acho que ele tenha planejado levar isso adiante, até que uma coisa aconteceu. Logo antes das provas de fim de ano, ele chegou em casa com uma notificação. Todos os anos, o Lycée fazia um concurso. Naquele ano – ela indicou a foto com um aceno de cabeça –, foi esse concerto de Tchaikóvski. David não cabia em si de tanta empolgação. Ia ser no dia 15 de dezembro, em Gaspé. Gus resolveu levá-lo de carro. Eles podiam ter ido de trem ou avião, mas Gus queria passar um tempo sozinho com David. O senhor sabe como são os adolescentes. David tinha 17 anos e era um adolescente típico. Não falava muito sobre os próprios sentimentos. Gus queria dizer, do jeito dele, que David era muito amado e que faria qualquer coisa por ele. Essa foto foi tirada pouco antes de eles partirem.

Em baixou o olhar e começou a aproximar o dedo da mesa de madeira, mas logo parou.

– David ficou em segundo lugar. Ele me ligou, todo animado.

Ela ainda podia ouvi-lo, sem fôlego, transbordando felicidade.

– Eles queriam ficar mais tempo para ouvir alguns outros competidores, mas eu estava de olho no clima e sabia que tinha uma tempestade vindo, então convenci Gus e David a voltarem logo. O resto o senhor já deve ter adivinhado. Era um dia lindo, como hoje. Claro e frio. Mas acabou sendo claro demais, frio demais. Gelo negro, disseram. Fácil de derrapar, a gente não vê. E o sol batendo direto no rosto do Gus. Luz demais.

VINTE E QUATRO

– Afinal, quem é a mãe da CC? – perguntou Beauvoir.

Estavam na reunião matinal na sala de investigação havia meia hora e ele já se sentia recuperado, o bom e velho Beauvoir de sempre.

Com uma diferença significativa.

O velho Beauvoir desprezava a agente Nichol, mas naquela manhã ele se pegou gostando bastante dela, sem lembrar ao certo qual tinha sido o problema entre eles. Tinham tomado café da manhã juntos na pousada e acabaram rindo histericamente quando ela contou sobre a tentativa que fizera de esquentar a bolsa de água quente.

– Muito engraçado – comentara Gabri, estatelando dois ovos beneditinos na frente deles. – É porque não foram vocês que chegaram em casa e acharam que o gato tinha explodido no micro-ondas. Nunca liguei para o gato. Mas a bolsa de água quente era ótima.

Agora estavam todos sentados em volta da mesa, ouvindo as novidades da investigação. A bola Li Bien tinha sido apresentada e, após análise, foram encontradas três digitais diferentes, que foram enviadas para o laboratório em Montreal.

Nichol já havia relatado suas descobertas em Montreal, na escola de Crie.

– Eu queria conseguir mais que um boletim escolar. Parece que ela era considerada boa aluna, mas não exatamente inteligente, se é que vocês me entendem. Esforçada, metódica. Eu tenho a impressão de que Crie é uma espécie de fardo para a Escola para Garotas da Srta. Edward. A vice-diretora chamou a menina de Brie e depois se corrigiu. As melhores notas de Crie são em ciências, mas ela tem demonstrado algum interesse em teatro.

Nos últimos anos ela vinha fazendo só tarefas técnicas nas peças, mas esse ano participou do elenco. Parece que foi meio desastroso. Medo de palco. Teve que ser tirada dali. Os colegas não foram muito legais com ela. Nem os pais, parece.

– E os professores? – quis saber Gamache.

Nichol balançou a cabeça.

– Mas tem uma coisa interessante – prosseguiu ela. – Algumas mensalidades estão atrasadas, então eu dei uma olhada na situação financeira deles. Parece que CC e o marido estavam gastando bem mais do que podiam. Na verdade, eles estavam a alguns meses da ruína.

– CC tinha seguro de vida? – perguntou Beauvoir.

– Sim, de 200 mil dólares. Richard Lyon vem de uma família modesta. Ele se formou em engenharia na Universidade de Waterloo, mas nunca trabalhou com isso. Está no emprego atual há dezoito anos. É uma espécie de gerente de nível inferior. Organiza a escala dos funcionários. Um profissional medíocre. Ganha 42 mil por ano, uns 30 mil líquidos. Quanto a CC, fundou sua empresa há seis anos e nunca teve lucro. Faz pequenos trabalhos como designer de interiores aqui e ali, mas parece ter passado grande parte do ano escrevendo o livro e desenvolvendo uma linha de artigos de decoração para casa. Aqui. – Nichol jogou um catálogo na mesa. – Este é o projeto da linha de produtos que ela estava planejando lançar, e era nisso que o fotógrafo estava trabalhando, eu acho.

Beauvoir pegou a brochura. Sabonetes Li Bien, canecas de café Serenidade e roupões de banho Mantenha a Calma.

– CC tinha uma reunião marcada com a Direct Mail na semana que vem – continuou Nichol. – É a maior empresa de vendas por catálogo dos Estados Unidos. Ela queria que eles comercializassem a linha dela. Se conseguisse, seria um grande negócio.

– E o que o pessoal dessa Direct Mail disse? – perguntou a agente Lacoste.

– Eu agendei um horário para conversar com eles – respondeu Nichol, com um sorriso que ela desejava que dissesse *Obrigada por perguntar*.

– Lacoste, você tem alguma novidade do laboratório que está com as fotos do jogo? – perguntou Beauvoir.

– Mandei um agente pegar os filmes revelados. A gente deve ter notícias em breve.

– Ótimo – disse Gamache.

Ele então contou a todos sobre a niacina, *O leão no inverno* e o salmo 46.

– Então quem é a mãe de CC? – A pergunta-chave veio de Beauvoir.

– Algumas mulheres de Three Pines têm idade para isso – disse Lacoste. – Émilie Longpré, Kaye Thompson e Ruth Zardo.

– Mas só uma tem a inicial L – objetou o agente Lemieux, pronunciando-se pela primeira vez naquele dia.

Ele observava atentamente a agente Nichol. Não sabia por quê, mas não gostava dela, não gostava de sua aparição repentina e definitivamente não gostava daquela nova camaradagem dela com o inspetor Beauvoir.

– Vou dar uma olhada nisso – disse Lacoste.

A reunião se dispersou.

Gamache pegou a caixa de madeira em sua mesa, virando-a automaticamente para olhar as letras presas no fundo.

– O que é isso? – perguntou Beauvoir, puxando uma cadeira para se sentar ao lado do chefe.

– Uma evidência de outro caso – respondeu Gamache, entregando a caixinha a ele.

Gamache teve a súbita intuição de que o inspetor enxergaria algo que ele próprio não estava vendo. Que olharia para as letras dentro e fora da caixa e juntaria as peças. Ficou observando Beauvoir manusear o objeto.

– Um dos seus casos de Natal?

Gamache apenas aquiesceu, tentando não tirar a concentração de Beauvoir.

– Uma coleção de letras? Que maluquice – comentou ele, devolvendo a caixa.

Bem, chega de intuição por ora.

Ao sair, Gamache se abaixou para dizer a Lacoste:

– Inclua Beatrice Mayer na sua lista.

A PEDRA DE CURLING TROVEJOU PELO GELO áspero até atingir a rocha com um estrondo que, instantes depois, reverberou nas colinas ao redor do lago Brume. Era uma manhã absurdamente gelada, a mais fria daquele inverno até então, e a temperatura continuava a cair. Quando chegasse o meio-dia, eles congelariam em segundos. O sol, provocando-os com uma luz sem calor, era amplificado ao atingir a neve, cegando quem não estivesse de óculos escuros.

Billy Williams havia alisado a superfície do lago e agora ele, Beauvoir, Lemieux e Gamache assistiam à demonstração da pequena Émilie Longpré. Ela endireitou a postura após jogar, a respiração saindo em baforadas irregulares.

Não vai demorar muito, pensou Gamache. *Vamos ter que tirá-la daqui antes que ela congele. Todos nós, na verdade.*

– Sua vez – disse ela a Beauvoir, que a observava por pura educação.

Não dava para levar o curling a sério. Ao se agachar e olhar para o fim do rinque, a 7,5 metros de distância, ele já até sabia o que ia acontecer. Sua habilidade natural ia impressioná-los. Logo estaria recebendo uma enxurrada de convites para integrar a equipe olímpica. Recusaria todos, é claro, constrangido por ser associado a um passatempo tão ridículo. Mas quando não pudesse mais praticar esportes de verdade, talvez considerasse a ideia.

CLARA DESLIZOU O CORPO PARA DENTRO da banheira de pés de ferro. Ainda estava com raiva de Peter por causa da história do presente encontrado no lixo, mas já começava a se sentir melhor. Imergiu na água quente e perfumada, os dedos dos pés brincando com as ervas de banho, presente de Natal da mãe de Peter. Sabia que precisava ligar para agradecer, mas aquilo podia esperar. A sogra insistia em chamá-la de Clare e até o ano anterior só lhe dera presentes culinários. Livros, panelas e até um avental. Clara odiava cozinhar e suspeitava que a sogra soubesse disso.

Clara ficou passando as mãos na água, para a frente e para trás, e permitiu que a mente vagasse até sua fantasia preferida. O diretor do Museu de Arte Moderna de Nova York batendo à sua porta. Ele precisaria de ajuda depois de seu carro ter enguiçado nas temperaturas baixíssimas.

Clara visualizou a cena toda. Ela o convidaria a entrar e prepararia uma caneca de chá, mas, quando se virasse para entregá-la, o homem teria desaparecido. Ela o encontraria em seu estúdio, olhando tudo em volta.

Não. Chorando.

Ele estaria chorando, emocionado com a beleza, a dor e o brilho da arte dela.

"Quem fez isto?", perguntaria ele, sem se preocupar em enxugar as lágrimas.

Clara não diria nada, apenas o deixaria entender que a grande artista estava diante dele, humilde e bela. Ele a declararia a maior artista de sua geração e de todas as outras. A mais talentosa, a mais surpreendente e a mais brilhante de todos os tempos e lugares.

Justa que era, ela lhe mostraria também o estúdio de Peter. O curador--chefe do MoMA seria educado, mas não haveria dúvidas. Ela era o verdadeiro talento da família.

Clara começou a cantarolar.

– AGORA FIQUE DE JOELHOS, INSPETOR. Segure a alça da pedra como se fosse apertar a mão de alguém – explicou Em, curvando-se sobre ele. – Agora você puxa a pedra com o braço direito enquanto a perna esquerda vai para trás, depois move os dois para a frente ao mesmo tempo e desliza no gelo, deixando-se guiar pela pedra. Não é para empurrar. Só soltar.

Beauvoir olhou para a pedra dela, lá no fim do rinque. De repente parecia tão longe...

Gamache acompanhava a cena. Beauvoir respirou fundo e levou a mão direita para trás, já sentindo que a pedra queria desequilibrá-lo. Então se lembrou da vassoura idiota e se inclinou sobre ela, as botas ameaçando escorregar. Aquilo não podia estar certo.

A pedra bateu no gelo com um baque surdo e ele soltou um imenso arquejo, sabendo que tinha perdido o impulso que deveria criar. Lançou o braço direito para a frente, ainda agarrando a pedra, e a perna esquerda lutou para se firmar. Sentiu que estava caindo.

Beauvoir caiu duro no gelo, estatelado, a pedra ainda na mão.

– Carambulhos! – exclamou Billy Williams, com uma gargalhada, em seu incompreensível sotaque.

CLARA ESTAVA PENSANDO NO FILME que tinham visto no dia anterior. Fazia um bom tempo que não assistia a um vídeo. Agora, quase todos os filmes deles estavam em DVD, já que Peter havia arruinado as fitas de que mais gostava. Ele vivia pausando nas partes preferidas para assisti-las em looping, e assim as fitas embolavam. Ficavam frouxas.

Clara se ergueu um pouco na banheira, as ervas aromáticas grudadas no corpo. Será que...?

– Amor, é a minha mãe no telefone, ligando de Montreal para agradecer o seu presente – disse Peter, entrando no banheiro com o telefone na mão.

Clara fez sinal para que ele fosse embora, mas já era tarde. Ela enxugou as mãos, encarando Peter com ódio.

– Oi, Sra. Morrow. Imagina, de nada, e feliz Natal para a senhora também. Como está na farmácia? Tudo ótimo, obrigada – disse ela, olhando fixamente para Peter. Fazia quinze anos que não trabalhava na farmácia. – E obrigada pelo seu presente também, foi muita gentileza sua. Estou usando agora mesmo. Claro, *bon appétit*.

Clara desligou e entregou o telefone a Peter.

– O que ela me deu foi um pacote de sopa. De vegetais.

Ao olhar para os dedos, Clara viu uma ervilha boiando na superfície, próxima a uma cenoura muito laranja, agora reidratada.

– EU GANHEI? – PERGUNTOU BEAUVOIR, batendo na roupa e olhando para a pedra de curling aos seus pés.

– Depende do que estiver jogando – respondeu Em, sorrindo. – O senhor com certeza dominou o jogo da pedra estacionária. *Félicitations*.

– *Merci, madame*.

O frio terrível daquele dia acabou atuando em favor dele, disfarçando o rubor de vergonha. Ao olhar para a pedra desamparada aos seus pés, um respeito rancoroso e secreto pelos jogadores de curling nasceu em Beauvoir.

Gamache pegou as fotos que sua equipe havia tirado da cena do crime. Mostrava cinco pedras de curling incrustadas na neve onde Mãe Bea havia "limpado a casa".

Uma ideia começou a se formar em sua mente.

VINTE E CINCO

– Sinto muito, o inspetor-chefe Gamache não está, Sra. Morrow – disse a agente Lacoste, desgrudando os olhos da tela para responder à mulher à sua frente.
– A que horas ele deve voltar?
– Não sei dizer. – Lacoste olhou as horas: era quase meio-dia. – Mas não deve demorar. É urgente?
Clara hesitou. Não tinha certeza, mas algo lhe dizia que sim.
– Não. Eu espero.
Ao se virar, ela avistou Yvette Nichol, que trabalhava em outro computador. Embora as duas não tivessem se dado nada bem, Clara ainda estava chocada com a hostilidade que aquela jovem agente havia demonstrado no ano anterior, quando se viram pela primeira vez. Sentindo que era observada, a agente Nichol encontrou o olhar de Clara e imediatamente voltou a encarar a tela.
Bom, melhor que o olhar demoníaco de antes, pensou Clara.

Os policiais da Sûreté estavam sozinhos agora. Émilie Longpré tinha ido almoçar com Kaye em Williamsburg e Billy Williams havia balbuciado alguma coisa sobre treinar para a copa do mundo ou cortar lenha para lançar um foguete. Todos pareciam compreender Billy perfeitamente, menos Gamache. Para ele, o homem não dizia coisa com coisa.
Gamache foi até as arquibancadas e se sentou. Ficou ali por alguns longos e frios instantes, olhando primeiro para o gelo e depois para o ponto onde

CC havia se sentado e morrido. Em seguida, deu a volta nas arquibancadas e foi até onde Billy Williams tinha parado o caminhão no dia do jogo.

– O assassino estava aqui – disse Gamache com firmeza, plantando os pés na neve. – Ele assistiu ao jogo e esperou. Assim que CC se levantou para pegar a cadeira da frente, ele prendeu os cabos.

– O laboratório confirmou o que a gente já sabia – disse Lemieux. – Os cabos usados eram os do Sr. Williams. Estavam no caminhão dele, completamente pretos. Mas ele afirma que usou esses cabos para conectar o aquecedor ao gerador. Então como alguém os tirou do aquecedor para prender na cadeira, no meio de um jogo, sem que ninguém visse?

– Não foi necessário – disse Gamache. – O assassino deve ter desconectado o aquecedor e prendido os cabos na cadeira antes de as pessoas aparecerem.

Gamache se afastou do caminhão invisível, indo a passos largos até o aquecedor fantasma e, depois, até as cadeiras imaginárias.

– Enquanto todo mundo estava no café da manhã comunitário, o assassino tirou os cabos do aquecedor, prendeu uma das pontas na perna da cadeira e a outra no gerador.

– Mas as pessoas não teriam percebido que o aquecedor não estava funcionando? – perguntou Lemieux.

– Elas perceberam. Pelo menos duas pessoas comentaram que estava muito frio, entre elas Kaye Thompson. É por isso que eu acho que o aquecedor nunca foi ligado.

– Ainda não entendo como ninguém viu nada – comentou Beauvoir.

– Bom, para começar, qualquer som que o assassino fizesse, o das botas na neve, por exemplo, seria abafado pelo gerador. E o caminhão do Sr. Williams estava atrás das arquibancadas. Não exatamente escondido atrás delas, mas quem estivesse nas arquibancadas teria que fazer certo esforço para ver o veículo. As únicas pessoas que poderiam ter visto alguma coisa eram Kaye e CC. E tem mais. No início, eu pensei que estivéssemos lidando com uma pessoa bastante sortuda, mas agora acho que não foi sorte, foi um planejamento cuidadoso. O assassino escolheu muito bem o momento. Ele esperou até ter certeza de que todos os olhos estariam voltados para o jogo.

O agente Lemieux tentou visualizar aquilo tudo. Os jogadores, os espectadores e as duas mulheres nas cadeiras dobráveis. A cadeira eletrificada bem na frente delas.

– Aconteceu algo especial durante a partida – continuou Gamache, agora indo em direção ao rinque e depois se virando de volta para os dois policiais atônitos. – Mãe Bea limpou a casa. Era uma tradição. Quantas vezes ouvimos isso nos últimos dois dias? Algumas pessoas assistem ao jogo só para ver esse momento. E por quê? Nós descobrimos isso hoje. Em um esporte baseado na sutileza e na destreza, essa é a mais apaixonada das jogadas. É quase violenta. Imaginem o som da pedra sendo arremessada no gelo com toda a força que Beatrice Mayer tem. Imaginem essa pedra atingindo outra do outro lado e depois essa segunda pedra batendo em uma terceira e em uma quarta, em uma reação em cadeia. Em questão de segundos, as pedras de curling estariam umas se chocando contra as outras, indo em todas as direções e gerando uma barulheira monstruosa. É bem empolgante.

– Aham. Emocionante – disse Beauvoir, com desdém.

– E barulhento – completou Lemieux, tendo a satisfação de ver o inspetor-chefe se virar para ele com um imenso e triunfante sorriso, os olhos brilhando de prazer.

– Entendi. É isso. Que momento perfeito para um assassinato. Quem tiraria os olhos do espetáculo? E quem ouviria os gritos de uma mulher sendo eletrocutada? Tudo foi perfeitamente sincronizado.

– Mas como ele poderia saber que CC ia pegar a cadeira exatamente naquela hora? – perguntou Beauvoir.

– Boa pergunta – admitiu Gamache, indo rapidamente em direção ao calor relativo do carro deles.

O dia estava ficando perigosamente frio, de modo que falar havia se tornado tarefa árdua. Mas ele continuou:

– E por que Kaye Thompson não viu nada? Como o assassino desplugou e devolveu o cabo para o caminhão sem ser notado?

Os três entraram no carro e ficaram sentados esperando o veículo esquentar. Lemieux remexia os dedos dos pés dormentes dentro das botas para tentar fazer o sangue circular. Beauvoir olhou através da janela coberta de gelo.

– Bom, os jogadores estão fora da lista. Eles não tinham como fazer isso. E se Myrna Landers mantiver a história de que Richard Lyon estava ao lado dela o tempo todo, isso também o deixa de fora, embora eu ainda ache que ele é o culpado.

– O que você acha, agente? – perguntou Gamache a Lemieux.

– Eu acho que isso não faz sentido. O assassino tinha que colocar niacina no café da manhã comunitário, espirrar produto anticongelante atrás da cadeira, se certificar de que ela estaria usando botas com solas de metal ou pregos, conectar cabos de carga e esperar o momento ideal, isso tudo sem ser visto. E depois ainda arrumar tudo! É complicado demais. Por que ele simplesmente não atirou nela?

– Eu me pergunto a mesma coisa – disse Gamache.

As fotos do laboratório chegaram depois do almoço. A equipe se amontoou ao redor de Gamache, ansiosa, enquanto ele abria os envelopes. Era sinistro ver o rosto de alguém prestes a morrer. Gamache sempre esperava ver algum pressentimento nos olhos da pessoa, alguma premonição, mas, depois de milhares de fotos como aquelas, nunca notara nada.

Ainda assim, era sinistro. Aquilo era o mais perto que chegariam de conhecer a vítima, e Gamache percebeu que a única foto de CC que eles tinham visto até então era a da capa do livro, que estava mais para uma caricatura. Agora lá estava ela, minutos antes de seu tempo na Terra acabar. Era uma pena que não parecesse estar se divertindo. Em vez disso, tinha uma expressão azeda e dava a impressão de estar na defensiva durante o café da manhã comunitário. Todos em volta dela estavam animados, conversando com os vizinhos, jogando a cabeça para trás e rindo, mas CC de Poitiers permanecia rígida. Ao lado dela, Richard encarava o prato.

Estaria ele planejando um assassinato? As salsichas seriam os jogadores, e as panquecas, as cadeiras? O bacon seria o cabo? E CC, o que ela seria naquele prato? A faca?

Mais fotos. Mãe Bea e Myrna atrás de CC. CC posando com um grupo de moradores de repente taciturnos, como se ela fosse uma nuvem escura que aparecera no céu deles.

Depois, todos no jogo. CC na cadeira, fazendo um esforço imenso para parecer Audrey Hepburn de férias nos Alpes. Então algo interessante surgiu: o rosto dela estava vermelho. É bem verdade que poderia ser efeito do frio, mas Kaye, ao lado dela, estava apenas rosada, enquanto CC parecia um pimentão.

– Olha – disse Lacoste, apontando para uma foto. – Dá para ver o azul do limpador de para-brisas perto da cadeira.

– E ela está sem luvas – disse Lemieux, apontando para outra foto.

Eles estavam chegando perto. Gamache abriu o envelope seguinte. Todos os olhos estavam fixos no mesmo ponto e todos os corpos debruçados na mesa como se tentassem ver as fotos um milésimo de segundo antes. Gamache as espalhou na mesa com um movimento que remetia a noites de pôquer. CC estava no chão. Ruth gesticulava. Olivier se debruçava sobre o corpo e Gabri olhava para algo atrás dele com um olhar concentrado e afiado.

A série seguinte de fotos mostrava os esforços heroicos e frenéticos para tentar salvar aquela mulher de quem ninguém gostava. Clara levando Crie embora, tentando afastar a garota da cena terrível. Gabri ao lado de Richard, segurando o braço dele. Peter e Billy carregando CC às pressas para o caminhão. Na última imagem, o caminhão de Billy aparecia virando uma curva, prestes a sumir de vista.

Embora resumissem bastante a história, eram fotos eloquentes.

– Faltam algumas – constatou Gamache, com uma expressão severa.

Enquanto ele ia até a porta, com Beauvoir e Lemieux a reboque, a agente Lacoste correu para alcançá-lo.

– A Sra. Morrow está tentando falar com o senhor. E eu fiz uma pesquisa sobre as mulheres que podem ser a mãe de CC. Kaye Thompson é velha demais. Émilie Longpré teve um filho, que morreu em um acidente, mas ela pode ter tido também uma filha e a entregado para adoção. Mas é com Beatrice Mayer que a coisa fica interessante. Beatrice Louise Mayer.

Com aquela informação fresca na cabeça, Gamache caminhou decididamente até o carro, enquanto Beauvoir se apressava para acompanhá-lo.

SAUL PETROV TOMOU UM GOLE DE CAFÉ e se sentou na poltrona à janela da sala. Dois dias antes, ele teria descrito aquela poltrona, aliás o chalé inteiro, como cafona. O tecido estava apagado e puído, os carpetes estavam gastos e a decoração era antiquada. Na parede havia uma coleção de colheres de várias partes do Canadá, ao lado de uma foto desbotada das cataratas do Niágara.

Naquele dia, no entanto, ao acordar e descer tranquilamente os degraus desgastados da escada, Saul pensou que até que gostava do lugar. E depois que o sol nasceu e ele acendeu a lareira e passou o café, Saul se deu conta de que gostava mesmo.

Agora estava sentado sob a luz suave que entrava pela janela, olhando a vista deslumbrante do campo impecável que se estendia diante do chalé alugado, a floresta logo à frente e, mais além, as montanhas cinzentas e escarpadas.

Nunca tinha sentido tanta paz.

Na mesa ao seu lado havia um descanso de copos do Parque Nacional de Banff e um rolo de filme não revelado.

– OI, CLARA! – GRITOU GAMACHE ao celular, que de tão pequeno parecia um daqueles brindes que vêm em pacotes de biscoitos. – É o Gamache. Estou no celular e o sinal está ruim. Você queria falar comigo?

– Eu… vídeo… Peter.

A ligação ruim cortava as frases.

– Perdão?

– O filme de ontem.

De repente a voz dela ficou nítida, e Gamache percebeu que tinham chegado ao topo de uma colina. Mas logo eles desceriam por um vale e atravessariam uma floresta, e ele tinha certeza de que perderia o sinal de novo. Torceu para que Clara fosse direto ao ponto.

– Peter tem DVDs agora.

Mais rápido, mais rápido, pensou ele, mas só pensou mesmo. Sabia que dizer para alguém ir mais rápido só tornava tudo mais lento. O carro agora descia o longo declive que dava no vale.

– É que as fitas dele estão todas esticadas. Peter para os filmes nas partes preferidas dele e isso estraga as fitas.

Mais rápido, mais rápido, pensou Gamache, vendo o vale se aproximar.

– O senhor acha que CC também fazia isso? – perguntou Clara, sua voz já desaparecendo.

– Nós temos certeza de que ela não jogou a fita fora porque estivesse estragada.

Não estava acompanhando o raciocínio dela e agora já começava a ouvir a estática.

– ...sabe disso. Não é tão ruim... precisa de um.

A ligação caiu.

SAUL VIU O CARRO SUBIR O CAMINHO de acesso nevado. Pegou o filme e o segurou na palma da mão como se, por osmose, ele pudesse lhe dizer o que fazer. Como CC sempre fizera.

Então recebeu uma resposta. Finalmente estava livre. Sentiu-se leve e alegre pela primeira vez em meses. Anos. Sentiu-se até uma pessoa de mente brilhante, que se garantia em uma conversa, como se durante a noite tivesse sido polido e tido seu brilho restaurado.

Já não era um chato opaco.

Sorriu, um sorriso suave e grato, e fechou os olhos, sentindo o leve calor do sol e vendo o tom vermelho através das pálpebras. Podia recomeçar ali, naquele lugar cheio de luz. Podia comprar aquele chalé charmoso e aconchegante e talvez fotografar a beleza que via por toda a volta.

Talvez pudesse ir atrás do artista cujo portfólio CC tinha desprezado e contar a ele a verdade. Diria que lamentava muito, e talvez o artista se tornasse seu amigo.

Os homens estavam saindo do carro. Policiais da Sûreté, Saul sabia. Olhou para o rolo de filme na palma da mão, foi até a lareira e o jogou no fogo.

VINTE E SEIS

– Sentem-se, por favor.

Saul pegou os casacos volumosos e os enfiou no armário, fechando a porta rapidamente antes que alguma parte deles escapulisse. Havia decidido que aquele era o Dia Um, o início de uma vida nova, e vidas novas deveriam começar sem arrependimentos. Saul Petrov havia decidido contar tudo. Quer dizer, quase tudo.

Gamache olhou ao redor, observando a sala, e inspirou fundo. Sentiu um cheiro de queimado, e não era da lenha na lareira. Era algo mais pungente, menos natural. Seus nervos se aguçaram e tudo desacelerou. Haveria algum foco de incêndio por ali? Causado por um curto-circuito, por exemplo? Vários daqueles chalés antigos tinham sido construídos de qualquer jeito por gente que sabia muito sobre os ciclos da natureza mas quase nada sobre fios elétricos. Gamache estreitou os olhos, observando as paredes, as tomadas e as lâmpadas em busca de indícios de fumaça, os ouvidos procurando um estalido revelador e o nariz tentando identificar o estranho cheiro acre.

Ao seu lado, Lemieux de repente percebeu a atenção redobrada do chefe e o observou, tentando entender qual era o problema.

– Que cheiro é esse, monsieur Petrov? – perguntou Gamache.

– Não estou sentindo cheiro nenhum – respondeu Saul.

– Eu estou – disse Beauvoir. – Um cheiro de plástico ou algo assim.

Então Lemieux sentiu também.

– Ah, isso – disse Petrov, com uma risada. – Eu joguei uns filmes velhos na lareira. Coisas desatualizadas. Devia ter jogado no lixo. Não pensei direito – explicou com um sorriso, desarmando-os.

Gamache foi até a lareira e de fato havia uma bolha crepitante preta e amarela. Um rolo de filme velho. Ou talvez não tão velho. De qualquer forma, estava destruído.

– O senhor tem razão – disse Gamache.

Saul estava acostumado a que as pessoas, principalmente CC, olhassem através dele, como se fosse invisível, mas aquela era uma experiência nova. Teve a impressão de que Gamache olhava diretamente dentro dele.

– Não pensou direito mesmo – concluiu Gamache. – Talvez não tenha sido uma decisão sensata.

A vida nova de Petrov tinha apenas meia hora e ele já tinha feito besteira. No entanto, aquele homem discreto parecia capaz de entender. Saul indicou a eles as cadeiras e também se sentou. Estava quase tonto de ansiedade. Mal podia esperar para confessar e seguir com sua vida. Recomeçar. Teve vontade de chorar e sentiu uma profunda gratidão por aquele inspetor de homicídios ouvir sua confissão. Saul Petrov havia sido criado como um católico convicto e, como grande parte de sua geração, tinha rejeitado a Igreja, os padres e todas as armadilhas da religião, mas agora, naquela sala modesta e até boba, onde em vez de vitrais havia jogos americanos de plástico nas paredes, teve vontade de se pôr de joelhos.

Ah, um novo começo!

– Eu preciso contar uma coisa a vocês.

Gamache não disse uma palavra. Petrov fitou seus olhos gentis e compassivos e de repente ninguém mais existia.

– CC e eu tínhamos um caso. Coisa de um ano. Não tenho certeza, mas acho que o marido dela sabia. Não éramos muito discretos, infelizmente.

– Quando vocês estiveram juntos pela última vez? – perguntou Beauvoir.

– Na manhã do dia em que ela morreu.

Foi preciso muita força de vontade para que ele arrastasse os olhos de Gamache para o homem tenso na outra cadeira. Ele prosseguiu:

– Ela veio aqui e nós transamos. Era um relacionamento puramente sexual, nada mais. Ela não gostava de mim e eu não gostava dela.

Pronto. Ele exalou, já se sentindo mais leve.

– Ela contou por que comprou uma casa aqui? – perguntou Beauvoir.

– Em Three Pines? Não. Eu também me perguntei isso. Mas ela não fazia nada sem uma razão, e geralmente essa razão era dinheiro.

– O senhor acha que foi uma decisão motivada por dinheiro?

– Todas as decisões dela tinham essa motivação. Até o nosso relacionamento. Eu não sou burro de achar que ela dormia comigo porque o sexo era maravilhoso. Foi para conseguir um fotógrafo de graça. Pagamento em espécie.

Ele ficou surpreso com a vergonha que sentiu. Enquanto falava, aquilo lhe pareceu inacreditável. Ele realmente tinha trabalhado para CC em troca de sexo?

– Eu posso estar enganado, mas tenho a impressão de que CC comprou uma casa aqui porque este lugar tinha alguma coisa que interessava a ela, e não estou falando de paz e sossego. Pelo que eu sei, a única coisa que CC de Poitiers amava era dinheiro. E prestígio.

– Conte tudo que o senhor fez no dia em que ela morreu – pediu Beauvoir.

– Eu acordei por volta das sete e acendi a lareira, depois passei um café e esperei. Sabia que CC viria, e de fato ela apareceu, lá pelas oito horas. Não conversamos muito. Eu perguntei como ela tinha passado o Natal e ela deu de ombros. Coitada da filha dela. Não consigo imaginar como deve ser ter uma mãe assim. Enfim, ela saiu daqui mais ou menos uma hora depois. A gente combinou de se encontrar no café da manhã comunitário.

– Quando ela decidiu ir?

– Perdão?

– Ela decidiu ir para o café e o jogo no último minuto ou já vinha planejando isso fazia um tempo?

– Ah, foi planejado. Eu avisei CC do café, mas ela já sabia. Eles já tinham participado no ano passado, logo depois que ela comprou a casa. CC me pediu que tirasse fotos dela cercada pelas pessoas comuns. Palavras dela, não minhas. Então eu fui lá e gastei um par de rolos e depois a gente foi para o jogo. Estava frio para caramba. Minha câmera chegou a congelar. Tive que colocá-la debaixo do casaco para conseguir usar. Eu estava me movimentando bastante, para tentar fotografar de ângulos diferentes. CC não era muito fotogênica, então eu precisava pegar a luz e os ângulos certos e, de preferência, algum outro ponto de interesse no quadro. Aquela senhora que estava sentada ao lado dela era ótima. Tinha um rosto cheio de personalidade e o jeito que ela olhava para CC era fantástico.

Saul se recostou na cadeira e riu ao se lembrar de Kaye olhando para CC como se a mulher fosse algo que o cachorro dela tivesse vomitado.

– E ela ficava mandando CC ficar quieta, não parava de repetir isso. CC não escutava muita gente. Na verdade, pelo que eu sei, ela não escutava ninguém, mas escutou essa senhora. Eu também escutaria. Ela era assustadora. E CC ficou quieta. Ou quase. Facilitou muito o meu trabalho.

– Por que Kaye Thompson mandou CC ficar quieta? – perguntou Gamache.

– CC era cheia de manias. Qualquer cinzeiro, quadro ou abajur torto, ela ia correndo ajeitar. Nada nunca estava no lugar certo. Eu acho que a velha acabou se irritando. Parecia que ela queria matar CC.

Gamache sabia que era só jeito de falar, mas Saul claramente não havia se dado conta do que acabara de dizer.

– Nós pegamos as suas fotos no laboratório hoje de manhã – disse Beauvoir, levantando-se e colocando-as na mesa.

Petrov o acompanhou, assim como os outros. Na mesa, jazia uma série de imagens. Os momentos finais de CC e outros posteriores.

– O senhor notou algo curioso? – perguntou Beauvoir.

Após alguns instantes, Petrov endireitou a postura e balançou a cabeça.

– Não. É como eu me lembro de ter acontecido.

– Não está faltando nada? Digamos, a série de fotos que vai daqui até aqui? – Beauvoir começou a erguer o tom. – De CC viva até CC morta? Não tem nada do assassinato.

Ao contrário de Gamache, que conseguia se sentar e conversar com suspeitos o dia inteiro, só esperando que se abrissem, Beauvoir acreditava que a única forma de lidar com eles era mostrar quem é que mandava.

– Foi quando a câmera congelou, eu acho – disse Saul, examinando as imagens e tentando não demonstrar medo, tentando não afundar na petulância e autopiedade que tinham sido grande parte de sua vida com CC.

– Isso é bem conveniente – comentou Beauvoir, inspirando fundo. – Ou talvez eu tenha acabado de inalar a foto que mostra o assassino. O que acha? O senhor queimou o filme que mostra CC sendo assassinada?

– Por que eu faria isso? Quer dizer, se eu tivesse o filme de CC sendo assassinada, isso não provaria que eu não sou o culpado?

Aquilo paralisou Beauvoir.

– Eu dei todos os rolos daquele dia para vocês. Juro.

Beauvoir estreitou os olhos enquanto observava o homenzinho se encolher. *Esse cara fez alguma coisa errada, eu tenho certeza*, pensou. Mas não sabia como pegá-lo.

Os três policiais foram embora, Beauvoir pisando forte e Lemieux um pouco atrás, receoso de acabar virando alvo da frustração do inspetor. Gamache parou no topo da escadinha de entrada da casa, os olhos semicerrados para o sol, sentindo as narinas se contraírem no frio intenso.

– É lindo aqui. O senhor é um homem de sorte – disse Gamache, tirando uma das luvas e oferecendo a mão a Saul.

Saul Petrov correspondeu ao gesto, sentindo o calor daquele contato. Tinha passado tanto tempo com CC que quase havia esquecido que seres humanos geram calor.

– Não faça nenhuma bobagem, Sr. Petrov.

– Eu falei a verdade, inspetor-chefe.

– Espero que sim.

Gamache sorriu e então seguiu rapidamente até o carro, o rosto já começando a congelar. Saul voltou à aconchegante sala de estar, observou o carro desaparecer em uma curva e depois olhou de novo para aquele novo mundo cintilante, perguntando-se quão tolo havia sido. Vasculhou algumas gavetas e encontrou uma caneta e um cartão de Natal em branco. Escreveu uma mensagem curta e saiu para ir até a agência de correio de St. Rémy.

– Pare o carro – pediu Gamache.

Beauvoir pisou no freio e olhou para o chefe. No banco do carona, Gamache vinha olhando pela janela, mexendo os lábios de leve e contraindo os olhos. Após um minuto, ele fechou os olhos e sorriu, balançando a cabeça.

– Preciso falar com Kaye Thompson. Me deixe em Williamsburg, depois volte para Three Pines e leve *O leão no inverno* para Clara Morrow. Peça a ela que mostre o que quis dizer. Ela vai entender.

Beauvoir manobrou o carro na direção de Williamsburg.

Gamache tinha acabado de entender o que Clara havia dito naquela conversa confusa e, se ela estivesse certa, aquilo explicaria muita coisa.

– "FODA-SE O PAPA"?

Gamache não tinha o hábito de dizer aquilo, mesmo como uma pergunta. Muito menos como uma pergunta.

– Foi o que eles disseram.

Kaye se virou para ele, seus penetrantes olhos azuis agora anuviados por alguma razão. Exaustão. No sofá ao lado dela, Émilie Longpré se inclinou para a frente, observando a amiga com atenção.

– Por quê? – perguntou Kaye.

Embora Gamache fizesse aquela pergunta para os outros o tempo todo, agora era ele quem precisava responder. Teve a sensação de estar deixando de ver alguma coisa, algo nas entrelinhas que lhe escapava.

Pensou por um instante, olhando pela janela panorâmica do modesto quarto de Kaye na casa de repouso. Tinha uma vista esplêndida do lago Brume. O sol estava se pondo e sombras compridas projetadas pelas montanhas cortavam o lago, deixando uma parte dele sob a luz ofuscante e outra na escuridão, como *yin* e *yang*. Aos poucos a imagem se dissipou e ele viu os rapazes na trincheira, seus olhos jovens cheios de medo. Tinham sido instruídos a fazer o inconcebível e, de maneira inconcebível, estavam prestes a fazê-lo.

– Eu me pergunto se eles sabiam que as palavras podem matar – disse Gamache devagar, pensando alto diante da imagem dos jovens indefesos e indefensáveis que se preparavam para morrer.

Como eles conseguiram fazer aquilo? Será que ele seria capaz? Uma coisa era entrar em uma situação perigosa sem pensar, outra totalmente diferente era esperar, esperar e esperar, já sabendo o que estava por vir. E fazer mesmo assim. Sem nenhum propósito. Com nenhuma finalidade.

– Isso é ridículo. Gritar "Foda-se o papa!" não mataria um único alemão. O que o senhor usa como munição? Quando um assassino atira, o que o senhor faz? Corre atrás dele gritando *"Tabernacle!"*, *"Sacré!"*, *"Chalice!"*? Eu espero nunca estar em uma situação de vida ou morte com o senhor. *Merde*.

Gamache riu. Claramente, seu comentário perspicaz não havia impressionado. E ela provavelmente tinha razão. Ele não conseguia entender por que os rapazes tinham gritado aquilo na Batalha do Somme.

– Bem, eu queria que as senhoras vissem umas fotos – disse Gamache, espalhando as imagens sobre a mesa.

– Quem é essa? – perguntou Kaye.

– É você, *ma belle* – respondeu Émilie.

– Está brincando! Eu pareço uma batata dentro de um cesto de roupa suja.

– A senhora parece estar falando com a CC em algumas fotos. – disse Gamache. – O que estava dizendo?

– Devia estar mandando ela ficar quieta. A mulher não parava de se mexer. Coisa irritante.

– E ela obedeceu? Por quê?

– Todo mundo obedece a Kaye – disse Em, com um sorriso. – Assim como o pai, ela é uma líder nata.

Gamache pensou que aquilo não era totalmente verdade. Das três amigas, Émilie Longpré era a verdadeira líder, embora fosse a mais discreta.

– A nossa Kaye aqui administrou sozinha a fábrica Thompson, no Mont Écho, por décadas. Treinou e organizou um bando de lenhadores e era adorada por eles. Foi a operação madeireira mais bem-sucedida da região.

– Se eu conseguia fazer aqueles selvagens tomarem um banho de soda cáustica uma vez por semana, consigo fazer CC ficar quieta – disse Kaye. – Nunca suportei gente nervosa.

– Nós acreditamos que "De Poitiers" não fosse o nome verdadeiro dela – disse Gamache, observando a reação das duas mulheres. Ambas continuaram observando as fotos. – Achamos que a mãe dela é de Three Pines e que foi por isso que CC veio para cá. Para encontrá-la.

– Coitada – disse Em, ainda olhando as fotos. Gamache teve a impressão de que ela estava evitando fazer contato visual. – E ela conseguiu?

– Encontrar a mãe? Não sei. Mas sabemos que o nome da mãe começa com L. As senhoras conseguem pensar em alguém?

– Eu conheço uma pessoa – respondeu Émilie. – Uma mulher chamada Longpré.

Kaye soltou uma gargalhada.

– Sério, inspetor-chefe. O senhor não está suspeitando da Em, está? O senhor acha que ela abandonaria uma criança? Em seria tão capaz disso quanto o senhor é capaz de ganhar uma partida de curling. Ou seja, totalmente incapaz.

– Obrigada, querida.

– Alguém mais? – insistiu ele.

Houve uma pausa e, por fim, as duas balançaram a cabeça em negativa. Gamache soube na mesma hora que elas estavam escondendo alguma coisa. Isso era certo. As duas moravam em Three Pines na época em que a mãe de CC provavelmente estava por lá e, em um vilarejo do Quebec nos anos 1950, uma jovem grávida não teria passado despercebida.

– Eu posso lhe dar uma carona de volta – ofereceu Em, após um longo e desconfortável silêncio.

Quando se abaixou para pegar as fotos, Gamache bateu os olhos em uma coisa. Kaye encarando CC com raiva e CC olhando para a cadeira vazia como se estivesse desesperada para alcançá-la. Naquele momento ele entendeu como o assassino tinha cometido o crime.

VINTE E SETE

CLARA E PETER MORROW LIGARAM A TV e o videocassete, e Beauvoir enfiou a fita na abertura.

Não estava nem um pouco animado. Duas horas de um filme inglês antigo que seria só falação. Sem explosão. Sem sexo. Preferia ficar gripado de novo a assistir àquilo. Ao lado dele no sofá, o agente Lemieux estava todo entusiasmado.

Crianças.

ÉMILIE LONGPRÉ DEIXOU GAMACHE NA ANTIGA CASA dos Hadleys, como ele havia pedido.

– Quer que eu espere?

– *Vous êtes très gentille, madame.* Mas não é necessário. A caminhada de volta vai me fazer bem.

– A noite está gelada, inspetor-chefe, e só vai piorar – disse ela, apontando para o painel, que mostrava a hora e a temperatura: 16h30, -15ºC. O sol tinha acabado de se pôr. – Eu nunca gostei dessa casa – acrescentou ela, olhando para as torres e as janelas sem cortinas.

Mais adiante, as luzes quentes e brilhantes da cidade de Three Pines os seduziam com promessas de companhia e aperitivos em frente a um fogo crepitante. Gamache abriu a porta do carro com um empurrão e as dobradiças congeladas gritaram em protesto. Ele observou o carro de Émilie desaparecer na pequena colina que dava para a cidadezinha e depois se voltou para a casa. Havia uma luz acesa na sala e outra surgiu no vestíbulo quando ele tocou a campainha.

– Entre, entre – disse Richard Lyon, praticamente o puxando para dentro da casa e batendo a porta logo depois. – Foi uma noite terrível. Entre, inspetor.

Ah, pelo amor de Deus, não demonstre tanto entusiasmo. Será que você não consegue agir normalmente? Tente imitar alguém que você admira. O presidente Roosevelt, talvez. Ou o capitão Jean-Luc Picard.

– Como posso ajudar?

Richard gostou do som da própria voz. Calma, controlada e confiante. *Só não estrague tudo.*

– Eu preciso fazer algumas perguntas ao senhor, mas, primeiro, como está sua filha?

– A Crie?

Por que, toda vez que perguntava sobre Crie, Lyon parecia perplexo, quase surpreso ao descobrir que tinha uma filha ou que alguém se importava com isso?, perguntou-se Gamache.

– Ela está bem, eu acho. Comeu alguma coisa no almoço. Eu aumentei o aquecimento, para ela não ficar com muito frio.

– Ela está falando?

– Não, mas a verdade é que ela nunca foi de falar muito.

Gamache teve vontade de sacudir aquele homem letárgico que parecia viver em um mundo forrado de algodão, isolado e abafado. Sem ser convidado, entrou na sala e se sentou em frente a Crie. A garota havia trocado de roupa. Agora vestia um short branco que apertava as pernas e uma blusa frente única rosa. Tinha tranças nos cabelos e um rosto inexpressivo.

– Crie, é o inspetor-chefe Gamache. Como você está?

Não houve resposta.

– Está frio aqui. Você não quer vestir o meu suéter?

Ele tirou o cardigã, cobriu os ombros nus da menina e depois se voltou para Lyon.

– Quando eu for embora, sugiro que o senhor coloque uma manta em volta dela e acenda a lareira.

– Mas a lareira não esquenta muito – argumentou Lyon.

Não seja petulante. Seja forte, o homem da casa. Decidido.

– Sem contar que eu estou sem lenha – explicou ele.

– Tem lenha no porão. Eu ajudo o senhor a trazer para cá. E o senhor provavelmente está certo sobre a lareira, mas o fogo é vivo e alegre. Essas coisas também são importantes. Bem, agora eu preciso lhe fazer algumas perguntas.

Gamache foi até o vestíbulo. Não queria ficar muito tempo ali, queria ir até a livraria de Myrna antes que fechasse.

– Qual era o sobrenome verdadeiro da sua esposa?

– De Poitiers.

– O verdadeiro.

Lyon parecia completamente perdido.

– Não era De Poitiers? O que o senhor está dizendo?

– Ela inventou esse sobrenome. O senhor não sabia?

Lyon apenas balançou a cabeça.

– Como anda a sua situação financeira, monsieur Lyon?

Ele abriu a boca, mas a fechou antes que a mentira escapasse. Já não havia nenhum motivo para mentir, para fingir ser algo e alguém que não era. Era CC quem havia insistido nisso e o levado junto. Insistido em fingir que eles tinham nascido para viver em uma casa como aquela, o solar, a mansão na colina. Nascidos para a grandeza. Nascidos para a riqueza.

– Eu usei minhas reservas da aposentadoria para comprar esta casa – admitiu ele. – Estamos em maus lençóis.

Foi tão fácil que ele ficou surpreso. CC dissera que eles nunca poderiam admitir a verdade. Se as pessoas soubessem como a vida era realmente, eles estariam arruinados. Mas o fingimento e o sigilo é que os haviam arruinado. E agora Richard Lyon tinha falado a verdade e nada de ruim havia acontecido.

– Não estão mais. Sua esposa tinha um seguro de vida de centenas de milhares de dólares.

Algo ruim tinha acabado de acontecer e Lyon se arrependeu profundamente de ter dito a verdade. O que o presidente Roosevelt faria no lugar dele? E o capitão Picard? E CC?

– Eu não sei do que o senhor está falando.

Mentira.

– Sua assinatura está na apólice. Nós temos os documentos.

Algo muito ruim mesmo estava acontecendo.

– O senhor é engenheiro de formação, além de inventor. Poderia muito bem conectar os cabos de transmissão de carga que eletrocutaram sua esposa. O senhor sabia que ela tinha que estar pisando na água e sem luvas. E teve a oportunidade de colocar niacina no café da manhã dela. Além disso, o senhor conhecia sua esposa bem o suficiente para saber que ela ia pegar o melhor lugar, perto do aquecedor.

Então a voz de Gamache, que de tão razoável havia de alguma forma contribuído para aquele pesadelo, ficou baixíssima. Ele enfiou a mão na bolsa-carteiro e pegou uma foto.

– O que vem me intrigando desde o início é como o assassino sabia que CC agarraria a cadeira da frente. Não é algo comum de se fazer. Agora eu sei. Assim.

Ele mostrou a foto a Richard Lyon. Richard viu ali sua esposa cerca de um minuto antes de morrer. Ao lado dela, Kaye dizia alguma coisa, mas CC estava concentrada na cadeira da frente. Richard Lyon empalideceu.

– E o senhor também sabia.

– Não fui eu – disse ele, com uma voz fraca e esganiçada.

Até as vozes na cabeça dele haviam fugido, deixando-o sozinho. Completamente sozinho.

– Não foi ele – disse Myrna, vinte minutos depois.

– Como a senhora pode saber? – perguntou Gamache, acomodando-se na cadeira de balanço.

Ele esticou as pernas compridas em frente ao fogão a lenha, que irradiava calor. O *toddy* quente de rum que Myrna havia preparado o aguardava sobre uma pilha de edições da revista *New York Review of Books*, em cima do baú que havia entre os dois. Gamache estava descongelando.

– Ele ficou do meu lado o tempo o tempo, nas arquibancadas.

– Eu lembro que a senhora disse isso. Mas ele não poderia ter saído por alguns minutos sem ser notado?

– Durante a caminhada do casarão dos Hadleys até aqui, o senhor não teria notado se o seu casaco caísse no chão, nem que fosse por alguns minutos? – perguntou ela, com um brilho maroto nos olhos.

– Talvez.

Ele entendeu, mas não queria ouvir aquilo. Não queria ouvir que seu suspeito perfeito, seu único suspeito perfeito, não poderia ter cometido o crime porque Myrna notaria a súbita ausência de seu calor corporal, ainda que não de sua personalidade.

– Olha, eu não morro de amores por aquele homem – disse ela. – Ao longo dos anos, alguém destruiu a saúde emocional da Crie a ponto de deixar a menina quase em coma. No início eu achei que ela fosse autista, mas depois de passar alguns minutos com ela, vi que não. Acho que ela fugiu para dentro da própria cabeça. E acho que Richard Lyon é o culpado.

– Continue.

Gamache pegou a caneca quente. Dava para sentir o aroma de rum e especiarias.

– Bom, vou ser cautelosa. Na minha opinião, Crie passou a vida inteira sofrendo abusos emocionais e verbais. Acho que CC era a abusadora, mas geralmente existem três partes envolvidas na violência infantil. O abusado, o abusador e o conivente. Um dos pais comete o abuso, mas o outro sabe o que está acontecendo e não faz nada.

– Se CC maltratava a filha, será que fazia o mesmo com o marido? – perguntou Gamache ao se lembrar de Richard, todo assustado e perdido.

– É quase certo que sim. No entanto, ele é o pai da Crie e precisava salvar a menina.

– Mas não fez isso.

Myrna aquiesceu.

– O senhor consegue imaginar como deve ser morar naquela casa? – indagou Myrna, que, embora estivesse de costas para a janela e não visse o casarão, podia senti-lo.

– Você acha que a gente devia ligar para a assistência social? Crie ficaria melhor em outro lugar?

– Não, acho que o pior já passou. Ela precisa de um pai amoroso e de muita terapia. Alguém conversou com a direção da escola dela?

– Sim. Disseram que ela é inteligente, tira notas altas, mas não consegue se integrar.

– Agora é que não vai conseguir mesmo. Ela sofreu demais. Nós nos tornamos as nossas crenças, e Crie acredita que existe algo horrível nela. Ela ouviu isso a vida inteira e agora é assombrada por esse pensamento, que tem a voz da mãe. É a voz que a maioria de nós ouve nos momentos de silêncio, sussurrando gentilezas ou acusações. A voz da nossa mãe.

– Ou do nosso pai – pontuou Gamache –, embora nesse caso ele não diga nada. CC falava de mais e ele, de menos. Coitada da menina. Não foi à toa que isso tudo acabou em assassinato.

– "Nós vivemos em um mundo de mísseis guiados e homens desorientados" – comentou Myrna. – Martin Luther King.

Gamache assentiu, lembrando-se também de outra coisa:

Suas crenças se tornam seus pensamentos
Seus pensamentos se tornam suas palavras
Suas palavras se tornam suas ações
Suas ações se tornam seu destino

– Mahatma Gandhi – disse ele. – Não lembro o resto.

– Não sabia que Gandhi falava tanto, mas concordo com ele. Isso é muito forte. Tudo começa com as nossas crenças, e as nossas crenças vêm dos nossos pais. Se tivermos pais doentes, vamos ter crenças doentes, e isso contamina tudo o que a gente pensa e faz.

Gamache se perguntou quem seria a mãe de CC e que crenças ela teria incutido na filha. Bebeu um gole de *toddy* e, sentindo o corpo gelado finalmente esquentar, olhou em volta.

A livraria de Myrna tinha a atmosfera de uma biblioteca antiga em uma casa de campo. Ao longo de todas as paredes havia prateleiras de madeira amarelada repletas de livros. Aqui e ali viam-se tapetes feitos à mão e, no meio do ambiente, um fogão a lenha. De frente para o fogão ficava um sofá, com uma cadeira de balanço de cada lado. Gamache, que amava livrarias, pensou que aquela era simplesmente a mais atraente em que já havia entrado.

Tinha chegado poucos minutos antes das cinco, após passar por Ruth. Mais uma vez, a velha poeta havia parado no meio da praça e se instalara no banco gelado. Gamache olhou pela janela de Myrna e a viu ali, seu corpo rígido e frio delineado pelas alegres luzes de Natal.

– Bom, todas as crianças são tristes – citou Gamache –, mas algumas superam isso.

Myrna acompanhou o olhar dele.

– A caminhada da cerveja – disse ela.

– A CAMINHADA DA CERVEJA – repetiu Robert Lemieux.

Ele estava na casa dos Morrows, agora um pouco afastado da TV. Clara e o inspetor Beauvoir continuavam ali, os olhos como antenas parabólicas, grudados na tela. Os únicos sinais de vida que Lemieux vira em Beauvoir desde o início do filme foram suspiros ocasionais. Lemieux até tentou acompanhar o filme, mas se viu caindo de sono. Teve visões da própria cabeça escorregando para o ombro de Beauvoir, a boca aberta, babando. Era melhor se levantar e andar um pouco.

E agora lá estava ele à janela. Peter Morrow se aproximou.

– O que ela está fazendo? – perguntou Lemieux, apontando para a senhora sentada no banco enquanto o resto da cidadezinha se encolhia em casa ou passava apressado pelas ruas, em uma noite em que o próprio ar parecia prestes a congelar.

– Ah, é a caminhada da cerveja.

Lemieux balançou a cabeça. Velha bêbada patética.

QUANDO MYRNA CONCLUIU SUA EXPLICAÇÃO, Gamache foi até onde deixara o casaco e apalpou os bolsos até achar o que estava procurando. O livro de Ruth que fora encontrado junto ao corpo de Elle.

Ele voltou ao seu lugar, abriu o livro e leu ao acaso.

– Ela é uma poeta excepcional – disse Myrna. – É uma pena que como pessoa seja um desastre. – Ela pegou o livro e o abriu. – Foi Clara quem o emprestou para o senhor?

– Não. Por quê?

– É que essa dedicatória foi escrita para ela – respondeu Myrna, apontando para a página. – "Você fede. Com amor, Ruth."

– É a Clara que fede?

– Naquele dia ela estava fedendo. Não achou engraçado? Ela disse que tinha perdido esse livro. Pelo visto, já achou. Tem certeza que não pegou com ela?

– Não, isso faz parte de uma investigação.

– Uma investigação de homicídio?

– A senhora disse que ela perdeu o livro depois da sessão de autógrafos? Onde? – perguntou Gamache, inclinando-se para a frente, os olhos brilhantes totalmente concentrados em Myrna.

– Na Ogilvy. Ela comprou o livro naquela noite e pediu a Ruth que o autografasse. Depois a gente foi embora.

Myrna sentiu a energia dele e começou a se animar, embora não soubesse por quê.

– A senhora voltou direto para casa?

– Eu peguei o carro e busquei Clara do lado de fora. A gente não parou em nenhum lugar.

– E ela foi a algum lugar antes de entrar no carro?

Myrna pensou um pouco e balançou a cabeça. Gamache se levantou. Precisava ir à casa dos Morrows.

– Ah, teve uma coisa que ela me contou no dia seguinte. Que comprou comida para uma moradora de rua. Ela disse que...

Myrna se interrompeu.

– Continue – pediu Gamache, voltando-se para ela, já na porta.

– Nada.

Gamache ficou olhando para ela.

– Eu não posso contar. É algo pessoal da Clara.

– Aquela moradora de rua foi morta. Assassinada. – Ele ergueu o livro de Ruth e disse suavemente: – A senhora tem que me contar.

VINTE E OITO

Peter conduziu Gamache para dentro de casa e pegou o casaco dele. Havia ali um forte cheiro de pipoca e o som de um coro gótico ao fundo.

– Eles estão terminando de ver o filme – explicou Peter.

– Já acabou – disse Clara, aparecendo na cozinha e cumprimentando Gamache. – Fica ainda melhor na segunda vez, eu acho. E a gente descobriu uma coisa.

Eles atravessaram a sala de estar e encontraram Jean Guy Beauvoir encarando a tela com os olhos arregalados, enquanto os créditos subiam.

– *Mon Dieu*, não me admira que vocês ingleses tenham ganhado a Batalha das Planícies de Abraão – disse Beauvoir. – Vocês são todos uns doidos.

– De fato, isso ajuda na guerra – concordou Peter. – Mas nem todos nós somos iguais a Eleanor da Aquitânia ou ao rei Henrique.

Peter quase caiu na tentação de esclarecer que Eleanor e Henrique na verdade eram franceses, mas achou que seria grosseiro.

– O senhor acha que não? – perguntou Beauvoir.

Ele tinha as suas dúvidas, diante de tudo o que já vira dos ingleses no Quebec. Era a discrição deles o que sempre o assustava. Beauvoir nunca sabia o que estavam pensando. E, não sabendo o que pensavam, não conseguia deduzir o que fariam. Sentia-se exposto e em perigo perto deles. E não gostava disso. Na verdade, Beauvoir não gostava de ingleses e aquele filme não havia contribuído em nada para mudar isso.

Era aterrorizante.

– Aqui – disse Clara, apertando o botão de rebobinar e fazendo a fita chiar. – É por volta do minuto 17. A fita fica meio estranha.

Gamache tinha finalmente entendido a mensagem confusa de Clara. As fitas de vídeo distendem quando alguém para várias vezes no mesmo ponto. E, quando elas distendem, a imagem fica deformada. Clara tinha dito que, se Peter parava os filmes em um ponto importante e acabava distendendo a fita, talvez CC fizesse a mesma coisa.

– Tem um ponto em que a fita fica estranha – disse Lemieux. – Mas assistimos várias vezes e não tem nada acontecendo no filme.

– Acho que você vai descobrir que existe uma razão para cada quadro desse filme – comentou Gamache, virando-se para o jovem policial. – E também existe uma razão para CC ter parado nesse ponto.

Lemieux corou. Sempre a mesma lição: para tudo há uma razão. Gamache falou com naturalidade, mas ambos sabiam que era a segunda vez que ele se via obrigado a lembrar aquilo a Lemieux.

– Ok, vamos lá. Clara se sentou e apertou o play.

Uma barca se aproximava de uma costa sombria. Katharine Hepburn, no papel de uma Eleanor envelhecida, surgia embrulhada em xales, esplêndida e tensa. Não acontecia nenhum diálogo, era apenas uma longa tomada bucólica do barco, dos remadores e da rainha chegando.

A barca estava quase chegando à margem quando a fita ficou estranha. Só por um instante. A imagem se deformou.

– Aqui – disse Clara, pausando o filme. – Vou colocar a imagem de novo.

Ela rebobinou a fita e apertou o play mais duas vezes, e mais duas vezes Eleanor se aproximou da costa para passar aquele Natal devastador em família.

Clara pausou o filme no momento exato em que a imagem começou a ondular. A proa do barco preenchia quase a tela inteira. Não havia nenhum rosto visível. Nenhum ator. Só árvores sem folhas e sem vida, uma paisagem quase morta, a água cinzenta e a proa da embarcação. Nada. Talvez Lemieux estivesse certo, pensou Gamache.

O inspetor-chefe se recostou no sofá, encarando a tela. Depois de um tempo, o filme saiu da pausa, e Clara teve que rebobiná-lo, dar play e parar de novo.

Minutos se passaram.

– O que vocês estão vendo? – perguntou Gamache a todos.

– O barco – disse Clara.

– Árvores – respondeu Peter.

– Água – completou Beauvoir, ansioso para dizer alguma coisa antes que todos os elementos fossem citados.

Lemieux quis se matar. Não tinha sobrado nada. Ele viu que Gamache o encarava com um ar de divertimento, mas não só isso. Também de aprovação. Melhor não dizer nada do que falar qualquer coisa só por falar. Lemieux sorriu de volta e relaxou.

Gamache se voltou novamente para a tela. Barco, árvores, água. Seria apenas uma coincidência CC ter parado o filme ali? Será que ele estava dando importância demais àquilo? Talvez ela tivesse pausado o filme só para pegar uma bebida ou ir ao banheiro. Mas a fita não esticaria com apenas uma pausa. Seria preciso parar naquele ponto várias vezes para danificá-la.

Ele se levantou e esticou as pernas.

– Não adianta a gente ficar olhando para a tela. Não tem nada aí. Você estava certo, me desculpe – disse ele a Lemieux.

O rapaz ficou sem reação.

Clara acompanhou os visitantes até o vestíbulo.

– Desculpa – disse ela. – Achei que tivesse encontrado uma pista.

– E talvez tenha. Você tem uma boa intuição para o crime, madame.

– Fico lisonjeada, *monsieur*.

Se Peter fosse um cachorro, seus pelos estariam eriçados. Por mais que tentasse, ele não conseguia superar o ciúme que sentia de Clara com Gamache e da intimidade natural que havia entre os dois. No vestíbulo, o inspetor pegou um livro do bolso do casaco e, com jeitinho, o mostrou a Clara. Após a conversa com Myrna, ele tivera uma vaga ideia do que estava prestes a fazer e desejou não precisar fazê-lo.

– Obrigada, mas eu já tenho o último livro da Ruth – disse Clara.

– Não este aqui – disse ele, quase num sussurro.

Peter quase não conseguiu ouvir as palavras, assim como os outros. Clara abriu o livro e, depois, um largo sorriso.

– "Você fede. Com amor, Ruth." Você encontrou! O livro que eu perdi. Eu deixei cair na rua ou no bistrô?

– Não, você deixou cair em Montreal.

Clara olhou confusa para ele.

– E você encontrou? Mas isso é impossível.

– O livro foi encontrado junto com o corpo de uma mulher morta.

Ele pronunciou as palavras devagar e com cuidado, para dar a ela a chance de ouvir e compreender.

– Ela foi encontrada do lado de fora da Ogilvy, logo depois do Natal.

Gamache continuou olhando para Clara, examinando seu rosto e suas reações. Ela continuava confusa, impressionada. Nada mais.

– Era uma moradora de rua.

Então ela entendeu. Os olhos se abriram um pouco mais, e Clara ergueu a cabeça e se afastou, como se sentisse repulsa por aquelas palavras.

– Não – murmurou Clara, empalidecendo. Ela respirou em silêncio algumas vezes. – A idosa da rua, a mendiga?

O silêncio se estendeu, todos os olhos observando enquanto ela lutava contra a notícia. Clara sentiu que estava caindo, não no chão, mas bem abaixo, dentro do abismo dos sonhos destruídos.

Eu sempre amei o seu trabalho, Clara.

Não. Aquilo significava que a mendiga não era Deus, afinal. Era só uma velha patética. Tão louca quanto Clara. As duas achavam que o trabalho dela era bom. E estavam erradas. CC e Fortin é que estavam certos.

Seu trabalho é amador e banal. Você é um fracasso. Não tem voz, visão nem valor. Você desperdiçou sua vida.

As palavras a atingiram, pesando sobre ela até, por fim, derrubá-la.

– Ah, meu Deus – foi tudo o que ela conseguiu dizer.

– Peter, pode fazer um chá, por favor? – pediu Gamache.

Peter ficou irritado pelo inspetor-chefe ter pensado naquilo e grato por ter algo para fazer.

– Volte para a sala de investigação e veja se Lacoste conseguiu avançar – sussurrou Gamache para Beauvoir rapidamente.

Então se voltou para Clara e a conduziu até a sala de estar, lamentando não ter pedido a Beauvoir que levasse a fita de volta. Torceu para não esquecê-la ali.

– Me conte o que aconteceu – pediu ele a Clara assim que a colocou sentada próxima ao calor do fogo.

– Eu passei por cima dela sem querer quando estava entrando na Ogilvy. Foi na noite do lançamento da Ruth. Fiquei me sentindo mal depois, por causa de toda a minha sorte e tal...

Ela deixou o resto no ar, sabendo que Gamache ia entender. Clara repassou a cena mentalmente. Ela saindo do lançamento, comprando o lanche e subindo a fatídica escada rolante. Passando por CC.

Seu trabalho é amador e banal.

Andando atordoada rumo à noite fria, com vontade de sair correndo pela rua gritando e chorando e empurrando todas as pessoas alegres e festivas, mas em vez disso se debruçando sobre aquela senhora desconhecida e encontrando aqueles olhos envelhecidos.

– "Eu sempre amei o seu trabalho, Clara."

– Ela disse isso? – perguntou Gamache.

Clara assentiu.

– Você a conhecia?

– Nunca a tinha visto antes.

– Isso é impossível – afirmou Lemieux, falando pela primeira vez em um interrogatório, as palavras saltando de sua boca sem convite.

Ele se calou imediatamente e olhou para Gamache, já pronto para a reprimenda. Em vez disso, notou que o chefe o olhava com interesse. Depois, voltou-se novamente para Clara.

Lemieux ficou aliviado, embora quisesse se contorcer na cadeira. Estava achando aquela conversa toda extremamente perturbadora.

– E como você explica isso? – perguntou Gamache, observando Clara atentamente.

– Eu não explico.

– Explica, sim – encorajou Gamache, explorando, sondando, pedindo a ela que o deixasse entrar. – Me conte.

– Eu acho que ela era Deus. *Achei* que ela fosse Deus – corrigiu-se Clara, tentando se recompor e não chorar.

Gamache ficou calado, esperando. Depois desviou o olhar, para dar a ela a impressão de privacidade. Quando seus olhos se fixaram por acaso na TV, ele viu com os olhos da mente a imagem do barco congelado. Não. Não do barco, só da proa. Com um desenho. Uma serpente marinha. Uma cobra. Não, um pássaro.

Uma águia.

Uma águia gritando.

Então ele soube por que CC havia parado a fita bem ali. Precisava voltar à sala de investigação antes que Lacoste fosse embora. O relógio acima da lareira informava que acabava de passar das seis horas. Talvez fosse tarde demais. Ele fez um gesto para que Lemieux se aproximasse e cochichou algo no ouvido do rapaz. Lemieux saiu depressa e em silêncio. Um segundo depois, Gamache o viu atravessar correndo o caminho em frente à casa e cruzar o portão.

Gamache quis se matar por se esquecer de dar a fita a Lemieux, para que ele a colocasse de volta na caixa de evidências. Tinha uma leve suspeita de que acabaria indo embora sem ela. Nesse momento, Peter chegou com o chá. Clara se levantou.

– Eu preciso perguntar de novo, Clara. Você tem certeza de que nunca tinha visto Elle?

– Elle? Esse era o nome dela?

– É o nome que aparece no relatório policial. Não sabemos o nome verdadeiro dela.

– Eu pensei muito sobre esse incidente desde aquela noite. Myrna também me perguntou isso. Mas eu realmente não conhecia aquela mulher, acredite em mim.

Gamache acreditou.

– Como ela morreu? – perguntou Clara. – Foi de frio?

– Ela foi assassinada logo depois de falar com você.

VINTE E NOVE

No fim das contas, Armand Gamache se lembrou de levar o filme de volta à sala de investigação. Chegando lá, deixou a fita na mesa e foi até o computador de Lacoste, onde os outros já tinham se aglomerado. Nichol estava em sua mesa. Ele fez sinal para que ela se aproximasse.

– Lemieux me passou o seu pedido – disse Lacoste, olhando para ele de relance. – Veja só isso.

A tela do computador dela estava dividida ao meio, com duas imagens quase idênticas lado a lado. Duas cabeças de águia, estilizadas e gritando.

– Esta aqui – Lacoste apontou para a imagem da esquerda – é o emblema de Eleanor da Aquitânia.

– E esta? – perguntou Gamache, apontando para a outra metade da tela.

– Esta é o logo da empresa de CC. Está na capa do livro dela. Quer dizer, mais ou menos. Está toda borrada, não foi muito bem reproduzida, mas é essa a imagem.

– O senhor tinha razão – disse Beauvoir. – CC parou o filme no 17º minuto para dar uma boa olhada na frente do barco. Ela deve ter reconhecido o emblema de Eleanor e quis copiar.

– Tudo faz sentido – murmurou Lemieux.

– Como o senhor ligou uma coisa a outra? – quis saber Beauvoir.

– Eu tive uma ajudinha – admitiu Gamache. – Richard Lyon me mostrou o livro de CC e comentou sobre o logo. É inesquecível.

Então aquilo explicava a escolha ridícula de uma águia beligerante como logotipo, pensou ele. Era o emblema de Eleanor.

– Tem uma coisa que eu quero mostrar para vocês.

Gamache foi até a bolsa-carteiro e pegou as fotos de Saul Petrov. Todos da equipe levaram suas cadeiras para a mesa grande enquanto Gamache espalhava as imagens.

– Eu descobri por que CC mexeu na cadeira da frente – disse ele. – Está tudo aqui.

Eles ficaram cerca de um minuto observando as fotos, e Gamache teve pena da equipe. Estavam todos cansados e famintos. Lacoste ainda tinha pela frente uma longa viagem de carro até Montreal.

– Estão vendo isso aqui? – perguntou Gamache, apontando para uma das primeiras fotos de CC acompanhando o jogo. – A cadeira parece normal, certo?

Eles aquiesceram.

– Agora deem uma olhada – continuou ele, apontando para uma das últimas fotos.

– Meu Deus, é tão óbvio – disse Beauvoir, encarando Gamache, atônito. – Como eu não notei? Está torta.

– E o que tem isso? – perguntou Lacoste.

– As pessoas que conheciam CC, ou que pelo menos a encontraram casualmente, repetiram isso várias vezes. Ela arrumava tudo de maneira obsessiva. Uma cadeira como essa – Gamache apontou para a cadeira torta, com um dos lados ligeiramente afundado na neve – com certeza geraria uma reação. A única surpresa é ter demorado tanto para essa reação acontecer.

– A não ser, como o senhor mesmo falou, que a cadeira estivesse reta no início – conjecturou Nichol. – Alguém deve tê-la deixado torta depois.

Gamache assentiu. Será que era isso que havia no rolo de filme queimado por Petrov? Será que mostrava um morador passando por ali casualmente e se apoiando na cadeira? O morador então teria ido até o gerador e esperado que CC se levantasse? E, depois de tudo isso, bastaria que ele conectasse os cabos e bum! Um assassinato.

Era brilhante, quase elegante.

Mas quem teria feito aquilo? Richard Lyon era o suspeito perfeito. Ele sabia que a esposa tentaria ajeitar a cadeira torta.

– Aquele fotógrafo está escondendo alguma coisa – comentou Beauvoir.

– Concordo – disse Gamache. – Ele destruiu um rolo de filme na lareira logo antes de a gente chegar. Acho que eram fotos do momento do assassinato.

– Mas por que ele faria isso? – perguntou Lemieux. – Como Petrov mesmo disse, se ele tivesse uma foto do assassino, poderia provar a própria inocência.

– E se ele estivesse planejando chantagear o assassino? – sugeriu Nichol.

– Mas por que destruir o rolo? – retrucou Lacoste. – No lugar dele, você manteria o filme em segurança em algum lugar, não?

Ela recebeu como resposta um sorriso desconcertante.

Vaca, pensou Nichol, e percebeu que Gamache a observava. *Será que ele sabe?*, pensou. Lá estava ele, todo presunçoso e à vontade, cercado por sua equipe, e ela de fora, sempre de fora. Bom, aquilo estava prestes a mudar.

– Por que destruir as fotos do assassinato de CC? – perguntou Gamache a si mesmo, sentando-se e observando as imagens. – A menos que ele esteja tentando proteger o assassino.

– Por que ele faria isso? Ele não conhece ninguém por aqui, certo? – perguntou Lemieux.

– Dê uma pesquisada no passado de Saul Petrov – ordenou Gamache a Nichol. – Descubra tudo o que puder sobre ele – concluiu, esfregando os olhos exaustos.

Gamache então foi até a mesa, pegou o vídeo e o levou para a sala onde guardavam as evidências. A pequena caixa com os itens encontrados na lixeira de CC estava no chão. Gamache pegou a lista dos itens antes de devolver *O leão no inverno* para seu lugar, depois recolocou a folha de papel na caixa, observando a lista familiar. Caixa de cereal, restos de comida já descartados pela equipe mas devidamente registrados, a fita de vídeo, uma pulseira quebrada, a caixa das botas e papéis de presente. Era uma lista comum, com exceção do filme. E da pulseira.

Gamache calçou as luvas e começou a vasculhar a caixa. Após um minuto, a caixa estava vazia, exceto por uma coisinha suja enrolada no canto, como um cachorrinho abandonado em um abrigo. Era marrom e estava imunda e quebrada, mas não era uma pulseira de jeito nenhum. Gamache colocou os óculos meia-lua e pegou a falsa pulseira, balançando-a com o braço esticado. Respirou fundo e aproximou o objeto do rosto, analisando o pequeno item que pendia de um cordão de couro gasto.

Não era uma pulseira, era um colar. Com um pingente. Uma pequena cabeça oxidada e suja. A cabeça de uma águia gritando.

Gamache sabia que CC, a asseada e obsessiva CC, nunca teria usado aquela coisa imunda. Mas sabia quem a tinha usado.

Lentamente, Armand Gamache se levantou, as imagens e os pensamentos se amontoando uns sobre os outros. Levou o colar de volta à mesa e pegou dois documentos: o desenho do artista forense e uma foto da autópsia de Elle.

Quando vira as fotos da autópsia pela primeira vez, ele havia reparado em uma marca no peito da mulher. Uma marca redonda, regular e de cor diferente do resto da sujeira no corpo. Era uma espécie de mancha criada pela reação de um metal impuro com o suor. Assim que vira a foto, ele soube que Elle usava um colar. Um colar barato, mas que devia ser precioso para ela.

Havia também outras evidências de que a mulher usava um colar. Ela tinha um pequeno hematoma escuro na base do pescoço, provavelmente de quando o cordão de couro fora arrebentado. E os cortes na mão. Ele tinha enviado o agente Lemieux à Old Brewery Mission para perguntar se alguém se lembrava de ter visto Elle usando um colar. Eles se lembravam, embora não soubessem descrevê-lo, pois ninguém havia se aproximado muito dela. Gamache tinha procurado o objeto na caixa de evidências, mas não havia encontrado nada. Sabia que, se achasse o colar, acharia também o assassino.

Bom, agora ele havia achado o colar. Em Three Pines, a 100 quilômetros da rua gelada de Montreal onde Elle fora encontrada e o colar fora levado. Como aquilo tinha ido parar ali?

Armand Gamache fechou os olhos e viu os acontecimentos passarem como um filme em sua cabeça. Viu Elle ser estrangulada. O assassino agarrou o colar e, com um puxão, o arrebentou. Elle o pegou de volta, apertando-o com tanta violência enquanto era estrangulada que o pingente cortou sua mão como um molde de biscoitos. Gamache havia pedido ao artista da Sûreté que ligasse os pontos de sangue para tentar recriar o colar.

Agora ele observava o desenho. O artista havia feito um círculo estilizado com uma parte faltando e uma espécie de pescoço. Não fizera sentido na época, mas agora fazia. A parte que faltava era a boca da águia, aberta em um grito. O resto era a cabeça e o pescoço.

Então Elle morrera segurando o colar. Por que ela o valorizava tanto, a ponto de morrer agarrada a ele? E por que o assassino tinha se dado ao trabalho de arrancá-lo da mão dela?

E depois? Gamache se recostou na cadeira e cruzou as mãos sobre a barriga. Todos os sons da sala, da cidade, do Quebec, desvaneceram. Agora estava em seu próprio mundo, apenas ele e o assassino. Só os dois. O que o assassino tinha feito e por quê?

O assassino pegou o pingente da mão morta de Elle e o levou para casa, onde o jogou no lixo. No lixo de CC. Gamache sentiu que estava chegando perto. Ainda estava tudo escuro e as imagens não eram nítidas, mas os faróis brilhavam agora, cortando a noite. Antes de chegar ao "quem", Gamache precisava saber o porquê. Por que o assassino não tinha simplesmente fugido? Por que se dar ao trabalho de arrancar aquele colar da mão dela?

Porque era uma águia gritando. Uma versão oxidada, imunda e barata do que ele tinha visto mais cedo na tela. O emblema de Eleanor da Aquitânia, o logotipo de CC de Poitiers e o colar da mendiga eram iguais.

O assassino tinha ficado com o colar porque ele provava algo mais terrível do que quem havia matado Elle. Provava que Elle e CC estavam ligadas. Elas compartilhavam mais que um símbolo.

Elle era a mãe de CC.

– Fala sério – disse Beauvoir, estendendo a mão enluvada para pegar o colar. – A mendiga morta era a mãe de CC de Poitiers?

– Isso – confirmou Gamache, discando um número no telefone.

– Estou confuso – admitiu Beauvoir.

Lemieux ficou aliviado por ele ter dito isso.

Em seu computador, Nichol lançava olhares furtivos para os três homens. Ela viu quando Lacoste se levantou e foi até eles.

– *Oui, allô* – disse o inspetor-chefe. – Eu poderia falar com Terry Moscher? Sim, eu espero. – Ele cobriu o bocal com a mão para falar com os agentes ao seu lado: – Quais são as chances de uma moradora de rua assassinada e CC terem o mesmo emblema? Uma borboleta, ok. Uma flor, vá lá. São desenhos bem comuns. Mas isto? – Ele fez um gesto indicando o colar que pendia do punho de Beauvoir. – Quem você conhece que usaria isto como um adorno?

Beauvoir foi obrigado a concordar que se comprasse para a esposa um colar com um pingente de uma águia insana, ela não ficaria muito feliz.

Tudo bem, aquilo não podia ser apenas coincidência, mas será que fazia delas mãe e filha?

– Alô, monsieur Moscher? É o inspetor-chefe Gamache. Tudo bem, obrigado. Eu queria fazer uma pergunta. O senhor disse que Elle assinava o registro quando ficava aí na Old Brewery Mission. O senhor se importaria de dar uma olhada no registro de novo? Eu espero, claro. – Gamache se virou novamente para a equipe: – Vamos mandar o colar para ser testado no laboratório.

– Eu levo – ofereceu Lacoste.

– Ótimo. Os resultados devem sair em menos de 24 horas. Assim teremos as impressões digitais e também o sangue que está nele. Sim, ainda estou aqui. – Ele voltou ao telefone. – Entendi. Sim. O senhor poderia me enviar uma cópia da página por fax agora mesmo? E vou mandar um agente hoje à noite para pegar o livro de registros. *Merci infiniment.*

Gamache desligou, pensativo.

– E aí? O que ele disse? – quis saber Beauvoir.

– Que idiota eu fui. Quando pedi a monsieur Moscher que verificasse o registro naquela noite, ele confirmou que Elle tinha assinado o livro. Ou pelo menos foi isso o que eu achei que ele tivesse dito.

O fax tocou e começou a imprimir. Todos se voltaram para a máquina enquanto o papel era ejetado com um movimento excruciante. Quando ele finalmente parou, Beauvoir o arrancou da máquina e examinou as assinaturas:

Bob da TV
Francesinho
Pequena Cindy
L

– L – murmurou, entregando a folha a Gamache. – L, não Elle.

– O nome dela era L – disse Gamache, levando a folha de papel de volta para a própria mesa e pegando a bola Li Bien.

Ele girou a bola até que assinatura ficasse visível. L. Exatamente como no livro de registros.

Quem quer que tivesse feito aquela bela obra de arte anos antes também havia assinado o livro de registros da Old Brewery Mission de Montreal para escapar do frio mortal. Ela havia se tornado uma sem-teto. E, finalmente, um corpo com um processo arquivado na Divisão de Homicídios. Mas agora Gamache sentia que pelo menos a tinha levado de volta para casa. Para Three Pines. L era a mãe de CC, ele tinha certeza. Mas isso também significava outra coisa. L fora morta. CC fora morta.

Alguém estava matando as mulheres daquela família.

TRINTA

Gamache e Beauvoir vestiram os casacos e calçaram as botas depressa. O inspetor se lembrou de ligar o carro pelo controle, dando ao veículo pelo menos um minuto para aquecer.

– Só um segundo – disse Gamache, para então tirar o gorro, voltar à mesa, pegar o telefone e discar. – Aqui é o inspetor-chefe Gamache, da Sûreté du Québec. O senhor é o policial de plantão?

Beauvoir estava quase à porta quando se virou e acenou para Nichol acompanhá-los. Ela se levantou de um pulo.

– Não. – Gamache cobriu o bocal do telefone e se virou para Nichol. – Você fica aqui. Lemieux, você vem com a gente.

Atordoada, como se tivesse levado um tapa, Nichol parou de repente e observou o agente Lemieux passar correndo e sorrir vagamente para ela, como se pedisse desculpas. Teve vontade de matá-lo.

Beauvoir olhou para o chefe por um instante, intrigado, e depois encarou a noite gelada. Pensou estar preparado para o mundo lá fora, mas tinha se equivocado. A temperatura havia despencado ainda mais, de modo que ele agora sentia o frio queimar a pele enquanto caminhava, depois trotava e, finalmente, corria alguns metros até o carro. O motor lutava para continuar girando, os fluidos quase congelados espalhando-se devagar. As janelas estavam cobertas de gelo. Beauvoir abriu a porta rangente para pegar um raspador. Lascas de gelo saltaram da lâmina como se ele fosse um carpinteiro esculpindo o carro. Lemieux pegou um segundo raspador e os dois investiram contra as janelas furiosamente. Lágrimas obstruíam a visão de Beauvoir à medida que o frio intenso encontrava todos os centímetros de pele exposta.

– Eles estão esperando a gente – disse Gamache, entrando no carro e colocando o cinto de segurança automaticamente, embora eles não fossem andar nem 1 quilômetro.

Fosse qualquer outra noite, eles teriam ido a pé. Mas não naquela.

O destino deles estava logo à frente. Beauvoir tinha se empenhado tanto em fazer o carro andar que nem havia lembrado aonde estavam indo. Agora, ao pisar no freio, a realidade batia à porta. A antiga casa dos Hadleys. Na última vez que estivera ali, ele acabara tossindo sangue. Aquele lugar parecia sedento por sangue e medo. Lemieux pulou para fora do carro, já estava na metade do caminho e Beauvoir ainda não tinha nem se mexido. O inspetor sentiu um peso no braço e olhou para Gamache, sentado ao seu lado.

– Está tudo bem.

– Não sei do que você está falando – retrucou Beauvoir com rispidez.

– É claro que não.

Por fim, a porta da casa se abriu. Richard Lyon recuou um passo para deixá-los entrar.

– Eu queria falar com a Crie, por favor – disse o inspetor-chefe, de maneira cordial mas firme.

– Ela está na cozinha. A gente tinha acabado de sentar para comer.

Os olhos de Richard estavam vidrados, perplexos. Era como se o sujeito tivesse sido esvaziado, pensou Beauvoir. O que será que havia ecoado na cabeça dele? Beauvoir olhou em volta. Na última vez que estivera ali, não havia eletricidade, ele só via o que a lanterna permitia. O que não era muito. Agora, ficou surpreso que a mansão parecesse uma casa normal. Mas esse era justamente o horror daqueles lugares e daquelas pessoas. Eles pareciam normais. Sugavam você para dentro, depois fechavam a porta devagar e você se via preso. Com um monstro. Dentro de um monstro.

Pare de pensar nisso, comandou a cabeça dele. *É só uma casa normal. É só uma casa normal.*

– Ela está aqui.

Os homens seguiram Richard até a cozinha. Beauvoir ficou surpreso ao sentir um cheiro bom de comida caseira.

– A Sra. Landers trouxe um pouco de comida – explicou Richard.

Crie estava sentada à mesa, um prato esfriando à sua frente.

– Ela não tem comido muito ultimamente.

– Olá, Crie, sou eu de novo, o inspetor-chefe Gamache.

Ele se sentou na cadeira ao lado da menina, pousou a mão grande e expressiva sobre aquela mão branca cheia de covinhas e a manteve ali, delicadamente.

– Eu só queria ter certeza de que você está bem. Tem alguma coisa que eu possa fazer por você? – perguntou ele, e esperou um bom tempo por uma resposta que nunca veio. – Eu queria te pedir um favor – prosseguiu Gamache, num tom amigável. – Será que você poderia comer um pouco? Eu sei que você não está com muita fome, mas vai lhe fazer bem. Queremos que você continue saudável e bonita.

Silêncio. Crie olhava para a frente com uma expressão imutável. Por fim, Gamache se levantou.

– Tenha uma boa noite, Crie. A gente se vê de novo em breve. Se precisar de alguma coisa, estou no pé da colina, na pousada.

Gamache se virou, acenou com a cabeça para seus homens e Richard e então saiu da cozinha, sendo seguido por todos, inclusive pelo dono da casa. Richard se sentia estranhamente relaxado na presença daquele homem que assumia o controle da situação.

Já no vestíbulo, ele disse a Richard:

– Nós acreditamos ter encontrado a mãe de CC.

– Quem é ela?

– Bom, não sabemos o nome dela, mas achamos que era uma moradora de Three Pines. O que sabemos é que ela foi assassinada pouco antes do Natal.

Gamache observou Richard atentamente e pensou ter visto no rosto dele o lampejo de algo que logo desapareceu.

– Assassinada? As duas? CC e a mãe? Mas o que isso significa?

– Significa que talvez alguém tente matar a sua filha – respondeu Gamache, os olhos fixos em Richard, como se fizesse uma advertência. – A polícia local está mandando uma viatura para...

– Acabou de chegar, senhor – informou Lemieux, notando os faróis lá fora.

– Vocês terão um guarda de plantão aqui 24 horas por dia. Não vai acontecer nada com essa menina. Fui claro?

Richard assentiu. As coisas estavam acontecendo muito rápido. Rápido demais. Ele precisava de tempo para pensar.

Gamache se despediu com um breve cumprimento de cabeça e foi embora.

Olivier jogou mais uma tora na lareira do bistrô e a remexeu lá dentro. Jean Guy Beauvoir e o inspetor-chefe Gamache conversavam tranquilamente na mesa próxima à lareira. Metade do bistrô estava ocupada e um pequeno murmúrio preenchia o ambiente. Olivier pegou a garrafa de vinho tinto que eles haviam pedido e encheu novamente as taças.

– Aqui está o jantar. *Bon appétit* – disse ele, com um sorriso, e se afastou.

Um bife com fritas tinha sido colocado na frente de Beauvoir, ainda chiando da grelha com carvão. As batatas eram finas e temperadas e um pratinho com maionese esperava por elas bem ao lado. Beauvoir tomou um gole de vinho, girando o líquido escuro preguiçosamente na boca, e contemplou o fogo. Aquilo era o paraíso. Tinha sido um dia longo e gelado, mas finalmente havia terminado. Agora podia conversar com Gamache e refletir sobre o caso. Para ele, aquela era a melhor parte do trabalho. E se vinha acompanhada de bife com fritas, vinho e um fogo crepitante, tanto melhor.

Uma costela de cordeiro havia se materializado na frente de Gamache, exalando seu perfume de alho e alecrim. Batatinhas e vagens completavam o prato. Na mesa havia também uma cesta de pães fumegantes e um pratinho com bolinhas de manteiga.

Gamache tinha movido o guardanapo para permitir que o prato fosse colocado à sua frente, e agora Beauvoir reparou no que ele havia escrito. De cabeça para baixo, ele leu:

M KLM. O L estava circulado diversas vezes.

– A caixa de L – disse Beauvoir, reconhecendo as letras. – Ela deve ter colecionado essas letras durante anos. Compulsiva. Igual à filha. Será que é de família?

– Quem sabe?

O calor, o vinho, o fogo, a comida, tudo seduzia Gamache. Sentia-se relaxado e feliz com o progresso do dia, mas preocupado com Crie. No entanto, sabia que ela estava segura. Havia advertido o pai. A polícia os estava vigiando. Armand Gamache ainda estava convencido de que Richard Lyon era o assassino. Quem mais poderia ser? Pôs-se a comer o cordeiro, apreciando os sabores sutis.

– Por que o assassino parou para tirar o colar da mão de L, Jean Guy?

– Devia ser importante. Talvez fosse implicar o assassino no crime, denunciá-lo.

– Talvez. – Gamache pegou um pãozinho e o partiu em dois, jogando uma rajada de farelos sobre a mesa de madeira. – Por que matar L? Por que matar CC? Por que matar as duas? E por que agora? O que aconteceu para que o assassino tivesse que matar as duas em questão de dias?

– CC estava prestes a assinar um contrato com aquela empresa americana. Talvez ele quisesse impedir isso.

– Mas impedir por quê? Ela seria muito mais valiosa depois. Além do mais, tenho a sensação de que esse contrato era mais um delírio de CC. Vamos ver. E, mesmo assim, por que matar a mãe dela?

– O senhor acha que L era de Three Pines?

– Acho, e amanhã a gente precisa se concentrar em encontrar pessoas que conheciam essa mulher. Eu tenho outra pergunta para você.

Os pratos estavam quase vazios agora. Beauvoir limpava o caldo com um pãozinho.

– Por que jogar fora a fita de vídeo? Estava em ótimo estado, como a gente viu.

Uma garçonete retirou os pratos. Em seguida, Olivier trouxe uma tábua de queijos.

– São do mosteiro de Saint-Benoît-du-Lac – apresentou ele, apontando com uma faquinha de queijo. – A vocação deles é fazer queijos e entoar cantos gregorianos. Todos esses têm nomes de santos. Este é o Saint-André e este outro é o Saint-Albray.

– E esse aqui? – perguntou Beauvoir, apontando para uma grande cunha na bandeja de madeira.

– Esse seria o Saint-Cheddar. Droga. Outra boa teoria que foi pelos ares – disse Olivier, cortando algumas fatias de cada um e deixando na mesa uma cesta de baguetes e cream crackers.

– Eu sei como ele se sente – comentou Gamache, sorrindo e espalhando um pouco de Saint-André em um biscoito fino.

Eles comeram em silêncio, Gamache observando o companheiro de trabalho.

– O que está te incomodando?

Beauvoir terminou a taça de vinho no mesmo instante em que chegaram os cappuccinos.

– Por que o senhor mandou Nichol ficar?

– Você ficou chateado porque eu te desautorizei?

– Não – respondeu Beauvoir, embora soubesse que aquilo era, sim, parte do problema. – Não gosto que me desautorizem, principalmente na frente da equipe.

– Você está certo, Jean Guy. Eu normalmente não faria isso.

Beauvoir sabia que era verdade. Ao longo de tantos anos trabalhando juntos, aquilo só tinha acontecido algumas vezes, em situações gravíssimas.

Aquela era uma situação gravíssima? Gamache se inclinou para a frente, seu rosto de repente transparecendo exaustão. Beauvoir se odiou. Como não tinha notado antes?

– O senhor não confia nela, não é? Em Nichol.

– Você confia?

Beauvoir pensou por um instante.

– Sim. Ela me impressionou. Como o senhor sabe, nunca gostei daquela mulher. No último caso, acho que ela foi um desastre total, mas desta vez... Acho que ela pode ter mudado. O senhor discorda, não é?

Gamache fez um breve gesto como se rejeitasse a ideia. Não foi muito convincente.

– O que foi? – perguntou Beauvoir, inclinando-se para a frente. – Me fale.

Mas Gamache ficou em silêncio. Pela experiência de Beauvoir, só havia uma coisa capaz de produzir aquele efeito no chefe.

– Meu Deus. Não é o caso Arnot, é? Diga que não é isso.

Ele sentiu a raiva (e o jantar) subirem à garganta. Beauvoir ficava assim sempre que pensava em Pierre Arnot e no que ele havia feito. Aos outros, à Sûreté. A Gamache. Mas aquilo com certeza eram águas passadas. E não podia ter nada a ver com Nichol. Podia?

– Diga – exigiu ele. – Chega! – ele praticamente gritou. Então se recompôs, olhou em volta para ver se alguém tinha reparado e baixou a voz, continuando em um resmungo urgente: – O senhor não pode esconder isso de mim. Não pode assumir isso sozinho. Na última vez que fez isso, Arnot quase o matou. O que Nichol tem a ver com Arnot?

– Esqueça, Jean Guy – disse Gamache, estendendo o braço na mesa e dando um tapinha na mão de Beauvoir. – Não tem nenhuma ligação. Eu só estou desconfiado dela, só isso. Nichol com certeza está sendo mais agradável do que da outra vez. Talvez eu é que esteja sendo muito duro com ela.

Beauvoir o analisou por um momento.

– Conte outra. O senhor está concordando comigo só para me agradar. O que acha de verdade?

– É só minha intuição – respondeu Gamache, e deu um sorrisinho, já aguardando o olhar de desdém de Beauvoir.

– Às vezes a sua intuição acerta.

– "Às vezes"? Não é nada importante, Jean Guy.

Gamache tomou um gole do cappuccino e ponderou se finalmente havia se tornado um cético, acreditando que as pessoas não poderiam e não iriam mudar. Todas as evidências indicavam que Yvette Nichol havia deixado de lado a arrogância e o enorme ressentimento que carregava. Desde que se juntara a eles, no dia anterior, havia provado que sabia receber ordens, orientações e críticas. Tinha se empenhado, fora proativa e fizera um bom trabalho levantando informações sobre Crie. Até havia reservado um quarto na pousada, pagando do próprio bolso.

Aquela com certeza era uma nova Nichol.

Então por que eu não confio nela?

Gamache se recostou na cadeira, acenou para Olivier e depois se voltou novamente para Beauvoir.

– Eu lhe devo desculpas. Não devia ter desautorizado você, ainda mais na frente da equipe. Aceita um conhaque? Por minha conta.

Beauvoir reconheceu a estratégia do chefe, mas estava disposto a se deixar subornar. Olivier derramou a bebida âmbar nos copos largos e os dois homens seguiram discutindo o caso, falando sobre tudo mas pensando apenas em uma coisa: a agente Yvette Nichol.

TRINTA E UM

O alerta soou às 2h20 da madrugada. A sirene rasgou o ar gelado e invadiu todas as casas, atravessando tijolos e argamassa, isolamento de fibra de vidro e ripas de madeira, sonhos doces e agitados, para anunciar um pesadelo.

Fogo.

Gamache pulou da cama. Em meio ao lamento da sirene, ouviu passos, gritos e o telefone tocando. Enfiou o roupão e saiu para o corredor, onde viu uma silhueta difusa no escuro.

Beauvoir.

Do andar de baixo vinha a voz alta e tensa de uma mulher:

– O que está acontecendo?

Gamache desceu a escada rapidamente. Beauvoir o seguiu em silêncio.

– Não estou sentindo cheiro de fumaça – disse Gamache, indo depressa até Nichol.

Parada na porta do quarto com um pijama de flanela rosa, ela estava com os olhos arregalados, hiperalerta.

– Venha comigo – disse Gamache, calmo e controlado.

Nichol voltou a respirar.

Enquanto desciam, ouviram Gabri e Olivier falando um com o outro.

– É na Old Stage Road! – gritava Olivier. – A Ruth tem o endereço! Eu estou indo para lá!

– Espere – disse Gamache. – O que está acontecendo?

Olivier parou de repente como se estivesse vendo uma aparição.

– *Bon Dieu!* Tinha esquecido que o senhor estava aqui. É um incêndio.

A sirene vem da estação de trem, para chamar todos os bombeiros voluntários. Eu dirijo o caminhão. Ruth acabou de ligar para avisar onde é o fogo, ela está indo para lá com Gabri.

Gabri atravessou o vestíbulo correndo em sua roupa de bombeiro cáqui e amarela, com barreira térmica e tiras refletivas nos braços, nas pernas e no peito, e um capacete preto debaixo do braço.

– Estou indo.

Ele deu um beijo em Olivier e apertou seu ombro antes de sair para o frio intenso.

– O que a gente pode fazer? – perguntou Beauvoir.

– Vistam as roupas mais quentes que tiverem e me encontrem na antiga estação de trem.

Sem olhar para trás, Olivier desapareceu na noite, a parca esvoaçando enquanto ele corria. Luzes começaram a surgir nas casas por toda a volta.

Os três policiais subiram correndo para se trocar e, minutos depois, estavam reunidos na entrada da pousada. Atravessaram às pressas a praça, Beauvoir mal conseguindo respirar no frio cortante. A cada inspiração suas narinas grudavam, congeladas, e o ar abria caminho à força pelos seios da face, levando dor até a testa e fazendo os olhos verterem lágrimas que logo congelariam. Na metade do caminho, ele não enxergava mais nada. *Um incêndio justo hoje?*, pensou ele, tentando a todo custo manter os olhos abertos e a respiração regular. O frio já estava dentro de seu corpo, fazendo-o se sentir nu. Os suéteres, calças e demais roupas eram inúteis contra aquela temperatura bárbara. Ao lado dele, Nichol e Gamache tossiam, também tentando recuperar o fôlego. Respirar era como inalar ácido.

Então a sirene parou. Beauvoir não sabia o que era pior, o grito agudo do alerta ou o guincho dos sapatos contra a neve, como se a própria Terra chorasse de dor a cada passo que eles davam. Na escuridão, ele ouvia moradores tossindo e tropeçando, correndo como soldados de infantaria em direção a Deus sabe lá que inferno.

Toda Three Pines tinha se mobilizado.

– Vistam isso – orientou Olivier, apontando para os uniformes de combate a incêndio pendurados nos armários abertos.

Os três obedeceram.

Logo o lugar estava cheio de voluntários. Os Morrows, Myrna, monsieur Béliveau e mais de uma dezena de moradores vestiam o uniforme rapidamente e sem pânico.

– A Em já começou a ligar para as pessoas e os ônibus estão esquentando – informou Clara a Olivier.

Com a expressão grave, eles pararam para observar o enorme mapa do município na parede.

– O incêndio é aqui. Descendo a Old Stage Road em direção a St. Rémy. A cerca de 4 quilômetros, tem um desvio à esquerda. Rue Tryhorn, número 17. Vamos lá. Vocês vêm comigo – disse Olivier, fazendo sinal para Gamache e os outros e andando rápido em direção ao caminhão pipa dos bombeiros.

– É o chalé do Petrov, tenho certeza – disse Beauvoir, subindo no caminhão ao lado de Gamache, enquanto Nichol se espremia um pouco atrás.

– O quê? – perguntou Olivier, conduzindo o enorme caminhão na direção da Old Stage Road enquanto os outros veículos o seguiam.

– Meu Deus, é verdade! – gritou Gamache, tentando se fazer ouvir no meio do barulho. – Tem uma pessoa na casa. O nome dele é Saul Petrov. Será que foi alarme falso?

– Não dessa vez. Uma vizinha ligou avisando. Ela viu fogo.

Gamache olhou pela janela e observou os faróis cortarem a noite ao longo da estrada nevada, o caminhão quase ultrapassando a luz.

– Trinta graus negativos – disse Olivier, como se para si mesmo. – Deus nos ajude.

Todos na cabine ficaram em silêncio enquanto avançavam, o veículo derrapando ligeiramente no gelo e na neve. À frente, eles viram os outros veículos fazerem a curva.

O que encontraram foi ainda mais terrível do que Gamache imaginara. Ele se sentiu como um peregrino no inferno. Um caminhão de bombeiro recém-chegado de Williamsburg jogava água na casa em chamas. A água quase congelava antes de atingir o fogo e o jato cobria tudo com uma camada de gelo. Os voluntários que direcionavam as mangueiras para o fogo pareciam enérgicos anjos cobertos por cristais. Homens e mulheres de todas as idades trabalhavam juntos em equipes bem disciplinadas. De seus capacetes e roupas pendiam sincelos, e as partes da casa que não foram consumidas pelas chamas pareciam de vidro. Era como uma cena de um conto de fadas macabro, ao mesmo tempo espetacularmente bela e terrível.

Gamache desceu do caminhão de um pulo e foi até Ruth Zardo, que estava por perto com seu uniforme de chefe dos bombeiros, coordenando as operações.

– Daqui a pouco vamos precisar de outra fonte de água – disse ela. – Tem um lago em algum lugar aqui perto.

Peter e Clara se viraram para procurar algum sinal do lago congelado, mas só viram neve e escuridão.

– Como vamos encontrar? – perguntou Peter.

Ruth olhou em volta.

– A vizinha deve saber – disse ela, apontando.

Peter correu até o caminhão e pegou um trado elétrico, enquanto Clara avançava até uma mulher parada sozinha, com a mão na boca como se corresse o risco de inalar o horror que testemunhava. Em questão de instantes, os Morrows e a mulher não eram mais do que uma lanterna balançando ao longe.

A casa em chamas estava iluminada pelos faróis dos carros, que tinham sido colocados em posições estratégicas para esse fim. Gamache sabia reconhecer um líder, e naquele momento entendeu por que os moradores de Three Pines tinham nomeado Ruth a chefe dos bombeiros. Suspeitava que, acostumada ao inferno, aquilo não a amedrontasse. Ela estava calma e decidida.

– Tem uma pessoa lá dentro! – gritou Gamache acima do barulho dos jatos d'água, do fogo e do motor dos veículos.

– Não, os donos estão fora, na Flórida! Eu perguntei para a vizinha!

– Não! – gritou Gamache. – Nós estivemos aqui mais cedo! O chalé foi alugado para um homem chamado Saul Petrov!

Agora ele tinha a atenção total de Ruth.

– Precisamos resgatá-lo! – disse ela, virando-se para a casa. – Gabri, chame uma ambulância!

– Já chamei. Eles estão a caminho. Ruth, a casa já foi quase toda tomada…

A implicação era clara.

– Precisamos tentar! – gritou Ruth, olhando em volta. – Não podemos deixar o homem lá!

Gabri tinha razão: metade do chalé já tinha sido engolida pelas chamas, que crepitavam e sibilavam como se os bombeiros jogassem água benta em uma casa possuída. Gamache não imaginava que gelo e fogo pudessem conviver tão bem, mas agora via que sim. Uma casa congelada e em chamas.

Os bombeiros estavam perdendo a batalha.

– Onde está Nichol? – gritou Beauvoir no ouvido do chefe.

O barulho era quase ensurdecedor. Gamache se virou rapidamente. Ela não podia ter se afastado dali. Não podia ser tão burra.

– Eu a vi indo para lá! – berrou monsieur Béliveau, dono da mercearia, o rosto salpicado do gelo que respingava da mangueira.

– Vá atrás dela! – ordenou Gamache a Beauvoir, que disparou na direção apontada por monsieur Béliveau, o coração aos pulos.

Santo Deus, não seja tão burra, por favor, não seja tão burra.

Mas ela era.

Beauvoir correu, seguindo os passos na neve. *Maldita Nichol*, gritou em pensamento. As pegadas iam dar direto na porta dos fundos do chalé. *Merda, merda, merda*. Ele se virou duas vezes, torcendo desesperadamente para encontrá-la ali fora. Gritou o nome dela para dentro da casa, mas não ouviu nenhuma resposta.

Merda!, gritava sua mente.

– Cadê ela? – perguntou Gamache no ouvido de Beauvoir, surgindo ao lado dele.

Estava um pouco mais tranquilo daquele lado, mas não muito. Beauvoir apontou para a porta e viu o rosto de Gamache endurecer.

– Fique aqui.

Gamache saiu e voltou um minuto depois com Ruth.

– Estou entendendo o que o senhor quer dizer.

Ela mancava muito, suas palavras saíam abafadas e seu rosto estava congelado. Beauvoir sentia as faces dormentes, e em breve as mãos ficariam também. Ele olhou para os bombeiros, o padeiro, o dono da mercearia e o faz-tudo, e se perguntou como eles conseguiam. Estavam cobertos de gelo, os olhos semicerrados pelos respingos e pelas chamas, o rosto preto de fuligem. A cada minuto, mais ou menos, eles passavam as enormes mãos enluvadas no rosto para tirar os sincelos grudados no capacete.

– Gabri, traz meia dúzia de mangueiras! Se concentra nesta parte da casa – ordenou Ruth, apontando para o pedaço da estrutura que ainda não estava em chamas.

Gabri entendeu na mesma hora e saiu em disparada, desaparecendo no meio da fumaça, ou talvez dos borrifos de água – Beauvoir já não conseguia distinguir.

– Aqui, pegue isto – disse Ruth, estendendo um machado para Gamache.

Gamache aceitou a ferramenta, agradecido, e tentou sorrir, mas seu rosto estava congelado. Os olhos lacrimejavam furiosamente devido à fumaça e ao frio extremo, e sempre que piscava, tinha que se esforçar para abri-los de novo. Sua respiração estava pesada e ele já não sentia os pés. As roupas, úmidas pelo suor da adrenalina, agora estavam frias, pegajosas e grudadas ao corpo.

– Maldita seja – disse ele baixinho, avançando em direção à casa.

– O que o senhor está fazendo? – perguntou Beauvoir, agarrando o braço dele.

– O que acha, Jean Guy?

– O senhor não pode fazer isso!

Beauvoir pensou que sua cabeça fosse explodir. O que estava acontecendo era inconcebível e se movia na velocidade da luz. Rápido demais para acompanhar.

– Eu não tenho alternativa – disse Gamache, encarando Beauvoir, e o barulho frenético pareceu diminuir por um instante.

Beauvoir largou o braço dele.

– Me dá isso aqui – disse ele, pegando o pesado machado das mãos do chefe. – O senhor vai acabar arrancando o olho de alguém. Vamos lá.

Beauvoir teve a sensação de estar pulando de um penhasco. No entanto, tal como Gamache, não tinha escolha. Não poderia ver o chefe entrar sozinho em uma casa em chamas. Sozinho, não.

Lá dentro, a casa estava estranhamente quieta. Não silenciosa, mas parecia um mosteiro enclausurado se comparada ao tumulto do lado de fora. Não havia luz elétrica, obrigando-os a ligar as lanternas. Pelo menos estava quente, embora fosse melhor não pensar no motivo. Estavam na cozinha. Beauvoir esbarrou em alguma coisa, derrubando no chão uma caixa de madeira contendo talheres. A educação estava tão arraigada no inspetor que ele quase se abaixou para arrumar a bagunça.

– Nichol! – gritou Gamache.

Silêncio.

– Petrov! – tentou.

Silêncio, exceto pelo ruído surdo que parecia o rosnado de uma criatura faminta. Os dois se viraram e olharam para trás. A porta do cômodo ao lado estava fechada, mas pela fresta de baixo dava para ver uma luz bruxuleante.

O fogo se aproximava.

– A escada para o segundo andar é por ali – disse Beauvoir, apontando para a porta.

Gamache não respondeu. Não era necessário. De lá de fora, eles ouviam Ruth dando ordens numa voz arrastada devido ao frio.

– Por aqui – chamou Gamache, conduzindo Beauvoir para longe das chamas.

– Aqui, eu achei uma coisa – disse Beauvoir, escancarando um alçapão no piso da cozinha e apontando a lanterna para baixo. – Nichol?

Nada.

Ele viu uma escada e entregou a lanterna a Gamache, mal acreditando que estava prestes a fazer aquilo. Mas sabia de uma coisa: quanto antes acabasse, melhor. Enfiou as pernas no buraco, encontrou os degraus e desceu depressa. Gamache então devolveu a lanterna de Beauvoir e apontou a sua própria para o espaço abaixo.

Era uma despensa. Havia packs de cerveja Molson, garrafas de vinho, batatas, nabos e pastinacas. O lugar cheirava a sujeira, aranhas e fumaça. Beauvoir apontou o facho da lanterna para o outro lado e viu uma nuvem de fumaça se aproximando em câmera lenta. Era quase hipnotizante. Quase.

– Nichol? Petrov? – gritou ele, já recuando em direção à escada.

Chamou-os só por desencargo de consciência. Sabia que eles não estavam ali.

– Rápido, Jean Guy!

O tom de voz de Gamache era urgente. A cabeça de Beauvoir despontou no alçapão, e ele reparou que saía fumaça pelas frestas da porta ao lado. Em pouco tempo, os dois sabiam, o cômodo explodiria em chamas.

Gamache o puxou para fora do buraco.

O barulho aumentava conforme as chamas se aproximavam. Lá fora, os gritos ficavam cada vez mais frenéticos.

– Estas casas antigas costumam ter uma segunda escada para os andares superiores – disse Gamache, direcionando o feixe de luz para a cozinha. – Vamos procurar. Deve ser pequena e talvez esteja coberta por madeira.

Beauvoir saiu escancarando os armários enquanto Gamache batia nas paredes de ripas de madeira. Beauvoir tinha se esquecido da casa da *grand-mère* em Charlevoix, que tinha uma minúscula escada secreta na cozinha. Não pensava naquele lugar fazia anos. Não queria pensar. Tinha enterrado aquela lembrança bem fundo e jogado terra em cima, mas agora, dentro de uma casa estranha e em chamas, ela havia decidido voltar. Tal como a fumaça do porão, a lembrança se desenrolava inexoravelmente em sua direção, envolvendo-o devagar, e de repente ele se viu de volta na casa, na escada secreta. Escondendo-se do irmão. Ou pelo menos foi o que pensou até ficar entediado e tentar sair. A porta tinha sido trancada por fora. Não havia luz ali dentro, e de repente ele ficou sem ar. As paredes foram se fechando, esmagando-o. A escada começou a gemer. A casa, antes tão confortável e familiar, tinha se voltado contra ele. Quando a criança histérica foi encontrada e tirada dali, seu irmão disse que fora um acidente, mas Jean Guy nunca acreditou nisso e nunca o perdoou.

Aos 6 anos, Jean Guy Beauvoir aprendeu que nenhum lugar era seguro e ninguém era confiável.

– Aqui! – gritou ele, olhando para um vão de porta.

Tinha pensado que fosse um armário, mas agora a lanterna revelava degraus íngremes e estreitos que levavam para cima. Jogando a luz para o topo, viu que o alçapão estava fechado. *Por favor, Deus, que não esteja trancado.*

– Vamos – disse Gamache, passando na frente e já começando a subir. – Venha – chamou, olhando para trás sem entender por que Beauvoir hesitava em entrar no espaço estreito e escuro.

A escada tinha sido construída para as pessoas minúsculas do século anterior, agricultores subnutridos, não para os policiais bem-alimentados da Sûreté daqueles dias, ainda mais com aquele uniforme grandalhão de combate a incêndio. Mal havia espaço para engatinhar. Gamache tirou o capacete, então Beauvoir fez o mesmo, aliviado por se livrar daquele trambolho. Gamache subiu os degraus estreitos, raspando o casaco nas paredes. Estava tudo escuro à frente deles e as lanternas piscavam, brincando no alçapão fechado. O coração de Beauvoir batia forte e sua respiração era rápida e curta. A fumaça estava ficando mais espessa? Estava. Ele tinha certeza de que sentia as chamas nas costas. Virou-se para trás, mas só enxergou escuridão. O que não chegava a ser tranquilizador. *Por favor, vamos sair logo daqui.* Mesmo que o segundo andar inteiro estivesse em chamas, ainda seria melhor que morrer preso ali naquela escada.

Gamache empurrou o alçapão com o ombro.

Não aconteceu nada.

Empurrou de novo, com mais força. O alçapão não cedeu um milímetro sequer.

Beauvoir olhou para baixo, por onde tinham vindo. A fumaça estava se infiltrando pela porta. E o alçapão, em cima, estava trancado.

– Deixa eu tentar – disse ele, mas nem uma folha de papel conseguiria passar ali. Então sugeriu, erguendo a voz: – Use o machado.

Beauvoir sentiu a pele formigar e a respiração acelerar. A cabeça ficou leve, e ele pensou que fosse desmaiar.

– A gente precisa sair daqui – falou, dando socos nas paredes.

A escada o segurava pela garganta e o estrangulava. Quase não conseguia respirar. Estava encurralado.

– Jean Guy! – gritou Gamache.

Estava com a bochecha colada no teto e o resto do corpo a pressionava. Ele não podia avançar nem recuar ou mesmo tranquilizar Jean Guy, que estava em pânico.

– Mais forte, empurra mais forte! – berrou Beauvoir, histérico. – Meu Deus, a fumaça está entrando!

Gamache sentia Beauvoir apertar o corpo contra o dele em uma tentativa de se afastar da fumaça e das chamas.

A gente vai morrer aqui, eu sei, pensou Beauvoir. As paredes se fechavam, escuras e estreitas, prendendo-o e sufocando-o.

– Jean Guy! – gritou Gamache. – Pare!

– Ela não vale a pena! Pelo amor de Deus, vamos embora! – berrou ele, puxando Gamache pelo braço e arrastando o chefe de volta para a escuridão. – Ela não vale a pena! A gente tem que sair daqui!

– Pare com isso!

Gamache se virou o máximo que conseguiu no espaço apertado. A luz da lanterna de Beauvoir atingiu seu rosto, cegando-o.

– Me escute! Está me ouvindo? – gritou ele.

O puxão frenético diminuiu. Agora a escada estava cheia de fumaça. Gamache sabia que não havia muito tempo. Tentava enxergar o rosto de Beauvoir através do feixe de luz.

– Quem você ama, Jean Guy?

Beauvoir só podia estar delirando. Meu Deus, será que o chefe estava prestes a declamar uma poesia? Ele não queria morrer com as palavras deprimentes de Ruth Zardo nos ouvidos.

– O quê?

– Pense em alguém que você ama – disse a voz insistente e firme do chefe. *Eu amo você.* O pensamento surgiu sem hesitação na cabeça de Beauvoir. Depois ele pensou na esposa, na mãe. Mas Gamache foi o primeiro.

– Imagine que a gente está aqui para salvar essa pessoa.

Não era uma sugestão, era uma ordem.

Beauvoir imaginou Gamache preso naquela casa em chamas, ferido, chamando por ele. De repente, a escada estreita já não parecia tão estreita e a escuridão ficou menos ameaçadora. *Reine-Marie*, pensou Gamache repetidas vezes, assim como vinha fazendo desde que soubera que precisariam entrar ali. Não atrás da agente Yvette Nichol. Ou de Saul Petrov. Mas de Reine-Marie. A ideia de salvá-la apagava todos os pensamentos sobre a própria segurança. Nenhum medo existia ou poderia existir. Só o que importava era encontrá-la. Nichol se tornara Reine-Marie, e o terror, coragem.

Ele empurrou a porta várias vezes. Agora os dois tossiam.

– Mexeu! – gritou Gamache para Beauvoir, e redobrou os esforços.

Percebeu que alguém devia ter colocado um móvel ali em cima. Uma geladeira, pelo jeito.

Ele deu um passo para trás em uma fração de segundo e se recompôs. Olhou para a porta e ficou em silêncio. Então fechou os olhos. Ao abri-los, empurrou o alçapão com força. A porta se mexeu o suficiente para que Gamache cravasse o machado na abertura. Então, usando-o como alavanca, forçou o alçapão para cima. A fumaça se alastrava, cegando-o. Ele enterrou o rosto no ombro, tentando respirar através da roupa. Ouviu e sentiu o móvel tombar e o alçapão se abrir.

– Nichol! – gritou, inalando a fumaça para logo depois tossir.

Gamache mal conseguia enxergar, mas a lanterna revelou que estava em um quarto pequeno. Ao lado do alçapão havia uma cômoda caída de lado. Beauvoir subiu logo depois dele, às pressas, e notou que a fumaça estava ainda mais densa ali do que na escada. O tempo estava acabando.

Beauvoir agora ouvia o fogo bem próximo e sentia seu calor. Tinha ido de um frio congelante a um calor escaldante num piscar de olhos, algo que sua *grand-mère* sempre dizia que podia matá-lo.

– Nichol! Petrov! – gritaram os dois.

Ficaram parados, atentos a uma possível resposta. Como não ouviram nada, avançaram pelo corredor, e lá estava ela. Uma muralha de fogo lambia o teto e depois se contraía como se tomasse fôlego. Gamache recuou rapidamente no corredor, curvando-se, e entrou no cômodo ao lado, tropeçando em algo ao cruzar a soleira da porta.

– Eu estou aqui! – gritou Nichol, ajoelhando-se e lançando-se sobre Gamache. – Obrigada, obrigada – repetiu ela, agarrando o inspetor como se quisesse entrar em sua pele. – Eu valho a pena. Eu valho, sim. Desculpa – disse ela, agarrando-se a Gamache como se estivesse se afogando.

– E o Petrov? Preste atenção. Cadê o Petrov?

Ela apenas balançou a cabeça.

– Ok. Pegue isto – disse ele, dando a ela a lanterna. – Beauvoir, vamos.

Beauvoir deu meia-volta e os três, quase agachados, voltaram correndo na direção das chamas e da fumaça. Ao abaixar a cabeça para entrar no quartinho aonde a escada ia dar, Beauvoir quase caiu no buraco de novo. Estava quente ali dentro. Ele apontou a lanterna para baixo e viu uma massa densa de fumaça e fogo.

– Não dá! – gritou ele.

O barulho estava muito próximo. Quase em cima deles. Gamache foi até a janela e quebrou o vidro com o cotovelo.

– Ali! – ouviram Ruth gritar. – Ali em cima! Peguem a escada!

Instantes depois, o rosto de Billy Williams apareceu na janela. Em pouco tempo, os três cambaleavam para longe da casa. Gamache se virou e viu o chalé ser engolido pelo fogo, lançando brasas alaranjadas incandescentes, fumaça e Saul Petrov para o céu.

TRINTA E DOIS

No dia seguinte, eles acordaram tarde e se depararam com um dia gelado. Caía uma neve pesada, criando mantos espessos sobre os carros, as casas e as pessoas, que tocavam a vida languidamente. Do quarto da pousada, Gamache viu Peter Morrow colocando sementes no alimentador de aves. Assim que ele terminou, chapins-de-cabeça-negra e gaios-azuis desceram até lá, e foram seguidos rapidamente por esquilos famintos. Billy Williams estava limpando o rinque – enxugando gelo na melhor das hipóteses, já que a neve continuava se acumulando atrás dele. Émilie Longpré passeava com Henri. Devagar. Todos pareciam ter reduzido a velocidade pela metade naquele dia. *Estranho*, pensou Gamache enquanto tomava banho e, depois, vestia uma calça de veludo cotelê, uma camisa de gola rulê e um pulôver quente: a comunidade parecia mais sensibilizada pela morte de um fotógrafo desconhecido do que pela de CC.

Eram dez da manhã. Tinham chegado à pousada às seis e meia. Gamache havia preparado tudo para um demorado banho quente e tentara não pensar em nada. Mas uma frase não parava de martelar na cabeça dele:

"Eu valho a pena. Eu valho, sim", Nichol dissera, chorando, soluçando e se agarrando a ele. *Eu valho a pena.*

Gamache não sabia por quê, mas aquilo o fez pensar.

Jean Guy Beauvoir tinha ido para a cama depois de uma chuveirada rápida, ainda agitado pela adrenalina. Era como se tivesse acabado de correr uma maratona de triatlo e ganhado. Ele ponderou por um breve momento se os jogadores de curling já tinham se sentido assim. Seu corpo estava no limite. Com frio, exausto. Mas sua mente estava acelerada.

Eles tinham perdido Petrov, mas haviam entrado em uma casa ardendo em chamas e salvado Nichol.

APÓS TOMAR UM BANHO DE BANHEIRA, Ruth Zardo havia se sentado à mesa de plástico de sua cozinha para bebericar um uísque e escrever:

Agora, eu tenho uma boa:
deitado em seu leito de morte,
você tem uma hora neste plano.
Quem é que você precisa
perdoar há tantos anos?

YVETTE NICHOL TINHA IDO DIRETO PARA A CAMA, imunda, fedendo, exausta, mas também sentindo outra coisa. Deitada na cama, estava segura e aquecida.

Gamache a havia salvado. Literalmente. De uma casa em chamas. Nichol estava mais do que feliz, estava exultante. Finalmente alguém se importava com ela. E não qualquer pessoa, mas o inspetor-chefe.

Seria aquilo esperança?

O pensamento a confortou e a fez dormir envolta em uma promessa de pertencimento, de finalmente ter um lugar à mesa.

Ela tinha contado a Gamache sobre o tio Saul.

– Por que você entrou lá? – ele lhe perguntara enquanto se aqueciam dentro de um ônibus escolar.

Voluntários idosos distribuíam sanduíches e bebidas quentes.

– Para salvar Petrov – respondera, mergulhando naqueles olhos, desejando se aninhar nos braços dele não como uma amante, mas como uma criança. Segura e amada.

Ele a havia salvado. Tinha enfrentado o fogo por ela. E agora lhe oferecia algo que ela havia desejado e procurado a vida inteira. Pertencimento. Ele não a teria salvado se não se importasse com ela.

– O senhor disse que o fotógrafo estava lá dentro, e eu queria salvá-lo.

Gamache tomou um gole de café e continuou olhando para ela. Esperou até que não houvesse ninguém em volta e então disse, baixinho:

– Está tudo bem, Yvette. Você pode me contar.

E ela contou. Ele escutou com atenção, sem interromper, sem rir ou mesmo sorrir. Às vezes os olhos dele pareciam cheios de compaixão. Nichol contou coisas que nunca tinham saído de seu lar impecável. Contou sobre o estúpido tio Saul da Tchecoslováquia, que tinha sido expulso da polícia e falhado quando tentou salvar a família. Se ele tivesse conseguido, teria avisado a todos sobre o golpe de Estado e os protegido. Mas ele não conseguiu, não avisou e morreu. Todos morreram. Morreram por não pertencer.

– Você entrou lá porque o nome dele era Saul? – perguntou Gamache, sem debochar, mas para deixar as coisas claras.

Ela assentiu sem sequer ficar na defensiva, tentar se explicar ou culpar alguém. Gamache se recostou no banco e olhou pela janela para a casa ainda em chamas, para os esforços dos bombeiros – não mais para salvá-la, mas para que o fogo cessasse após queimar tudo que havia para queimar.

– Eu posso lhe dar um conselho?

Ela assentiu de novo, ansiosa para ouvir o que ele tinha a dizer.

– Deixe isso pra lá. Você tem a sua própria vida. Que não é a do tio Saul, nem a dos seus pais – disse Gamache, muito sério e com olhos perscrutadores. – Você não pode viver no passado, muito menos consertar o que aconteceu. O que aconteceu com seu tio não tem nada a ver com você. As lembranças podem matar, Yvette. Às vezes, o passado nos alcança, nos agarra e nos leva para lugares aonde não deveríamos ir. Uma casa em chamas, por exemplo.

Ele olhou de novo para as labaredas famintas que lambiam o chalé. Então, voltando-se novamente para Nichol, inclinou-se para a frente até sua testa quase tocar a dela. Ela nunca tinha vivido um momento tão íntimo. Com uma voz suave, Gamache sussurrou:

– Enterre seus mortos.

Agora ela estava deitada na cama, segura e aquecida. *Vai ficar tudo bem*, disse a si mesma, reparando na neve suave que caía no peitoril da janela. Levou o edredom até o queixo e enterrou o nariz nos lençóis. Cheiravam a fumaça.

E aquele cheiro trouxe de volta uma frase dissonante, gritada em meio à fumaceira. Que a havia alcançado enroscada no chão, apavorada e sozinha. Ela ia morrer, sabia disso. Sozinha. E, em vez de os salvadores a encontrarem, as palavras deles o fizeram.

Ela não vale a pena.

Ela ia morrer queimada, sozinha. Porque não valia a pena salvá-la. Era a voz de Beauvoir. E o que não seguiu aquelas palavras pelo corredor, através da fumaça acre, foi a voz de Gamache dizendo "Ela vale, sim".

Tudo que ela ouviu foi o crepitar do fogo se aproximando e seu próprio coração gemendo.

O canalha do Gamache a teria deixado ali para morrer. Ele não estava procurando por ela, só queria encontrar Petrov. As primeiras palavras que saíram da boca dele quando a encontrou foram: "Cadê o Petrov?" Não "Você está bem?", não "Graças a Deus encontramos você".

E depois ele a havia induzido a contar sobre o tio Saul. A trair o pai. A família. Agora ele sabia de tudo. Agora sabia com certeza que ela não valia a pena.

Maldito Gamache.

– APOSTO QUE FOI UM INCÊNDIO CRIMINOSO – disse Beauvoir, devorando os ovos mexidos. Estava faminto.

– Ruth acha que não – comentou Gamache, espalhando geleia de morango no croissant e tomando um gole do café quente e forte.

Estavam na sala de refeições da pousada, um ambiente quente, aconchegante, com uma imensa lareira e uma janela com vista para as florestas e montanhas além, agora obscurecidas pela nevasca.

Os dois estavam sussurrando, a garganta em carne viva por causa da fumaça e da gritaria do dia anterior. Gabri também estava com uma cara péssima e Olivier só abriria o bistrô para o almoço.

"Hoje vocês vão comer o que eu fizer. Nada de pedido especial", dissera Gabri quando eles apareceram.

Então ele havia preparado um requintado café da manhã com ovos e bacon canadense curado no xarope de bordo, rabanadas e xarope de bordo. Além de croissants amanteigados fumegantes.

– Para a sorte de vocês, eu cozinho quando estou estressado. Que noite. Uma tragédia.

Depois que Gabri se retirou para a cozinha, Beauvoir retomou o assunto com Gamache.

– Como assim ela não acha que foi criminoso? E o que mais seria? Um dos principais suspeitos, ou no mínimo uma testemunha em um caso de homicídio, morre em um incêndio, e não foi assassinato?

– Ela disse que a vizinha viu fogo saindo da chaminé.

– E daí? As chamas estavam por toda parte. Só faltava saírem da minha bunda.

– A vizinha acha que foi um acidente, na chaminé. Vamos ver. O inspetor de incêndio deve estar lá agora. Vamos receber um relatório à tarde. Às vezes, um charuto é só um charuto, Jean Guy – concluiu ele, citando Freud.

– E quando ele explode em chamas, é o quê? Não, senhor. Foi incêndio criminoso. Petrov foi assassinado.

O RESTANTE DO DIA PASSOU EM CÂMERA LENTA, já que estavam todos se recuperando do incêndio e esperando os resultados da investigação dos bombeiros. Lemieux descobriu que o parente mais próximo de Saul Petrov era uma irmã que morava em Quebec. Um agente foi enviado para dar a notícia a ela e aprofundar a pesquisa sobre o fotógrafo.

Depois do café da manhã, Beauvoir foi de casa em casa, caminhando com dificuldade e chutando a neve fofa que chegava à altura dos joelhos, para interrogar os moradores. Sua esperança era encontrar alguém que conhecesse uma mulher cujo nome começasse com L e que tivesse vivido naquela região 45 anos antes. Lemieux, enquanto isso, pesquisava os registros paroquiais.

Foi um dia tranquilo, quase irreal, a vida abafada pela exaustão e pela camada de neve cada vez mais espessa. Gamache trabalhava em sua mesa. Atrás dele, os bombeiros voluntários limpavam o caminhão e organizavam os equipamentos. De vez em quando cochilava com os pés na mesa, os olhos fechados e as mãos cruzadas na barriga.

Ela não vale a pena.

Gamache acordou assustado. A voz de Beauvoir, em pânico, voltou à sua mente, trazendo consigo o cheiro de fumaça. Gamache pôs os pés no chão, o coração acelerado. Do outro lado da ampla sala, os voluntários trabalhavam calmamente, mas não havia ninguém por perto. Ele se perguntou, por um breve instante, como seria se juntar aos voluntários, se aposentar em Three Pines e comprar uma daquelas casas antigas. Abrir um negócio. *A. Gamache, détective privé.*

Então percebeu que, na verdade, não estava sozinho. Sentada em silêncio em um dos terminais estava a agente Nichol. Gamache pensou por um instante, perguntando-se se estava prestes a cometer uma burrice gigantesca. Depois se levantou e foi até ela.

– Lá no incêndio, quando a gente estava tentando salvar você...

Gamache se sentou, obrigando-a a olhar para ele. Nichol estava pálida e exalava fumaça como se saísse de seus poros. Suas roupas eram mal ajustadas e estavam ligeiramente sujas, com um resquício de gordura na lapela e manchas escuras nos punhos. O cabelo era mal cortado e caía nos olhos. Ele teve vontade de oferecer o cartão de crédito e mandá-la comprar roupas melhores. Quis passar a mão grande e cansada na testa dela para afastar o cabelo opaco dos olhos raivosos. Mas não fez nada disso, é claro.

– Uma coisa foi dita. Eu suspeito que você tenha ouvido. Um de nós gritou "Ela não vale a pena".

Agora ela o olhava diretamente, o rosto cheio de amargura.

Gamache a encarou de volta.

– Desculpe – disse ele. – É a hora da verdade, para nós dois.

Ele contou o que tinha em mente, seu plano. E ela escutou. Quando ele terminou, pediu que guardasse segredo. Nichol concordou e pensou duas coisas. Que Gamache provavelmente era mais esperto do que ela pensava e que ele ia cair. Depois que ele se foi, ela pegou o celular e fez uma ligação rápida e discreta.

– Eu decidi contar a ele sobre o tio Saul – sussurrou. – Eu sei, eu sei. Não era parte do plano. Sim, senhor. Mas sou eu que estou com a mão na massa e foi uma decisão de última hora – mentiu, já que não podia admitir que tinha deixado escapar a história quando estava vulnerável. Ele a acharia fraca. – Sim, foi arriscado, eu concordo. Fiquei com medo que ele entendesse errado, mas acho que funcionou. Ele pareceu comovido.

Pelo menos aquela parte era verdade. Então ela contou tudo que Gamache tinha dito.

No fim do dia, tinham caído mais de 20 centímetros de neve. Não daquele tipo que rendia bons bonecos, mas do tipo que era ótimo para fazer anjos no chão. Gamache viu várias crianças se jogando naquela brancura fofa e mexendo os braços e pernas do mesmo jeito.

O inspetor de incêndio tinha acabado de ir embora.

O laudo final ainda demoraria um pouco, é claro, mas já sabiam que o fogo tinha sido causado por creosoto.

– Então alguém pôs fogo ao creosoto e matou Petrov – concluiu Beauvoir.

– Exatamente – confirmou o inspetor. – Petrov ateou fogo ao creosoto.

– O quê?

– Quando acendeu a lareira naquele dia, Petrov estava, sem querer, se matando. O creosoto é uma substância natural. Vem da madeira que não secou o suficiente. Eu suspeito que a chaminé não fosse limpa fazia anos e que a madeira fosse nova, então... – O inspetor deixou o resto da frase no ar, virando a palma das mãos para o teto para indicar algo inevitável e não tão raro.

Saul Petrov havia riscado o fósforo que viria a matá-lo. Tinha sido mesmo um acidente, afinal.

Pela janela, Gamache observava o inspetor de incêndio retirar a neve da picape. O sol havia se posto e, à luz das decorações de Natal, a neve era lançada pelos ares, como minúsculas tempestades, pelas pás dos moradores que limpavam casas e calçadas. Na praça, Ruth Zardo afastou a neve de seu banco e desabou sobre ele.

Devem ser cinco horas, pensou Gamache, olhando o relógio. Pegou o telefone e ligou para a agente Lacoste. Ela estava no laboratório da Sûreté esperando os resultados da análise do colar e da bola Li Bien.

– *Oui, allô?*

– É o Gamache.

– Estou no carro, já chego aí, chefe. O senhor não vai acreditar no que eles descobriram.

Meia hora depois, a equipe estava reunida na sala de investigação.

– Olhe – disse Lacoste, entregando o relatório a Gamache, que colocou os óculos de leitura meia-lua. – Eu decidi trazer o resultado aqui em vez de falar por telefone. Achei que o senhor precisava ver com seus próprios olhos.

Ele franziu as sobrancelhas, concentrado, como se tentasse ler um documento em uma língua pouco conhecida.

– O que foi? – perguntou Beauvoir, já estendendo a mão para pegar os papéis.

Mas Gamache não os entregou. Continuou a fitá-los, passando para a página seguinte e voltando. Finalmente, olhou para os dois por cima dos óculos, os olhos castanho-escuros intrigados e preocupados. Imerso em pensamentos, entregou o relatório a Beauvoir, que agarrou o documento e começou a ler.

– Mas isso é uma bobagem – disse ele, após um minuto lendo por alto as informações. – Não faz sentido. Quem foi o técnico? – perguntou, verificando a assinatura no pé da página e grunhindo. – Devia estar num dia ruim.

– Eu pensei a mesma coisa – disse Lacoste, divertindo-se com a expressão no rosto deles. Afinal de contas, enquanto dirigia de Montreal até ali, ela tivera uma hora e meia para pensar nos resultados. – Eu pedi que refizessem os testes. Foi por isso que me atrasei.

Os papéis circularam pela sala, chegando por último às mãos da agente Nichol.

Gamache os recolheu e os colocou ordenadamente à sua frente. A sala ficou em silêncio enquanto todos pensavam. O fogo crepitava no fogão a lenha e o café descia pelo filtro, borbulhando e enviando pequenas nuvens perfumadas pela sala. Lacoste se levantou e encheu uma caneca.

– O que você acha que isso significa? – perguntou Gamache a ela.

– Significa que Crie não está mais em perigo.

– Continue – incentivou Gamache, debruçando-se e apoiando os cotovelos na mesa.

– Significa que nós descobrimos quem matou L, e essa pessoa não é uma ameaça para Crie – prosseguiu Lacoste, observando a reação deles enquanto falava.

Gamache, Lacoste sabia, estava com ela, embora um passo atrás. Beauvoir a escutava e se esforçava para acompanhá-la e os outros dois estavam completamente confusos.

– Do que você está falando? – perguntou Beauvoir, impaciente. – Os testes genéticos afirmam claramente que L era a mãe de CC. A gente viu isso nas amostras de sangue colhidas na autópsia – vociferou ele, dando um tapinha no relatório na frente de Gamache.

– Essa não é a parte interessante – disse Gamache, separando uma das folhas e estendendo-a para Beauvoir. – Esta que é.

Beauvoir pegou a folha e a releu. Informava sobre os testes feitos no colar. O sangue do pingente de águia pertencia a L, mas isso eles já sabiam. Olhou para o parágrafo seguinte, que descrevia o sangue encontrado no cordão de couro. Mesmo tipo sanguíneo, é claro. Blá, blá, blá. Então parou. Era o mesmo tipo sanguíneo, mas não o mesmo sangue. O sangue que estava no cordão de couro não era de L. Era de CC de Poitiers. Mas o que o sangue de CC estava fazendo no colar?

Ele olhou para Gamache, que agora estava em sua mesa, pegou um arquivo e o levou de volta para a mesa grande. Abriu-o e folheou algumas páginas, depois diminuiu o ritmo e começou a ler com calma.

– Aqui. É disso que você está falando?

Ele entregou o relatório da autópsia para a agente Lacoste, que leu a parte indicada e assentiu, sorrindo.

– Isso.

Gamache se recostou na cadeira e exalou profundamente.

– Crie não corre nenhum perigo com a pessoa que matou L porque essa pessoa está morta.

– O fotógrafo? – chutou Lemieux.

– Não – corrigiu Lacoste. – CC de Poitiers. Ela matou a própria mãe. É a única coisa que faz sentido. CC arrancou o colar do pescoço da mãe. Isso machucou a nuca de L, mas também cortou a mão de CC. Está vendo aqui no relatório da autópsia de CC? A palma das mãos estava queimada, mas a legista menciona outro ferimento embaixo, já parcialmente cicatrizado. CC matou a mãe, pegou o colar da mão dela e depois o descartou no lixo de casa.

– Então quem jogou fora a fita de vídeo e a bola Li Bien? – quis saber Beauvoir.

– CC também. A bola Li Bien tinha três pares de impressões digitais: de Peter e Clara Morrow e de CC.

– Mas é claro – insistiu Beauvoir. – Os objetos eram dela. Ninguém nunca tinha visto essas coisas, quanto mais tocado nelas.

– Mas se outra pessoa tivesse roubado os objetos e depois jogado fora – argumentou Gamache –, nós teríamos um quarto par de impressões digitais.

– Por que CC jogaria fora a bola Li Bien? – perguntou Lemieux.

– É só especulação – disse Lacoste –, mas eu acho que foi por culpa. Duas coisas na casa faziam CC se lembrar da mãe: *O leão no inverno* e a bola Li Bien. Acho que esses objetos não são evidências de nada. Para mim, ela os jogou fora porque não suportava olhar para eles.

– Mas por que colocar o vídeo no lixo e a bola Li Bien lá no depósito?

– Não sei – admitiu Lacoste. – É possível que ela tenha se livrado das duas coisas em dias diferentes. Talvez tenha jogado o filme fora junto com o colar, mas demorado um pouco mais para se desfazer da bola Li Bien.

– A bola era mais preciosa – concordou Gamache. – CC deve ter relutado em destruí-la. Tinha se tornado um símbolo da família, da filosofia de vida e das fantasias dela. Provavelmente foi por isso que CC não teve coragem de jogar fora a bola e preferiu deixá-la no depósito com tanto cuidado.

– CC matou a própria mãe – repetiu Beauvoir. – Por quê?

– Dinheiro – respondeu Lacoste, que havia tido tempo para pensar naquilo. – Ela estava prestes a se encontrar com compradores americanos, na esperança de vender sua filosofia de vida. Ia colocar a Li Bien no mercado e fazer fortuna.

– Mas isso provavelmente era só uma fantasia dela – opinou Lemieux.

– Talvez, mas o que importa é que ela acreditava nisso. Tudo dependia da venda da Li Bien para os americanos.

– Eis que surge uma mendiga bêbada como mãe – concordou Gamache –, desmentindo a vida que ela construiu com tanto cuidado. Algo precisava morrer: ou o sonho dela ou a mãe. Ela não teve escolha.

Gamache olhou para a caixa que segurava. Virou-a mais uma vez.

M KLM.

Por que L guardara aquelas letras? Ele abriu a caixa e passou o dedo indicador pelas outras letras maiúsculas: K, C, L e M.

Lentamente, fechou a caixa e a colocou na mesa, o olhar perdido. Então se levantou e caminhou pela sala. Deu voltas e mais voltas, a um passo ritmado e tranquilo, a cabeça baixa e as mãos cruzadas nas costas.

Após alguns minutos, parou.

Já tinha a resposta.

TRINTA E TRÊS

– Madame Longpré.
Gamache se levantou e fez uma mesura para a mulher miúda à sua frente.
– Monsieur Gamache.
Ela o cumprimentou com um discreto aceno de cabeça e aceitou a cadeira que ele havia puxado.
– O que a senhora vai querer?
– Um expresso, *s'il vous plaît*.
Os dois se acomodaram a uma mesa ligeiramente mais próxima de um dos lados da lareira. Às dez da manhã, rajadas de vento sopravam a neve com força. Era um daqueles fenômenos meteorológicos não raros, mas mesmo assim extraordinários, do inverno do Quebec: sol e neve juntos. Gamache ficou maravilhado ao olhar de relance para a janela. Cristais e prismas, delicados e frágeis, flutuavam no ar e aterrissavam, macios, em Three Pines. Tons de rosa, azul e verde brilhavam nas árvores e nas roupas dos moradores que passavam por ali.
Os cafés chegaram.
– O senhor se recuperou bem do incêndio? – perguntou Émilie.
Ela estivera lá, junto com Mãe Bea e Kaye. Passaram a noite servindo sanduíches e bebidas quentes e providenciando cobertores para os voluntários não morrerem congelados. Como todos estavam exaustos, Gamache havia decidido esperar até aquela manhã para falar com Émilie.
– Foi uma noite horrível – disse ele. – Uma das piores da minha vida.
– Quem era o homem que morreu?
– Chamava-se Saul Petrov. – Gamache esperou para ver se haveria algu-

ma reação. Mas havia apenas um interesse educado. – Um fotógrafo – prosseguiu ele. – Estava fotografando CC.

– Para quê?

– Para um catálogo. Ela estava planejando se reunir com os representantes de uma empresa americana para ver se eles se interessavam pelo projeto dela. CC queria se tornar uma guru do design, embora as aspirações dela parecessem ir além disso.

– Ela queria ter uma espécie de comércio bem abrangente – sugeriu Em. – Renovar as pessoas por dentro e por fora.

– CC de Poitiers sonhava grande, isso é certo – concordou Gamache. – Madame Longpré, a senhora disse que encontrou CC algumas vezes, mas e quanto à família dela? O marido e a filha.

– Só de vista, nunca nos falamos. Eles estavam no jogo de curling do dia 26, é claro.

– E no culto de Natal da igreja local, pelo que eu sei.

– *C'est vrai* – confirmou Em, sorrindo ao se lembrar. – Ela engana bem, a filha.

– Como assim? – quis saber Gamache, surpreso.

– Ah, não no mau sentido. Não como a mãe, embora CC não enganasse tão bem quanto pensava. Era transparente demais. Crie é tímida, retraída, nunca olha nos seus olhos. Mas ela tem uma voz lindíssima. Ficamos impressionados.

Émilie se lembrou do culto da noite de Natal na igreja lotada. Ao olhar para Crie, ela tinha visto a menina se transformar. A alegria a havia tornado encantadora.

– Ela parecia o David quando tocava Tchaikóvski.

Então ela se lembrou da cena na saída da igreja.

– Em que a senhora está pensando? – perguntou Gamache em voz baixa, notando uma expressão perturbada tomar conta do rosto de Em.

– Depois do culto, quando a gente saiu, CC estava do outro lado da igreja. Tem um atalho dali até a casa dela. Não dava para vê-la, mas a gente ouvia o que ela dizia. Também tinha um som estranhíssimo. – Em apertou os lábios, tentando se lembrar. – Era igual ao barulho que Henri faz no piso de madeira quando eu não corto as unhas dele. Uns cliques, só que mais altos.

– Acho que eu posso matar essa charada para a senhora. Devia ser das botas dela. CC se deu de Natal um par de *mukluks* de pele de filhotes de foca. As botas tinham garras de metal nas solas.

Em reagiu com surpresa e repulsa.

– *Mon Dieu*, o que Ele deve pensar da gente?

– A senhora disse que ouviu algo além do barulho das botas de CC.

– Ela gritou com a filha. Foi uma agressão verbal pesada. Horrível.

– Qual foi a razão? – perguntou Gamache.

– As roupas da menina. É bem verdade que não eram nada convencionais. Um vestido rosa sem manga, se bem me lembro, mas a principal queixa de CC parecia ter a ver com a voz da filha, com o canto dela. A voz dela é divina. Não divina como Gabri diz, mas de verdade mesmo. E CC debochou dela, menosprezou a filha. Não, foi mais do que isso. Ela a destruiu. Foi horrível. Eu ouvi tudo e não fiz nada. Não falei nada.

Gamache ficou em silêncio.

– Nós devíamos ter ajudado Crie – disse Émilie, com uma voz calma e baixa. – Ficamos todos de pé ali, na noite de Natal, testemunhando um assassinato, porque foi isso que aconteceu, inspetor-chefe. Não tenho nenhuma dúvida. CC matou a filha naquela noite, e eu permiti.

– A senhora está indo longe demais, madame. Não confunda drama com consciência. Sei que a senhora se sente mal pelo que aconteceu, e eu concordo que alguém devia ter feito alguma coisa. Mas também sei que o que aconteceu fora da igreja não foi um fato isolado. A tragédia da vida de Crie é que isso é tudo que ela conhece. É como a neve lá fora – disse ele, e os dois olharam pela janela. – Os insultos foram se acumulando até Crie desaparecer debaixo deles.

– Eu devia ter feito alguma coisa.

Os dois ficaram em silêncio por um instante, Émilie olhando para fora e Gamache, para ela.

– Parece que vem uma nevasca amanhã – comentou Em. – Dispararam um alerta de tempestade.

– Quanto estão esperando? – quis saber Gamache, que não estava a par da notícia.

– O canal do tempo disse que devem ser uns 30 centímetros. O senhor já pegou uma nevasca?

– Uma vez, dirigindo para a região de Abitibi. Estava tudo escuro, as estradas vazias. Eu fiquei totalmente desorientado.

Ele viu de novo o enxame de flocos de neve contra os faróis do carro, o mundo se encolhendo dentro daquele funil brilhante.

– Peguei a saída errada e acabei num beco sem saída. A estrada foi ficando cada vez mais estreita. Foi culpa minha, é claro – explicou, inclinando-se para a frente e sussurrando: – Eu fui meio teimoso. Shh – brincou, olhando em volta.

Émilie sorriu.

– Fica sendo o nosso segredinho. Além do mais, tenho certeza de que ninguém vai acreditar mesmo. O que aconteceu depois?

– O caminho foi se afunilando – contou ele, aproximando as mãos até uni-las como se fosse rezar. – Era quase impossível enxergar a estrada, que, naquela época, era mais uma rua, e depois – continuou ele, virando as palmas para cima –, nada. Só floresta e neve. A neve estava chegando na porta do carro. Eu não conseguia andar nem para a frente, nem para trás.

– E o que o senhor fez?

Ele hesitou, sem saber o que responder. Todas as respostas que lhe vieram à mente eram verdade, mas havia diferentes níveis de verdade. Ele sabia o que estava prestes a perguntar e decidiu que ela merecia o mesmo respeito.

– Eu rezei.

Émilie olhou para aquele homem grande, confiante, acostumado a comandar, e aquiesceu.

– Que oração o senhor fez? – insistiu Émilie.

– Logo antes de isso acontecer, eu e o inspetor Beauvoir estávamos investigando um caso em uma cidadezinha chamada Baie des Moutons, na região de Lower North Shore.

– A terra que Deus deu a Caim.

Gamache ficou surpreso em ouvir aquilo. Estava familiarizado com a citação, mas não era algo muito conhecido. Na década de 1600, quando chegou àquele desolado afloramento de rochas na foz do rio St. Lawrence, o explorador Jacques Cartier escreveu em seu diário: *Esta deve ser a terra que Deus deu a Caim.*

– Acho que eu tenho uma atração pelos malditos – disse Gamache, sorrindo. – Talvez seja por isso que eu cace assassinos, como Caim. Aquela área é estéril e desolada, praticamente nada cresce ali, mas para mim é de uma beleza quase insuportável, se você souber para onde olhar. Aqui é fácil. A beleza está em todo lugar. Nos rios, nas montanhas, nas cidades, principalmente em Three Pines. Mas em Baie des Moutons ela não é tão óbvia. É preciso procurar. Está no líquen das rochas e nas minúsculas flores roxas, quase invisíveis, que a gente tem que se ajoelhar para ver. Está nas flores de primavera das amoras-brancas-silvestres.

– O senhor encontrou o assassino que procurava por lá?

– Sim.

A inflexão dele sugeria que havia mais. Émilie esperou. Como ele não falou mais nada, ela decidiu perguntar:

– E o que mais o senhor encontrou?

– Deus – respondeu ele, simplesmente. – Em uma lanchonete.

– E o que Ele estava comendo?

A pergunta foi tão inesperada que Gamache hesitou, depois riu.

– Torta de limão com merengue.

– E como o senhor sabe que era Deus?

Aquela conversa não estava tomando o rumo que ele tinha imaginado.

– Eu não sei – admitiu ele. – Talvez fosse só um pescador. Quer dizer, ele estava vestido como um pescador. Mas ele olhou para mim com tanta ternura, tanto amor, que eu fiquei desnorteado.

Ele quase caiu na tentação de romper o contato visual e olhar para a superfície de madeira amarelada onde repousavam suas mãos. Mas Armand Gamache não baixou o olhar. Ele olhou diretamente para ela.

– E o que Deus fez? – perguntou Émilie suavemente.

– Ele terminou a torta e se virou para a parede. Por um tempo, parecia que estava esfregando a parede, então ele se virou para mim de novo com o sorriso mais radiante que eu já vi. Aquilo me encheu de alegria.

– Parece que o senhor se enche de alegria com frequência.

– Sou um homem feliz, madame. Tenho muita sorte e sei disso.

– *C'est ça* – disse ela, assentindo. – É essa consciência que nos faz felizes. Eu só me tornei realmente feliz depois que minha família morreu. É horrível dizer isso.

– Eu acho que entendo – disse Gamache.

– A morte deles me transformou. Teve um momento em que me vi na sala da minha casa, sem conseguir me mexer nem para a frente, nem para trás. Paralisada. Foi por isso que eu perguntei sobre a nevasca. Foi assim que eu me senti, por meses a fio. Como se estivesse perdida em um *whiteout* na neve. Tudo era confuso e desolador. Eu não conseguia seguir em frente. Ia morrer. Eu não sabia como, mas sabia que não suportaria a perda por muito mais tempo. Ia cambalear até parar. Como o senhor naquela nevasca. Perdida, desorientada, em um beco sem saída. O meu, é claro, no sentido figurado. O meu beco sem saída era a minha própria sala de estar. Eu estava perdida no lugar mais familiar e confortável de todos.

– E o que aconteceu?

– A campainha tocou. E eu me lembro de tentar decidir se atendia a porta ou me matava. Mas então a campainha tocou de novo e, sei lá, talvez por automatismo, eu me levantei. E lá estava Deus. Com a boca suja de torta de limão.

Gamache arregalou os olhos castanho-escuros.

– Brincadeira. – Ela tocou o pulso dele por um instante, sorrindo. Gamache riu de si mesmo. – Era um técnico rodoviário. Ele precisava usar o telefone. Estava carregando uma placa.

Ela parou por um momento, incapaz de avançar. Gamache aguardou. Esperava que a placa não dissesse *O fim está próximo*. O resto do salão desapareceu. As únicas pessoas no mundo eram a pequena e frágil Émilie Longpré e Armand Gamache.

– A placa dizia *Gelo à frente*.

Os dois ficaram calados por um instante.

– Como a senhora sabia que era Deus?

– Quando uma sarça queimando se torna a sarça ardente de Moisés? – perguntou Em, e Gamache assentiu. – Meu desespero desapareceu. O luto continuou, é claro, mas ali eu soube que o mundo não era um lugar escuro e desesperador. Como eu fiquei aliviada! Naquele momento, eu encontrei a esperança. Ela me foi dada por aquele estranho com uma placa. É ridículo, eu sei, mas de repente a escuridão se dissipou.

Ela parou por um instante, a lembrança fazendo-a sorrir.

– A Mãe ficou muito irritada, vou te falar. Ela foi até a Índia para encontrar Deus, e Ele estava aqui o tempo todo. Ela foi à Cachemira, e eu fui até a porta de casa.

– Duas longas jornadas – comentou Gamache. – E Kaye?

– Kaye? Acho que ela não fez essa jornada e tem medo de fazer. Acho que ela tem medo de muita coisa.

– Clara Morrow pintou vocês como as Três Graças.

– Ah, foi? Um dia aquela mulher vai ser descoberta e o mundo vai ver que artista incrível ela é. Clara vê coisas que os outros não veem. Ela vê o melhor das pessoas.

– Ela com certeza vê quanto vocês três se amam.

– Eu amo mesmo aquelas duas. Amo tudo isto aqui – disse ela, assentindo.

Émilie olhou para o ambiente alegre, o fogo crepitando nas lareiras, Olivier e Gabri conversando com os clientes e as etiquetas de preços penduradas nos lustres, cadeiras e mesas. Um dia, Gabri havia se irritado com Olivier e serviu os clientes com uma daquelas etiquetas pendurada no próprio corpo.

– Minha vida nunca mais foi a mesma desde aquele dia em que abri a porta. Hoje eu sou feliz. Satisfeita. É engraçado, não é? Tive que descer até o inferno para encontrar a felicidade.

– As pessoas esperam que eu seja cético por causa do meu trabalho – comentou Gamache –, mas elas não entendem. É exatamente como a senhora disse. Eu passo os dias olhando para o último quarto da casa, aquele que a gente bloqueia e esconde até de si mesmo. Meu trabalho é encontrar pessoas que tiram vidas. E, para fazer isso, eu preciso entender o porquê. E, para entender o porquê, eu preciso entrar na cabeça delas e abrir essa última porta. Mas quando eu saio de novo – ele abriu os braços em um movimento expansivo –, o mundo de repente está mais bonito, mais vivo e mais encantador do que nunca. Quando a gente vê o pior, aprende a apreciar o melhor.

– É isso – disse Émilie, assentindo. – O senhor gosta de gente.

– Eu adoro gente – admitiu ele.

– O que o seu Deus estava fazendo na parede da lanchonete?

– Ele estava escrevendo.

– Deus escreveu na parede de uma lanchonete?

Em estava incrédula. Não deveria, já que o Deus dela andava por aí com uma placa de trânsito.

Gamache aquiesceu e se lembrou de ver o belo pescador grisalho na porta daquela lanchonete cheia de moscas e cheirando a maresia. Ele tinha se voltado para Gamache e sorrido. Não com o sorriso radiante e direto de alguns minutos antes, mas com um sorriso caloroso e reconfortante, que parecia dizer que entendia e que ia ficar tudo bem.

Gamache havia então se levantado, deslizado para um dos bancos da mesa e lido o que estava escrito na parede. Depois pegara o caderninho, recheado de fatos sobre morte, assassinatos e tristeza, e escreveu aquelas quatro linhas simples.

Então ele soube o que fazer. Não porque fosse um homem corajoso ou bom, mas porque não tinha escolha. Precisava voltar para Montreal, para a sede da Sûreté, e resolver o caso Arnot. Ele já sabia havia meses que precisava fazer isso, mas ainda assim tinha fugido e se escondido atrás do trabalho. Atrás de cadáveres e da necessidade solene e nobre de encontrar assassinos, como se ele fosse o único policial capaz de fazer isso.

As frases na parede não lhe disseram o que fazer. Ele sabia disso. Mas lhe deram coragem.

– Mas como o senhor sabe que fez a coisa certa? – perguntou Em, e Gamache percebeu que tinha dito aquilo tudo em voz alta.

Os olhos azuis de Em eram firmes e calmos. Mas algo havia mudado. A conversa parecia ter outro propósito. Havia uma intensidade em Em que não existia antes.

– Não sei. Até hoje não tenho certeza. Muita gente acha que eu estava errado. A senhora sabe disso. Deve ter lido sobre o caso nos jornais.

Émilie fez que sim com a cabeça.

– O senhor impediu o superintendente Arnot e dois colegas de matarem mais pessoas.

– Eu impedi os três de se matarem – disse Gamache.

Ele se lembrava claramente daquela reunião. Na época, Gamache fazia parte da elite da Sûreté. Pierre Arnot era um alto oficial respeitado na força policial, embora não por Gamache, que o conhecia desde que era novato. Os dois nunca tinham se dado bem. Gamache suspeitava que Arnot o considerasse um fraco, enquanto ele achava Arnot um truculento.

Quando ficou óbvio o que Arnot e dois de seus melhores homens tinham feito, quando nem mesmo seus amigos conseguiam negar, Arnot fez um pedido. Que não fossem presos. Ainda não. Arnot tinha uma cabana de caça na região de Abitibi, no norte de Montreal. Eles iriam para lá e não voltariam. Ficou decidido que seria o melhor para Arnot, para os outros acusados e para a família.

Todos concordaram.

Exceto Gamache.

– Por que o senhor impediu aqueles homens? – perguntou Émilie.

– Porque não precisávamos de mais mortes. Era hora de justiça. Uma ideia meio antiquada – respondeu, antes de erguer o olhar e sorrir para ela. Ele fez uma pausa e continuou: – Eu acho que estava certo, mas às vezes ainda tenho problemas com isso. Sou como um pregador vitoriano. Tenho as minhas dúvidas.

– De verdade?

Gamache olhou novamente para o fogo e pensou bastante.

– Eu agiria assim de novo. Era a coisa certa a se fazer, pelo menos para mim.

Ele voltou a olhar para ela e fez outra pausa.

– Quem era L, madame?

– Elle?

Gamache enfiou a mão na bolsa-carteiro e tirou dela a caixinha de madeira, virando-a para revelar as letras coladas no fundo com fita adesiva. Ele apontou para o L.

– L, madame Longpré.

O olhar dela, embora ainda sustentasse o dele, pareceu vagar e focar um ponto distante.

Gelo à frente. Estavam quase lá.

TRINTA E QUATRO

– Ela era nossa amiga – disse Émilie, ainda fitando Gamache. – O apelido dela era El, mas ela assinava só como L – contou Em, sentindo-se calma pela primeira vez em dias. – Era minha vizinha de porta – continuou, apontando para uma casinha quebequense com um telhado de metal íngreme e pequenas águas-furtadas. – A família dela vendeu a casa há alguns anos e se mudou. Depois que El desapareceu.

– O que aconteceu?

– Ela era mais nova que nós. Muito doce, muito gentil. Às vezes, crianças assim são perseguidas. As outras sabem que elas não vão revidar. Mas não El. Ela era uma dessas garotas que parecem despertar o melhor nos outros. Era brilhante, em todos os sentidos. Uma criança iluminada. Quando ela entrava num lugar, as luzes se acendiam e o sol nascia.

Em ainda podia vê-la, uma menina tão adorável que ninguém sequer invejava. Talvez também pressentissem que alguém tão gentil e bom não duraria muito. Havia algo de precioso em El.

– O nome dela era Eleanor, certo? – perguntou Gamache, embora já soubesse a resposta.

– Eleanor Allaire.

Gamache suspirou e fechou os olhos. Pronto. Estava feito.

– El, apelido de Eleanor – murmurou ele.

Émilie assentiu.

– Posso?

Ela estendeu os braços sobre a mesa e pegou a caixa, segurando-a com as mãos abertas e viradas para cima como se a convidasse a voar para longe.

– Eu não vejo isso há anos. A Mãe deu essa caixinha para ela quando El deixou o *ashram* na Índia. Elas foram juntas para lá.

– Ela é o L de M KLM, não é?

Em fez que sim com a cabeça.

– Mãe Bea é o primeiro M, Kaye é o K e a senhora é o segundo M. Mãe Bea, Kaye, El e Em.

– O senhor é muito esperto, inspetor-chefe. Nós seríamos amigas de qualquer jeito, mas a coincidência de termos apelidos que soam como as letras do alfabeto em inglês nos atraiu. Principalmente porque todas nós adoramos ler. E era como um código secreto.

– É daí que vem o Mantenha a Calma?

– O senhor descobriu isso também? Como?

– Surgiram várias referências a "Mantenha a calma" nesta investigação. Então eu visitei o centro de meditação de Beatrice…

– Mantenha a Calma.

– É, mas foi a citação da parede que me fez ligar os pontos.

– Isso parece acontecer bastante com o senhor. Deve ser útil para o seu trabalho encontrar respostas escritas nas paredes.

– O difícil é reconhecer essas respostas. Era uma citação errada e não parecia típica de Beatrice. Ela pode dar a impressão de não ser deste mundo, mas eu suspeito que esteja bem aqui. Ela nunca escreveria *Mantenha a calma e saiba que eu sou Deus* se não quisesse dizer exatamente isso.

– "Aquiete-se e saiba que eu sou Deus" – disse Em, dessa vez citando o versículo. – Esse era o problema da El. Não conseguia ficar quieta. Foi Kaye quem percebeu que a gente podia fazer uma espécie de acrônimo com os nossos nomes: M KLM. Mantenha a calma. Parecido o suficiente para fazer sentido para a gente e diferente o suficiente para que fosse um segredo. O nosso segredo. Mas o senhor descobriu, inspetor-chefe.

– Eu demorei bastante.

– Existe algum limite de tempo para essas coisas?

Gamache riu.

– Não, eu acho que não, mas às vezes minha própria cegueira me surpreende. Eu passei dias olhando para estas letras, sabendo que eram importantes para El. Até tive o exemplo do livro de Ruth, *Estou bem DEMAIS*. Todas as iniciais maiúsculas representam outras palavras.

– *Mais non.* O quê?

– Desequilibrada, egoísta, mesquinha, amarga, insegura e solitária.

Émilie riu.

– *J'adore Ruth.* Justo quando eu acho essa mulher detestável, ela vai e faz algo assim. *Parfait.*

– Eu fiquei olhando para as letras da caixa e presumi que o espaço entre o primeiro M e o KLM não tivesse importância. Mas tinha. Era ele que continha a resposta. A resposta consistia no que não estava lá. No pequeno espaço entre as letras.

– Como as flores silvestres da terra que Deus deu para Caim – disse Em. – É preciso olhar bem para ver.

– Eu não achei que fosse um espaço aleatório. Pensei que fosse onde o C se encaixava – admitiu Gamache.

– O C?

– Abra.

Em obedeceu e ficou olhando um bom tempo para o interior da caixa. Então enfiou a mão e pegou uma letrinha minúscula. Ela a equilibrou em um dedo e a mostrou a Gamache. Um C.

– Ela colocou a filha dentro da caixa também – disse Em. – Por amor.

– O que aconteceu?

Em voltou novamente ao passado, aos dias em que o mundo era novo.

– El era uma alma peregrina. Enquanto a gente estava começando a se acomodar, ela ficava cada vez mais inquieta. Parecia delicada, frágil. Sensível. A gente vivia implorando para ela manter a calma.

– Vocês batizaram assim até o time de curling – disse Gamache. – Essa foi outra pista para mim. A senhora só falou de três membros do time original, mas uma equipe de curling tem quatro. Faltava alguém. Quando eu vi o retrato que Clara Morrow pintou de vocês como as Três Graças, parecia que estava faltando alguém. Tinha um buraco na composição.

– Mas Clara não conheceu El – disse Émilie. – E, pelo que eu sei, também nunca ouviu falar dela.

– É verdade, mas, como a senhora disse, Clara vê coisas que os outros não veem. No trabalho dela, vocês três formam uma espécie de recipiente, um receptáculo, como ela chama. Só que tem uma peça faltando, uma fenda. Onde El estaria.

Toque os sinos que ainda puder tocar
Ofereça o que tiver para ofertar
Há uma fenda em todo lugar
É o que deixa a luz entrar

– Que poema extraordinário. Ruth Zardo?

– Leonard Cohen. Clara o usou no quadro. Ela escreveu isso na parede atrás de vocês três, como um grafite.

– Há uma fenda em todo lugar, é o que deixa a luz entrar.

– O que aconteceu com El?

Ele se lembrou das fotos da autópsia. Na maca, jazia uma idosa imunda, esquelética, patética e bêbada. Alguém totalmente diferente da jovem iluminada que Em havia descrito.

– Ela queria ir para a Índia. El pensou que talvez lá sua mente fosse se aquietar e ela encontrasse a paz. Tiramos no palitinho e decidimos que a Mãe ia com ela. É irônico que El não tenha gostado muito da Índia mas a Mãe tenha encontrado respostas para perguntas que ela nem sabia que tinha.

– Mãe – repetiu Gamache. – Beatrice Mayer. Muito perspicaz também. Eu perguntei para Clara por que todo mundo chama Bea de Mãe, e ela sugeriu que eu descobrisse sozinho.

– E o senhor descobriu.

– Demorei um bom tempo. Só entendi quando vi *O leão no inverno*.

– Por quê?

– O filme foi produzido pela MGM. Metro, Goldwyn, Mayer. Mayer, que se pronuncia da mesma forma que *mère*. Mãe, em francês. Beatrice Mayer virou Mãe Bea. Então percebi que estava na companhia de pessoas que amavam não só livros, mas as palavras. Faladas ou escritas, o poder das palavras.

– Quando Kaye perguntou por que o pai e os outros rapazes gritaram "Foda-se o papa!" enquanto corriam para a morte, o senhor disse que talvez fosse porque as palavras podem matar. Kaye desconsiderou sua resposta, mas eu concordo com o senhor. As palavras podem matar. Eu vi isso na noite de Natal. O senhor pode achar melodramático, inspetor, mas eu vi CC matar a filha com palavras.

– O que aconteceu com El? – perguntou ele novamente.

Beauvoir parou o carro de repente e ficou sentado por um instante. O aquecedor estava ligado e os bancos, aquecidos. No aparelho de som, Beau Dommage cantava "La complainte du phoque en Alaska". Aquela tinha sido a trilha sonora de seus beijos nos bailes da escola. Era sempre a última música e sempre levava as garotas às lágrimas.

Ele não queria sair dali. Não apenas porque o carro estava extremamente confortável, repleto de lembranças quentes e pegajosas, mas por causa do que o aguardava. O centro de meditação estava banhado pelo sol forte da manhã.

– *Bonjour, Inspecteur* – cumprimentou Mãe Bea, com um sorriso, abrindo a porta antes que ele batesse.

Mas o sorriso não alcançava os olhos. Mal deixava os lábios, que estavam apertados e descorados. Sentindo a tensão dela, Beauvoir começou a relaxar. Estava na vantagem e sabia disso.

– Posso entrar?

Ele preferia morrer a perguntar "Mãe, posso entrar?". Também preferia morrer a perguntar por que todo mundo a chamava de Mãe, embora estivesse louco para saber.

– Eu tive a impressão de que este lugar não agradou muito o senhor – disse ela, ganhando terreno.

Beauvoir não sabia o que havia com aquela mulher. Era atarracada e feia. Andava como uma pata e o cabelo apontava para todos os lados. Sem contar que se vestia com lençóis, talvez cortinas, ou quem sabe fossem capas de sofá. Era ridícula segundo os padrões. Mesmo assim, havia algo nela.

– Eu estava gripado da última vez que vim aqui. Peço desculpas se me comportei mal.

Embora Beauvoir não quisesse se desculpar de jeito nenhum, Gamache lhe tinha dito que aquilo lhe daria uma vantagem. E ele havia notado, ao longo dos anos, que era verdade. As pessoas se sentiam ligeiramente superiores quando achavam que tinham algo contra você. Mas assim que você pedia desculpas, elas já não tinham mais nada. E ficavam danadas da vida.

Agora Beauvoir encarava madame Mayer de igual para igual.

– Namastê – disse ela, unindo as mãos em oração e se curvando.

Maldita. Ele tinha sido surpreendido de novo. Sabia que deveria perguntar, mas não perguntou. Tirou as botas e atravessou rapidamente a grande sala de meditação, com suas tranquilizadoras paredes azul-turquesa e o chão forrado com um carpete de um verde quente e intenso.

– Eu tenho umas perguntas para a senhora – começou Beauvoir, virando-se para observar madame Mayer andar com aquele passo engraçado dela, vindo em sua direção. – O que a senhora achava de CC de Poitiers?

– Já conversei com o inspetor-chefe Gamache sobre isso. Na sua presença, aliás. Talvez a gripe o tenha impedido de ouvir.

Ela estava exausta. Sua compaixão havia se esgotado. Não aguentava mais. Sabia que não suportaria aquilo por muito mais tempo e agora só ansiava pelo fim. Já não acordava mais no meio da noite, preocupada. Agora simplesmente não dormia mais.

A Mãe estava morta de cansaço.

– CC era uma louca. Toda a filosofia de vida dela era uma porcaria. Ela pegou um monte de ensinamentos aleatórios, misturou tudo e veio com essa ideia tóxica de que as pessoas não devem demonstrar as emoções. Isso é ridículo. Nós somos emoções. É o que nos faz ser quem somos. A ideia dela de que as pessoas evoluídas de verdade não têm emoções é ridícula. Sim, nós queremos estar em equilíbrio, mas isso não significa não sentir ou demonstrar as coisas. Significa o oposto. Significa... – Agora agitada e cansada demais para se conter, ela prosseguiu: – Significa sentir as coisas de maneira plena, apaixonada. Abraçar a vida. E depois deixar tudo ir.

Mãe Bea fez uma breve pausa. Então continuou:

– Ela se achava tão maravilhosa, vindo aqui instruir a gente... Li Bien isso, Mantenha a Calma aquilo. Todas aquelas roupas e móveis brancos muito elegantes, os jogos de cama e travesseiros de aura idiotas, mantas de bebê calmantes e só Deus sabe que outras porcarias mais. Pessoa doente. As emoções dela foram negadas, atrofiadas, distorcidas e transformadas em algo grotesco. Ela alegava ser tão centrada, tão equilibrada... Bom, tão equilibrada que acabou morta. Carma.

Beauvoir se perguntou se carma era uma palavra indiana para ironia.

Mãe Bea irradiava raiva. Era como ele gostava de ver seus suspeitos. Fora de controle, suscetíveis a dizer e fazer qualquer coisa.

– Mas tanto a senhora quanto CC chamaram o espaço de vocês de "Mantenha a Calma". Calma não significa placidez? Não demonstrar nada?

– Existe uma diferença entre indiferença e calma.

– Eu acho que a senhora está só jogando com as palavras. Como fez com isso aqui – disse ele, apontando para a parede onde a citação tinha sido gravada com estêncil, depois indo até lá. – Mantenha a calma e saiba que eu sou Deus. A senhora disse ao inspetor-chefe Gamache que é um versículo de Isaías, mas na verdade não é dos Salmos?

Ele amava aquela parte do trabalho. Podia vê-la murchar diante dele, surpreso por não ouvir o som agudo do ar escapando. Lentamente, Beauvoir pegou o caderninho.

– Salmo 46, versículo 10. "Aquiete-se e saiba que eu sou Deus." A senhora mentiu e colocou uma citação incorreta de propósito na parede. Por quê? O que "Mantenha a calma" realmente significa?

Os dois estavam imóveis agora. Beauvoir chegava a ouvir a respiração dela.

Então algo aconteceu. Ele percebeu o que tinha acabado de fazer. Havia destroçado o moral de uma idosa. Algo mudou, e diante de si ele viu uma senhora cansada, com cabelos desgrenhados e um corpo roliço e murcho. O rosto dela estava pálido, enrugado e flácido, as mãos ossudas e cheias de veias aparentes tremiam.

Mãe Bea estava de cabeça baixa.

Ele tinha feito aquilo. Tinha feito aquilo de propósito e com prazer.

– ELEANOR E A MÃE FICARAM SEIS MESES na comunidade – contou Em a Gamache, as mãos de repente inquietas, brincando com a alça da xícara de café. – A Mãe foi se envolvendo cada vez mais com aquele universo, mas El começou a ficar agitada de novo. Até que ela acabou indo embora, voltou para o Canadá, mas não para casa. A gente perdeu o contato com ela por um tempo.

– Quando vocês perceberam que ela não estava bem? – perguntou Gamache.

– A gente sempre soube disso. A cabeça dela não parava um segundo. Ela não conseguia se concentrar em nada, vivia pulando de um projeto para outro, sempre brilhante em todos eles. Para ser sincera, quando El encontrava alguma coisa de que gostava, ficava possuída por ela. Usava todos os talentos e energia que tinha. E, quando fazia isso, ela era formidável.

– Como foi com a Li Bien? – quis saber Gamache, tirando uma caixa de papelão da bolsa.

– O que mais o senhor tem aí? – perguntou Em, inclinando-se na mesa para olhar a bolsa de couro. – O time inteiro do Montreal Canadians?

– Espero que não. Eles vão jogar hoje à noite.

Em observou aquelas mãos enormes e cuidadosas retirarem o embrulho, revelando pouco a pouco o objeto. Gamache o colocou na mesa, ao lado da caixa de madeira, e por um lindo instante Émilie Longpré voltou a habitar seu corpo jovem, vendo a bola Li Bien pela primeira vez. Ela era luminosa e de alguma forma irreal, sua beleza aprisionada sob a camada invisível de vidro. Era linda e terrível ao mesmo tempo.

Era Eleanor Allaire.

Foi quando a jovem Émilie Longpré soube que elas a perderiam. Soube que sua amiga luminosa não sobreviveria no mundo real. E agora a bola Li Bien havia retornado a Three Pines, mas sem sua criadora.

– Posso pegar?

Gamache entregou a bola enquanto segurava a caixa, e Émilie a pegou novamente, dessa vez fechando as mãos com firmeza ao redor do objeto, como se envolvesse e protegesse algo precioso.

Enfiando a mão na bolsa pela última vez, ele pegou um cordão de couro manchado de sujeira, óleos e sangue. Pendendo do cordão estava a cabeça de uma águia.

– Eu preciso saber toda a verdade, madame.

Beauvoir agora estava sentado ao lado de Mãe Bea, ouvindo-a atentamente, do mesmo jeito que fazia quando era criança e sua mãe lia histórias de aventura.

– Quando CC apareceu aqui – explicou Mãe Bea –, ela demonstrou um interesse quase anormal por nós.

Beauvoir deduziu que "nós" eram Émilie, Kaye e ela mesma.

– Ela parecia estar interrogando a gente. Não eram visitas sociais normais, mesmo para alguém invasivo como ela.

– Quando a senhora percebeu que ela era filha de El?

Mãe Bea hesitou. Beauvoir teve a impressão de que ela não estava tentando pensar em uma mentira, mas sim se lembrar.

– Foi uma série de coisas. O que tirou todas as minhas dúvidas foi a referência a Ramen Das no livro dela – disse Mãe Bea, indicando o pequeno altar na parede.

Dentro, havia um tecido espelhado e colorido sobre o qual havia suportes com varetas de incenso fedorento. Na parede acima do altar havia um pôster e uma fotografia emoldurada. Beauvoir se levantou para olhar de perto. O pôster mostrava um indiano esquelético de tanga junto a um muro de pedra, segurando uma bengala comprida e sorrindo. Parecia Ben Kingsley em *Gandhi*, mas para Beauvoir todos os indianos idosos lembravam o ator naquele filme. Era o pôster em que ele havia mergulhado na última visita ao centro. Na foto menor, o mesmo homem estava sentado ao lado de duas jovens ocidentais, magras e também sorridentes, em camisolas esvoaçantes. Ou talvez fossem cortinas. Ou capas de sofá. Perplexo, ele se virou para Mãe Bea. A exausta e desgrenhada Mãe, com corpo em formato de pera.

– Essa é a senhora? – perguntou ele, apontando para uma das mulheres.

Mãe Bea foi até ele, sorrindo diante do espanto do inspetor e de sua incapacidade de disfarçá-lo. Não ficou ofendida. Às vezes ela mesma se espantava com aquilo também.

– E essa é El – disse ela, apontando para a mulher ao seu lado na foto.

Mãe Bea e o guru sorriam, mas a outra mulher estava radiante. Beauvoir mal conseguia tirar os olhos dela. Então pensou nas fotos da autópsia que Gamache havia mostrado. Sim, Mãe Bea tinha mudado, mas foram mudanças reconhecíveis e naturais, ainda que não tivessem sido para melhor. A outra mulher havia desaparecido. A saúde tinha ido embora, o brilho havia esmaecido e finalmente se apagado debaixo de camadas de sujeira e desespero.

– Não tem muita gente que conhece Das. Sem falar nas outras coisas, é claro – continuou Mãe Bea, jogando-se em uma cadeira. – CC chama a filosofia dela de Li Bien. Eu tenho mais de 70 anos de vida e só ouvi essa expressão vindo da boca de uma pessoa. Da El. CC deu o nome de Mantenha a Calma para a empresa e o livro dela. E usou um logotipo que só a gente conhecia.

– A águia?

– O símbolo de Eleanor da Aquitânia.

– A senhora pode me explicar isso, Mãe?

Beauvoir quase não acreditou que tinha acabado de chamá-la de Mãe, mas tinha, e foi natural. Torceu para não voltar a chupar o dedo.

– A gente estudou história francesa e história britânica na escola – continuou Mãe Bea. – Pelo visto, o Canadá não tem história. Enfim... Quando chegamos na parte sobre Eleanor da Aquitânia, El ficou obcecada. Decidiu que era Eleanor da Aquitânia. Não faça essa cara, inspetor. Vai me dizer que o senhor nunca andou por aí fingindo ser o Superman ou o Batman?

Beauvoir deu uma gargalhada. Nunca tinha feito nada do tipo. Não era doido. Quando garoto, ele era Jean-Claude Killy, o maior esquiador olímpico do mundo. Tinha até pedido à mãe que passasse a chamá-lo de Jean--Claude em vez de Jean Guy. Ela se recusou. Mesmo assim, ele participava de corridas de esqui espetaculares dentro do quarto e ganhou uma medalha de ouro olímpica, muitas vezes ultrapassando avalanches catastróficas e salvando freiras e milionários ao longo do caminho.

– Mesmo naquela época, El já estava à procura de alguma coisa – prosseguiu Mãe Bea. – Ela sabia que tinha algo errado, como se não pertencesse ao próprio corpo. Ela encontrou conforto imaginando que era Eleanor da Aquitânia, e Em até fez um colar com o símbolo heráldico dela. A águia. Uma águia bem agressiva.

– Então, quando CC veio morar em Three Pines, a senhora ligou os pontos e percebeu que ela era filha de El.

– Isso. A gente sabia que ela tinha tido um bebê. El desapareceu por alguns anos, e um dia, do nada, a gente recebeu um cartão-postal de Toronto. Ela tinha começado um relacionamento, mas o cara logo desapareceu, não sem antes engravidá-la. Naquela época, fim dos anos 1950, era um escândalo a moça engravidar não sendo casada. Quando El foi embora da Índia, eu sabia que ela não estava bem emocionalmente. Ela tinha uma mente brilhante, mas também delicada e instável. Coitada da CC, ser criada por uma pessoa assim... Não me admira que a ideia de equilíbrio fosse tão importante para ela.

Mãe Bea lançou um olhar perplexo para Beauvoir. Aquela ideia tinha acabado de ocorrer a ela. Ela prosseguiu:

– Eu não tive nenhuma simpatia por CC, nem compaixão. No início, quando percebemos que ela era filha da nossa amada El, ainda tentamos convidá-la para entrar na nossa vida. Não vou dizer que chegamos a gostar dela. Era uma mulher desagradável ao extremo. El era um raio de sol, cheia de luz e amor, gentil. Mas ela concebeu a escuridão. CC não vivia na sombra da mãe, ela *era* a sombra da mãe.

– Isso foi encontrado na mão de El – disse Gamache, tentando ser delicado mas sabendo que não havia como disfarçar o horror da situação. – A cabeça dela podia estar desequilibrada, mas o coração continuava estável. Ela sabia o que era importante. Ao longo de todos os anos nas ruas, ela se apegou a estas duas coisas – contou ele, tocando a caixa e indicando o colar com a cabeça. – Vocês três. Ela se cercou das amigas.

– A gente tentava ir atrás dela, mas El vivia entrando e saindo de hospitais, e um dia, finalmente, ela foi posta na rua. Não dava para imaginar nossa amiga vivendo na rua. Tentamos colocá-la em abrigos várias vezes, mas ela sempre ia embora. Tivemos que aprender a respeitar a vontade dela.

– Quando CC foi tirada dela? – perguntou Gamache.

– Não sei ao certo. Acho que ela tinha uns 10 anos quando El foi internada.

Os dois ficaram em silêncio por um instante, imaginando a garotinha sendo levada embora do único lar que conhecia. Um lugar imundo e insalubre, mas ainda assim um lar.

– Quando foi que a senhora viu El de novo?

– De tempos em tempos, Mãe, Kaye e eu vamos a Montreal de ônibus, e há alguns anos encontramos El na rodoviária. Foi um choque ver nossa amiga daquele jeito, mas a gente acabou se acostumando.

– As senhoras mostraram alguns trabalhos da Clara para ela?

– Da Clara? Por que a gente faria isso? – perguntou Em, nitidamente sem entender. – A gente nunca passava muito tempo com El, só alguns minutos. Dávamos roupas, cobertores, comida e algum dinheiro. Mas nunca mostramos os trabalhos da Clara para ela.

– As senhoras alguma vez mostraram uma foto da Clara para ela?

– Não.

De novo, Em pareceu confusa com a pergunta. De fato, por que elas fariam aquilo?

"Eu sempre amei seu trabalho, Clara", El havia dito quando a artista estava deprimida e angustiada.

Eu sempre amei seu trabalho.

Gamache sentiu o calor do fogo no rosto.

– Como as senhoras souberam que El tinha sido assassinada?

Não havia como suavizar aquela pergunta. E, claramente, Em vinha se preparando para aquele momento. Quase não esboçou reação.

– A gente voltou a Montreal no dia 23 de dezembro, para dar a ela um presente de Natal.

– Mas por que voltar? Por que não dar o presente no dia do lançamento da Ruth?

– El era uma criatura de hábitos. Qualquer coisa fora da rotina causava irritação. Alguns anos atrás, tentamos dar um presente com mais antecedência e ela não reagiu muito bem. Então aprendemos a lição. Tinha que ser no dia 23. O senhor parece intrigado.

E ele estava mesmo. Não conseguia acreditar que uma pessoa em situação de rua seguisse uma agenda rígida. Aliás, como ela sabia que dia era?

– O Henri sabe quando está na hora do jantar ou do passeio dele – disse Em após Gamache expor o que o estava incomodando. – Não é que eu queira comparar El ao meu cachorro, mas no fim ela estava assim, praticamente só instinto. El vivia na rua. Estava louca, coberta pelos próprios excrementos, obsessiva e bêbada. Mas ainda era a alma mais pura que já conheci. A gente procurou por ela do lado de fora da Ogilvy e depois na rodoviária. Em algum momento, acabamos ligando para a polícia. Foi assim que descobrimos que ela tinha sido assassinada.

Em desviou o olhar, perdendo um pouco do autocontrole. Mesmo assim, Gamache sabia que ela precisaria suportar uma última pergunta.

– Quando a senhora soube que ela tinha sido morta pela própria filha?

Émilie arregalou os olhos.

– *Sacré* – murmurou ela.

TRINTA E CINCO

– Não! – gritou Beauvoir para a TV. – Para esse cara! Defesa, defesa!
– Cuidado, cuidado...
Ao lado dele no sofá, Robert Lemieux tentava acompanhar o jogador do New York Rangers correr pelo gelo no canal The News Forum.
– *Ele faz uma tacada!* – berrou o locutor.
Beauvoir e Lemieux se inclinaram para a frente, quase de mãos dadas, seguindo o minúsculo pontinho preto que era lançado pelo taco do jogador e atravessava a tela. Gabri agarrava a poltrona, e a mão de Olivier parou a meio caminho da tábua de queijos.
– *E é gol!* – se esgoelou o locutor.
– Thomas. Maldito Thomas – resmungou Lemieux. – O cara ganha quanto por ano, 16 trilhões? E não impede um gol desses? – esbravejou ele, gesticulando para a tela.
– Só uns 5 milhões – corrigiu Gabri, seus dedos enormes espalhando queijo Saint-Albray delicadamente em uma fatia de baguete e depois passando um pouco de geleia por cima. – Mais vinho?
– Por favor – disse Beauvoir, estendendo a taça.
Aquele era o primeiro jogo de hóquei que ele via sem batatas chips e cerveja. Tinha gostado bastante da mudança para queijos e vinho. E estava percebendo que também gostava bastante do agente Lemieux. Até aquele momento, Beauvoir o vira como parte da mobília, só que capaz de andar, algo como uma cadeira de rodas. Embora estivesse ali por um motivo, não era preciso ser legal com ele. Mas agora os dois compartilhavam a derrota humilhante para os toscos do New York Rangers, e

Lemieux estava se mostrando um aliado competente e leal. Assim como Gabri e Olivier.

Enquanto tocava o tema da *Noite de hóquei canadense*, Beauvoir aproveitou para esticar as pernas pelo lounge da pousada. Em outra poltrona, Gamache fazia uma ligação.

– O Thomas levou mais um frango – disse Beauvoir.

– Eu vi. Ele está se afastando demais da rede – opinou Gamache.

– É o estilo dele. Intimidar os adversários, fazer com que lancem para o gol.

– E está funcionando?

– Não dessa vez – admitiu Beauvoir.

Ele pegou a taça vazia do chefe e se afastou. *Maldito Thomas. Eu teria defendido esse gol.* E, durante os comerciais, Jean Guy Beauvoir se imaginou no gol do Canadians. Mas ele não era goleiro. Era atacante. Gostava dos holofotes, da disputa pelo disco, da respiração ofegante, da patinação e das tacadas. De ouvir o oponente grunhir ao ser forçado contra as laterais do campo. E de acertá-lo com uma cotovelada.

Não, ele se conhecia bem o suficiente para saber que nunca seria goleiro. Gamache é que seria. Aquele de quem todos dependiam para se proteger.

Beauvoir pegou a taça novamente cheia e a colocou na mesa, ao lado do telefone. Gamache agradeceu com um sorriso.

– *Bonjour?*

Quando ouviu aquela voz familiar, o coração de Gamache disparou.

– *Oui, bonjour*, é madame Gamache, a bibliotecária? Ouvi falar que a senhora está com um livro atrasado.

– Eu estou com um marido atrasado, e ele é um pouco livresco – disse ela, rindo. – Oi, Armand. Como vão as coisas por aí?

– Eleanor Allaire.

Fez-se uma pausa.

– Obrigada, Armand. Eleanor Allaire – repetiu Reine-Marie, como se fosse parte de uma novena. – Lindo nome.

– E uma pessoa linda, pelo que me disseram.

Ele contou tudo. Sobre Eleanor, as amigas, a Índia e a filha. Sobre a fenda no receptáculo e sobre ela um dia ter ido parar nas ruas. Sobre CC, arrancada de casa, criada por Deus sabe quem, indo até Three Pines à procura da mãe.

– Por que ela achou que a mãe estaria aí? – quis saber Reine-Marie.

– Porque foi a imagem que a mãe pintou na decoração de Natal. Na bola Li Bien. A única coisa que CC tinha de El. Ou alguém falou para ela ou ela deduziu que os três pinheiros da bola remetiam à vila onde a mãe tinha nascido e crescido. Nós conversamos hoje com alguns moradores antigos e eles disseram que lembram dos Allaires. Eles só tinham uma filha, Eleanor. Deixaram a cidade há quase cinquenta anos.

– Então CC comprou uma casa em Three Pines para ver se encontrava a mãe? Por que será que ela fez isso só agora, depois de tantos anos?

– Acho que nunca vamos saber – disse Gamache, tomando um gole de vinho.

Ao fundo, ele ouvia o tema da *Noite de hóquei canadense*. Reine-Marie também assistia ao jogo naquele sábado à noite.

– O Thomas já teve dias melhores – comentou Gamache.

– Ele devia ficar mais perto da rede – opinou ela. – Os Rangers já conhecem a tática dele.

– Você tem alguma teoria sobre o motivo para CC de repente ter decidido procurar a mãe?

– Você disse que ela tinha mostrado o catálogo dela para uma empresa americana, não foi?

– Qual o seu palpite?

– Meu palpite é que ela esperou até sentir que tinha vencido na vida.

Gamache pensou um pouco, vendo os jogadores na TV avançarem com o disco pelo gelo, perdê-lo e patinarem furiosamente para trás enquanto o time adversário contra-atacava. Beauvoir e Lemieux caíram de volta no sofá, grunhindo.

– O contrato americano – disse Gamache, assentindo. – E o livro. A gente acha que foi por isso que El deixou o ponto da rodoviária e foi para a Ogilvy. CC espalhou pôsteres de propaganda do livro dela. Havia um deles na rodoviária. El deve ter visto, percebido que CC de Poitiers era a filha dela e ido até um lugar onde tivesse chance de encontrá-la.

– E CC foi até Three Pines para encontrar a mãe – acrescentou Reine-Marie.

Era de partir o coração pensar naquelas duas mulheres feridas procurando uma pela outra. Uma imagem surgiu na cabeça de Gamache: a frágil e pequena El, velha e com frio, arrastando os pés por longos quarteirões, abandonando seu lugar precioso perto do exaustor do metrô na esperança de encontrar a filha.

– Lança pro gol, vai! – gritavam os homens ao redor.

– *Ele lança, ele pontua!* – berrou o locutor, sob os aplausos frenéticos do The News Forum.

Beauvoir, Lemieux, Gabri e Olivier estavam histéricos, se abraçando e dançando pelo salão.

– Kowalski! – gritou Beauvoir para Gamache. – Finalmente! Agora está 3 a 1.

– O que CC fez quando chegou a Three Pines? – perguntou Reine-Marie, que tinha desligado a TV de casa para se concentrar na conversa com o marido.

– Bom, ela pensou que uma das mulheres idosas era a mãe dela, então parece que interrogou as três.

– E acabou encontrando a mãe na saída da Ogilvy – disse Reine-Marie.

– El deve ter reconhecido CC. Acho que ela se aproximou e CC não deu bola, pensando que era só uma mendiga qualquer. Mas El insistiu. Seguiu CC e talvez até tenha dito o nome dela. Mas mesmo assim CC achou que El sabia o nome dela por causa do livro. Finalmente, acho que El ficou desesperada e revelou o colar que carregava no pescoço. Isso paralisou CC. Ela se lembrou do colar da infância dela. Feito por Émilie Longpré. Não existia outro igual.

– E CC então entendeu que aquela mulher era a mãe dela – murmurou Reine-Marie.

Ela visualizou a cena e tentou imaginar como teria se sentido. Louca para conhecer a mãe. Ansiosa não só para encontrá-la, mas também para ganhar a aprovação dela. Desejando ser acolhida em seus braços.

E então ser confrontada por El. Uma mendiga patética, bêbada e fedida. Sua mãe.

E o que CC teria feito?

Perdeu a cabeça, supôs Reine-Marie. E imaginou: CC teria segurado o colar e o arrancado do pescoço da mãe. Então teria agarrado o longo cachecol e puxado e puxado, cada vez mais forte.

Assassinando a própria mãe. Para esconder a verdade, como havia feito a vida inteira. É claro que tinha sido assim. De que outra maneira poderia ter acontecido? CC devia ter feito aquilo para salvar o contrato com os americanos, achando que o perderia se soubessem que a criadora da Li Bien e do Mantenha a Calma tinha uma mendiga alcoólatra como mãe. Ou talvez para não ser ridicularizada pelos seus clientes.

Porém, o mais provável era que ela sequer tivesse pensando naquelas coisas. Que tivesse agido por instinto, assim como a mãe. E o instinto de CC era sempre se livrar de coisas desagradáveis. Apagá-las ou fazê-las desaparecer. Assim como havia feito com o marido indolente e a filha calada.

E El era uma coisa terrivelmente desagradável e fétida.

Eleanor Allaire morreu nas mãos da própria filha.

E depois a filha morreu. Reine-Marie suspirou, entristecida com aquelas imagens.

– Se CC matou a mãe – perguntou ela –, quem matou CC?

Gamache fez uma pausa. Então contou a ela.

No ANDAR DE CIMA, YVETTE NICHOL estava deitada na cama ouvindo a música da *Noite de hóquei canadense* e os ocasionais arroubos de emoção dos homens no lounge da pousada. Queria se juntar a eles. Para falar sobre Thomas, discutir se o técnico era o culpado pela temporada catastrófica e se Toronto sabia que Pagé estava machucado quando o vendera para o Canadians.

Na noite em que cuidara de Beauvoir e durante o café da manhã do dia seguinte, Nichol havia sentido algo pelo inspetor. Não bem uma atração. Só uma sensação confortável. Certo alívio, como se um peso que ela nem sabia que carregava tivesse sido tirado de seus ombros.

Então houve o incêndio e ela fez a besteira de entrar na casa em chamas. Mais uma razão para odiar o idiota do tio Saul. Era culpa dele, é claro. Tudo de ruim que acontecia na família remetia a ele. Ele era o galho podre da árvore genealógica.

Ela não vale a pena. As palavras a tinham escaldado e queimado. No início, Nichol não havia percebido a gravidade da lesão. A gente nunca percebe. Fica meio anestesiada. Mas, com o tempo, tinha ficado claro. Ela estava gravemente ferida.

Gamache havia conversado com ela, o que fora bem interessante. No mínimo, para lhe dar clareza quanto a como agir. Ela pegou o telefone e discou. Uma voz masculina atendeu, a partida de hóquei soando ao fundo.

– Eu tenho uma pergunta para você – disse Gamache, e a mudança em seu tom deixou Reine-Marie alerta. – Eu fiz a coisa certa no caso Arnot?

A pergunta partiu o coração dela. Só Reine-Marie sabia o preço que o marido havia pagado por sua escolha. Como figura pública, ele parecia firme e corajoso. Nem Jean Guy, nem Michel Brébeuf, nem mesmo os melhores amigos de Gamache sabiam a agonia que ele havia enfrentado. Mas ela sabia.

– Por que você está perguntando isso agora?

– É esse caso. Ele se tornou mais do que uma investigação de assassinato. De alguma forma, tem a ver com crenças.

– Todos os assassinatos que você investigou até hoje têm a ver com crenças. No que o assassino acredita, no que você acredita.

Era verdade. Nós somos aquilo em que acreditamos. E a única investigação em que ele realmente correra perigo de trair aquilo em que acreditava tinha sido o caso Arnot.

– Talvez eu devesse ter deixado aqueles três morrerem.

E ali estava a dúvida. Ele tinha sido guiado pelo próprio ego no caso Arnot? Pelo orgulho? Pela certeza de que estava certo e todos os outros, errados?

Gamache se lembrou da reunião apressada e sussurrada na sede da Sûreté. Da decisão de permitir que os homens cometessem suicídio, pelo bem da corporação. Lembrou-se de ter levantado objeções e ser voto vencido. Então fora embora. Ainda sentia uma ponta de vergonha quando pensava no que tinha acontecido depois. Ele assumira um caso em Baie des Moutons, o mais longe possível da sede. Onde poderia esfriar a cabeça. Mas sabia o tempo todo o que precisava fazer.

E o pescador ajudou a dissipar todas as dúvidas.

Gamache entrou num avião e voltou para Montreal. Era o final de semana que Arnot tinha escolhido para ir até Abitibi. Depois, Gamache fez a longa viagem de carro. À medida que se aproximava, o tempo ia ficando cada vez mais feio. A primeira nevasca do inverno havia caído, rápida e brutal. Gamache se perdeu e ficou preso na tempestade.

Mas rezou e insistiu, e finalmente os pneus ganharam aderência e ele voltou para o lugar de onde viera. A estrada principal. O caminho certo. Encontrou a cabana e chegou bem a tempo.

Ao ver Gamache, Arnot hesitou e depois pulou para pegar a arma. Naquele instante, Gamache soube a verdade. Assim que visse os outros mortos, Arnot desapareceria.

Gamache cruzou a sala correndo e alcançou a arma antes do outro. E, de repente, tudo acabou. Os três foram levados de volta a Montreal para julgamento. Um julgamento que ninguém queria, exceto Gamache.

O julgamento virou assunto público e destruiu a imagem da Sûreté para toda a comunidade. Muitos culparam Gamache por isso. Ele havia feito o impensável.

Gamache sabia que isso ia acontecer e por isso havia hesitado. Perder o respeito dos pares é uma coisa terrível. Tornar-se um pária é duro.

mas no terceiro dia vem a geada,
uma geada mortal, e no momento
preciso em que ele – quão simplório e calmo! –
crê que sua grandeza está madura
ela a raiz lhe morde, caindo ele
tal como agora eu caio.

– "E quando a queda vem, quem cai é Lúcifer" – murmurou Gamache.

– "Privado da esperança" – emendou Reine-Marie. – Você é tão importante assim, Armand, para sua queda se tornar uma lenda?

Ele deu uma risada curta.

– Só estou sentindo pena de mim mesmo. E saudade de você.

– E eu, de você, meu amor. E, sim, Armand, você fez a coisa certa. Mas eu entendo suas dúvidas. São elas que fazem de você um grande homem, não suas certezas.

– Maldito Thomas! – vociferou Beauvoir, quase colado na TV, as mãos na cabeça. – Vocês viram isso?! – Ele olhou em volta. – Vende esse cara! – gritou para a tela.

– Quem você preferia ser esta noite? – perguntou Reine-Marie, ao telefone. – Armand Gamache ou Carl Thomas?

Gamache riu. Não era sempre que se deixava levar pelas dúvidas, mas isso tinha acontecido naquela noite.

– O caso Arnot não acabou, não é? – disse Reine-Marie.

Nesse momento, a agente Nichol surgiu descendo a escada. Olhou para ele, sorrindo, e fez um aceno de cabeça. Então se juntou ao grupo, que estava preocupado demais para notá-la.

– *Non, ce n'est pas fini.*

TRINTA E SEIS

Uma a uma, as luzes se apagaram nas casas de Three Pines e, por fim, foi a vez da imensa árvore de Natal. A vila mergulhou na escuridão. Gamache se levantou da poltrona. Havia apagado as luzes do lounge depois de todos terem ido dormir e desde então estava sentado ali, em silêncio, apreciando a tranquilidade e acompanhando o vilarejo deitar a cabeça no travesseiro. Em silêncio, colocou o casaco e as botas e saiu, os pés mastigando a neve. Émilie Longpré tinha dito que a previsão do tempo havia emitido um alerta de nevasca para o dia seguinte, mas era difícil acreditar. Ele caminhou até o meio da rua.

Silêncio total. Tudo brilhava. Ergueu a cabeça para as estrelas. O céu inteiro cintilava. Aquela era sua parte preferida do dia: parar debaixo do céu de inverno. Era como se Deus tivesse interrompido uma tempestade de repente, deixando milhões de flocos de neve suspensos no ar. Brilhante e alegre.

Ele não tinha vontade de se mexer, não precisava andar de um lado para outro. Tinha todas as respostas. Só havia saído para ser ele mesmo no meio de Three Pines, no meio da noite. Tão em paz.

Acordaram com uma nevasca. Gamache podia vê-la da cama. Ou melhor, não podia ver nada. A neve tinha grudado na janela e até criara um montinho no piso de madeira, onde os flocos haviam aterrissado após entrarem apressados pela janela aberta. O quarto estava gelado e escuro. E silencioso. Totalmente silencioso. Ele notou que o rádio-relógio estava desligado. Tentou a luz.

Nada.

Estavam sem energia. Gamache se levantou, fechou a janela, vestiu o roupão, calçou o chinelo e abriu a porta. Ouviu algumas vozes abafadas lá embaixo. Ao descer, viu uma cena mágica. Gabri e Olivier tinham acendido lamparinas a óleo e velas de cera dentro de recipientes de vidro. O ambiente estava repleto de poças de luz âmbar. Era lindo, um mundo iluminado apenas por fogo. A lareira estava acesa, lançando sua luz bruxuleante e seu calor no ambiente. Ele se aproximou. A fornalha devia estar desligada fazia horas, e a casa havia esfriado.

– *Bonjour, Monsieur l'Inspecteur* – disse Olivier com animação. – O aquecimento já foi religado, graças ao nosso gerador de emergência, mas vai demorar mais ou menos uma hora para esquentar.

Naquele exato momento, a construção tremeu.

– *Mon Dieu* – disse Olivier. – A tempestade está aumentando lá fora. No noticiário de ontem, disseram que hoje pode chegar a 50 centímetros de neve.

– Que horas são? – perguntou Gamache, tentando aproximar o relógio de pulso de uma lamparina.

– Dez para as seis.

Gamache acordou os outros e eles tomaram café como os habitantes originais daquela antiga estalagem de diligências. À luz do fogo. Com muffins ingleses torrados, geleia e *café au lait*.

– Gabri ligou o forno e a máquina de expresso no gerador – explicou Olivier. – Nós podemos não ter luz, mas temos o necessário.

A eletricidade voltou, embora ainda piscasse, quando eles estavam lutando para chegar à sala de investigação. A neve rasgava o céu e os atingia de lado. Inclinando o corpo e baixando a cabeça, eles tentavam não se perder na curta caminhada através da conhecida vila. A neve se infiltrava nas roupas, subindo pelas mangas e descendo pelo colarinho, entrando nas orelhas e em cada fenda de tecido, como se procurasse a pele. E a encontrava.

Na sala de investigação, desenrolaram os cachecóis, sacudiram a neve acumulada nos gorros encharcados e bateram as botas no chão para se livrar do excesso.

Lacoste estava presa em Montreal devido à nevasca e ficaria o dia todo na sede. Beauvoir passou a manhã ao telefone e finalmente encontrou um farmacêutico em Cowansville que se lembrava de ter vendido niacina em algum momento das semanas anteriores. Decidiu ir até lá, embora a neve tornasse as estradas quase intransitáveis.

– Não tem problema – disse ele, animado por estar no fim do caso e prestes a encarar uma tempestade de neve.

O herói, o caçador, desafiando a sorte, enfrentando adversidades, lutando contra a pior nevasca já vista. Ele era incrível.

Saiu resoluto e deu com a neve recém-caída batendo nos joelhos. Caminhou com dificuldade até o carro e passou meia hora abrindo caminho com uma pá. Ainda assim, era fofa e leve e lembrava os dias em que ele rezava para que uma nevasca o impedisse de ir à escola.

A tempestade não manteve os moradores dentro de casa. Alguns seguiam tocando a vida com raquetes de neve e esquis *cross-country*, quase invisíveis em meio às rajadas. O carro de Beauvoir era o único da estrada.

Uma hora depois, Lemieux abordou Gamache trazendo um envelope comprido, grosso e úmido de neve.

– Senhor, encontrei isto debaixo da porta.

– Vocês viram quem deixou? – perguntou o inspetor-chefe, olhando de Lemieux para Nichol.

Ela deu de ombros, balançando a cabeça em negativa, e voltou ao se concentrar no computador.

– Não, senhor – respondeu Lemieux. – Nessa tempestade, a pessoa podia estar bem na porta e a gente não teria visto.

– E alguém realmente esteve na nossa porta – disse Gamache.

No envelope estava escrito com uma caligrafia precisa e elegante: "Inspetor-chefe Gamache, Sûreté du Québec". Gamache o abriu, o medo subindo pela espinha. Depois de passar os olhos pelas páginas, levantou-se e atravessou a sala depressa, vestindo o casaco sem sequer fechá-lo antes de encarar o dia brutal.

– O senhor precisa de mim? – gritou Lemieux atrás dele.

– Vista o casaco. Agente Nichol, venha aqui. Vista o casaco e me ajude a liberar o meu carro.

Ela olhou com raiva para ele, sem sequer tentar disfarçar, mas obedeceu. Com esforço, os três conseguiram desenterrar o carro em poucos minutos, mesmo com a neve insistindo em se acumular.

– Acho que já dá.

Ele escancarou a porta e jogou o raspador e a pá dentro do carro. Lemieux e Nichol correram para o outro lado do veículo, disputando o banco do passageiro.

– Fiquem aqui – ordenou Gamache, antes de fechar a porta e dar a partida.

Os pneus giraram, tentando ganhar aderência. De repente, o carro deu um pulo para a frente. Olhando pelo retrovisor, Gamache viu Lemieux curvado junto à traseira do carro, tendo acabado de dar um empurrão. Nichol estava atrás dele, as mãos na cintura.

Gamache estava com o coração na boca, mas se controlou para não pisar fundo. Tanta neve havia caído que era difícil distinguir a estrada. No alto da Rue du Moulin, hesitou. Os limpadores de para-brisa trabalhavam furiosamente, mal conseguindo acompanhar o ritmo da tempestade. A neve estava se acumulando, e ele sabia que se ficasse ali por muito tempo, não conseguiria sair. Mas para que lado ir?

Saltou do carro e ficou parado na rua, olhando para um lado e para o outro. Para onde? Para St. Rémy? Para Williamsburg? Para que lado?

Tentou relaxar, manter a calma. Ficar *quieto*. Ouviu o uivo do vento e sentiu a neve gelada emplastrar o corpo. Nenhuma resposta lhe ocorreu. Não havia palavras escritas em paredes nem vozes sussurradas no vento. Mas havia uma voz em sua mente. A voz áspera, amarga e clara de Ruth Zardo:

Quando minha morte nos separar
O perdoado e o perdoador se encontrarão de novo
Ou será, como sempre foi, tarde demais?

Voltando para dentro do carro de súbito, dirigiu o mais depressa que ousava para Williamsburg, onde o perdoado e o perdoador se encontrariam de novo. Mas seria tarde demais?

Havia quanto tempo aquela carta estava ali?

Após uma eternidade, a fachada do clube dos veteranos surgiu na paisagem. Ele passou pelo prédio e virou à direita. E lá estava o carro. Não sabia se ficava aliviado ou aterrorizado. Encostou atrás do veículo e saltou.

Parado no topo da pequena colina, ele olhou para o lago Brume, a neve batendo forte em seu rosto e quase cegando-o. Ao longe, por entre as rajadas de vento, só conseguia distinguir três vultos avançando com dificuldade no gelo.

– Namastê, namastê – repetia Mãe Bea incessantemente, até seus lábios secarem, racharem e sangrarem e ela não conseguir mais falar.

A palavra ficou presa dentro dela, e Mãe Bea passou a repeti-la mentalmente. Mas a palavra não parava de escorregar no pavor de seu coração, sem ganhar aderência. Então ela ficou em silêncio, tendo apenas o pavor e a descrença como companhia.

Kaye ia no meio, já mal movimentando as pernas, apoiando-se nas duas amigas como, percebia, havia feito a vida inteira. Por que tinha demorado tanto para entender isso? E agora, no fim, porque aquele era o fim, dependia delas totalmente. Elas a seguravam, a sustentavam e a guiariam para a próxima vida.

Então ela soube a resposta do enigma. Por que o pai e os outros soldados tinham gritado "Foda-se o papa" ao caminhar para a morte.

Não havia resposta. Porque eram as palavras, a vida, o caminho e a morte deles.

E aquela era a dela. Passara a vida inteira tentando solucionar algo que não tinha nada a ver com ela. Que nunca entenderia nem precisava entender. Só o que precisava entender era a própria vida e a própria morte.

– Eu amo vocês – ela tentou pronunciar, mas as palavras foram roubadas pelo vento, levadas embora para bem longe dos velhos ouvidos.

Émilie segurou Kaye enquanto as três avançavam, aos tropeços, no lago. Mãe Bea tinha parado de tremer e mesmo seu choro havia cessado por completo, até que só se ouvisse o uivo da nevasca.

Estavam perto do fim agora. Em já não sentia os pés nem as mãos. O único consolo era que não precisaria passar pela agonia do formigamento ao tentar descongelá-los. Em meio aos lamentos do vento que soprava, ela ouvia outra coisa. Do outro lado do lago Brume vinham as notas de um único violino.

Em abriu os olhos, mas viu apenas um grande branco.

Gelo aqui e agora.

Armand Gamache parou na margem. O vento bárbaro vinha das montanhas, atravessava o lago, passava pelas três mulheres, pelo rinque de curling enterrado na neve e pelo lugar onde CC havia morrido, reunindo força, dor e pavor, e finalmente atingindo o rosto dele. Gamache respirou fundo e apertou a carta de Em nas mãos, o papel branco invisível contra a neve que o cercava por todos os lados. Estava envolto em branco, assim como elas.

Ele deu um passo à frente para correr até o lago. Cada fibra do seu ser exigia que as salvasse, mas o inspetor-chefe parou, arfando. Em sua carta, Émilie implorava a ele que as deixasse partir, como os lendários anciãos inuítes que subiam em uma placa de gelo e morriam à deriva.

Elas tinham matado CC, é claro. Ele sabia disso desde o dia anterior. E suspeitou que já soubesse havia muito mais tempo. O tempo todo, ele sabia que era impossível ninguém ter visto o momento do assassinato. Kaye não poderia estar sentada ao lado de CC e não ter visto quem o fizera.

E havia a questão do assassinato em si. Era muito complicado. A niacina, a neve derretida, a cadeira torta, os cabos de transmissão de carga. E, finalmente, a eletrocussão perfeitamente cronometrada para a hora em que Mãe Bea limpasse a casa, todos os olhos e ouvidos nela.

Sem falar na retirada dos cabos logo depois do ocorrido.

Era impossível que uma única pessoa tivesse feito tudo isso sem que ninguém visse.

A amarga niacina estava no chá servido por Mãe Bea no café da manhã do dia 26. Émilie havia espalhado o líquido anticongelante ao colocar as cadeiras no local. Ela própria tinha se sentado em uma das cadeiras, para manter CC longe do rinque.

Kaye fora fundamental. Gamache tinha presumido que quem quer que tivesse eletrocutado CC havia plugado os cabos na cadeira primeiro, depois ficado perto do caminhão de Billy para esperar o momento certo de prendê--los no gerador. Mas a carta de Em dizia o contrário. Elas tinham plugado os cabos no gerador de Billy e, depois, Kaye havia esperado pelo sinal de Em de que Mãe Bea estava prestes a limpar a casa. Então ela tinha ido até a cadeira vazia, se apoiado em um dos lados para deixá-la torta e prendido os cabos. Daquele momento em diante, havia corrente elétrica na cadeira.

Àquela altura, a niacina já estava fazendo efeito e CC removera as luvas. Mãe Bea tomava impulso para limpar a casa. Todos os olhos estavam nela. A pedra fora lançada, movendo-se como um trovão no gelo, todos nas arquibancadas aplaudindo, e CC havia se levantado. Ela deu um passo à frente, pisou na poça, segurou as costas da cadeira de metal com as mãos nuas e pronto.

Houve vários riscos em tudo isso, é claro. Kaye precisava desconectar os cabos e jogá-los longe, cabos cor de laranja presos em um lugar onde não deveria haver nada. Mas elas apostaram que todos estariam tão concentrados em CC que seria possível tirá-los dali. Em fez isso e os jogou na traseira do caminhão de Billy. Ela quase foi pega quando Billy correu na direção dela para dar a partida no caminhão e abrir espaço para CC. Em disfarçou dizendo que tivera a mesma ideia, que estava abrindo espaço no caminhão para CC e a equipe de emergência.

A única coisa que Gamache ainda não havia entendido era a motivação. Mas Em e Mãe Bea a providenciaram.

Crie.

Elas precisavam salvar a neta de El do monstro que era a mãe dela. As três tinham ouvido Crie cantar e, depois, CC reprimi-la e humilhá-la. E elas haviam visto a garota.

Crie estava claramente morrendo, sufocada debaixo de camadas de gordura, medo e silêncio. Havia se recolhido ao próprio mundo, ido para tão longe que já quase não conseguia mais voltar. CC estava assassinando a filha.

Agora, ele observava o ponto do meio, a menor delas, cair no chão. Aos tropeços, as outras tentavam puxá-la para cima. Para aguentar um pouco mais. Gamache sentiu os joelhos tremerem e quis desabar na neve, cobrir o horror com as mãos. Desviar o olhar enquanto as Três Graças morriam.

Em vez disso, manteve-se ereto, sentindo a neve se insinuar pelo colarinho e pelas mangas do casaco, grudando no rosto e nos olhos que não piscavam. Forçou-se a assistir enquanto primeiro uma e depois as outras caíam de joelhos. Ficou com elas, uma oração nos lábios rachados, repetida indefinidamente.

Mas outro pensamento se insinuou.

Gamache baixou os olhos para a carta amassada na mão e depois se voltou para as manchas negras na neve. Ficou petrificado por um momento, atordoado.

– Não! – gritou, antes de avançar. – Não!

E girou, olhando para o carro atrás de si já parcialmente enterrado na neve. Assim como as mulheres. Ele correu até o veículo, desesperado para alcançá-lo.

Era tarde demais, ele sabia, mas precisava tentar.

TRINTA E SETE

Gamache manobrou o carro e acelerou em direção a Williamsburg, indo direto para uma *cantine* na Rue Principale.

– Eu preciso de ajuda! – disse à porta do restaurante.

Todos os olhos se voltaram para ele, um imenso estranho coberto de neve e fazendo exigências.

– Sou o inspetor-chefe Gamache, da Sûreté. Três mulheres estão presas no lago Brume. Precisamos de motoneves para tirá-las de lá.

Após uma pausa, um homem se levantou no meio do aglomerado de gente e disse:

– Lenço a vácuo!

Era Billy Williams, mais uma vez com seu sotaque ininteligível.

– Eu vou com o senhor – disse outro homem, levantando-se.

Logo o lugar começou a se esvaziar e, dentro de poucos minutos, Gamache se viu agarrado a Billy enquanto a frota de motoneves guinchava ao longo da Rue Principale em direção ao lago Brume.

A tempestade fremia, e Gamache estreitava os olhos para enxergar alguma coisa, para guiar Billy até as mulheres caídas no chão. Rezou para elas já não estarem enterradas na neve.

– Elas estão aqui em algum lugar! – gritou Gamache na lateral do gorro de Billy.

Billy desacelerou. Ao redor deles, as outras motoneves fizeram o mesmo, receosas de atropelar as mulheres. Billy se levantou e moveu a máquina com elegância pela neve profunda, procurando um volume, uma protuberância, um corpo.

– Índios folhosos! – gritou Billy, apontando para algo invisível, na opinião de Gamache.

Eles estavam em um *whiteout* agora. Em meio à nevasca, Williamsburg havia sumido, a margem havia sumido, assim como as motoneves. Billy girou a máquina e foi direto para um local que parecia exatamente igual ao resto do lago para Gamache. Mas, à medida que eles se aproximavam, alguns contornos começaram a surgir.

As mulheres tinham caído segurando umas nas outras e agora estavam realmente cobertas de neve. Mas Billy Williams as havia encontrado. Ele arrancou as luvas e, enquanto Gamache cambaleava até elas na neve funda, Billy levou a mão à boca e assoviou. O som cortou o uivo da tempestade. Enquanto Gamache caía de joelhos e cavava para chegar até Em, Mãe e Kaye, Billy assoviava e, quando o inspetor-chefe conseguiu desenterrar as mulheres, já havia mãos estendidas para segurá-las. Os três homens levaram as mulheres rapidamente até as motoneves e, dentro de instantes, eles aceleravam de volta para a margem.

Gamache segurou firme em Billy. Tudo estava branco. A neve caía forte sobre eles, tornando quase impossível respirar, quanto mais enxergar. Como Billy sabia onde estava a margem, ninguém fazia ideia. Gamache teve a impressão de que eles estavam avançando ainda mais no lago, afastando-se da costa. Abriu a boca para gritar isso a Billy, mas logo a fechou novamente.

Sabia que estava desorientado. E que precisava confiar em Billy. Abraçou o homem e esperou a máquina chegar à margem e subir o leve aclive que dava na Rue Principale. Mas isso não aconteceu. Cinco minutos se passaram, depois dez, e então Gamache entendeu que eles estavam no meio do lago Brume. Perdidos. Em uma nevasca.

– Onde a gente está? – gritou ele na lateral do gorro de Billy.

– Cobra pequena engasga mais fácil! – berrou Billy, seguindo em alta velocidade.

Três minutos depois, embora tivesse parecido uma eternidade, a motoneve bateu em um pequeno aclive, e Billy virou à esquerda. De repente, eles estavam rodeados por pinheiros. A margem, eles tinham chegado à margem, pensou Gamache, estupefato. Ele olhou para trás e viu a fila de motoneves seguindo o rastro deles.

Billy acelerou a máquina ao longo do caminho e entrou em uma rua que, se não estava completamente livre de neve, também não tinha tráfego. Gamache procurou o próprio carro, sabendo que tinha uma longa viagem pela frente até o hospital de Cowansville. Mas Billy os havia levado por outro caminho.

Maldito Billy, pensou Gamache. *Ele fez com que nos perdêssemos no lago e agora só Deus sabe onde estamos.*

– Refrigerante de gengibre! – gritou Billy, gesticulando para a frente.

Havia um enorme letreiro luminoso azul. H. Hospital.

Billy Williams havia atravessado o lago em meio à nevasca e ido direto para o hospital.

– Como o senhor soube? – perguntou Beauvoir a Gamache, enquanto os dois olhavam para Kaye Thompson.

Ela estava presa a máquinas e infusões intravenosas, embrulhada em uma manta térmica prateada. Parecia uma batata assada. Como o pai antes dela, Kaye tinha enfrentado a morte certa e sobrevivido.

Gamache tirou do bolso um papel amassado e encharcado. Entregou-o a Beauvoir e se virou para fitar Kaye, perguntando-se como aqueles últimos dias teriam sido para ela, sabendo o que elas quase certamente fariam.

Beauvoir se sentou e abriu o papel delicadamente até que voltasse a parecer uma carta. Tinha sido escrita em uma caligrafia nítida e antiquada, em um belo francês, por Émilie. E explicava tudo. Como Crie fazia Émilie pensar em seu filho, David. Tão talentoso e tão alegre ao produzir música. Quando elas ouviram CC atacar Crie após o culto de Natal, sabiam que não tinham escolha. Precisavam matar CC para salvar Crie.

– Isso explica muita coisa – disse Beauvoir ao terminar de ler a carta. – A complexidade do crime e por que Kaye disse que não viu nada. Tudo faz sentido. As três eram necessárias. A niacina estava no chá da Mãe Bea, Émilie controlou o momento em que Mãe Bea ia fazer todo aquele barulho no jogo, desviando a atenção de todo mundo da CC. Kaye se apoiou na cadeira para que ficasse torta. Elas sabiam que CC ia endireitá-la – comentou Beauvoir, apontando para a carta em seu colo. – Madame Longpré implorou para que o senhor deixasse as três morrerem, e era o que o senhor ia fazer.

Ele não tinha o dom da sutileza, mas tentou fazer com que soasse menos duro do que era de fato.

Gamache saiu do setor de emergência para o corredor movimentado. Médicos e enfermeiros corriam de lá para cá. A emergência estava lotada de vítimas de acidentes de carro, esquiadores com ossos quebrados e pessoas com hipotermia e geladuras devido à nevasca. Os dois homens encontraram um par de cadeiras e se sentaram.

– Você tem razão, eu ia deixar as três morrerem – confessou Gamache, mal acreditando que estava proferindo aquelas palavras. – Deduzi ontem que elas eram as únicas que podiam ter matado CC. A carta de Em só confirmou o que eu já imaginava. Mas enquanto eu observava aquelas mulheres se esforçando para avançar no lago, pensei nos anciãos inuítes. Eles sobem em uma placa de gelo e ficam à deriva até morrerem, para salvar a comunidade em tempos de fome. Abrem mão da própria vida para que outras possam viver. E também tinha a questão das botas da CC.

– As *mukluks*. Botas inuítes. O senhor não está me dizendo que tem algum inuíte envolvido no crime de alguma forma, está? – perguntou Beauvoir, pensando em quem poderia ser.

– Não – respondeu Gamache, sorrindo de leve.

– Que bom. Então são só as três. Eu fiquei com medo de a cidade toda estar envolvida.

Um jovem médico surgiu no corredor e foi até eles rapidamente, enxugando as mãos.

– Inspetor Gamache? Eu estou vindo do quarto de madame Mayer. Tudo indica que ela vai sobreviver. Ela parece frágil, mas é dura na queda. Teve geladuras, é claro, resultado de exposição moderada. O interessante é que a neve pode ter salvado as pacientes. Atuou como uma espécie de cobertor, criando um isolamento térmico. Mas a outra... Émilie Longpré, certo?

Gamache fechou os olhos por um breve instante.

– Infelizmente, ela não resistiu.

Gamache sabia. Quando a erguera, ela estava incrivelmente leve. Sentiu que, se não a contivesse, ela sairia flutuando de seus braços. Enquanto a segurava, derramou todas as suas preces sobre ela. Mas a fenda aberta no receptáculo tinha sido profunda demais.

Émilie Longpré estava aninhada nos braços de Gus agora, aquecida, segura e feliz, ouvindo David tocar o "Concerto para violino em ré maior", de Tchaikóvski. Estava em casa.

– Madame Mayer está acordada, se o senhor quiser falar com ela.

– Quero, sim.

Gamache seguiu o médico pelo corredor.

– Só mais uma coisa – disse o rapaz enquanto eles se aproximavam da porta. – Madame Mayer não para de repetir uma coisa, e eu queria saber se o senhor pode nos ajudar com isso.

– Namastê – disse Beauvoir. – Significa: "O Deus em mim saúda o Deus em você."

Gamache se virou para ele, surpreso.

– Eu pesquisei.

– Não, eu sei o que "Namastê" quer dizer – explicou o médico, abrindo a porta.

Gamache se virou para Beauvoir.

– As botas inuítes – disse Gamache. – Émilie Longpré não mencionou as botas na carta. Ela não sabia sobre as *mukluks* até eu contar, e mesmo depois, não entendeu a relevância deles para o crime.

Ele entrou no quarto de Beatrice Mayer.

Beauvoir ficou na soleira da porta, sozinho. O que o chefe queria dizer?

Então a ficha caiu. Assim como os inuítes, as Três Graças tinham tentado se matar para salvar alguém. Para salvar o verdadeiro assassino.

Elas não tinham matado CC. Fora outra pessoa.

De dentro do quarto, veio a voz de Beatrice Mayer:

– Foda-se o papa!

BEAUVOIR LEVOU O CARRO ATÉ A CASA mais uma vez. O veículo derrapou enquanto o inspetor pisava no freio, como se também não quisesse parar ali.

A antiga casa dos Hadleys estava quase às escuras. A neve não tinha sido retirada do caminho até a porta da frente, e não havia pegadas. Ninguém tinha entrado ou saído o dia todo.

– Será que é melhor chamar algum reforço?

– Não. Acho que ele não vai ficar surpreso de ver a gente. Talvez fique até aliviado.

– Até agora eu não entendi por que CC se casou com ele – murmurou Beauvoir, olhando para a porta fechada.

– Por causa do nome – explicou Gamache. – Foi Nichol quem me deu essa resposta.

– Como ela descobriu?

– Bom, na verdade ela não descobriu, mas me contou que entrou na casa incendiada para salvar Saul Petrov por causa do nome dele. Ela teve um tio chamado Saul, e a família carrega uma culpa coletiva pelos parentes que morreram na Tchecoslováquia. Entre eles, tio Saul. É uma coisa que age em um nível primitivo. Não é racional.

– Nada do que ela faz tem sentido.

Gamache parou no meio do caminho e se virou para Beauvoir.

– Tudo tem sentido. Não subestime Nichol, Jean Guy. – Ele sustentou o olhar de Beauvoir por um instante a mais do que o necessário e então continuou a história: – Este caso inteiro tem sido sobre crenças e o poder das palavras. CC de Poitiers se casou com o único homem que podia. Ela se casou com outro membro da realeza. O filho preferido de Eleanor da Aquitânia era Ricardo Coração de Leão. Richard Coeur de Lion. Richard Lyon.

– Ela foi atraída pelo nome, não pelo homem?

– Acontece o tempo todo. Se você gostar de alguém chamado Roger, começa a ser gentil com todos os Rogers.

Beauvoir riu soltando o ar pelo nariz. Ele nem sequer se lembrava de ser gentil, para começo de conversa.

– E o oposto também é verdade – continuou Gamache. – Se você odeia um Georges, é bem provável que não goste de nenhum Georges de cara. Eu reconheço que faço isso. Não que eu me orgulhe, mas acontece. Um dos meus melhores amigos é o superintendente Brébeuf. Sempre que eu conheço um Michel, penso nele e simpatizo com a pessoa imediatamente.

– O senhor simpatiza com todo mundo imediatamente. Isso não conta. Eu quero um exemplo ruim.

– Ok. Suzanne. Uma Suzanne foi má comigo no ensino fundamental.

– Ah, ela foi má com o senhor?

O rosto de Beauvoir ficou marcado por linhas de riso.

– Muito má.

– O que ela fez? Esfaqueou o senhor?

– Me xingou. Por quatro anos. Ela me seguiu pelos corredores e pelos arcos dos anos, pelos caminhos do labirinto de minha própria mente.

– Isso foi uma citação, não foi? – notou Beauvoir.

– Infelizmente, foi. "O cão de caça do céu", de Francis Thompson. Mas talvez ela tenha feito isso mesmo. Ela me ensinou que as palavras machucam e às vezes matam. Às vezes, curam.

Eles tocaram a campainha, e a porta se abriu.

– Monsieur Lyon – disse Beauvoir, cruzando a soleira. – Precisamos ter uma palavrinha com o senhor.

Gamache se ajoelhou ao lado de Crie. Um maiô roxo estrangulava seus braços e pernas.

– Quem vai cuidar dela? – perguntou Lyon. – Ela vai ficar bem sem mim?

Beauvoir quase perguntou por que de repente ele tinha começado a se importar com aquilo. *Veja o que a vida ao seu lado fez com a menina.* Com certeza, aquilo só podia ser uma melhoria. Mas ao ver o rosto de Lyon, re-signado, com medo, derrotado, Beauvoir segurou a língua.

– Não se preocupe – disse Gamache, endireitando-se lentamente. – Vão cuidar dela.

– Eu devia ter detido CC antes. E nunca ter deixado chegar a este ponto. Desde que Crie nasceu, CC a tratava mal. Eu tentei falar com CC várias vezes. – Lyon olhou para Gamache, implorando por compreensão. – Mas não consegui.

Os três baixaram os olhos para Crie, que estava sentada na beirada da cama, cercada por doces e embalagens, como se uma tempestade de cho-colate tivesse desabado sobre ela. *Ela é o fim da linha*, pensou Gamache, *o repositório final de todos os medos e fantasias da mãe e da avó*. Era aquilo que elas haviam criado. Como o monstro de Frankenstein. Uma colcha de retalhos de seus próprios horrores.

Gamache segurou a mão dela, fitando aqueles olhos vazios.

– Crie, por que você matou sua mãe?

Ao se deitar na praia, Crie sentiu o sol quente bronzear o rosto e o corpo esguio. Seu namorado estendeu o braço, pegou suas mãos e a olhou no fundo dos olhos com imensa gentileza. Seu corpo jovem brilhava, resplandecia como se tivesse luz própria, e ele a puxou para si, beijando-a e abraçando-a afetuosamente.

– Eu te amo, Crie – sussurrou ele. – Você é tudo que alguém pode querer. Acho que você não faz ideia de como é linda, talentosa e brilhante. Você é a garota mais incrível do mundo. Canta para mim?

E Crie cantou. Ela ergueu a voz, e o jovem suspirou e sorriu com prazer.

– Eu nunca vou te deixar, Crie. E nunca vou deixar ninguém te machucar de novo.

E ela acreditou nele.

TRINTA E OITO

A PORTA SE ABRIU ANTES MESMO de Gamache e Reine-Marie baterem.

– A gente estava esperando vocês – disse Peter.

– É mentira! – gritou Ruth de dentro do chalé aconchegante. – A gente já começou a beber e comer sem vocês!

– Na verdade, ela nunca parou – sussurrou Peter.

– Eu ouvi isso! – gritou Ruth. – Só porque é verdade não significa que seja menos ofensivo.

– *Bonne année* – disse Clara, dando dois beijinhos em Gamache e pegando o casaco deles.

Era a primeira vez que Clara via Reine-Marie, e a esposa do inspetor-chefe era exatamente como ela havia imaginado: sorridente, afetuosa, gentil e elegante. Ela vestia uma saia e uma camisa confortáveis e bem ajustadas sob um suéter de pelo de camelo e um cachecol de seda. Gamache estava de blazer de tweed, gravata e calças de flanela. Suas roupas eram bem cortadas e usadas com uma elegância natural.

– Feliz ano-novo – respondeu Reine-Marie, sorrindo.

Ela foi apresentada a Olivier, Gabri, Myrna e Ruth.

– Como a Mãe e Kaye estão? – perguntou Peter, conduzindo os convidados até a sala de estar.

– Estão se recuperando – respondeu Gamache. – Ainda muito fracas e se sentindo à deriva sem Em.

– É inacreditável – disse Olivier, empoleirando-se no braço da poltrona do marido.

O fogo crepitava e uma bandeja de drinques tinha sido colocada sobre o piano. A árvore de Natal deixava a sala, sempre convidativa, ainda mais alegre.

– As ostras estão no piano, longe da Lucy – explicou Clara. – Só um Morrow poderia ter uma cadela que ama ostras.

– A gente viu o barril quando entrou – admitiu Reine-Marie, lembrando-se do barrilete de madeira cheio de ostras ao lado da porta da frente dos Morrows, sob a neve.

Fazia anos que ela não via um daqueles, desde a infância no campo. Barris de ostras no ano-novo. Uma tradição quebequense.

Após pegar pratos com ostras servidas em meia concha, fatias de pão de centeio levemente untadas na manteiga e rodelas de limão, os dois se juntaram aos outros na frente da lareira.

– Como está Crie? – perguntou Clara, acomodando-se ao lado de Peter.

– Ela está em uma unidade psiquiátrica. Vai demorar a ser julgada, isso se algum dia for – disse Gamache.

– Como o senhor descobriu que ela tinha matado a mãe? – perguntou Myrna.

– Eu pensei que tinham sido as três mulheres – admitiu Gamache, tomando um gole do vinho. – Elas me enganaram direitinho. Mas depois me lembrei daquelas botas de pele de filhotes de foca.

– Perverso – comentou Ruth, dando um gole ruidoso no vinho.

– Na carta, Émilie descreveu a niacina, o limpador de para-brisa anticongelante e os cabos de transmissão de carga. Mas deixou de fora uma coisa crucial – explicou Gamache, que tinha atenção total de seus ouvintes. – Se elas tivessem mesmo feito todas as coisas que ela descreveu na carta, CC ainda estaria viva. Émilie não mencionou as botas. Mas CC tinha que estar usando aquelas *mukluks* inuítes com garras de metal. Foram essenciais para o assassinato. Eu falei deles para Émilie e ela ficou chocada. Mais do que isso, ficou surpresa. Ela a ouviu CC caminhar depois do culto de Natal, mas não a viu. Não fazia ideia do que produzia aquele ruído.

– Nenhum de nós fazia ideia – disse Clara. – Parecia um monstro com garras.

Enquanto ouvia Gamache falar, uma conhecida canção de Natal surgiu na cabeça dela. *Lamentando-se, suspirando, sangrando, morrendo. Confina-*

do ao gélido sepulcro... Ironicamente, Clara percebeu que o trecho era da música "Nós somos os três reis do Oriente".

– Então me toquei de que as mulheres não podiam ter matado CC. Mas sabiam quem tinha matado – disse Gamache para os ouvintes, que o fitavam em silêncio, inclusive Lucy. – Mãe Bea nos contou tudo. Kaye só falava o nome, a patente e seu número de identificação no Exército, que, na verdade, é o telefone dela. Ela não me deu nenhuma resposta direta.

Ele fez uma pausa e prosseguiu:

– Segundo Mãe Bea, Kaye viu tudo, e o que ela não viu, as três deduziram depois. Por exemplo, elas não viram Crie colocar niacina no chá da Mãe Bea. Mas viram quando a menina derramou o líquido atrás da cadeira. E Émilie viu Crie rondando o caminhão de Billy Williams. Nenhuma dessas coisas parecia significar nada, mas quando Kaye viu Crie entortar a cadeira de propósito e prender os cabos de transmissão de carga, ficou curiosa, embora não estivesse esperando um assassinato. CC estava concentrada no jogo, é claro, mas quando ela agarrou a cadeira e foi eletrocutada, Kaye entendeu o que tinha acontecido. Afinal, ela trabalhou a vida toda em um acampamento madeireiro. Ela entende de geradores e boosters. Antes de ir ajudar CC, Kaye soltou os cabos e os jogou de lado. Com toda aquela confusão, eles foram pisoteados e enterrados na neve. Enquanto vocês todos estavam ajudando CC, Kaye recolheu os cabos. Em viu e perguntou o que ela estava fazendo. Kaye não teve tempo de explicar tudo para ela, só disse que precisava colocar os cabos de volta no caminhão do Billy. Émilie não pediu maiores explicações.

– Então elas sabiam que Crie tinha matado a mãe – disse Myrna. – Mas elas sabiam que CC também tinha matado a própria mãe?

– Não. Não até eu contar para Em. A morte de CC não teve nada a ver com o fato de ela ter assassinado a mãe. Pelo menos não de uma maneira direta. Mãe Bea provavelmente diria que foi carma.

– Eu também diria – comentou Clara.

– Crie matou a mãe em legítima defesa. Ela sofreu tantos maus-tratos que uma hora não aguentou mais. Isso acontece com as crianças às vezes. Ou elas se matam ou matam o abusador. Émilie disse que Crie engana bem, embora não de uma forma ruim. O que ela quis dizer é que Crie parecia apática, sem nenhuma faísca de vida ou talento.

– A gente ouviu Crie cantar na noite de Natal – disse Olivier. – Foi sublime. Todos confirmaram.

– Ela também só tirava 10 na escola. É brilhante, principalmente em ciências. Aliás, nos últimos anos, ela ficou responsável pela iluminação das peças da escola.

– É o que sempre sobra para os fracassados – disse Ruth. – Eu também fazia a iluminação.

– Este ano, a turma dela estudou, entre outras coisas, vitaminas e minerais. As vitaminas do complexo B. A niacina. Ela tirou 9,4 na prova do fim de ano. Crie tinha conhecimento suficiente para matar a mãe.

– Será que ela foi atraída pela ideia da cadeira elétrica? – sugeriu Myrna.

– É possível. Talvez a gente nunca saiba. Ela está quase catatônica.

– Então o senhor sabia que não tinham sido as Três Graças. Mas como soube que tinha sido a Crie? – perguntou Peter.

– Foi por causa das botas da CC. Só duas pessoas sabiam sobre elas: Richard e Crie. Eu quis acreditar que o assassino era Richard. Afinal, ele era o suspeito perfeito.

– Por que o senhor diz isso? – Myrna parecia ligeiramente ofendida e os outros a olharam com curiosidade. – Ele passou na livraria hoje com isto – disse Myrna, pegando a sacola de pano e tirando dela o que parecia ser uma simples luva. – É fantástico. Alguém pode me passar aquilo ali? – pediu ela, apontando para um livro de capa dura aberto sobre o descanso para pés.

Ela calçou a luva e segurou o livro.

– Olhe só como é fácil de segurar. Ele fez alguma coisa, reforçou a luva de algum jeito. Quando a gente está usando, os livros de capa dura parecem mais leves do que as brochuras.

– Deixa eu tentar – pediu Clara.

De fato, o livro se acomodou confortavelmente em sua mão enluvada, sem que ela fizesse nenhum esforço.

– É ótimo – disse ela.

– Ele ouviu falar que a gente não gosta de livros de capa dura, então começou a trabalhar nisso – explicou Myrna, entregando o livro a Reine-Marie, que pensou que Richard Lyon tinha finalmente criado algo útil, quem sabe até lucrativo.

– Ele tem uma quedinha por você – disse Gabri.

Myrna não o corrigiu.

– A senhora afirmou várias vezes que Lyon não tinha saído do seu lado o tempo todo – disse Gamache a Myrna.

– E é verdade.

– Eu acredito. Então, se não tinha sido Richard Lyon, só podia ter sido a filha dele.

– Crie se arriscou muito – opinou Peter.

– Eu concordo – disse Gamache. – Mas ela tinha uma vantagem. Não se importava. Não tinha para onde ir nem nada a perder. Não tinha nenhum plano além de matar a mãe.

– Cinco da tarde. Hora de ir – disse Ruth, levantando-se e virando para Reine-Marie: – A senhora é o único motivo que me faz acreditar que o seu marido não é um completo idiota.

– *Merci, madame* – respondeu Reine-Marie, inclinando a cabeça em um gesto que lembrava Émilie. – *Et bonne année.*

– Eu duvido muito que seja bom – disse ela, já mancando pela sala.

Na oficina do porão, Richard Lyon tentava aprimorar sua Luva para Capa Dura, como passara a chamá-la. Ao lado dele na bancada de trabalho havia um cartão de Natal, que tinha chegado pelo correio naquela manhã. Era de Saul Petrov, que se desculpava pelo caso com CC. E seguia dizendo que tinha um rolo de filme de CC em posições comprometedoras, mas que havia decidido queimá-lo naquela manhã. Ele tinha guardado o filme para chanteá-la um dia caso ela ficasse rica, e até havia considerado fazer o mesmo com Lyon. Mas havia pouco tinha descoberto uma consciência que pensava ter perdido para sempre e agora queria dizer a Lyon que sentia muito. Petrov concluía o texto dizendo que esperava que um dia eles fossem, se não amigos, pelo menos cordiais, já que era quase certo que seriam vizinhos.

Ele ficou surpreso com a sinceridade do cartão e pensou que talvez ele e Petrov pudessem ter sido amigos.

Gamache e Reine-Marie encontraram o agente Robert Lemieux enquanto caminhavam até o carro parado em frente ao bistrô.

– Eu pretendo me encontrar com o superintendente Brébeuf – disse

Gamache, após apertar a mão do jovem e apresentá-lo a Reine-Marie – e pedir que você seja designado para a Homicídios.

Uma expressão de surpresa se apoderou do rosto de Lemieux.

– Ai, meu Deus. Obrigado, obrigado! O senhor não vai se arrepender.

– Eu sei que não.

Lemieux ajudou Gamache a limpar o carro enquanto Reine-Marie usava o banheiro do bistrô.

– Pobre madame Zardo – disse Lemieux, apontando o raspador de neve para Ruth, sentada em seu banco na praça.

– Por que está dizendo isso?

– Bom, é uma bêbada. Um dos moradores disse que essa é a "caminhada da cerveja" dela.

– Você sabe o que é uma caminhada da cerveja?

Lemieux ia dizer que sim, mas parou para pensar. Talvez tivesse entendido errado. Chegado a uma falsa conclusão. Então, em vez disso, respondeu que não.

– Eu também não sabia – confessou Gamache, sorrindo. – Myrna Landers foi quem me explicou. Ruth Zardo tinha uma cadela chamada Daisy. Eu conheci Daisy. As duas eram inseparáveis. Duas senhoras fedorentas mancando e rosnando vida afora. No último outono, Daisy ficou fraca e desorientada e parecia que o fim estava próximo. Ruth levou a velha amiga para uma última caminhada no fim de tarde. Eram cinco horas. Elas foram até o bosque, onde passeavam todos os dias. Ruth levou uma arma e, quando Daisy não estava olhando, atirou nela.

– Que horror!

– Isso se chama "caminhada da cerveja" porque muitos agricultores, quando vão sacrificar um animal de estimação, levam um pacote de doze latas de cerveja e, quando já estão bêbados o suficiente, fazem o que têm que fazer. Ruth estava sóbria. Foi um ato de amor, misericórdia e tremenda coragem. Depois, Olivier e Gabri ajudaram a enterrar Daisy debaixo daquele banco. E todos os dias, às cinco da tarde, Ruth visita Daisy. Como Greyfriars Bobby.

Lemieux não entendeu a referência, mas entendeu que tinha compreendido errado.

– Tome cuidado sempre – disse Gamache. – Estou contando com você.

– Desculpe, senhor. Eu vou melhorar.

Na sede da Sûreté, o telefone tocou e o superintendente o atendeu com presteza. Era a ligação que estava esperando. Após escutar por alguns instantes, ele falou:

– Você se saiu bem.

– Eu não estou nada bem com isso, senhor.

– E você acha que eu estou? Estou péssimo. Mas tem que ser feito.

E era verdade. Estar naquela posição partia o coração do superintendente. Mas ele era a única pessoa que podia derrubar Gamache.

– Sim, senhor. Eu compreendo.

– Ótimo – disse Michel Brébeuf. – Estamos entendidos. Eu tenho que atender outra ligação. Me mantenha informado.

Ele desligou a ligação do agente Lemieux e atendeu à chamada seguinte.

– *Bonjour*, superintendente – disse a voz grave e afetuosa de Gamache.

– *Bonne année, Armand* – respondeu Brébeuf. – O que posso fazer por você, *mon ami*?

– Nós estamos com um problema. Preciso falar com você sobre a agente Nichol.

De novo em casa, Yvette Nichol desfez a mala, guardando as roupas sujas nas gavetas. O pai estava parado na soleira da porta, tomando coragem para falar. Para começar o novo ano com a verdade sobre o fictício tio Saul.

– Yvette.

– O quê?

Ela se virou com um suéter cinzento e sem graça enrolado entre as mãos. A voz dela era petulante, um tom que ele já tinha visto a filha usar, satisfeita, com outras pessoas, mas nunca com ele. Então sentiu o cheiro de fumaça. Parecia ficar cada vez mais forte conforme Nikolev se aproximava da filha, como se ela tivesse sido queimada.

– Estou orgulhoso de você – disse ele.

Ela havia contado a ele sobre o incêndio, é claro. Mas, ao ouvi-la descrever a cena pelo telefone, tinha parecido irreal. Agora, ao realmente sentir o cheiro da fumaça e imaginá-la tão perto das chamas, ficou apavorado. Ele realmente tinha chegado tão perto de perdê-la? Para uma mentira? Um tio Saul fictício?

– Eu não quero mais falar disso. Já contei tudo – disse ela.

E deu as costas para ele. Pela primeira vez. Com um movimento fluido, cruel e calculado, ela mudou a vida dele para sempre. Afastou-se dele.

Arrasado, mal conseguindo falar, Ari Nikolev tentou encontrar coragem para dizer à filha que ela quase havia perdido a vida por causa de uma mentira que ele havia contado. E recontado. A vida toda. Ela o odiaria, é claro. Ao olhar para as costas dela, Nikolev teve uma visão de sua vida se estendendo pelos anos, fria e desoladora. Todo o calor, as risadas e o amor congelados e enterrados debaixo de anos de mentiras e arrependimentos. Será que a verdade valia a pena?

– Eu queria...

– O que você quer?

Então ela se virou para o pai, desejando que ele perguntasse de novo. Que a fizesse se abrir. Que a fizesse falar várias vezes sobre o incêndio devastador, até que ele se tornasse parte da tradição familiar, que suas bordas pontiagudas fossem gastas e suavizadas pela repetição.

Por favor, por favor, por favor, ela implorou a ele em silêncio. *Por favor, me pergunte de novo.*

– Eu queria te dar isso aqui.

Ele enfiou a mão no bolso e depositou na mão livre dela uma única bala de caramelo, o celofane estalando ao pousar na palma, como o início de um incêndio. Enquanto caminhava pelo corredor sombrio, a fumaça se agarrou a ele como um dia a filha também fizera.

– Com quem você estava falando? – perguntou Reine-Marie, entrando no carro.

– Michel Brébeuf – respondeu Gamache, engatando a marcha.

E assim começa o plano, pensou ele. Ao saírem de Three Pines, passaram por um motorista que acenou.

– Aquele era Denis Fortin? – perguntou Gamache, que conhecia o galerista por alto.

– Eu não vi, mas isso me lembra uma coisa – respondeu Reine-Marie. – Encontrei um amigo seu no bistrô. Ele disse que foi bom te ver de novo.

– Sério? Quem?

– Billy Williams.

– E você entendeu o que ele disse? – perguntou Gamache, surpreso.

– Cada palavra. Ele me pediu para te dar isso.

Ela pegou a pequena sacola de papel do colo, protegendo-a do mais novo membro da família. Henri estava no banco de trás, ouvindo a conversa atentamente e balançando o rabo. Reine-Marie abriu a sacolinha e mostrou a Gamache uma fatia de torta de limão com merengue. Gamache ficou arrepiado.

– Olha, tem um guardanapo aqui com alguma coisa escrita – disse Reine-Marie, puxando o papel do fundo da sacola. – Não é engraçado?

Gamache encostou o carro quase no topo da Rue du Moulin.

– Deixa eu adivinhar – disse ele, sentindo o coração pular no peito antes de declamar.

Onde há amor, há coragem
Onde há coragem, há paz
Onde há paz, há Deus.
E quando você tem Deus, tem tudo.

– Como você sabia? – perguntou Reine-Marie, os olhos arregalados pelo espanto, as mãos segurando delicadamente o guardanapo.

Pelo retrovisor, Armand Gamache podia ver Three Pines. Ele desceu do carro e olhou para a vila, as casas brilhando com suas luzes quentes e convidativas, prometendo proteção contra um mundo por vezes frio demais. Fechou os olhos e esperou o coração acelerado se acalmar.

– Você está bem? – perguntou Reine-Marie, pegando a mão dele.

– Mais do que bem – respondeu Gamache, sorrindo. – Eu tenho tudo.

AGRADECIMENTOS

Como sempre, a primeira pessoa a agradecer é Michael, meu marido incrível, adorável, brilhante e paciente.

Obrigada a vocês, Gary Matthews e James Clark, por responderem a perguntas urgentes sobre eletricidade. A Lili de Grandpré, por garantir que o francês estivesse correto, principalmente os palavrões, que eu, é claro, normalmente não uso, mas que aparentemente ela usa. Obrigada a você, Marc Brault, por me emprestar seu belo nome. Ao Dr. Robert Seymour e à Dra. Janet Wilson, por refletirem sobre as questões médicas e me fornecerem as respostas de que eu precisava.

Em *Graça fatal* há uma boa dose de curling, esporte que eu amo. Joguei um pouco em Thunder Bay e Montreal e respeito o foco e a postura dos jogadores, sem falar na habilidade que eles têm de fazer jogadas incríveis sob pressão. É um esporte emocionante, apesar da implicância do inspetor Beauvoir. Visitei o Sutton Curling Club e conversei com Wayne Clarkson, Ralph Davidson e Bob Douglas, que me explicaram as estratégias. Obrigada pelo tempo e pela paciência de vocês.

Conheci Anne Perry em uma conferência sobre histórias policiais no Canadá antes de meu primeiro livro, *Natureza-morta*, ser publicado. Ela aceitou ler o manuscrito e se tornou a primeira escritora reconhecida a endossá-lo, um grande acontecimento para qualquer estreante. Anne Perry é adorável, por dentro e por fora, e eu sou profundamente grata a ela por ter me dado atenção, sem falar na recomendação. Sou extremamente grata a todos os outros escritores que também recomendaram meu livro. Não é tarefa fácil ter que arrumar tempo para ler o texto todo em meio a milhões de outras demandas. Mas Margaret Yorke, Reginald Hill, Ann Granger, Peter Lovesey, Deborah Crombie e Julia Spencer-Fleming me concederam esse tempo. E farei o mesmo por outras pessoas, se me pedirem.

Muito obrigada ao maravilhoso Kim McArthur e a sua equipe.

E, finalmente, obrigada a você, Teresa Chris, minha agente, por sua sabedoria e seu humor vigoroso; a Sherise Hobbs, da Headline, e a Ben Sevier, da St. Martin's Press, por aprimorar este livro e fazê-lo com tanta gentileza e consideração.

Sou uma mulher de sorte e sei disso.

Leia um trecho de

O MAIS CRUEL DOS MESES

o próximo caso de Armand Gamache

UM

AJOELHADA NA GRAMA ÚMIDA E PERFUMADA da praça de Three Pines, Clara Morrow escondia cuidadosamente o ovo de Páscoa e pensava em invocar os mortos, algo que planejava fazer logo após o jantar. Ao afastar uma mecha de cabelo emaranhado, sem querer sujou o rosto com pedacinhos de grama, lama e outras coisas marrons que podiam muito bem não ser lama. Os moradores perambulavam ao redor com cestas de ovos em cores vivas, procurando esconderijos perfeitos. Sentada no banco no meio da praça, Ruth Zardo lançava ovos ao acaso, embora de vez em quando tomasse impulso para acertar a nuca ou a bunda de alguém. Tinha uma mira surpreendentemente boa para uma mulher tão idosa e tão perturbada, pensou Clara.

– Você vai hoje à noite? – perguntou Clara, tentando distraí-la para que não mirasse em monsieur Béliveau.

– Está doida? Os vivos já são ruins o suficiente, por que eu ia querer trazer alguém do mundo dos mortos?

Com essa tirada, Ruth acertou monsieur Béliveau bem no cocuruto. Por sorte, ele usava uma boina. Também por sorte, ele nutria uma enorme afeição pela empertigada senhora de cabelos brancos ali no banco. Ruth escolhia bem suas vítimas. Quase sempre, eram pessoas que gostavam dela.

Ser atingido por um ovo de chocolate não seria um grande problema, mas aqueles não eram de chocolate. Eles só cometeram esse erro uma vez.

ALGUNS ANOS ANTES, QUANDO A VILA de Three Pines decidira fazer uma caça aos ovos no domingo de Páscoa, todos ficaram empolgados. Os moradores se encontraram no Bistrô do Olivier e, entre drinques e pedaços de queijo brie, dividiram os sacos de ovos de chocolate que seriam escondidos no dia seguinte. Exclamações com uma pontinha de inveja preencheram o ar. Quem dera fossem crianças de novo! Mas o prazer deles certamente viria de ver a alegria no rosto dos pequenos. Além disso, talvez as crianças não encontrassem todos os ovos, principalmente aqueles escondidos atrás do bar do bistrô.

– São lindos – disse Gabri, pegando um pequeno ganso de marzipã esculpido com primor e arrancando sua cabeça com uma mordida.

– Gabri! – repreendeu Olivier, seu marido, tirando o que restava do ganso da mão enorme dele. – São para as crianças!

– Sei. Você quer é ficar com tudo – rebateu Gabri, virando-se para Myrna e murmurando para que todos ouvissem: – Genial. Gays oferecendo chocolates para crianças. Vamos alertar a patrulha da moral e dos bons costumes.

O rosto muito branco e tímido de Olivier ficou todo vermelho.

Myrna sorriu. Embrulhada em um vibrante cafetã roxo e vermelho, ela própria estava festiva como um ovo de Páscoa.

Grande parte do vilarejo se encontrava no bistrô, amontoada ao redor do longo bar de madeira polida, embora alguns estivessem jogados nas velhas e confortáveis poltronas espalhadas pelo lugar, todas à venda. O bistrô também era um antiquário. Discretas etiquetas pendiam de tudo que havia ali, inclusive de Gabri, quando ele se sentia pouco apreciado.

Era início de abril e o fogo crepitava alegremente nas lareiras do bistrô, lançando sua luz acolhedora nas largas tábuas de pinho do piso, tingidas de âmbar pelo tempo e pelo sol. Os garçons circulavam com desenvoltura pelo salão de vigas aparentes, oferecendo bebidas e o macio e cremoso queijo brie da fazenda de monsieur Pagé. O bistrô ficava no coração do antigo vilarejo quebequense, bem na praça. Dos seus dois lados, ligadas umas às outras por portas de comunicação, ficavam as outras lojas, contornando a vila em um abraço de tijolos envelhecidos. A mercearia de monsieur Béliveau, a *boulangerie* de Sarah, depois o bistrô e, finalmente, a livraria de Myrna. Os três pinheiros do outro lado da praça estavam ali desde sempre, como sábios que haviam encontrado o que procuravam. Ruas de terra batida irradiavam dali, serpenteando em direção às montanhas e florestas.

Mas Three Pines em si era uma cidadezinha esquecida. O tempo girava, rodopiava e às vezes esbarrava nela, mas nunca se demorava muito ou deixava uma forte impressão. Aninhado no seio das escarpadas montanhas canadenses, o vilarejo ficava protegido, escondido, e raramente era encontrado sem ser por acaso. Às vezes um viajante exausto chegava ao topo da colina e, ao olhar para baixo, via, como Shangri-Lá, a convidativa circunferência de casas antigas. Algumas eram de pedras brutas desgastadas, construídas por colonos empenhados em limpar o terreno das árvores de raízes profundas e das rochas pesadas. Outras eram de tijolinhos vermelhos, erguidas por legalistas do Império Unido desesperados por um refúgio. Outras, ainda, tinham os íngremes telhados de metal das casas quebequenses, com suas simpáticas empenas e seus alpendres amplos. No ponto mais distante da praça ficava o Bistrô do Olivier, que oferecia *café au lait*, croissants fresquinhos, boas conversas, companhia e gentileza. Uma vez encontrada, Three Pines jamais era esquecida. Mas só quem se perdia a encontrava.

Myrna olhou para Clara, que lhe mostrou a língua. Myrna mostrou a língua também. Clara revirou os olhos. Myrna fez o mesmo, enquanto se sentava ao lado dela no sofá macio de frente para a lareira.

– Você andou fumando adubo de novo enquanto eu estava em Montreal?

– Não dessa vez – respondeu Clara, rindo. – Tem uma coisa no seu nariz.

Myrna tateou o rosto, encontrou algo e o examinou.

– Hum, ou é chocolate, ou é pele. Só tem um jeito de descobrir – disse ela, enfiando a coisa na boca.

– Meu Deus! – exclamou Clara, estremecendo. – Depois não sabe por que está solteira.

– Não sei nem quero saber – respondeu Myrna, sorrindo. – Não preciso de um homem para me sentir completa.

– Ah, é? E o Raoul?

– Ah, o Raoul… Ele era um doce.

– Era um ursinho de goma – concordou Clara.

– Aquele, sim, me completou – disse Myrna. – E foi muito além – debochou, dando um tapinha na própria cintura, tão generosa como ela mesma.

Uma voz afiada cortou a conversa:

– Olhem só isso!

Ruth Zardo estava parada no meio do bistrô erguendo um coelho de chocolate como se fosse uma granada. Feito com um denso chocolate amargo, ele tinha orelhas compridas, empinadas e alertas, além de um rosto tão real que Clara quase achou que o bicho fosse mexer os delicados bigodes de confeito. Com as patas, ele segurava uma cesta feita de chocolates branco e ao leite, contendo uma dúzia de ovos lindamente decorados. Clara rezou para que Ruth não estivesse prestes a atirá-lo em alguém, pois era uma graça.

– É um coelho! – resmungou a poeta.

– Eu adoro carne de coelho – disse Gabri a Myrna. – Ainda mais se for carne de chocolate.

Myrna riu, mas se arrependeu na mesma hora. Ruth a encarou.

Clara se levantou e foi até ela cautelosamente, segurando o copo de uísque do marido como isca.

– Ruth, deixa o coelho em paz.

Era uma frase que ela nunca tinha dito antes.

– É um coelho! – repetiu, como se falasse com crianças com dificuldade de aprendizagem. – O que ele está fazendo com isso aqui? – perguntou ela, apontando para os ovos. – Desde quando coelhos botam ovos? – insistiu, encarando os moradores perplexos. – Vocês nunca pensaram nisso, não é? De quem eles pegam isso? Provavelmente de galinhas de chocolate. O coelho deve ter roubado esses ovos de galinhas confeitadas que agora estão procurando os bebês delas. Desesperadas!

O engraçado é que, enquanto ela falava, Clara imaginava as galinhas de chocolate correndo de um lado para outro, loucas atrás dos seus ovos. Ovos roubados pelo coelhinho da Páscoa.

Então Ruth largou o coelho de chocolate, que se espatifou no chão.

– Ai, meu Deus! – exclamou Gabri, correndo para recolher os pedaços. – Esse era para o Olivier!

– Sério? – disse Olivier, esquecendo que ele mesmo o havia comprado.

– Este é um feriado estranhíssimo – disse Ruth, agourenta. – Eu nunca gostei da Páscoa.

– E agora seu sentimento é recíproco – comentou Gabri, segurando o coelho fraturado como se fosse uma criança ferida.

Ele é tão sensível, pensou Clara, não pela primeira vez. Gabri era tão grande e tão extravagante que as pessoas facilmente esqueciam como ele era sensível. Até momentos como aquele, em que o viam aninhando com cuidado um coelhinho de chocolate moribundo.

– Como a gente comemora a Páscoa? – perguntou Ruth, arrancando o uísque de Peter da mão de Clara e engolindo tudo de um só gole. – A gente caça ovos e come pão doce com uma cruz em cima.

– Mas a gente também vai à Igreja de St. Thomas – argumentou monsieur Béliveau.

– A *boulangerie* da Sarah fica muito mais cheia que a igreja – retrucou Ruth. – As pessoas compram pães decorados com um instrumento de tortura. Sei que vocês acham que eu sou louca, mas talvez eu seja a única pessoa sã por aqui.

E, com aquele comentário desconcertante, ela foi mancando até a porta, onde parou e se voltou para eles.

– Não deem ovos de chocolate para seus filhos. Vai acontecer alguma coisa ruim.

E, como Jeremias, o profeta que se lamentava, ela tinha razão. Algo ruim aconteceu.

No dia seguinte, os ovos haviam desaparecido. Só restavam os invólucros. No início, os moradores suspeitaram que as crianças mais velhas, talvez até Ruth, tivessem sabotado o evento.

– Vejam só isso – disse Peter, erguendo os restos retalhados de uma caixa que um dia abrigara um coelho de chocolate. – Marcas de dentes. E de garras.

– Então foi a Ruth – disse Gabri, examinando a caixa.

– Olhem isso aqui! – exclamou Clara, correndo atrás de uma embalagem que o vento fazia voar pela praça. – Também está toda destruída.

Após passar a manhã caçando embalagens de ovos de Páscoa e limpando a sujeira, os moradores foram até o bistrô para se aquecer nas lareiras.

– Sério? – disse Ruth para Clara e Peter durante o almoço no bistrô. – Vocês não imaginaram que isso ia acontecer?

– Eu admito que parece meio óbvio – disse Peter, rindo, ao cortar seu *croque-monsieur*, o camembert derretido mal mantendo juntos o presunto defumado no xarope de bordo e o croissant que esfarelava.

Ao redor dele, pais e mães ansiosos murmuravam, tentando subornar as crianças chorosas.

– Todos os animais selvagens em um raio de quilômetros devem ter aparecido aqui ontem à noite – disse Ruth, girando lentamente os cubos de gelo do uísque. – E comido ovos de Páscoa. Raposas, guaxinins, esquilos...

– Ursos – disse Myrna, sentando-se à mesa. – Nossa, que medo. Imagina todos aqueles ursos saindo da toca, famintos depois de passarem o inverno inteiro hibernando.

– E imagina a surpresa deles em encontrar ovos e coelhos de chocolate – acrescentou Clara, entre colheradas de ensopado cremoso de salmão, vieiras e camarão. – Ela pegou uma baguete crocante e arrancou um pedaço, espalhou a manteiga especial de Olivier e só então continuou: – Devem ter se perguntado que milagre aconteceu enquanto eles dormiam.

– Nem tudo que surge é um milagre – disse Ruth, erguendo os olhos do líquido âmbar que era seu almoço para olhar pelas janelas. – Nem tudo que volta à vida deveria voltar. Esta época do ano é estranha. Chove um dia, neva no outro. Nada é certo. Tudo é imprevisível.

– Todas as estações são imprevisíveis aqui no Canadá – objetou Peter. – Furacões no outono, nevascas no inverno e por aí vai.

– Você acabou de confirmar o que eu disse – comentou Ruth. – Nas outras estações, dá para nomear a ameaça. A gente sabe o que esperar. Na primavera, não. As piores enchentes acontecem nessa época. Incêndios florestais, geadas mortais, nevascas e deslizamentos de terra. É um caos na natureza. Tudo pode acontecer.

– Mas a primavera também tem os dias mais lindos – opinou Clara.

– É verdade, o milagre do renascimento. Parece que tem religiões inteiras baseadas nesse conceito. Mas é melhor que algumas coisas continuem debaixo da terra. – A velha poeta se levantou e terminou o uísque. – Isso ainda não acabou. Os ursos vão voltar.

– Eu também voltaria se de repente encontrasse uma cidadezinha inteira feita de chocolate – disse Myrna.

Clara sorriu, mas seus olhos estavam em Ruth, que pela primeira vez não irradiava raiva nem irritação. Em vez disso, Clara captou algo bem mais desconcertante.

Medo.

DOIS

RUTH ESTAVA CERTA. OS URSOS COMEÇARAM a aparecer todo ano, atrás dos ovos de Páscoa. Nunca mais encontraram nada, é claro, até que desistiram e preferiram ficar no bosque ao redor de Three Pines. Os moradores logo aprenderam a não fazer longas caminhadas por ali na época da Páscoa e a nunca, jamais, se aproximar de um ursinho recém-nascido e sua mãe.

É tudo parte da natureza, dissera Clara a si mesma. Mas continuava com uma pulga atrás da orelha. De certa forma, eles mesmos tinham causado aquilo.

Mais uma vez, Clara se via ajoelhada na terra, dessa vez com os lindos ovos de madeira que agora substituíam os verdadeiros. Tinha sido ideia de Hanna e Roar Parra. Originários da República Tcheca, eles eram muito habilidosos com os ovos pintados.

Ao longo do inverno, Roar esculpia os ovos e Hanna os entregava a quem tivesse interesse em pintá-los. Em pouco tempo, gente de toda parte de Cantons de l'Est estava pedindo ovos. As crianças os usavam em trabalhos de artes da escola, os pais redescobriam talentos adormecidos e os avós pintavam cenas da juventude. Após passarem todo o inverno pintando, na Sexta-Feira Santa eles começavam a escondê-los. E, uma vez encontrados, as crianças trocavam a recompensa de madeira pelo ovo real. Ou melhor, pelo de chocolate.

– Ei, vejam só isso! – gritou Clara, junto ao lago da praça.

Monsieur Béliveau e Madeleine Favreau foram até lá. Béliveau se abaixou, quase dobrando ao meio o corpo longo e esguio. Ali, na grama alta, havia um ninho com ovos.

– São de verdade – disse ele, rindo e afastando a grama para mostrá-los a Madeleine.

– Que lindeza! – disse Mad, estendendo a mão.

– *Mais, non* – advertiu ele. – A mãe vai rejeitar os filhotes se você tocar neles.

Mad afastou a mão imediatamente e olhou para Clara com um largo sorriso.

Clara sempre gostara de Madeleine, embora elas não se conhecessem muito bem. Mad vivia na área fazia poucos anos. Era um pouco mais nova que Clara e cheia de vida. Tinha uma beleza natural, com cabelos curtos e escuros e inteligentes olhos castanhos. Parecia estar sempre se divertindo. *E por que não?*, pensou Clara. Depois de tudo pelo que ela havia passado.

– São ovos de quê? – perguntou Clara.

Madeleine fez uma careta e deu de ombros. Não fazia ideia.

De novo, monsieur Béliveau se dobrou com um movimento gracioso.

– Não são de galinha. *Trop grands.* Talvez de pato ou ganso.

– Seria divertido – comentou Madeleine. – Ter uma pequena família na praça. – Ela se virou para Clara. – A que horas é a sessão espírita?

– Você vai? – perguntou Clara, surpresa embora encantada. – Hazel também?

– Não, ela não quis. Sophie chega amanhã de manhã, e Hazel disse que precisa cozinhar e fazer faxina, *mais, franchement?* – disse Madeleine, inclinando-se para ela de maneira conspiratória. – Eu acho que ela tem é medo de fantasma. Monsieur Béliveau concordou em ir.

– Mas a gente tem que agradecer a Hazel por ficar para cozinhar – disse ele. – Ela fez um ensopado incrível.

Aquilo era a cara de Hazel, pensou Clara. Sempre cuidando dos outros. Clara tinha receio de que as pessoas tirassem vantagem da generosidade dela, principalmente aquela filha dela. Mas também sabia que aquilo não era da sua conta.

– Mas a gente tem muito trabalho a fazer antes do jantar, *mon ami* – disse Madeleine, abrindo um sorriso radiante para monsieur Béliveau e tocando de leve o ombro dele.

O homem sorriu. Desde que a esposa morrera, ele não sorria muito, e Clara teve mais uma razão para gostar de Madeleine por conseguir isso. Ela os observou segurar as cestas de ovos de Páscoa e caminhar debaixo do sol do fim de abril, a mais jovem e terna das luzes iluminando o mais jovem e terno relacionamento. Monsieur Béliveau, alto, magro e ligeiramente curvado, parecia ter uma mola nos pés.

Clara se levantou, espreguiçou o corpo de 48 anos e olhou em volta. A praça parecia um campo de *derrières*. Todos os moradores estavam abaixados, escondendo ovos. Era uma pena ela não estar com o caderno de desenho.

Three Pines definitivamente não era estilosa, vanguardista ou qualquer uma das coisas que importavam para Clara na época em que ela se formara na faculdade de belas-artes, 25 anos antes. Nada ali havia sido projetado. Em vez disso, o vilarejo parecia ter seguido o exemplo dos três pinheiros da praça e simplesmente brotado da terra com o tempo.

Clara inspirou o ar perfumado da primavera e olhou para a casa que dividia com Peter. Era uma construção de alvenaria com um alpendre de madeira e um muro de pedras brutas, com vista para a praça. Um caminho serpenteava do portão até a porta, passando por macieiras prestes a florescer. Dali, os olhos de Clara vagaram pelas casas ao redor da praça. Assim como os moradores, as casas de Three Pines eram robustas e moldadas pelo ambiente. Haviam resistido a tempestades e guerras, perdas e pesares. E o que havia emergido disso tudo tinha sido uma comunidade com imensa bondade e compaixão.

Clara amava aquele lugar. As casas, as lojas, a praça, os jardins perenes e até as estradas de terra com ondulações. Amava o fato de Montreal ficar a menos de duas horas de carro e de a fronteira com os Estados Unidos estar logo ali. Mas, acima de tudo, amava as pessoas que agora passavam aquela e todas as outras Sextas-Feiras Santas escondendo ovos de madeira para as crianças.

Era uma Páscoa tardia, quase no fim de abril. Eles nem sempre tinham tanta sorte com as intempéries. Pelo menos uma vez, a comunidade havia acordado no domingo de Páscoa e se deparado com uma nova e pesada neve de primavera, que enterrava os brotos jovens e os ovos pintados. Muitas vezes a Páscoa era tão gelada que os moradores tinham que se enfiar no bistrô de vez em quando para tomar uma sidra ou um chocolate quente, envolvendo as canecas mornas e convidativas com os dedos congelados e trêmulos.

Mas não naquele dia. Havia certa glória naquele dia de abril. Era uma

Sexta-Feira Santa perfeita, ensolarada e de calor agradável. A neve tinha desaparecido, mesmo nas sombras, onde geralmente se demorava. A grama estava crescendo e as árvores tinham uma suave auréola verde. Era como se a aura de Three Pines de repente tivesse se tornado visível. Tudo estava envolto em uma luz dourada com bordas verdes cintilantes.

Bulbos de tulipa começavam a surgir da terra, e logo a praça seria inundada por flores primaveris, jacintos azul-escuros, alegres narcisos balançando ao vento, galantos e cheirosos lírios-do-vale, que encheriam a vila com perfume e deleite.

Naquela Sexta-feira Santa, Three Pines cheirava a terra fresca e promessas. E talvez a uma ou duas minhocas.

– Você pode falar o que quiser, eu não vou.

Clara ouviu o sussurro agressivo e resoluto. Estava agachada de novo, perto da grama alta do lago. Não conseguia ver quem eram as pessoas que falavam, mas notou que deviam estar logo do outro lado da grama. A voz feminina falava francês, mas em um tom tão tenso e chateado que não dava para identificá-la.

– É só uma sessão espírita – disse a voz masculina. – Vai ser divertido.

– Pelo amor de Deus, é um sacrilégio. Uma sessão espírita na Sexta-Feira Santa?

Houve uma pausa. Clara se sentia desconfortável. Não por ouvir a conversa alheia, mas porque estava começando a ter cãibras nas pernas.

– Fala sério, Odile, você nem é religiosa. O que pode acontecer de mau? Odile? A única Odile que ela conhecia era Odile Montmagny. E ela era... A mulher sibilou:

O regelo invernal e os insetos
Primaveris deixarão sua marca
Tal como o dissabor abjeto
Da criança, do jovem, do patriarca.

Silêncio estupefato.

... uma péssima poeta, completou Clara em pensamento.

Odile tinha declamado o poema solenemente, como se as palavras transmitissem algo além do evidente talento da poeta.

– Eu vou estar do seu lado – disse o homem.

Agora Clara sabia quem era ele: o namorado de Odile, Gilles Sandon.

– Por que você quer tanto ir, Gilles?

– Porque vai ser divertido.

– É porque ela vai estar lá?

Fez-se um novo silêncio, exceto pelos protestos das pernas de Clara.

– Ele também vai estar lá, sabia? – pressionou Odile.

– Quem?

– Você sabe muito bem. Monsieur Béliveau – disse Odile. – Estou com um mau pressentimento, Gilles.

Mais uma pausa, então Gilles falou, com uma voz grave e controlada, como se estivesse fazendo um esforço imenso para sufocar qualquer tipo de emoção:

– Não se preocupe. Eu não vou matá-lo.

Clara já tinha esquecido completamente as pernas. Matar monsieur Béliveau? Quem sequer cogitaria essa ideia? O velho dono da mercearia nunca tinha sequer roubado no troco. O que Gilles Sandon poderia ter contra ele?

Ela percebeu que os dois se afastavam e, levantando-se com agonia, os observou: Odile tinha o corpo em formato de pera e andava como uma pata, e Gilles parecia um imenso urso de pelúcia, com sua característica barba ruiva visível mesmo de costas.

Clara olhou para os ovinhos de madeira que segurava. O suor em suas mãos tinha sangrado as cores alegres.

De repente, a sessão espírita – que parecera uma ideia divertida alguns dias antes, quando Gabri colocara o aviso no bistrô anunciando a chegada da famosa médium Isadore Blavatsky – lhe gerava uma sensação diferente. Em vez de uma alegre expectativa, Clara agora sentia medo.

CONHEÇA OS LIVROS DA SÉRIE

Natureza-morta
Graça fatal

Para saber mais sobre os títulos e autores da Editora Arqueiro,
visite o nosso site e siga as nossas redes sociais.
Além de informações sobre os próximos lançamentos,
você terá acesso a conteúdos exclusivos
e poderá participar de promoções e sorteios.

editoraarqueiro.com.br